Viktor Jerofejew / Gabriele Riedle

Fluß

Viktor Jerofejew
Gabriele Riedle

FLUSS

Roman

*Texte von Viktor Jerofejew
aus dem Russischen übertragen
von Beate Rausch*

Aufbau-Verlag

Historischer Orgasmus
auf der Wolga vor Stalingrad

Vergebliches Murmeln der Wasser

Er Mich hat immer schon beunruhigt, daß die Wolga ins Kaspische Meer mündet. So ein großer, so ein bedeutsamer Fluß, und mündet geradewegs ins Nirgendwo. Andere Flüsse fließen, wie es sich gehört, vernünftig und progressiv in den Ozean, womit sie teleologisch den Kreislauf des Wassers in der Natur verwirklichen, aber die Wolga hat sich in sich selbst verschlossen und existiert an sich wie bei Kant. Das hat etwas von Verrat. Die Wolga nimmt die Wasser anderer russischer Flüsse auf (kommt her zu mir! fließt in mich ein!), diese strömen zu ihr hin und fließen vertrauensselig in sie hinein, sie aber verschwendet und verplempert nur alles.

Man liegt im hohen Juligras im silbrigen Schatten der Weiden am Ufer eines sanft dahinplätschernden Flüßchens, an der ausgelassenen Istra zum Beispiel, die sozusagen das fünfte Rad am großen Wolgawagen ist, und denkt: welch vergebliches Murmeln der Wasser, welch nutzloses Unterfangen. So fließt die gesamte rechtgläubige Energie im islamischen Klärbecken zusammen.

Ob das die Ursache ist für die russische Leidensgeschichte?

Doch wie schön ist es andererseits, niemals irgendwo hinein zu münden! Alle Welt ist beschäftigt, und man selbst frönt dem Nichtstun. Wie schön, aus den weltumspannenden Gesetzmäßigkeiten herauszufallen und froh und faul vorüberzufließen! Käfer krabbeln, Kuckucks rufen, Kinder baden. Die Kirche am Hang spiegelt sich im Flüßchen. Herrlich. Heimat. Hochsommerliche Benommenheit. Zwischen den Zehen schmatzt der warme Schlamm.

»Haben wir eine Zukunft?« summen die Kinder.

»Haben wir Flügel?« singen die Insekten.

»Habe ich Hoffnung?« kuckuckt die Kirche.

Ich rolle die Landschaft zusammen. Alles Lebendige piepst. Nach kurzem Zögern rolle ich sie wieder auf.

Was ziehe ich an?

Sie Na, dann eben Rußland. – Man hatte angerufen. Ich sollte fahren. Gut, sage ich, fahre ich. Warum? Darum. Ich kämme mir den Schlaf aus den Haaren. Ich wische mir die Asche aus den Mundwinkeln. Ich öle meine Schuhe ein.

Und da ist auch schon meine Mutter Herzeloide. Sie rauft sich die blondierten Haare und klopft sich gegen die Brust, bis sie anfängt zu husten.

»Ich wußte ja, daß dieser Tag kommen würde«, japst sie. Womit sie recht hat. Jeder wußte, daß dieser Tag kommen würde. Also kein Grund zur Panik – es handelt sich hier um meine Bestimmung. Wozu wäre ich sonst geboren worden, wenn nicht, um auszuziehen und das Abenteuer zu suchen? Viel wichtiger ist jetzt : Was ziehe ich an?

Gummistiefel? Abendkleid? Uniform? Kittelschürze?

»Was trägt man denn heute so im Reich des Bösen?« frage ich die holde Herzeloide. Die hört mich aber gar nicht – Verzweiflung scheint sie glattweg taub zu machen.

Also stopfe ich meine rote Gummitasche hastig voll mit meinen aussagefähigsten Unterhosen und vierzehn oder fünfzehn prima Nahtstrümpfen. Halterlos, versteht sich.

»Hier, nimm bitte diese Strickjacke mit. Die hat sich in Rußland bewährt«, sagt Herzeloide, meine gute Mutter, und geht zu einer Vitrine aus Panzerglas.

»Diese Strickjacke macht dich unverwundbar«, sagt sie feierlich und geheimnisvoll. Leider neigt sie nicht nur zur Fettleibigkeit, sondern wie alle Dicken auch zum Pathos.

Das Ding ist mir mindestens siebzehn Nummern zu groß und riecht auch ziemlich muffig nach alten Elefanten. Aber bitte, wenn sie meint. Vor der Abreise gehe ich lieber noch mal schnell aufs Klo.

Davor steht die Familie Spalier. Die Strickjacke wickle ich mir um die Hüften, wie es jetzt die Mode ist. Herzeloide heult hemmungslos.

»Ihr Schrei ob unverdienter Pein trifft mitten mich ins Herz hinein«, ächzt mein Vater, der längst tot ist.

Meine Oma schneuzt sich in ein paar selbstgestrickte graue Fußlappen, die sie all die Jahre aufbewahrt hatte für diesen Anlaß. Mein Opa hält übellaunig das Pferd am Zügel, schließlich hat er sich drei Zehen abgefroren, als er zu Fuß von Sibirien nach Kornwestheim gelaufen ist. Seither ist er irgendwie schlechtgelaunt. Später hat er sich dann zum Ausgleich noch drei Finger abgesägt. Was er sich locker leisten konnte. So als Schreiner.

»Denk daran«, sagt er, »Awe-wu-effff heißt Haben-Sie-Eier, Schtoit! heißt Stehenbleiben und Kläbb-nasch-schodenni heißt Unser-täglich-Brot-gib-uns-heute. Notfalls schießt du einfach in die Beine.«

»Ja, ja Opa, weiß ich doch alles. Schieß die Klassenschweine in die Lügenbeine: kenn ich«, lache ich. »Ich sage doch immer: Schlagt die Faschisten, wo ihr sie trefft. Weißt du Opa, der Typ in der Uniform, das ist ein Schwein, das ist kein Mensch, und natürlich kann geschossen werden.«

Der Opa starrt ergriffen ins Nichts. Alle weinen. Und rufen mit erstickten Stimmen: »Nach Moskau! Nach Moskau!« wobei sie tief die Luft einziehen. Dann endlich gibt mein Opa das Kommando: »Dawai!«

Wahl des Gefäßes

Er »Wozu brauchen Sie ein leeres Einmachglas?« fragt der Kapitän.

»Nur so«, sage ich und verberge das leere Einmachglas verlegen hinter dem Rücken.

»Mir scheint«, sagt er, argwöhnisch die Augen zusammenkneifend, »Sie führen was Ungutes im Schilde. Sie haben einen schlechten Ruf. Handeln Sie im Auftrag?«

»Nein.«

»Wozu brauchen Sie dann ein leeres Einmachglas?«

»Was für ein Glas?!«

»Das, das Sie da hinterm Rücken verstecken!«

»Ach, das!«

»Wollen Sie die Wolga in den Ozean umleiten?«

»Das hatte ich vor, aber ich hab's mir anders überlegt.«

»Warum?«

»Ich weiß nicht. Ich bin gegen die Vergewaltigung der Natur.«

»Na schön. Wozu das Einmachglas?«

»Kapitän, ich sag's Ihnen, aber es muß unter uns bleiben.«

»Reden Sie.«

»Ich möchte es mit Wolgawasser füllen.«

»Und wie?«

»Na ja, einfach schöpfen.«

»Und weiter?«

»Nichts weiter.«

»Wozu brauchen Sie Wasser aus der Wolga?«

»Für eine Analyse.«

»Was für eine Analyse?«

»Zu einem bestimmten Zweck.«

»Das ist verboten.«

»Was ist verboten?«

»Für eine Analyse Wasser aus der Wolga zu entnehmen.«

»Wo steht das?«

»Was?«

»Daß das verboten ist.«

»Was soll das, muß ich Ihnen das Gesetz zeigen?«

»Ja.«

»Wissen Sie was?«

»Was?«

»Geben Sie das Glas her.«

»Nein. Auf keinen Fall.«

»Machen Sie keinen Aufstand.«

»Also wirklich, Kapitän, Sie benehmen sich wie ein kleiner Junge.«

»Nein, Sie benehmen sich wie ein kleiner Junge. Sie spielen den Propheten!«

»Kapitän, gucken Sie mal, was ich hier habe.«

»Weg damit. Und zwar ein bißchen plötzlich! Weg damit!«

»Dann besorg ich mir eben ein anderes Glas.«

»Zuerst geben Sie mir das hier.«

»Da! Nehmen Sie schon!«

»Und wenn ich Sie mit irgendeinem anderen leeren Gefäß erwische ... Wehe!«

»Wollen Sie mir Angst machen?«

»Ich habe Sie gewarnt.«

Darf ich mich vorstellen?

Sie So machte ich mich denn auf, dorthin, wo das Abenteuer und womöglich das Glück auf mich warteten. Die Liebe wohl auch? Die Wahrheit? Mal sehen. Ich ritterte, ratterte, rotterte schleunigst dahin. In fliegender Hast. In hastigem Flug. Und bestand alle Proben, die man höheren Orts für mich vorbereitet hatte.

Zuerst brauchte ich ein Visum. Schnell. Sofort. Gestern. Also hatte ich dem russischen Konsul zu sterben angekündigt, namentlich mittels Herzinfarkt, was der weder dulden noch verantworten konnte, denn die Gesellschaft brauche mich noch – woher er das wohl wußte? Darauf warf ich ihm mein schönstes Lächeln zum Fraß vor, das er gierig mit den Zähnen zerriß. Er rülpste kurz, und ein Visum lag auf dem Tisch. Ha, das war doch wirklich einfach!

Im Flugzeug wollten sie mich vergiften. Aus allen Düsen schickten sie Dämpfe, die mich unfruchtbar machen sollten. Ich kniff mir die Nase mit einer Wäscheklammer zu. In Polen standen die Leute auf ihren abgebrannten Feldern und drohten mit Fäusten gen Himmel. Ich stellte mich schlafend. In Weißrußland sangen sie in den Sümpfen patriotische Lieder, als sie mich kommen hörten. Ich setzte mir Kopfhörer auf. In Moskau hatten Taxifahrer das Flughafengebäude umstellt. Schon lange zuvor hatten sie meine Unterhosen und Nahtstrümpfe unter sich aufgeteilt. Die Strickjacke jedoch sollten sie bei einem Mister X (sprich »cha«) abliefern, der berühmt war für seine Grausamkeit und seine Deutschen Doggen. Ich aber hielt mich an einen schwäbischen Joghurtfabrikanten. Auf den wartete in einem feierlichen schwarzen Wolga ein Fahrer namens Iwan mit Betonung auf dem A, der für uns die Panzersperre hinter dem Flughafen umfuhr. Die hatte man dort schon vor längerer Zeit gegen die Deutschen aufgestellt. Auf der Fahrt ins Stadtzentrum, vorbei an dreiundachtzig Klöstern, in denen überall unterernährte Soldaten wohnten, beklagte sich der Schwabe über die schlechte Qualität der russischen Milch. Wahrscheinlich pinkeln sie auf den Kolchosen in die Kannen, wenn sie betrunken sind.

Der Iwan mit dem endlosen A schafft mich ins Gästehaus des Außenministeriums, welches mit seinem langen, spitzen

Turm lustig in alle Fenster winkt, was ich sehr aufmerksam finde. Teppiche sind ausgerollt. Ein Bett ist vorhanden. Man wird wieder anrufen. Ich springe hinaus auf die Straße und grüße die teigigen Gesichter Moskaus. Sie sehen mich nicht. Wütend renne ich den Arbat entlang. Zum Teufel mit den Jugendstilhäusern, dem gut erhaltenen Klassizismus, den nachgemachten Lampen, der vorrevolutionären Idylle. In Stuttgart würden sie so was Fußgängerzone nennen. Hier aber ist Sängerland, und darum ist der Asphalt durchsichtig wie das Wasser im Fluß, ach Arbat, mein Arbat, du bist meine Berufung, meine Religion, mein Vaterland – aber das höre ich erst viel, viel später.

An der Ecke vor irgendeinem Theater, das sicher unglaublich berühmt ist, weil dort zwischen 1921 und 1923 die Theaterkunst zirka zwölf Mal radikal erneuert worden ist oder auch nicht, vor irgendeinem dieser berüchtigten Moskauer Theater haben sich jedenfalls ein rüstiger Greis und ein Akkordeonspieler zusammengetan. Der Akkordeonspieler sammelt Rubel, der Greis Weiber. Er packt sie sich und dreht sie im Walzertakt über die Straße. Die Weiber kichern. Der Greis ist glücklich. Zur Strafe grüße ich am anderen Ende der Straße die Lenin-Bibliothek. Die mich auch nicht sieht.

Man ruft wieder an. Ich soll mich auf einer gewissen Brücke über der Moskwa (Betonung auf dem A) einfinden. Dort soll ich zweieinhalb Stunden warten, das sei so Landessitte. Also stelle ich mich mitten auf die Brücke und spucke im Abstand von zehn Minuten ins Wasser. Das Geländer ist frisch gestrichen. Die Masten für die Fahnen und Wimpel sind leer. An meiner linken Schuhspitze hängt Staub. Langgezogene Limousinen rasen kaltschnäuzig vorüber. Nur ihre schlanken Antennen zeigen Nerven. Ab und zu zucken sie sachte vor Anspannung. Heimlich zittern sie jedoch ohne Unterlaß.

Nach zwei Stunden und vierundfünfzig Minuten erscheint ein blauer Volvo. Die Bremsen quietschen, die Tür geht auf, man zerrt mich in den Wagen. Der Fahrer gibt Gas.

»Darf ich mich vorstellen«, sagt er, »Viktor Vladimirowitsch. Wir werden Sie zur Wolga bringen.«

»Wann?«

»Morgen.«

»Wie?«

»Mit dem Schiff. Von dort unten.«

Schwungvoll nimmt er die Kurve zur Uferstraße. Der Russe. Ein Blonder. Ein Kleiner. Einer mit Bauch. Mit Buckel. Mit beigen Hosen. Mit gelbem Hemd. Vielleicht sollte ich mich anschnallen. Der Himmel steht randvoll mit Kränen. Moskau baut. Alles neu macht der Mai. Es riecht nach Rasierwasser. Eine Nacht voller Blau. Ich quetsche sie aus mit beiden Händen. Sie spritzt in alle Richtungen.

Wahl der Begleiterin

Er »Ein Mistkerl, dieser Kapitän!« sagte ich zu meiner Begleiterin. »Hat mir das Glas weggenommen! Und das in einem freien Land!« – »In einem freien Land, daß ich nicht kichere!« erwiderte meine Begleiterin.

»Er will mich ertränken!«

»Und was sollen wir jetzt machen?« fragte sie erschrocken.

»Abwarten.«

Die Wolga ist ein russischer Mythos wie Beton. Sie ist kein Fluß, sondern eine Autobahn von Tränen. Ich habe diese Reise die Wolga stromabwärts als fällige Arbeitsreise, wenn nicht gar als Pflichtveranstaltung auf der Suche nach Banalität immer vor mir hergeschoben. Ich habe mich darauf zurückgezogen, ich sei zu beschäftigt, dieses sentimentale Thema abgedroschen und für mich selbst immer wieder mühelos Ausreden gefunden.

Zudem war ich verdorben von meinen Jugenderinnerungen an solche flüchtigen, beinahe zufälligen Berührungen mit der liebreizenden Wolga – wie in dieser Osternacht in einer Kirche in Jaroslawl, wo die alten Mütterchen wegen des Gedränges und der stickigen Luft in Ohnmacht fielen, wegen des Mangels an Raum aber nicht umfallen konnten und mit der Menge hin- und herschwankten, bewußtlos und mit verdrehten Pupillen.

Als langhaariger Teenager war ich zum Ende der Maifeierlichkeiten im überfüllten Zug von Uglitsch zurück nach Moskau gefahren, es hatte nach klebrigen Socken und Schweiß gestunken, und in der Nacht hatte ein Kerl neben mir zu kotzen angefangen, und seine Frau, die nicht wußte, was sie tun sollte, hatte ihm anstelle einer Schüssel seine eigenen Stiefel hingestellt, zuerst den einen, dann den anderen. Der Kerl hatte sie bis zum Rand vollgekotzt und dann erleichtert zu schnarchen angefangen.

Vollgekotzte Stiefel – das war meine Wolga, ausgeblichene rote Fahnen, Hämmer und Sicheln, ausgestorbene Geschäfte, die nach billiger bräunlicher Seife rochen. Und daß in Uglitsch vor drei Jahrhunderten der Zarewitsch Dmitri ermordet worden war, fand ich nach der Stiefelgeschichte überhaupt nicht verwunderlich.

Ein halbes Leben später, bedrückt von schlimmen Vorahnungen und mit schwerem Mißtrauen gegenüber der Weisheit des Volkes, entschloß ich mich dann doch dazu, dem Volk aufs Maul zu schauen: Was tut sich bei denen an der Wolga? Sind sie endgültig zu Säufern geworden? Verrückt? Oder verreckt?

Innerlich stellte ich mich ein auf tödliche Trauer und zynischen Spott, als ginge ich zu einer Tragödie ins Theater. Ich mußte mir nur noch sorgfältig die passende Begleiterin suchen, der ich in den Pausen ein Eis kaufen konnte.

Guten Morgen!

Sie Spritzt wie der Wodka und das Hirn und das Blut und der ganze Menschenbrei an diesem Morgen auf dem So-und-so-Friedhof. Auch einige schöne Versace-Anzüge sollen zu Schaden gekommen sein. Vierzehn Tote. Man hatte eine Trauerfeier samt kaltem Büffet gestört.

Sie haben mir also einen Schriftsteller geschickt. Ach, du liebliche Wolga! Mittags wird der Dichter aufstehen und zum Kabinenfenster hinausrufen: »Ich liebe dieses Land!« Oder auch: »Die Wolga ist das Herz Rußlands.«

Und ich stehe da. Vor grauen Nudeln, goldenen Zähnen, schimmligen Jeans. Vor der Rache der kaukasischen Völker im allgemeinen. Vor dem ganzen russischen Seelenscheiß mitsamt den schwarzen Katzen, die sie vor einem über die Straße schicken, im besonderen. Vor Panzermotorenöl in den Bratpfannen und vor Schweißfüßen. Vor vollgeschissenen Klos und vor gezückten Balalaikas. Vor Nordosseten mit Atombomben in Plastiktüten. Na gut, denen drückt man ein paar Dollars in die Hand. Aber was ist mit den gehirngewaschenen deutschen Kriegsgefangenen, die mit Schaum vor dem Mund sich als Göt-

14

ter oder Generalsekretäre feiern lassen, bis Adenauer mit nacktem Oberkörper und Stirnband aus dem Hubschrauber abspringt und sie aus ihren bleichblauen Holzhäusern befreit? Und was ist überhaupt mit dem Schatz des Priamos? Noch bis vor neunundvierzig Jahren sollen sie hier sogar regelmäßig ihre Schuhe geputzt haben. Glaub ich aber nicht. Im Radio singen sie, daß hier neuerdings erstens ein strammer Wind des Wechsels wehe und zweitens auch die Russen ihre Kinder lieben. Lieben? So, so. Wie denn? Gerührt oder geschüttelt? Geh mir weg, ich weiß doch Bescheid.

Und was macht Viktor Vladimirowitsch, der Dichter? Der zerreißt zum Frühstück eigenhändig stinkende getrocknete Fische. Er kann nicht anders. Er ist Russe. Was ihm noch nicht einmal leid tut.

Dafür werde ich garantiert eines Tages ins Fernsehen kommen. Immerhin.

Moskau – Uglitsch

Er Der einsame Reisende ähnelt einem Schakal. Für Rußland übrigens ist der Begriff »Reisender« ein allzu europäisches Wort. Wer bist du? Ich bin ein Reisender. Das klingt dumm. Andererseits, wer bin ich eigentlich? Ein Pilger jedenfalls nicht! Kein Wanderer! Und kein Tourist. Und kein Forschungsreisender. Ich bin niemand. Ich schwimme nur mit dem Wolgastrom. In Rußland gibt es keine Definitionen und keine Etiketten für Menschen. Die Menschen hier definieren sich weder durch ihren Beruf, noch durch ihren sozialen Status. Es gibt keine Jäger oder Feuerwehrmänner, keine Politiker oder Ärzte oder Lehrer. Es ist einfach so, daß die einen manchmal Brände löschen, die anderen manchmal Kinder unterrichten. Hier ist jeder niemand. Alle schwimmen mit dem Strom.

Wen mitnehmen? Ein weites Feld für Materialisierungen. Wenn nicht die weibliche Internationale so schrecklich arm wäre!

Italienerinnen sind exaltiert und wohlwollend, für den russischen taxierenden Blick jedoch zu zerbrechlich und gesetzestreu. Zeigt man einer Italienerin eine gefälschte Dollarnote, fällt sie sofort in Ohnmacht. Amerikanerinnen sind hingegen nicht zerbrechlich, dafür bestehen sie aus merkwürdigen Vorstellungen. Polinnen empfinden Rußland gegenüber einen gewissen Ekel. Französinnen sind kategorisch und machen's nicht gern. Holländerinnen sind Männerattrappen. Schwedinnen haben keinen Pfeffer. Finninnen, Gott vergib mir, sind dumm. Däninnen sind hervorragende Kindergärtnerinnen. Schweizerinnen sind ein geschmackloses Spiel der Natur. Ich kannte allerdings mal drei oder vier Isländerinnen, die nicht nach Fischtran rochen, aber das ist sehr lange her. Österreicherinnen lispeln. Norwegerinnen, Ungarinnen und Tschechinnen sind unbedeutend. Geradezu seltsam, daß ihnen ebensoviel Fleisch, Knochen und Haut gegeben sind wie den Frauen anderer Völker. Bulgarinnen und Griechinnen kann man beim Altern zuschauen. Man hat noch nicht vom Ufer abgelegt, da haben sie sich schon in Heldenmütter verwandelt. Spanierinnen sind ein Katzenvaudeville. Und Portugiesinnen sind überhaupt weiß der Kuckuck was.

Eigentlich hatte ich vor, eine Engländerin aus London mitzunehmen, aber sie ist jetzt verheiratet und ruft nicht mehr an.

Natürlich könnte man auch mit einer russischen Dame reisen. Aber wozu? Sie raucht viel, ist träge, immer umgeben von betrunkenen Liebhabern, die sie mit vorgeschobener Unterlippe bemitleiden, und nach endlosen Beziehungsgesprächen, wenn du sie eines weiteren Betrugs überführt hast, wird sie dir vorschlagen, ein Kind von dir zu bekommen.

Eine Reise mit einer russischen Dame ist eine Reise in der Reise. Eine Verdoppelung der Sorgen. Außerdem ist die Russin unsauber. An ihr haften Bazillen, Kakerlaken und Trichomonaden. Sie hat immer ein Durcheinander mit ihren Tagen.

Bei trübem Wetter sieht die Wolga grau aus; an einem warmen Tag plätschern kokett ihre hellbraunen Wellen. Entlang ihren Ufern stehen die Gepenster bärtiger russischer Schriftsteller und haben Sodbrennen vor lauter Mitleid mit dem Elend des Volkes, dessen Ursache – die russische Autosodomie – irgendwo nicht weit im schmutzigen Sand verbuddelt ist.

»Graben wir sie aus?« schlug der Kapitän eifrig vor.

»Ein schöner Schatz!«

»Sie sind beleidigend!« sagte der Kapitän.

»Wer nicht auf unserer Seite ist, der ist gegen uns!« murrten die Bärtigen.

»Ach, ihr mit eurer Kultur!« sagte ich ärgerlich. »Gibt's nicht irgendwas Lustigeres?«

»Vorhang auf!« rief der Kapitän.

»Wird gemacht!« Sein Gehilfe legte zackig die Hand an die Mütze.

Im ersten Akt war alles wie vorherbestimmt. In Uglitsch, bei einem unter Denkmalschutz stehenden Klostergelände, wo man für jede Kirche einzeln Eintritt zahlen mußte, kam ein sehr volkstümlicher Typ von Invalide, ein Stehaufmännchen mit Orden von 1941 bis 45 an der Brust, von hinter der Einzäunung in einem Rollstuhl auf mich zugefahren und rief: »Alle Präsidentschaftskandidaten sind Juden!« Die ihn begleitenden Frauen wollten ihm Beifall klatschen.

»Du irrst dich!« sagte ich ziemlich streng zu dem Invaliden. »In Rußland sind überhaupt alle Juden, bloß du nicht.«

»Stimmt«, sagte der Invalide. »Ich bin kein Jude!«

»Worüber habt ihr gesprochen?« fragte neugierig meine supermoderne Deutsche.

Mit wem die Wolga hinunterschippern, wenn nicht mit einer Deutschen? Mit wem, wenn nicht mit einer Deutschen, die zu Neurasthenie und quälender deutscher Verbindlichkeit neigt und dazu, aus Kontrastgründen gegen den Strom zu schwimmen? Von allen möglichen Varianten wählte ich nach reiflicher Überlegung die Deutsche, die von Rußland nicht die Bohne verstand, dafür war sie eine ironische Tochter des Undergrounds mit billigen Jargonismen und Fingernägeln blau wie der russische Himmel, und eine Sklavin ihrer Phantasmen, mit extremistischer Tätowierung an der Hüfte.

Um nicht zufällig, weil ich nichts Besseres zu tun hatte, nach dem Vorbild des Bauernzaren Stenka Rasin meine Begleiterin über Bord in die Wolga zu werfen, bevölkerte ich das Schiff mit seinen vier Decks nicht mit gewöhnlichen Passagieren, sondern mit einer ganzen Hundertschaft russischer Journalisten provinziellsten Zuschnitts aus allen Ecken unseres unermeßlichen Landes. Mochten sie uns wie eine kollektive Scheherezade alle möglichen russischen Räubergeschichten erzählen. Dann ließ ich noch die Kellerinnen durchsichtige rosa Blüschen anziehen, damit wir wie im Traum dahinschwammen. Das Büffetfräulein Lora Pawlowna, ebenfalls ganz in Rosa, machte mir zum Frühstück geschlagenes Eigelb mit Zucker. Sie brachte es mir auf einem Tablett zum Oberdeck herauf und sagte, in der grellen Sonne blinzelnd:

»Ich liebe es, mich in der Sonne zu wärmen wie die letzte Giftschlange.«

Der Kapitän des Schiffes war natürlich der Kapitän selbst.

Moskau – Uglitsch

Sie Rußland ist ein Land aus Resopal. Überall feine braune Streifen. Von Wladiwostok bis Magdeburg. In Aufzügen, an Türen, auf Tischen, in Schiffen. Nur die Bäume werden nicht mit Resopal verkleidet. Dafür werden sie am Stamm weiß angestrichen. Mit Gift. So sehen sie alle aus wie Birken. Weshalb die Russen sofort anfangen zu weinen. Die Käfer indessen sich angeekelt abwenden oder tot umfallen.

Unser Schiff heißt MS Sossima Schaschkow. Schöner Name. Nach Stalins Minister für Flußschiffahrt. Dafür ist das Schiff aus deutscher Produktion. So können wir uns beide wie zu Hause fühlen. Der Russe und ich. Wir brauchen uns vor nichts zu fürchten. Unser Heim, unser Nest, unsere Hütte ist ja nun das Schiff, das uns nicht verläßt, selbst wenn wir es verlassen. Immer liegt es da. Wartet. Groß und breit am Wolgastrand. Es hat etwas Lauerndes. Hundeschiff.

Das »Touristen-Binnen-Fahrgastschiff« mit vier Decks kommt von den VEB Elbwerften aus Roßlau und wurde sogar ausgezeichnet. Wegen hervorragender Gestaltung. Würdige Resopalverschalungen, zauberhafte Spitzenvorhänge, ausschweifendes Orange an Clubsessel und Übervorhang. Die DDR lebt weiter in ihrer russischen Heimat, ein Kunststoff gewordener süßer Traum vom luxuriösen Sozialismus. Da haben wir schon von vornherein Glück gehabt. Gar nicht zu reden von den durchsichtigen rosa Blusen der reizenden Kellnerinnen.

Auf dem Moskwa-Wolga-Kanal passieren wir eine Schleuse nach der anderen. An Deck plaudern wir ein wenig über Stalin, dem wir (wer? er? ich?) diesen großartigen Kanal zu verdanken haben. Ebenfalls dankbar schaut vor jeder Schleuse ein junges Paar optimistisch in die Zukunft. Die Zukunft bläst ihnen Wind in die steinernen Haare. Hinter uns schließt sich ein riesiges Schleusentor. Vor uns rohe Betonwände.

Bei der Gelegenheit würde der Russe dann doch gern einmal

wissen, wer meiner Meinung nach schlimmer war – Hitler oder Stalin.

»Also, wer war deiner Meinung nach schlimmer? Hitler oder Stalin?« Er beginnt, doch ziemlich vertraulich zu werden. Und duzt mich außerdem. Allerdings sprechen wir englisch, da fällt das nicht auf.

»Blöde Frage«, sage ich.

»Wer? Sag schon!«

»Geh mir nicht auf die Nerven.«

Das vordere Schleusentor öffnet sich. Ob ich überhaupt wisse, was Schleuse auf russisch heißt. Schluuhs. Jawohl. Und ob ich schon mal was von Telefonschnurr, Schlaggboum, Marschrutt und Buchgalter gehört hätte. Die ganze Technik, Militär, Bürokratie – alles deutsch, alles einfach übernommen. Die Russen hätten für all diese deutschen Errungenschaften noch nicht einmal eigene Wörter erfunden. Übrigens sei sein höchstpersönlicher Großonkel, Schwippschwager, Vetter zweiten Grades, Uropa oder was weiß ich was, in jedem Fall ein gewisser Popow dafür der eigentliche Erfinder des Radios, während dieser Marconi, dieser Italiener, vom Radio rein gar nichts verstanden hätte, jedenfalls lang nicht so viel wie vom Spionieren und Intrigieren, weshalb der Großneffe schließlich hätte klein beigeben müssen und die einzige relevante russische Erfindung vor der Entdeckung der Stalinorgel sich gewissermaßen die Achsenmächte unter den Nagel gerissen hätten.

»So, so«, sage ich.

»Bist du stolz darauf?«

»Auf deinen Radio-Großonkel oder darauf, daß ich den Russen die Telefonschnur gebracht habe? Oder sind's die prima Beziehungen zwischen den Achsenmächten und weil ich besser Italienisch kann als du? Ach, laß mich doch in Ruhe.«

Dort vorne kommt schon die nächste Schleuse. Warum hat eigentlich keiner Stalin gesagt, daß hier offensichtlich viel zuviel Höhenunterschied ist für einen ordentlichen Kanal? Aber wahrscheinlich hatten sie damals auch für Höhenunterschied keine russische Vokabel. Dafür eine für Hinrichtung – Kasn oder so ähnlich – abgesehen natürlich von dem äußerst beliebten und erfolgreichen Begriff Likwidazija und dem Tätigkeitswort likwidirowat, wobei es sich hier allerdings nicht um eine originäre Erfindung der Deutschen handelt. Für den ebenfalls nicht besonders deutschen Begriff Inschenjer hatten sie in Rußland wiederum keine geeigneten Russen. Weshalb Stalin kurzerhand jeden tumben Arbeiter-und-Bauern per Dekret zum Ingenieur umrüstete. Selbst die Schriftsteller. Die waren ab sofort Ingenieure der Seele. Die Sowjetunion: Hier konnte jetzt jeder für fünf Minuten ein I. sein. Das hatten die Deutschen davon. Und die Russen erst recht.

Irgendwie scheint der Kapitän uns von hinter seiner Glasscheibe zu beobachten. Ich ziehe die Strickjacke um die Hüften etwas fester. Was will der bloß? Soll sich lieber um seine stalinistischen Schleusen kümmern.

Uglitsch – Kostroma

Er Rußland ist ein Land aus Holz. Es hat keine architektonischen Spuren hinterlassen außer einem Haufen kaputter Backsteine. Die russische Hütte kann man kaum als Architektur bezeichnen, auch wenn sie unglaublich schön ist. Ich liebe ihr zum Weinen kleines Fensterlein unter dem Dach. Die russische Hütte ist kein Haus. Sie ist keine Sache. Sie ist eine überirdische Halluzination nach dem Schlag gegen die Finsternis. Darum ist in Rußland jeder Mensch von seinem genetischen Code her ein potentieller Brandgeschädigter. Mit jenem ungesunden, teigigen Gesicht, das den Mißbrauch von Kartoffeln und Wodka verrät. Aber unser Jahrhundert der siegreichen Stereotypen hat im letzten Moment gewisse Korrekturen erfahren.

Die russische Seele hat plötzlich das Bedürfnis, sich in Stein zu verewigen. Sie hat die grün-blauen Bretterzäune verschwinden lassen. Das ist nicht so sehr ein sozialer Wandel als vielmehr ein metaphysischer Skandal. Die russische Seele sorgt sich plötzlich um private Bequemlichkeit innerhalb der kurzen Zeitspannne zwischen Geburt und Tod. Welch Ketzerei! An den Ufern der Wolga funkeln die neuen Metalldächer.

»Die russische Herrschaft der Halbliterwodkaflasche wird doch wohl nicht zu Ende gegangen sein?« fragte ich den Kapitän, als wir auf der Kapitänsbrücke standen. »Selbst wenn in Rußland alles wieder zum Erliegen kommen sollte, der Bauboom der letzten fünf Jahre wird noch in Jahrhunderten unübersehbar sein.«

»Alles fließt«, sagte der Kapitän, den Kopf hin und her wiegend. »Auch Rußland ist in Fluß gekommen.«

»Vielleicht bauen ja nur die Reichen?« fragte die Deutsche.

»Neeeeee«, sagte ich. »Gratulieren wir Rußland zur Entstehung eines ganzen neuen Standes.«

»Was meinen Sie damit?« wollte der Kapitän wissen.

»Über der Wolga geht wie der Neumond eine Mittelklasse auf. Wie sie aussehen, zu was sie sich entwickeln wird, so wird auch Rußland sein«, sagte ich poetisch.

»Ja … Wir zum Beispiel haben uns, als wir klein waren, gegenseitig die Feige gezeigt«, fügte der Gehilfe des Kapitäns hinzu und steckte der Anschaulichkeit halber den Daumen zwischen Zeige- und Mittelfinger. »Und heute zeigt keiner mehr dem andern die Feige. Es ist unmodern geworden.«

Da aber die russische Seele traditionell nicht »in Backsteinen« denkt, klaut sie überall von allem ein bißchen, und so erhärtet sich eine wüste Mischung aus deutsch-französisch-amerikanischer Einfamilienbaukunst. An Brandstätten mit rußgeschwärzten, ragenden Balken werden Häuser mit Türmchen errichtet. Die Russen haben jede Art von Türmchen ins Herz geschlossen. Das Wundermärchen des Entrechteten deckt sich mit dem Phallussymbol einer erstarkenden gesellschaftlichen Erregung. Außerdem beginnt sich zwischen mir und der Deutschen eine historische Intrige zu entwickeln.

Ich gehe mit ihr über den Markt von Kostroma, wo die Händlerinnen mit ihren blassen, nordischen Gesichtern forsch, die Bäuche vorgestreckt, Dörrfisch und Ananas an den Kunden bringen.

»Entschuldigen Sie, sind Sie schwanger oder einfach bloß dick?« frage ich eine Frau, die gedörrten Fisch verkauft.

Was bei uns gut ist? Man kann fragen, was man will. Und alles mögliche zur Antwort bekommen. Ein sehr weites Feld für Gespräche tut sich auf. Zudem gibt es in Rußland nicht mehr Schwangere als Kamele.

»Ich? Dies und das«, erwidert sie. »Und du, du bist wohl nicht von hier?«

»Mmh.«

»Du kriegst ein Zeichen. Warte nur.«

»Blöde Kuh!« Vor Schreck werde ich wütend. »Selber Zeichen, beschissene Ziege!«

Wir befinden uns im Norden, an der Grenze der Weißen Nächte. An der Grenze der romantischen Schlaflosigkeit. Auf den Autobussen Werbung: »Lesen Sie die *Prawda des Nordens*!« Der Deutschen wird übel vom Geruch des Dörrfischs, während ich ihr erkläre, daß in Kostroma Ananas das letzte Mal unter Zar Nikolai dem Zweiten gesichtet wurden und Kiwis überhaupt noch nie. In Kostroma haben alle Straßen doppelte Bezeichnungen, die ehemaligen sowjetischen und die neuen, das heißt ganz alten, kirchenslawischen.

Wir besuchen das wiedereröffnete Frauenkloster. Die Deutsche, selbstverständlich ganz in Schwarz gestylt, fällt unter den Nonnen des Jelzinschen Aufgebots nicht auf. Wir stellen jeder eine Kerze vor der Ikone des Erlösers auf, obwohl die Deutsche, die in ihrer Jugend *topless* auf den Tischen der West-Berliner Nachtlokale getanzt hat und meiner Meinung nach fahrlässig eng mit Marx befreundet war, Religion nicht ausstehen kann.

»Gibt es ein Leben auf dem Marx?« frage ich die Deutsche.

»Wie bitte?« Sie macht große Augen.

Der Erlöser brennt plötzlich lichterloh in blauen Flammen. Die riesige Ikone reißt sich los und fliegt durch die Kirche von einer Ecke zur andern. Als ob sie Schmerzen hätte. Als ob es ihr eng und ungemütlich wäre. Als ob sie den heiligen Mauern entfliehen wollte.

»Was hat er nur?« fragt die Deutsche verblüfft.

»Er quält sich«, erkläre ich.

Ringsum Geschrei, Stimmengewirr. Alle sehen mich an. Die Nonnen treten auseinander. Herein kommen unser Kapitän mit dem Gewehr aus der nächsten Zukunft (er wird das Gewehr mit Zielfernrohr morgen in Nishni Nowgorod kaufen) und seinem jungen Gehilfen, dem dunkelhaarigen Teufel.

»Sieht nach Selbstverbrennung aus«, flüstere ich.

Der Erlöser beschreibt einen meterweiten Bogen in der von Gebeten getränkten Luft und kehrt mit einem Krachen wieder an seinen Platz zurück. Auf der Ikone erscheinen fünf tiefe Einschnitte.

»Was ist eine Ikone?« fragt der Kapitän überheblich.

»Eine Offenbarung in Farben«, erwidert der Gehilfe schulterzuckend.

»Kommando zurück«, brummt der Kapitän bilderstürmerisch.

»Die Ikone ist der russische Fernseher«, grinst meine Begleiterin.

Durch die tiefen Einschnitte rinnt Wasser wie Tränen.

»Geben Sie mir das Einmachglas«, bitte ich.

»Einen Scheißdreck gebe ich dir«, brummt der Kapitän gutmütig.

»Mir gefällt Rußland«, bekennt die Deutsche in gedämpftem Flüsterton.

Nach diesem Geständnis bleibt mir nichts übrig, als sie in ein altes Kaufmannslokal zu führen, mit Stuck an der Decke und theaterhaften roten Vorhängen. Das Restaurant (gegenüber von einem neuen Sex-Shop mit der Abbildung eines angebissenen Apfels auf dem Ladenschild) ist tagsüber vollkommen leer. Als die Kellnerinnen, schrille Blondinen (an der Wolga möchten alle Frauen gern blond sein), unserer ansichtig werden, beeilen sie sich, ihre Hauspantoffeln gegen weiße hochhackige Pumps einzutauschen: »Darf es Kaviar sein?«

Uglitsch – Kostroma

Sie Jetzt fing ich an. Ich fing an, Abschiedsbriefe zu schreiben, um die Welt zu reisen, Russisch zu lernen, na und, das bildet doch. Ich fing an, meine Telefonrechnung nicht mehr zu bezahlen – womit auch? In der ersten Nacht auf der Wolga fing ich an. Moskau, Paris, London, New York, öde Orte, mir egal, hinterher. Die Zeitzonen purzelten durcheinander, herrenlose Tage tauchten auf, sie grinsten mich schadenfroh an, überall tiefe Risse, Spalten, Löcher, in denen ich verschwand für Jahre. Meine Augen schwollen an, meine Ohren liefen aus, die Füße platzten auf, I had to see a doctor, later on in Cambridge oder Kalifornien. Meine Mutter Herzeloide, die mich nach wie vor von allen Übeln dieser Welt zurückzuhalten suchte, schickte Briefe, Faxe, e-mails: Komm nach Hause, liebes Kind! Wie denn? Wie denn!

Ich fing an, zu weit zu gehen. Ich fing an, mich nicht mehr zu waschen, die Zähne nicht mehr zu putzen, die Nägel nicht mehr zu schneiden, nein, im Gegenteil, ich fing vielmehr an, meine Muskeln zu trainieren, die Unterwäsche nicht mehr zu wechseln, Gesichtsdampfbäder zu nehmen. Meine Freundinnen schrien mir hinterher: tu's nicht! Was tat ich denn? Давайте познакомимся – mein erster russischer Satz. Laßt uns einander vorstellen. Ich fing an, ihn zu suchen. Unter meiner Decke, im Bücherregal, hinter dem Sofa. Neue Körper kehren besser. Ich fing an.

Ich fing an. Ein Kleiner. Ein Blonder. Einer mit grünen Unterhosen. Mit kleinen gelben Fischen. Rote Sterne sausen um meinen Kopf. Как спутники.

Applaus brandet auf. Kameras surren. Wir werden in Stalingrad stehen auf einer Anhöhe über der Wolga. Vor uns steht Guido Knopp mit einem Mikrophon mit der Aufschrift ZDF, hinter uns Mutter Rußland im Kleid mit reichem Faltenwurf. Doktor Knopp sagt verbindliche Worte zur Begrüßung. Es ist der letzte Teil einer fünfteiligen Serie über den deutsch-russischen Schicksalsort. Häupter verneigten sich. Veteranen rieben ihre Narben aneinander. Großporige Nasen kamen sich näher. Schneestürme fegten durch die Fernseher. Wochenschaufanfaren schmetterten. Man legte Kränze nieder mit Atlasschleifen in schwarzrotgold und weißblaurot. Maximilian Schell ist General Paulus.

Dann sind wir dran. Wir sind die Zukunft, die junge Generation. Wind bläst uns in die Haare. Wir blicken uns tief in die Augen. Ich sage: »Viktor, was empfindest du beim Gedanken, daß mein Großvater hier. Während dein Vater bei Stalin.« Der Russe sagt sofort: »Nie wieder!« Doktor Knopp lächelt. Er knöpft seinen grauen Zweireiher zu. Streicht sein Nackenhaar zurecht. Nickt. Dann gähnt er vorsichtig, wobei er den Mund geschlossen hält. Wir küssen uns. In Großaufnahme. Ich sehe einen halben Nasenflügel und ein Auge, groß wie eine Pfütze.

Heiner Müller tritt auf. Um ihn wird alles schwarz. Er hat einen Militärmantel an, sein Gesicht ist aus Wachs, ein deutscher Dramatiker. Hinter ihm stehen in Reih und Glied zweiundzwanzig Männer, die auch alle aussehen wie Heiner Müller. Schwarze Kassenbrillen, Stiefel, Militärmäntel, darunter sind sie nackt. Sie deklamieren im Chor. Schöne, kräftige Männerstimmen.

Im blutigen Schoß Germanias
Verrat an der Revolution.
Geschützdonner von Ferne
Zieh deine Hose wieder hoch, Kamerad.

Die Männer stampfen mit den Füßen. Sie reißen ihre Mäntel auf. Sie brüllen. Der Kapitän preßt ein Ohr an die Kabinentür. Die Passagiere bekreuzigen sich. Die Kritiker kratzen über ihre Notizblöcke. Resopal platzt an den Nähten. Paris erwacht. Die Fische glotzen. Oh, der Schoß ist fruchtbar noch. Stalingrad. Wir kommen.

Kostroma – Nishni Nowgorod

Sie Ein neuer Name auf der Landkarte, dort, wo eben noch ein Verbannungsort namens Gorki gefangen in der Sperrzone lag: Nishni Nowgorod, die auferstandene siebenhundertjährige Stadt, macht die deutschen Kundschafter ganz verrückt. Hier geschehen Wunderdinge! Hier ist der russische Aufschwung zu Hause! Hier reformiert die Jugend selbst! Ein schwarzgelockter Gouverneur von sechsunddreißig Jahren! Ein »Jahrmarkt«, der einst unglaublich berühmt war und den sie nun wieder wachgeküßt haben. Alter Reichtum, jugendlicher Schwung. Das liest man jetzt überall.

Langsam nähert sich unser Schiff der Anlegestelle. Voller Ungeduld stehen die Passagiere an der Reling, zum Sprung bereit. Als wäre es Montagvormittag kurz vor Eröffnung des Sommerschlußverkaufs.

»Der Kapitän war auch schon einmal munterer«, maule ich in den Morgen.

»Wahrscheinlich hat er wieder einmal etwas Besseres zu tun, als dieses Schiff hier ordentlich zu parken. Na ja. Russe eben. Oder was ist der überhaupt?«

Mein Leibrusse überhört das geflissentlich. Er hat sich zu guter Laune entschlossen und wirft einen Apfel in die Luft, den ihm diese Lora Pawlowna, diese Kreuzung aus einem rosa Papageien und einem sowjetischen Versuchshund, zugesteckt hatte, kaum daß er vorhin aus der Kabine gestolpert war. Dann beißt er rein. Oh weh, schlechte Zähne! Ausgefranst die Reihe gelblicher Stecken, an denen der Saft des Apfels mit winzigen Bläschen hinunterschäumt. Das mit den Zähnen war mir bisher gar nicht so aufgefallen. Fällt mir natürlich auch jetzt nicht auf. Nach dieser Nacht. Ich meine ja nur. Allerdings merkt der Russe, wie ich ihm meine Augen in den Mund stecke.

»Nabokov«, sagt er fröhlich und kaut weiter, »ich habe schlechte Zähne. Wie Nabokov.«

Na, herzlichen Glückwunsch, denke ich. Wie Nabokov! Wer kann so etwas schon von sich behaupten? Dann habe ich Fußpilz. Wie Goethe.

Unterdessen verpasse ich den genealogischen Anschluß. Irgendwas war gerade mit dem Symbolisten Alexander Blok, mit dem irgendwer in der Familie und ergo auch mein Leibrusse verwandt sei und zwar wegen eines unehelichen Kindes aus der Vergewaltigung einer Minderjährigen in einem öffentlichen Dampfbad – kann aber sein, daß ich letzteres jetzt mit Dostojewski verwechsle. Oder mit Tolstoi? Und mit Nabokov, fährt der Dichter fort, teile er sogar nicht nur die schlechten Zähne, sondern auch die glückliche Kindheit, das reine, wolkenlose Paradies, weshalb er, J., auch begonnen habe, seine, N.s, Werke gleich nach der Aufhebung der Zensur erstmals in Rußland herauszugeben, was ihm aber alsbald gründlich mißlungen sei, denn irgendwelche skrupellosen Geschäftemacher und Neuverleger hätten ihm sogleich dazwischengefunkt und ihrerseits schlecht edierten Schriftstellerschrott ruckzuck unter die ahnungslosen Massen geworfen. Ich stelle mir vor, wie der Russe in kurzen Hosen mit einem Schmetterlingsnetz über eine Wiese jagt. Und kein einziger verlegerischer Finsterling verfängt sich darin. Trotz frühen Paradieses, vorzeitig verfaulter Zähne und später editorischer Mission müsse er allerdings zugeben, sagt der Russe, daß ihn Nabokov, hätten sie sich je kennengelernt, dann doch für einen unerträglichen Schmierfinken und indiskutablen Sausack gehalten hätte.

Das tut mir leid. Irgend etwas geht hier doch immer schief. Erst die Sache mit Marconi beziehungsweise mit Popow, dem Ärmsten, dann dieser Blok und jetzt auch noch Nabokov. Aber eigentlich beneide ich die Russen neuerdings. Sie haben alles, was der geistige Mensch braucht, zu ihrer ungebrochenen persönlichen Verfügung und Verschmelzung. Erstens Geschichte. Und zwar als Farce. Gleich. Nicht erst in der Wiederholung, wie Marx fälschlicherweise prophezeit hatte – aber was wußte der schon von Rußland? Ferner Literatur, um nicht zu sagen Literaturgeschichte – möglichst am eigenen Leibe. Außerdem jede Menge Verwandtschaft. Wo sich ja das Körperliche, das Historische und das Dramatische ineinander einschreiben.

Würde jedenfalls ein spätstrukturalistischer französischer Philosoph sagen.

Ein ältlicher Mann zu meiner Linken muß meine Gedanken erraten haben – oder das ist auch so eine russische Landessitte: Gedankenlesen. Es ist der Vorsitzende des Schriftstellerverbandes von Samara, ein paar hundert Kilometer weiter wolgaabwärts, der nach Moskau gekommen war, um die Kollegen Journalisten abzuholen.

»Rußland ist wie ein großer Teig«, sagt er unvermittelt und hält sich an der Reling fest, denn das Schiff macht merkwürdige Manöver und knallt immer wieder gegen die Kaimauer.

»Ich könnte nie in Amerika leben. Ich war da. Einmal und nie wieder. Dort ist jeder für sich. Nicht wie bei uns.«

»Sind Sie Kommunist?« will ich wissen.

»Ich? Kommunist? Ganz bestimmt nicht!«

»Aber was halten Sie denn so von Lenin?«

»Hören Sie mir auf mit dem. Das war doch noch nicht einmal ein richtiger Russe. Der war doch eigentlich Deutscher.«

Ich komme nicht mehr dazu, mir das genauer erklären zu lassen. Denn endlich hat der Kapitän es doch noch geschafft. Der Assistent des Kapitäns schiebt einen Steg zwischen Schiff und Festland. Die Leute stürmen los. Über die Uferpromenade, den Hügel hinauf in die Stadt.

Wir schauen in alle Höfe. Der Russe pinkelt in die Ecken. Wir wollen knallrote Flußkrebse aussaugen, Mädchen in grünen Kleidern mit kühnen Ausschnitten bewundern und noch ein nachmittägliches Bier in einer dieser Kellerspelunken, die jetzt überall eingerichtet wurden. Wir wollen diskutieren. Warum die Russin weiße Stilettos trägt. Weiße! Krankenschwesternsex als Stilprinzip einer ganzen Generation?

Überhaupt die Russin. Jedes Kleid ein technisches Meisterwerk mit Trägern, Schnallen, Reißverschlüssen kreuz und quer und an den unerwartetsten Stellen, jede Frau eine prachtvolle Präsentation sämtlicher Archetypen weiblicher Kleidung, wie sie in Westeuropa nur noch von Transvestiten vorgetragen wird: große, weiße Punkte auf dunkelblauen Glockenröcken, transparente Stoffe in schwarz, knallrosa, weiß, Volants allüberall, halsbrecherische Schuhe, die mit kleinen Perlen bestickt sind und oben auf dem Haupt – je weiter weg von Moskau desto größer – enorme Schleifen als Krönung der Geschenkverpackung. Auf den Weiberleibern herrscht der schiere Überfluß – fast wie bei den russischen Gastmählern, wo alle Köstlichkeiten auf den Tischen übereinander getürmt werden. Dies ist das Fräuleinwunder von Nishni.

Aber warum gerät der Dichter dann völlig außer sich, wenn er elegante schwarze Herrenschuhe an westlichen Frauenfüßen sieht. Ist vielleicht auch er kein Russe?

Kostroma – Nishni Nowgorod

Er Rußland bewaffnet sich. Ein kalter Regen trieb die Deutsche und mich in ein Waffengeschäft. Vor den Fenstern Gitter mit Tupfenmuster. – »Wie bei dir zu Hause auf dem Balkon«, kicherte die Deutsche.

»Nein, ich habe Kamilleblüten.«

»Wieso *Kamille*?«

Was sollte ich darauf sagen? Wie ihr erklären, daß das dekorative Gitter das Wappen meiner keuschen Heimat ist?

In der Tür stießen wir auf unseren Kapitän und seinen dunkelhaarigen Gehilfen. Der Kapitän hatte ein nagelneues Gewehr in der Hand. Wir beglückwünschten ihn zu seinem Kauf.

»Ich schieße hin und wieder gern«, sagte er scherzhaft.

»Ihr Gesicht kommt mir bekannt vor«, sagte ich liebenswürdig zum Gehilfen des Kapitäns, nachdem ich ihn aufmerksam gemustert hatte.

»Ich habe nicht die Ehre, Sie zu kennen«, antwortete der Gehilfe trocken.

»Warten Sie mal«, sagte ich erstaunt, »waren Sie das nicht, der in Uglitsch den Invaliden mit den Medaillen gespielt hat?«

Der Gehilfe wurde verlegen und wollte schon irgendwas grummeln, aber der Kapitän nahm ihn beiseite und schleppte ihn ab.

»Präser gibt's hier nicht!« rief mir der Dunkelhaarige im Weggehen zu.

Ich kaufte zu einem annehmbaren Preis zwei Handgranaten und steckte sie in die Hosentaschen. Ich interessierte mich für Handschellen und Gummiknüppel.

»Wie wär's mit ein bißchen Sadomaso als Freizeitgestaltung?« schlug ich spöttisch vor.

Die Deutsche wurde blaß vor Aufregung.

Das Eintauchen in die Niederungen einer örtlichen Kneipe verlief mehr als erfolgreich. Wir waren umgeben von den zwei Haupttypen hiesiger Männer – brünetten mit Schnurrbart und blonden mit schütterem Haar. Sie saßen tief über die Tische gebeugt, sahen einander mürrisch an und ächzten schwer vor Glück.

»Na, wie gefällt's Ihnen bei uns?« fragte herzlich der Gouverneur, der aussah wie ein frisch gezimmerter, schnell daherlaufender Schrank. Hinter ihm standen ein paar junge reiche Kerle, die beinahe platzten vor Energie.

Erfreut über den frischen Anblick der Staatsmacht, sagte ich offenherzig:

»Gut, gut. Ihr Kreml ist allerdings ein Scheiß. Lauter Mauern. Nichts dahinter.«

»Die Weiten der Wolgalandschaft«, lächelte der Gouverneur, »enthalten eine unvergleichliche diffuse Leere.«

»Prostration?« fragte die Deutsche.

»Triumph der Kurzsichtigkeit«, fuhr ich fort, ohne mich auf eine Diskussion einzulassen. »Leute mit scharfem Verstand haben hier nichts verloren.«

Russen lieben nichts so sehr wie Bier mit Krebsen. Die roten gekochten Krebse riechen nach Wolgaschlamm.

»Bei uns in Europa …«, setzte die Deutsche wichtig an.

Der Gouverneur und ich konnten uns nicht beherrschen und brachen in einmütiges Gelächter aus.

»Der Kapitän hat mir mein Glas weggenommen«, sagte ich schließlich.

Der Gouverneur verfiel in tiefes Nachdenken.

»Na und«, sagten die jungen, vor Energie platzenden Kerle.

»Das Land hat genug von Experimenten«, fügte der Gouverneur hinzu.

Der weißliche Krebssaft wirkt nicht weniger berauschend und anregend als Bier. Nachdem die Deutsche zum ersten Mal im Leben Krebse ausgesaugt hatte, war sie offenbar endgültig in Rußland angekommen. Ihre Arme stecken bis zu den Ellenbogen in den Krebsen. Ihr strammes Bäuchlein grummelt. Das Ganze hätte übrigens beinahe ein junger Mann zunichte gemacht, der schüchtern von mir ein Autogramm auf einer Serviette erbat.

»Ihre Bücher sind wie ein glühender Lötkolben, den Sie dem Leser in den Hintern stecken.«

»Wollen wir uns verbrüdern?« lachte ich liebenswürdig.

»Jeder Schriftsteller zwinkert seinem Publikum zu.«

»Hier haben Sie Ihr Autogramm, nur betrachten Sie es um Gottes willen nicht als Ablaßzettel!« sagte ich, während ich einen deftigen Ausdruck auf die Serviette schrieb.

Mir war indes etwas mulmig dabei. Klare Sache, kaum habe ich einen ermuntert, da fallen sie auch schon alle als rempelnde Meute über mich her.

»Du bist also kein Mensch, sondern eine öffentliche Institution«, bemerkte die Deutsche mit einer seltsamen Mischung aus altlinker Verachtung und deutscher Sentimentalität.

Nishni Nowgorod – Kasan

Sie Manchmal habe ich das Gefühl, wir sind hier auf Wahlkampftour, und ich bin Jackie Kennedy und habe ein rosa Chanel-Kostüm an, auf dem eines Tages Blut eintrocknen wird, und später heirate ich einen Milliardär, aber das ist eine andere Geschichte. Vorerst gehen wir durch Kasan, und der Dichter fängt wieder an, Hände zu schütteln. Schüttelt an einer Bank mit Veteranen entlang, schüttelt durch die Straßen, schüttelt ein ganzes Militärblaßorchester, dessen Mitglieder unter den Mänteln wie immer nackt sind.

»Warum machst du das?« frage ich. »Du hast hier doch keine Wahl zu gewinnen.«

»Die wollen das«, antwortet er kurz angebunden und blickt sich um, wem er großzügig seine Aufmerksamkeit schenken könnte. Und tatsächlich, schon hängt wieder einer an seinen Lippen, auf die er morgens wahrscheinlich Honig geschmiert hat.

Den ganzen Tag inszenieren der Dichter und sein Land das Schauspiel vom Dichter und seinem Land und von der großen Liebe zwischen beiden. Pickelige Jünglinge bitten um Autogramme, Fans fallen ihn auf offener Provinzstadtstraße an, irgendeine Fernsehkamera ist immer in der Nähe. Die ihn dann von vorne filmt, denn das ist günstiger. Wegen des Buckels. In der Schiffssauna ziehen die Frauen Badeanzüge an – »aus Respekt«, sagen sie – und stoßen dann mit ihren Bierflaschen auf seine Gesundheit und seine dichterische Potenz an. Wo er geht und steht, hält er standrechtliche Pressekonferenzen ab. Und wenn sonst niemand zur Verfügung steht, dann predigt er mit einer weißen Lilie in der Hand und dem Jesuskind auf dem Arm den Fischen, die durch die Lüfte springen und kleine Saltos machen. Die Störe allerdings sind zu groß für solche Manöver.

Mit einiger Mühe finden wir in Kasan endlich eine orthodoxe Kirche. Ich hatte darauf bestanden, im barbarischen Tatarstan, wo nun der Orient auch offiziell beginnt, obwohl ich gar nicht weiß, was das dann bisher alles gewesen sein soll, Okzident kann man das jedenfalls kaum nennen, was wir gesehen haben – hier wollte ich also die Reste abendländischer Zivilisation in Augenschein nehmen, denn mir war plötzlich wieder eingefallen, daß mir ja eine Inspektionsreise ins inzwischen leider etwas heruntergewirtschaftete und unter schwerer, vorwiegend muslimischer Konkurrenz leidende Reich des Bösen vorherbestimmt war.

Obwohl es ein gewöhnlicher Donnerstagabend ist, drängeln sich in der Kirche die Menschen. Alte und junge Frauen, trübes Licht, blitzende Ikonen. Höchstwahrscheinlich zu Ehren des berühmten Rußlandenthusiasten Rainer Maria Rilke, der im Jahr 1900 in Kasan weilte, schauen die Frauen unzählige Madonnen in die hohlen Ikonen hinein, und ihre schöpferische Sehnsucht belebt beständig mit milden Gesichtern die leeren Ovale. Hier muß der Künstler einsetzen, indem er, ohne an der gewohnten Form zu rühren, innerhalb der goldenen Krusten die Visionen des Volkes erfüllt; und indem er ihm Gelegenheit gibt, auch über diesen neuen Bildinhalt hinaus zu träumen, hat er Aussicht, von Schönheit zu Schönheit aufzusteigen und dabei das ganze Volk mitzuerheben in die reifen Wirklichkeiten seiner ... Der Russe stößt mir seinen Ellbogen in die Seite.

»Du bist nicht Rilke,« zischelt er ungeduldig.

»Und du nicht Marina Zwetajewa«, zischele ich zurück.

»Sieh lieber einmal dort hinüber«, kontert er beleidigt.

Dort, im linken Seitenschiff, zündet eine Gruppe von schikken jungen Frauen Kerzen an und singt dabei leise.

»Was singen sie?« frage ich den Russen eher aus Höflichkeit.

»Sie wünschen mir ein langes Leben und ewig während Manneskraft,« übersetzt er. Sind die denn hier von allen guten Geistern verlassen!

»Das muß ich fotografieren,« sage ich und drücke ab. Doch da drehen sich die Frauen um wie auf Kommando und befördern mich mit Fußtritten aus der Kirche hinaus. Draußen stolpere ich die Treppe hinunter, hinter mir der Russe, zwei Frauen mit kurzen Lederröcken an seinen Lippen.

»Frag sie für mich, was sie an Dir finden«, bitte ich den Russen. Der hebt zu einer längeren Ansprache auf russisch an. Als er endlich fertig ist, mustert die eine der Frauen mich von Kopf bis Fuß. Mein rosa Chanel-Kostüm scheint ihr nicht sonderlich zu gefallen. Komisch, müßte eigentlich genau ihr Geschmack sein – zumindest die Farbe.

»Он – наш Бог«, antwortet sie endlich voller Stolz.

»Und?« fordere ich den Russen auf zu übersetzen.

»Sie sagt, ich bin ihr Gott. Ganz einfach.«

Zum Dank dreht der Russe die Frau um, drückt mit einer geschickten Handbewegung ihren Oberkörper nach vorn, so daß ihr lila Lederrock hoch rutscht, und beugt sich von hinten über sie, um auf ihrem Rücken seine Moskauer Telefonnummer auf einen schmutzigen Zettel zu schreiben. Dann richtet sich die Schreibunterlage wieder auf und taumelt grußlos und halb ohnmächtig davon, ihrer eifersüchtigen Freundin hinterher.

»Na dann, Happy Birthday, Mister President. Was würdest Du sagen, wenn das der Kapitän mit mir machen würde?« frage ich entnervt. »Los komm schon, ich will mir noch die Moschee ansehen. Wir werden noch zu spät kommen.«

»Zu spät. Zu spät. Na und? Die Moschee läuft uns nicht weg«, sagt der Russe unwillig. Und schaut sich hilfesuchend um. Auf irgend etwas wartend.

Nishni Nowgorod – Kasan

Er Kasan empfing unser Schiff mit einem Militärblasorchester. Die Trompeten blitzten in der Sonne. Gott, wie schön die Tataren sind! Und erst die Tatarinnen! Und die blutjungen Tatarinnen! Eine wahre Augenweide! Hier sehen alle aus wie Nurejew. Ein ewiges Ballett. Ich bin überzeugt, daß alle berühmten italienischen Couturiers ebenfalls Tataren sind. Auf diese Stadt müßte man internationale Agenturen für Topmodels aufmerksam machen. In den tatarischen Gesichtern angeborene Starallüren. In ihren Blicken eine wonnige Weltabgeschiedenheit, von der die Werbung für die teuersten Parfüms kündet.

Ich ging zu einer Bank, auf der Veteranen saßen, die man eigens für uns hierher zur Anlegestelle gekarrt hatte. Diese Stoßarbeiter sahen immer noch ganz benommen aus vom Lärm des eigenen Lebens. Es waren ihrer sieben, einschließlich einer alten Frau im Wachstuchregenmantel. Das ist im Grunde genommen alles, was vom sowjetischen Volk übrig geblieben ist. Das Alter ist in Rußland etwas Unanständiges. Um es zu beschreiben, braucht es keinen Shakespeare. Der Nürnberger Prozeß wäre zu theatralisch für seine Verurteilung.

»Stachanowarbeiter, was seid ihr jetzt: Kommunisten oder Demokraten?« fragte ich nach einem kurzen Gruß.

»Tja, wie soll man sagen?« Die Veteranen zuckten die Achseln. Falls sie sich noch an irgendwas festhielten, dann vermutlich an Baldrianpillen. Sie waren einfach zu müde, darauf zu warten, daß ihnen jemand erklärte, was eigentlich los war. Schließlich fragte einer von ihnen:

»Und du?«

Ich empfahl mich wie Churchill als Anhänger des demokratischen Bösen.

»Nun ja, das sind wir auch.«

Sie hatten kampflos ihre Lebenspositionen aufgegeben.

Ich ertappte die Deutsche bei einer seltsamen Betätigung. Sie stand neben dem Autobus und beobachtete durch ihre modische Sonnenbrille, wie sich die Soldaten, die zu spielen aufgehört hatten, umzogen.

»Bald sind wir in Stalingrad«, brach es plötzlich aus ihr heraus. »Iß heute abend keinen Dörrfisch.«

»Ich esse Dörrfisch nur, wenn ich einen Kater habe!« freute ich mich zurückhaltend.

Im Vergleich zu den Tataren sehen die Kasaner Russen ziemlich unförmig und plump aus.

»Überhaupt, die Russen sind irgendwie daneben«, vertraute mir die Deutsche giftig an. »Sie bemühen sich zu sein wie wir Europäer, aber im letzten Moment schlagen sie dann doch immer über die Stränge ... Gott sei Dank«, fügte sie hinzu.

Neben der russischen Plumpheit interessierte mich auch der islamische Fundamentalismus. In der Kasaner Moschee erklärten mir zwei alte Imame, nachdem sie für unsere glückliche Reise gebetet hatten, die Tataren hätten keineswegs die Absicht, sich mit den Russen zu streiten, denn sie hätten sich im Laufe vieler Jahrhunderte aneinander gewöhnt und sich vermischt.

»Ich liebe euren Islam für seine leuchtend grüne Farbe und seinen Abwechslungsreichtum«, sagte ich ehrerbiertig. »Der Prophet Mohammed hat verheißen, daß es ebenso viele Wege der Läuterung gebe wie wahrhaft Gläubige. Wie schön, daß auf Darstellungen des Propheten anstelle des Gesichts ein leerer Fleck ist. Der Messias ist nicht darstellbar. Habt ihr in eurer Moschee vielleicht ein leeres Gefäß? Kann auch eine Wodkaflasche sein.«

»Wir trinken nicht«, sagten die Imame, aber in ihren Augen las ich, daß sie Befehl hatten, mir keines zu geben.

»Habt ihr Angst vor dem Kapitän?« fragte ich.

»Kapitän – akbar«, sagten die Imame.

Ich hob den Blick und sah ihn am Himmel. Als ich versuchte, in die andere Richtung zu schauen, sah ich ihn auch dort.

»Ich schwöre bei diesem untergehenden Stern«, sagte ich, »euer Freund ist nicht vom Wege abgekommen und hat sich nicht verirrt.«

»Gelobt sei Allah, der Herr der Welten«, erwiderten die Imame, »der barmherzige Herrscher am Tag des Gerichts!«

Ich zog die Handgranaten aus den Taschen meiner weißen Hose und begann auf dem Teppich mitten in der Moschee damit zu jonglieren.

Die Imame zauberten ein paar leere Flaschen unter einer Bank hervor.

»Der Kapitän ist groß«, sagten sie, »doch du bist allmächtig und gnädig.«

Zufrieden mit der treuherzigen Antwort, fuhren die Deutsche und ich Hand in Hand mit dem Bus zum Grab von Wassili Stalin, dem Sohn des Führers, der hier in Chruschtschowscher Verbannung gestorben war. Auf Wassilis Grab war die Photographie abgeschlagen, künstliche Blumen und Kränze lagen darauf, orientalisch süßlicher Grabschmuck. Orientalische Details findet man in Rußland haufenweise. Man nehme nur diesen Autobus. In der Fahrerkabine alle möglichen Vorhänge, Rüschen, Ikonen und Fransen – mehr ein Altar als eine Fahrerkabine. So was findet man eher in Indien als in Europa.

Ganz unten

Er Beim Frühstück trat der Kapitän des Schiffes mit besorgtem Gesicht auf mich zu.

»Aus der Kajüte Ihrer Deutschen waren die ganze Nacht fürchterliche Schreie zu hören«, teilte er mir mit.

»Machen Sie sich keine Gedanken«, lachte ich. »Sie hat Alpträume. Ihr Großvater hat vor Stalingrad gekämpft.«

»Ach so!« beruhigte sich der Kapitän. »In Samara«, fügte er freundschaftlich hinzu, »müssen Sie unbedingt den Stalinbunker besichtigen.«

Jede russische Stadt hat ihre Attraktion. Tambow rühmt sich seiner Hochhäuser, Orjol seiner Kuchen, Tula seiner nächtlichen Pollutionen, Astrachan ist die Urheimat des Computers. Samara wurde auf Geheiß von Boris Godunow mit Halunken bevölkert. Samara ist schwarz vor Arbeitern.

Die Arbeiterklasse servierte uns Schokoladenkonfekt und Sekt und stellte uns keine einzige Frage. Auch wir fragten nichts. Mir gefällt die konkrete proletarische Gastfreundschaft.

Als wir genug Schokolade gegessen hatten, fuhren wir zum Gebäude des ehemaligen Gebietsparteikomitees, gebaut im Stil eklektizistischer Kaufmannshäuser der achtziger Jahre des 19. Jahrhunderts.

»Wo kann man hier kacken gehen?« wandte sich die Deutsche, ungeduldig von einem Fuß auf den anderen tretend, an die schnurrbärtige Garderobenfrau. Damit war ein kulturspezifischer Nerv getroffen. Eine Russin würde allenfalls fragen, wo sie ihr »kleines Bedürfnis« befriedigen kann. »Ich gehe mal eben pinkeln«, würde sie fröhlich erklären. Das »große Bedürfnis« verschweigt und umgibt sie mit einer Geheimnistuerei, die in einen Agentenfilm passen würde. In der weiträumigen Eingangshalle führte man uns zu einer bescheidenen Tür. Hinter solch einer Tür befindet sich in Rußland gewöhnlich der winzige Raum für die Putzfrau: Da stehen Blecheimer und Schrubber, da hängt ein grauer Kittel. Aber als sich diese Tür öffnete, machten die Deutsche und ich große Augen: dies war der Eingang zu einer gigantischen Unter-welt.

»Mann, reingelegt haben uns unsere eigenen Popen«, sagte plötzlich jemand neben mir. »Unsern schönen Glauben haben sie uns zerstört, abgebrochen wie Zweige vom Faulbeerbaum.«

Ich bin daran gewöhnt, daß die Leute überall in Rußland das Wichtigste aussprechen und drehte mich nicht einmal um. Das durch eine vier Meter dicke Betonplatte geschützte unterirdische Gewölbe, von dessen Existenz bis vor kurzem niemand wußte, erinnert in seinem Stil an einen Moskauer Metroschacht, nur daß er 37 Meter tief in die Senkrechte gekippt ist.

Unser Abstieg in den schwindelerregenden Schacht mit seinen zusätzlichen, etagenweisen Zwischendecken, die zusammengenommen einem Atomschlag hätten standhalten können, war wie ein Abstieg in die nationale Hölle. In der untersten Etage tat sich vor uns Stalins Kabinett auf – mit Tischlampen im mürrischen Stil des seinerzeit modischen Art déco und zahlreichen blinden Türen, die nirgendwohin führten (eine Maßnahme gegen Klaustrophobie), eine exakte Kopie seines Moskauer Arbeitszimmers. Eine Menge Metaphern drängten sich auf. Die russische Seele demonstrierte in aller Offenheit ihre diabolische Schläue, Treuherzigkeit und Tiefe.

»Der Kapitän hat gehört, wie du geschrien hast«, sagte ich im Stalinschen Kabinett zu meiner Deutschen.

Eine der blinden Türen öffnete sich. Der Kapitän betrat den Raum. In seinem Schlepptau eine Truppe von freiwilligen Binnenschiffern mit kahlrasierten Schädeln.

»Hast du in Kasan ein leeres Gefäß mitgehen lassen?« fragte der Kapitän, während er sich am Schreibtisch des Generalissimus niederließ.

»Kapitän«, sagte ich würdevoll, »was soll das werden, ein Verhör?«

»Bringt sie herein«, sagte der Kapitän in das elegante Regierungstelefon. Der heiße Draht.

Zwei von den Halsabschneidern führten die Imame vor. Ordentlich zusammengeschlagene Leute sehen immer irgendwie aus wie geschminkt.

»Nicht einmal sie hast du geschont!« schrie ich auf.

»Mauert sie in Stalins Scheißhaus ein«, ordnete der Kapitän an. »Alle vier!«

Rasch begannen sie uns einzumauern, wobei sie uns in der Eile mit Mörtel bekleckerten. Die Deutsche stürzte unterdessen zum Klosett des Diktators.

»Es ist nicht, weil ich Angst hätte, sondern weil ich dringend mal muß«, sagte sie, während sie den Hintern entblößte. Sie fürchtete tatsächlich, man könne ihr Feigheit vorwerfen.

»Imame«, sagte ich. »Wo bleibt die Macht eures Gebets?«

Die Imame konzentrierten sich und stimmten die wichtigste geistliche Hymne an:

»Führe uns den geraden Weg, den Weg derer, denen Du Deine Wohltaten erweist, nicht aber derer, die stöhnen unter dem Joch und nicht den der Verirrten!«

Maschinenpistolengeratter. Die Gewölbe des Stalinbunkers wurden von den Kämpfern des Tatarenbataillons »Glücklicher Tod« gestürmt. Sie kamen geradewegs die frisch braun angestrichenen Geländer heruntergerutscht. Aber unsere russischen Flußmatrosen, unsere treuherzigen Peiniger, waren auch nicht von schlechten Eltern. Sie hüpften und hangelten sich von einer Etage zur andern wie tropische Äffchen. Der Kapitän führte seine Jungs in den Kampf. Es entspann sich eine unterirdische Schlacht von Kulikowo. Ich wußte nicht mehr, zu wem ich halten sollte. Ich beobachtete entzückt die einen wie die anderen. Das russische Heer entschwand schließlich durch die blinden Türen. Die Mohammedaner gaben den Verwundeten den Rest und richteten erstaunt ihre rauchenden Maschinenpistolen auf uns.

»Das ist wie ein Garten auf dem Gipfel«, sagte ich zu den Kämpfern, begeistert die Hände hebend. »Der Regen prasselt gnadenlos auf ihn nieder, und er bringt doppelte Ernte.«

»Er ist kein schlechter Kerl«, sagten die Imame und klopften ihre schwarzen, goldbestickten Käppchen aus. »Er wollte leere Flaschen zurückgeben, und der Kapitän hat sie ihm einfach alle weggenommen.«

»Ein russischer Skandal«, lächelten die Kämpfer. »Was ist mit der Deutschen? Ficken wir sie?« Das war eher eine rhetorische Frage.

»Wieso denn?« trat ich vorsichtig für sie ein.

»Ich hab jetzt schon den ganzen Rücken voller Narben«, gestand die Deutsche.

»Na gut, macht, daß ihr Land gewinnt«, sagten die Kämpfer, »sonst kommt ihr noch zu spät!«

»Sollte ich jemals beschließen, zum Islam zu konvertieren, dann weiß ich, an wen ich mich wenden kann«, sagte ich zu den guten Imamen zum Abschied, und ganz gerührt (auch sie waren gerührt) stürmte ich mit der Frau, drei Stufen auf einmal nehmend, die Treppe hinauf, wobei ich den Lachen menschlichen Blutes auswich.

Kasan – Samara

Sie Einen Dichter und professionellen Wortemacher an seiner Seite zu haben, hat viele Vorteile. Zum Beispiel den, daß man ihm mühelos die Zuständigkeit für alles Große, Tiefe, Völkerverständigende übertragen kann und man selbst endlich wieder töricht und taubstumm sein darf. Einmal wieder glotzen! Ganz wie in alten Zeiten, als man in der Fremde noch nichts verstehen mußte und man sich hemmungslos den ästhetischen Abenteuern der Oberflächen hingeben durfte.

So mache ich es mir gemütlich in Samara, das einfach an mir vorbeiziehen zu lassen ich bereits auf dem Schiff beschlossen hatte. Schon weil ich viel zu übermüdet für ausladendere Regungen bin.

Samara wäre einst um ein Haar zu Höherem berufen worden. Aber dann hatte es seinen Kriegseinsatz als sowjetische Ersatz-Hauptstadt in letzter Minute verpaßt, weil die Deutschen vor Moskau dann doch schlapp und die Stadt deshalb nicht dem Erdboden gleich gemacht hatten und das Bolschoi-Theater, dessen strategische Spitzenschuhe, Tüll-Tutus, Hasenpfoten und Heldentenöre samt Pappkulissen und Primaballerinen zum Transport nach Südosten schon ordentlich in Kisten verpackt waren, es dann doch vorgezogen hatte, die Heldentenöre wieder aus der Holzwolle zu wickeln und zu Hause in Moskau zu bleiben. Worüber man bis heute in Samara bitter enttäuscht und wahrscheinlich auch ein wenig beschämt ist. Nun gut – eine deutsche Schweinerei mehr.

Ein schwarzer BMW der Siebener-Serie hatte uns am Schiff abgeholt. Am Steuer ein soeben aus den Windeln explodiertes

Riesenbaby männlichen Geschlechts, noch ohne eigenen Namen, aber bereits mit verwegenen Schultern und draufgängerischem Gesicht, das uns jetzt einmal zeigt, was ein Westauto ist, und mit hundertfünfzig über die beinahehauptstädtischen Straßen jagt, während auf seinem Bordmonitor der Schriftzug »Bremsen überprüfen« aufleuchtet – aber was bedeutet schon ein wichtigtuerischer deutscher Tagesbefehl kurz vor dem südlichen Ural? Nichts.

Im Heck lehne ich mich an die Schulter des Russen. Von Zeit zu Zeit flüstere ich ihm etwas ins Ohr. Ab und zu schnüffelt er ein wenig an meiner Strickjacke, deren Geruch ihm seltsam vorkommt. Erst fahren wir zu irgendeinem Treffen, das sich um ein paar Blumentöpfe mit Plastikspitzenüberzug gruppiert. Dann zu einem Bunker, den sie hier für Stalin vorbereitet hatten, welcher ebenfalls schon vor seinem Abtransport nach Samara in Moskau wieder ausgepackt worden war. Ich glotze hier, ich glotze da, während wir eine schier endlose Wendeltreppe hinunter in die Tiefe Richtung Bunker steigen.

Mir ist ja durchaus klar, überlege ich, während unsere Schritte unregelmäßig auf die stählernen Stufen knallen, daß es in unseren aufgeklärten Zeiten eigentlich die Pflicht des Reisenden ist, stets maximale Nähe zu dem zu suchen, was schön ist, weil es fern bleibt. Moralisch gesehen verlangt schon der Erwerb einer Bahnsteigkarte höchste Einfühlungsbereitschaft in alle merkwürdigen Banalitäten und großen Wunderlichkeiten, die einen erwarten, sobald man auf dem Bahnhof Menschen von da draußen begegnet.

Aber das kann ich jetzt alles vergessen. Zum Einfühlen und Verstehen ist der Dichter da. Der geleitet mich gerade galant durch eine rostrot gestrichene Stahltür, indem er mir seinen Arm um die Hüfte legt und mich sanft vor sich herschiebt. Ich muß daran denken, wie er mir nicht nur stündlich meine eigene und die Seelenlage des Volkes im Besuchsgebiet erläutert – nachdem ich ihm einige ins Auge springende Eigenarten (»herrliche Tatarinnen!«) zur Kenntnis gegeben habe. Er integriert auch bereitwillig und tiefüberzeugt meine banalen Beobachtungen in elegante Theorien: »Mehr ein Altar als eine Fahrerkabine. So was findet man eher in Indien als in Europa.« Wie man aus dem Autobus in ihn hineinruft, so schallt es wieder heraus. Er verarbeitet das, was er denkt, was ich wahrnehme. Ich bin seine Muse. Das gönne ich dem Russen, denn ich denke an Stalingrad. Und mir selbst sowieso. Für Feminismus-Exerzitien ist dies nicht der geeignete Ort.

Dies ist das Heimspiel des Dichters gegen sich selbst. Möge der russischere gewinnen. Für mich hingegen funktioniert Rußland nach dem Motto: Knapp daneben ist auch vorbei. Das macht die Sache um so merkwürdiger. Alles sieht auf den ersten Blick aus wie Europa: die Gesichter, die dieselben gemäßigten Züge haben wie überall in dieser Klimazone, die städtische Kleidung, die in jedem ihrer Elemente trotzig behauptet, elegant zu sein, die städtischen Häuser, aus Stein und Stuck wie in Potsdam, auch wenn sie in diesem merkwürdigen russischen Waldmeistergrün gestrichen oder ganz aus Holz sind wie in Polen und der Schweiz, die allgegenwärtigen Vorhänge wie aus dem Gardisette-Gardinenstudio von Marianne Koch. Doch das europäische Haus und die west-östliche Gardine tun nur so als ob. Aber wie machen sie das eigentlich? Ach wären wir doch in Indien.

Inzwischen sind wir ganz unten angekommen in Stalins Bunker. Es riecht nach frischer Farbe, überall liegt Werkzeug herum.

»Wieso wird hier eigentlich renoviert? Und für wen?« entschließe ich mich dann doch zu fragen. Der Dichter scheint leicht erregt. Ein Anflug von Röte steht ihm im Gesicht. Vielleicht hat er Platzangst. Statt auf meine Frage zu antworten, erklärt er mir, die Tischlampe sei »Art déco« und die hier realexistierende Tiefe eine Metapher der russischen Seele. Interessant, interessant. So hat diese also genau vierzehn unterirdische Stockwerke. Um die sich der russische Dichter jetzt wohl wird kümmern müssen.

Aber so schlimm ist das auch wieder nicht. Auch mir bleibt ja die Erinnerung an meinen Führerbunker. Eine Art Riesenscheißhaufen, der verlassen im Niemandsland zwischen Ost und West lag. Kurz nach dem Mauerfall ließ man einige ausgewählte Berliner Persönlichkeiten für einen Tag in den Scheißhaufen hinein. Nachdem wir uns erst einmal ausführlich auf dem Todesstreifen um ein paar Gummistiefel geprügelt hatten, die einige ehrwürdige Mitglieder der Landespressekonferenz bis zum letzten Atemzug zu verteidigen entschlossen waren, irrten wir, während eingebrochenes Grundwasser uns bis zu den Hüften stand, ein Stündchen durch die dunklen, leeren Räume, die der Führer leider weder durch seine Anwesenheit, noch durch sein legendäres Ableben verfinstert hatte, dieweil hier einst nur Technisches geschah, während der wesentlich schaurigere Rest schon vor Zeiten von staatlichen Antifaschisten gesprengt worden war. Was nun alle schwer verdrieste. Damit etwas Dramatik in die Sache kam, trachtete man jetzt danach, seinen Nächsten in unter Wasser liegende Fußbodenlöcher zu locken und dann zu fotografieren, was namentlich der Bild-Zeitung mit meiner Person gelang, so daß ich tags darauf im Blatt abgebildet erschien, strauchelnd, halb im Wasser, mit wüst verzerrten Zügen, vermutlich kreischend. Ich. Opfer des Faschismus. In den Monaten und Jahren danach gab es dann noch diverse leidenschaftliche öffentliche Diskussionen darum, ob man den Scheißhaufen museal konservieren sollte oder ob die Gefahr, damit gewissen Kreisen eine Kultstätte zur Verfügung zu stellen, nicht beängstigend hoch wäre. Seither ist es still geworden um den bösen Führerbunker. Lange schon hat ihn niemand mehr gesehen, dort am Potsdamer Platz. Lebt er noch? Wo ist er? Was macht er jetzt?

Liebst Du mich?

Sie »Ich hab's mir überlegt«, sagt der Russe am nächsten Tag beim Mittagessen, das unser Frühstück ist. Die Schiffsbeschallungsanlage hatte uns in die Koje getrötet, daß die Arbeiterklasse des Restaurants uns erwarte, da sind wir ungewaschen, mit falsch zugeknöpften Hemden und offenen Hosen herbeigeeilt. Nach rechts und links grüßend tritt der Russe in den Speisesaal. Ich hinterher, lächelnd. Lora Pawlowna, die Banalität als Büffetdame, tänzelt auf ihren heruntergetretenen Absätzen zu uns an den Tisch und fragt blöd, was es denn wohl sein dürfe. Für diese aufreizende russische Unterwürfigkeit könnte ich sie glatt – na egal. Einstweilen bringt sie uns eine Flasche Bordeaux aus Georgien und eine Flasche seifiges Mineralwasser, vermutlich aus dem Spülbecken. Wir stoßen mit dem Rotwein an.

»Guten Morgen«, frohlockt der Russe überschwenglich und läßt mir seine Hand knallend auf den Schenkel fallen.

41

Die Köchinnen haben mir einen Pfannkuchen aus Mohrrüben und Kartoffeln gebraten, denn daß ich diese gräulichen,
fettigen, sehnigen Fleischbatzen verschmähe, haben sie gleich
verstanden – allerdings nicht warum. Aber des Menschen Wille
ist sein Himmelreich, und ich bin hier die Westlerin und die
schicke Gespielin des undurchschaubaren Dichters, und sie haben große Busen und mich in ihr Herz geschlossen.

»Ich habe mir also folgendes überlegt«, sagt der Russe noch
einmal. »Warum halbe Sachen machen? Wie wäre es mit einer
richtig großen Liebesgeschichte?«

Vor Schreck verschlucke ich mich so gräßlich, daß der Kapitän samt Gehilfe herbeieilen und mich umdrehen und auf den
Kopf stellen müßte, so daß ich den halben Karotten-Kartoffelpfannkuchen auf den Schiffsteppich kotzen würde, bevor ich
jemals wieder Luft kriegen könnte. Schon stürzen die Retter
durch die Schwingtüren. Aber natürlich bekomme ich mich
rechtzeitig in den Griff und begnüge mich mit einem kleinen
Hüsteln. Da trollt sich der Kapitän nebst Faktotum wieder, wobei letzterer seinerseits mißgelaunt und leise fluchend auf den
Teppich spuckt, und sein schwarzer Pudel das Bein an einem
der Clubsessel hebt. Schließlich hatte er schon letzte Nacht
eine schwere Pleite hinnehmen müssen. Er hatte nämlich gut
zwei Stunden mit dem Dichter über mich verhandelt, denn ihm,
einem, wie er mehrfach betonte, verdienten sibirischen Chefredakteur und Hilfskapitän, die Zierde aller klassischen James-
Bond-Filme als es noch richtige sowjetische Monster gab mit
Wangenknochen so breit wie eine Wolga-Limousine und einer
Nase lang wie – ebenfalls eine Wolga-Limousine und einer Körpergröße, die neben einer Wolga-Limousine liegend sich nicht
zu verstecken bräuchte, ihm stünde nun einmal der Sinn danach, mit mir zu tanzen, mich an seine karierte Hemdbrust zu
drücken, im Takt mit mir herumzurumpeln, und, falls ich darin
keine Erfahrung hätte oder sonstwie nicht dazu in der Lage
wäre, sei er auch durchaus bereit, entweder den Schiffskorridor
mit mir entlang zu gehen oder sogar einfach nur so fünf Minuten eng bei mir zu stehen, was dem Dichter, der immer wieder
freundlich zu mir herüber lächelte, offenbar durchaus alles einleuchtete, zumal auch immer wieder das Wort »Einmachglas«
fiel, und er also seine Zustimmung, mich zu betanzen letztlich
sogar gerne gab. Allein – ich sagte: »Njet.«

So hüstele ich jetzt also kurz, bevor ich nunmehr dem Dichter meine Meinung sage.

»Liebesgeschichte? Kommt überhaupt nicht in Frage. Das kannst du dir gleich aus dem Kopf schlagen! Ich bin beschäftigt und zwar anderweitig.«

»Natürlich bist du beschäftigt. Und zwar mit mir.«

»Nachts vielleicht. Aber bilde dir deswegen bloß nichts ein.«

»Das werden wir ja noch sehen. Weißt du überhaupt, daß mich meine Eltern damals Viktor genannt haben zu Ehren des Sieges der Russen über die Deutschen?«

»Was? So alt bist du schon?! Du siehst aber jünger aus.«

»Lenk nicht ab!«

»Ich sage dir jetzt mal eines: Der Kalte Krieg ist vorbei, falls du das noch nicht gemerkt hast.«

»Nö, habe ich noch nicht gemerkt. Sah wirklich nicht danach aus, heute nacht. Wäre ja auch schade drum. Hat doch wirklich Spaß gemacht. Also, was meinst du zu einer richtig großen Liebesgeschichte?«

Für alle Fälle legt der Russe ein paar flankierende Angebote auf den Tisch: Witze mit Bärten, Mäntel aus Fischhaut, Halsketten aus Menschenknochen, Rosen zwei Mal in der Woche, Erektionen jeden Morgen, Mikrowellenherde, Stromschläge, Datscha am Stadtrand von Workuta, Deutschkurs an der Volkshochschule.

»Na, ist das nichts?« sagt der Russe und lehnt sich triumphierend zurück, als hätte er soeben den gesamten militärisch-industriellen Komplex samt Atom-U-Booten aus Nishni Nowgorod, Kampfflugzeugen aus Kasan und Kühlschränken aus Samara für eine Mark an mich privatisiert.

»Hört, hört«, rufen die Passagiere.

»Hat man Töne«, staunt Lora Pawlowna.

»Finger weg«, warnt Herzeloide.

»Dawai«, zischelt mein Großvater.

»Da kannst du nichts machen«, nölt das Schicksal durch seine verstopfte Nase.

Wir sind die Größten

Er Hinter Samara verdichtete sich der Nebel über der Wolga, und der Fluß verbreiterte sich plötzlich, war von Inseln mit üppiger Vegetation übersät und wurde geradezu wild. Das war nicht mehr die Wolga, sondern eine Amazone. Es gab ordentlich Wellengang. Nachts in der Bar flogen die Gläser durch die Gegend. Alle hundert Journalisten der russischen Provinzpresse tanzten und tranken, tranken und tanzten. Die Deutsche und ich saßen in einer Ecke: wir beobachteten.

Die russischen Tänze haben mit nächtlichen Berliner Tänzen nichts gemein. Im russischen Tanzen hat sich ein ursprüngliches Element von Hysterie bewahrt, das beinahe umgehend eine verbale Zugabe in Form einer Beichte verlangt. Übrigens bereut das einfache Volk selten. Statt zu beichten, brüllt es aus vollem Halse. Es grölt auf offener Straße seine Lieder, wie sonst nirgendwo jemand grölt. Etwas anderes ist der russische Journalismus. Alle hundert Journalisten wollten uns ihre sämtlichen intimen Geheimnisse mitteilen. Die Frauen erzählten uns, sie seien Opfer ihrer Ehen, ihre Männer seien Alkoholiker und die Kinder drogensüchtig. Nach der Arbeit in der Redaktion müßten sie auf ihre Datscha zum Kartoffelpflanzen – das Geld reiche nicht hin und nicht her. Der kleine schwarze Dima aus Sachalin eröffnete mir, er sei ein Afghanistan-Opfer und ein Schwanzlutscher. Eine achtundvierzigjährige Buchhalterin zeigte mir opferbereit ihre Brüste.

»Und wo bleibt die Beichte?« wunderte ich mich.

»Sind die nicht beredt genug?« erwiderte die Buchhalterin.

»Drei Ehen, zwei Töchter, fünfzehn Abtreibungen«, sagte ich, nachdem ich sie wie ein Handlinienleser aufmerksam betrachtet hatte.

»Stimmt«, sagte die Buchhalterin und hakte ihren Büstenhalter wieder zu.

Ein junger Mann aus dem Ural gestand mir, er sei ein Opfer der Feder: Er schreibe geniale Gedichte, aber er geniere sich, sie jemandem zu zeigen. Ich bat ihn, wenigstens eines lesen zu dürfen.

»Wozu?« genierte sich der Dichter.

Jeder Dichter in Rußland träumt davon, ungelesen zu sterben. Ich bestand nicht auf meinem Ansinnen. Ein Journalist aus

Nowosibirsk, der aussah wie der sterbende Lenin, vertraute mir an, er habe für den KGB gearbeitet.

»Und wozu brauchst du ein Einmachglas?« fragte er mich seinerseits.

»Darum.«

»Ökumenismus läuft hier nicht«, versicherte er.

»Lora Pawlowna!« rief ich. »Wie wär's mit Champagner?«

»Ist alle!« versetzte das Büffetfräulein schnippisch. »Was denkst du dir eigentlich?« jammerte sie. »Das geht doch nicht, Mütterchen Wolga Wasser für eine Analyse entnehmen!«

Die Journalisten fingen an zu murren.

»Also, was ist«, sagte ich, an die Anwesenden gewandt. »Wird Rußland überleben oder untergehen?«

»Wir sind die Größten«, riefen alle wie aus einem Mund.

»Noch einmal zum nationalen Geruch«, sagte ich zu der Deutschen, während ich langsam zu ihr an den Tisch zurückging.

Ich kämpfe mich durch ein Heer von Pennern, Bahnpolizisten und Prostituierten vom Platz der drei Bahnhöfe, steige die Treppe hinauf zu den Garderobenmännern der prestigeträchtigen Spielcasinos, zu den Barkeepern, Croupiers, Kunden, Stripteasetänzerinnen, und alle sagen zu mir: Wir sind die Größten. Ich betrete eine ganz neue Toilette mit Stereomusik. Die Kabinen sind besetzt. Die Türen stehen sperrangelweit offen. In Europa ist das Kotzen ein lebenswichtiges Ereignis, etwa wie eine Abtreibung; darüber schreibt man am Lebensabend in seinen Memoiren. Hier ist das Routine. Und all diese »Wir sind die Größten« stehen auf Matrosenart breitbeinig da, Männlein und Weiblein, und kotzen. Und es scheint, wenn wir in unserem reicher werdenden Land in den letzten Zügen archaischen Denkens nicht den Glauben an unsere Überlegenheit verlieren, dann werden wir die ganze Welt zukotzen.

Aber besonders tat sich die schöne Natascha von einer Zeitung aus der Stadt O. bei Moskau hervor, die in einem sehr kurzen Kleid, das wie ein gestreiftes Matrosenhemd an ihrem Körper klebte, auf dem Tisch tanzte. Sie kam an unseren Tisch, setzte sich forsch und fragte:

»Was meint ihr, trage ich Wäsche unter dem Kleid oder nicht?«

Ich wußte gleich, daß sie nichts drunter anhatte außer

Wunschvorstellungen, aber sie unterbrach mich sofort, ehe ich antworten konnte:

»Ich habe noch nie mit einer Frau geschlafen, ich hatte, wie ihr euch vorstellen könnt, Komplexe, aber ausprobieren würde ich's gern mal.«

Die Deutsche, weiblicher Liebe nicht abgeneigt, strich ihr über das lange Haar.

»Dein Darm hat mir gleich gefallen«, sagte sie und zeigte Natascha ihre extremistische Tätowierung an der Hüfte.

»Eigentlich wär er mir lieber«, sagte Natascha in gebrochenem Englisch zu ihr, wobei sie in meine Richtung nickte.

Das Nuttenhafte von russischen Mädchen hat mich schon immer gerührt.

»Ach, du Fischlein!« sagte ich, die Augenbrauen hochziehend.

»Oh ja, oh ja!« freute sie sich.

Da hatte meine Deutsche genug und schleifte mich, Kopfschmerzen vorschützend, an Deck, um die neblige Amazone zu betrachten.

»Die sind alle verrückt«, sagte sie.

Der ganze Aufenthalt in Saratow verging mit klärenden Beziehungsgesprächen. Es heißt, Saratow bedeute auf mongolisch »Gelber Berg«. Die örtlichen Nationalisten kämpfen erbittert gegen diese Etymologie.

Samara – Saratow

Sie Daß Saratow seltsam ist, hatte schon Rilke an seine Mutter geschrieben. Seltsam, liebe Herzeloide, ist gar kein Ausdruck. Oben kreisen Raumkapseln mit Jurij Gagarin an Bord. Unten lungern Halbbarbaren in ihren Käfigen mit Blumenmustergittern, aus denen heraus sie Schnaps, Zigaretten, Zeitungen und Lotterielose verkaufen. Oder sie hocken in ihren Kraftwerken, verkleidet mit weißen Kitteln und Hauben auf den Köpfen wie ihre eigenen Ärzte, Fleischer oder Anthropologen. Viele verfallen mehrmals am Tag in totenstarreähnliche Zustände. Dann sitzen sie breitbeinig und schweigend auf zerschlissenen Sofas neben abgemagerten Topfpflanzen in den Foyers der öffentlichen Gebäude. Und warten. Auf das jüngste Gericht.

Die russischen Edlen Wilden sind natürlich auch eine deutsche Erfindung. Genau wie die Telefonschnur. Um die Jahrhundertwende hatten sich rußlandreisende deutsche Intellektuelle ans Werk gemacht. Und sie zusammengebaut. Aus Seele, Einfalt, Gottergebenheit, Instinkt. Göttliche Mollusken, unverdorben von der Moderne. Denen sich die Deutschen zuwenden voll Zärtlichkeit. Und Erschütterung. In der Osternacht hörte Rilke das Herz des Landes schlagen. Es grüßten ihn Dämonen, unbändige Tänzer, tiefsinnige Künstlermenschen, die unaufhörlich Gott erschufen, der in ihrer Mitte lebte, als er andernorts längst tot war: Du bist der raunende Verrußte, auf allen Öfen schläfst du breit.

In Saratow sind Soldaten aufgezogen, hechelnde Hunde an ihren Handgelenken, grüne und braune Flecken auf ihren Anzügen, als hätten sie sich gerade im Morast gewälzt. Ein Rockkonzert muß geschützt werden, der junge Gatte einer alternden Diva wird singen, die Mädchen werden ihn zerfleischen wollen aus Liebe, die Jungen aus Galanterie.

Unterdessen streifen deutsche Diversanten und Spione zu Tausenden und Abertausenden durch die Straßen, die nach dem aus Deutschland gegebenen Signal Explosionen in den von den Wolgadeutschen besiedelten Rayons hervorrufen sollen. Über das Vorhandensein einer solch großen Anzahl von Diversanten und Spionen unter den Wolgadeutschen hat keiner der Deutschen, die in den Wolgarayons wohnen, die Sowjetbehörden in Kenntnis gesetzt, folglich verheimlicht die deutsche Bevölkerung der Wolgarayons die Anwesenheit in ihrer Mitte der Feinde des Sowjetvolkes und der Sowjetmacht. Sagen die Herren M. Kalinin und A. Gorkin in unmißverständlichem Wolgadeutsch, Moskau, Kreml, 28. August 1941. Aber damit ist jetzt Schluß. Demnächst werden sich die Wolgadeutschen auf den Weg machen. Nach Kasachstan und von dort aus nach Braunschweig.

Dafür wird Juri Gagarin hier in der Nähe der Stadt seiner Jugendjahre landen, woraufhin ein fadendünnes Raketendenkmal Hunderte von Metern hoch aus dem Gras schießt. Dann schmilzt das Weichbild von Saratow in der Sonne dahin. Zuerst in dem riesigen Schaukasten auf dem großen Platz: Die Hochhäuser schlagen Wellen, die Wolga wirft Blasen, die ganze lange »Uferpromenade der Kosmonauten« aus Plastik und Pappe ist verbogen und verzogen, verblaßt und verschossen. Daneben glubscht Juri Gagarin verzweifelt, mit verdrehten Basedow-Augen und aufgeworfenen Lippen aus einem eierbecherartigen bräunlichen Betonhelm, den sie dort zu drei weiteren matschfarbenen Heroen an die Wand geklatscht haben. Er weiß, eines Tages, bald, morgen, wird ganz Saratow mit allen deutschen Spionen, wachsamen Tschekisten, heldenhaften Kosmonauten, einfältigen Halbbarbaren, kühnen Monumenten und martialischen Kraftwerken vollständig zerfließen, die Treppen zur Wolga hinuntertropfen, langsam zunächst und dann in einem immer kräftigeren Strom, bis schließlich die ganze Stadt sich in den Fluß ergossen hat und fortgespült wird, hinab ins Kaspische Meer. Ein paar Deutsche werden in den Schleusenkammern hängen bleiben, ein paar Tschekisten werden in den Fischernetzen zwischen Stören zappeln. Aber die Kosmonauten und die Halbbarbaren werden alle durchkommen. Dann treiben sie für immer im Meer.

In dem kleinen Park hinter dem großen Platz blühen südliche Akazien.

»Acacia«, sagt der Russe auf englisch.

»Acacia«, antworte ich auf französisch.

»Акация,« entgegnet er auf russisch, »so etwas haben wir in Moskau nicht.«

Mißtrauisch sieht er sich nach dem Kapitän um, der sich von Akazie zu Akazie hinter uns her stiehlt.

»Believe you in aliens?« flüstert mir der Russe unvermittelt in vorbildlichem broken English ins Ohr.

»Meinst du jetzt Engel oder Dämonen, oder Spione oder Juri Gagarin, oder wen?« frage ich ihn zurück. Ich muß zugeben, ich bin etwas verwirrt.

»Findest du nicht auch, daß hier alles äußerst merkwürdig ist?«

»Aber das ist doch dein Land, ich dachte, ich bin hier die Außerirdische. Oder willst du jetzt den Fremden mimen? Was ist denn passiert?«

»Ach nichts. Du wirst schon sehen«, seufzt er angestrengt.

In der nachmittäglichen Sonne leuchten die Augen des Russen auf einmal fast bernsteinfarben. Er hat eine leichte Erkältung. Sehr schlechtes Zeichen hierzulande. Wer weiß.

Wir gehen noch ein Stück schweigend durch den Park, der

Russe einen Schritt hinter mir, in Gedanken. Und dann. Und dann ist er plötzlich nicht mehr da. Weg. Nicht mehr zu sehen. Fort. Futsch. Verschwunden. Zigaretten holen gegangen. Vom Erdboden verschluckt. Nach Amerika ausgewandert. In Luft aufgelöst.

Während ich noch so herumkreisele, mich um die eigene Achse drehe, lache, kichere, schluchze, rotze und beinahe gegen eine Akazie knalle, höre ich ein Knacken aus den Lautsprechern, die hier überall an den Bäumen und an den Häusern hängen. Ein paar Takte eines schweren, schwarzen Blues, dann eine angenehme männliche Stimme.

»Der verdiente Dichter Viktor Vladimirowitsch, berühmter Dämon unseres Landes, ist heute von uns gegangen. Bitte verhalten Sie sich ruhig. Wir werden Sie auf dem laufenden halten.«

Ratlos mache ich mich auf den Weg zurück zum Schiff, das zu dieser Tageszeit verlassen an der Anlegestelle liegt, als wäre nichts geschehen. Ich werfe mich auf die handtuchschmale Pritsche in unserer Kabine und bin natürlich sofort bereit, mir die Pulsadern aufzuschneiden und, lost among the stars, immer blasser zu werden und langsam auszubluten. Dann hacke ich mir aber doch lieber ein Bein ab und esse dazu einen Stinkfisch.

Die Heldentat Golubinows

Er In der Gemäldegalerie von Saratow hängen viele Meisterwerke. Hin und wieder fallen hier Gruppen von Schülern ein, die alle durcheinander schreien, Versteck spielen, die Bilder von Repin und Malewitsch bestaunen, und dann herrscht wieder Stille. Golubinow und ich trafen uns vor dem Bild eines unbekannten italienischen Meisters aus dem fünfzehnten Jahrhundert, das eine Madonna mit Kind und zwei an Konjunktivitis leidenden Engeln darstellt. Golubinow ist ein zweiunddreißigjähriger Intellektueller. Er ist hager und trägt eine Brille wie Tschernyschewski, mit dem er indes keinesfalls verglichen werden will. Golubinow trägt einen Einkaufsbeutel mit einem sorgfältig in eine Saratower Zeitung eingewickelten Gegenstand, der vom Umfang her drei Liter fassen könnte.

»Für die Analyse«, sagte er mit gedämpfter Stimme.

Ich nickte. Wir traten auf die Straße hinaus.

»Wir machen es spätabends, kurz bevor Sie ablegen«, sagte Golubinow. »Soll ich Ihnen die Stadt zeigen?«

»Lassen Sie uns lieber reden«, sagte ich und sah mich um.

»Wie Sie wollen.« Er preßte die Lippen aufeinander.

Die Leute aus der Provinz sind empfindlich, aber man darf ihnen nicht alles durchgehen lassen.

»Wollen Sie was essen?«

»Gerne.«

Wir fanden uns in seiner Wohnung wieder. Saschenka Golubinowa empfing uns in einem festlichen Kleid.

»Die Ente wird kalt«, sagte sie lächelnd.

Wir setzten uns rasch an den Tisch, der reichlich mit Vorspeisen gedeckt war, und kippten einen Wodka.

»Warum ist Ihr Kopf verbunden?« fragte ich Golubinow.

»Strolche.«

»Auf dem Markt«, fügte Saschenka Golubinowa lächelnd hinzu. »Mit Äxten.«

»Hör auf«, verbot ihr Golubinow weiterzureden.

Bücher purzelten mir auf den Kopf. Vorrevolutionäre schwere Dostojewski-Bände. Alte Postkarten flatterten aus Alben heraus und flogen durchs ganze Zimmer. Die Anlegestelle in Saratow, fast wie in einem Kurort. Ansichten von Saratow. Die Menschen von Saratow. Wir sammelten sie hastig vom Boden auf. Unter dem Tisch begegnete ich Golubinow.

»Wissen Sie, daß Gott tot ist?« fragte ich.

»Die Gerüchte sind bis nach Saratow gelangt«, bestätigte er.

Wir begannen die lauwarme Ente zu essen und süßen Wein dazu zu trinken.

»Es ist schwer, zu einem Gott zu beten, der nicht lebt«, seufzte Golubinow.

»Nur der Buddhismus hält sich noch dank seiner Paradoxie«, bemerkte die ehemalige Studentin Saschenka.

»Die Geburt eines neuen, einzigen Gottes ist ebenso unausweichlich wie die Verschmelzung von zwei Computerprogrammen«, überlegte Golubinow. »Das steht einfach an. Diese billige Konkurrenz verschiedener Religionen ist lächerlich.«

»Ein Vielparteiensystem der Götter«, faßte ich zusammen.

»Aber ist es nicht besser, daran festzuhalten und die Chance zu haben, die Hausherren wechseln zu können?«

Eine Zeitlang aßen wir schweigend unsere Ente.

»Da haben wir den Salat!« fügte ich unvermittelt fröhlich hinzu. »Die Entstehung der einen Gottheit. Die allererste metaphysische Revolution des 21. Jahrhunderts.«

»In Europa sind Gott und die Heiligen geschrumpft und erinnern einen an koreanisches Essen«, sagte Saschenka.

»Das Heidentum hatte viele Götter innerhalb eines Glaubens. Jetzt gibt es viele Götter innerhalb der ganzen Menschheit«, sagte Golubinow nach kurzem Nachdenken. »Der nächste logische Schritt ist die Vereinigung der Götter.«

»Das göttliche Pantheon ist duldsam und tolerant, nicht aber reich an kreativer Energie für die Zukunft«, bemerkte Saschenka, nachdem sie tief nachgedacht hatte.

»Die Freiheit der Gotteswahl ist ein großes Privileg des Menschen«, sagte ich. »Andererseits muß das göttliche Image korrigiert werden, und das gibt der Situation eine überraschende Wendung in Richtung eines absoluten Monotheismus. Werden die Menschen damit fertig, und wenn ja, wie?«

»Aber wie kann man der Menschheit vertrauen, und wird sich der einzige neue Gott nicht als eine Art Diktator erweisen, der endgültig jede Freiheit vernichtet?« fragte Golubinow.

»Ach, das ist also mit den fünf Flüssen des Lebens gemeint!« rief Sascha, der ein Licht aufgegangen war.

»Ja«, sagte ich, »die fünf Flüsse des Lebens – das ist die Erwartung des Wunders einer neuen Offenbarung.«

»Und Sie warten darauf?«

»Er *ist* ein Wunder«, sagte Golubinow ernst und deutete auf mich.

»Warum ist Rußland so ein bitteres Land?« fragte mich Saschenka geradeheraus.

»Das wird die Analyse zeigen«, sagte Golubinow. »Also dann. Es ist Zeit.«

Wir standen auf und gingen zur Tür.

»Unsere Großmutter hat übrigens bei uns gewohnt. Und dann ist sie gestorben«, sagte Golubinow.

Wir schlichen zur Wolga hinunter. In der Ferne lag mein Schiff, von dem leichte Tanzmusik herüberwehte. Ich wußte, daß die Deutsche uns aus der Kajüte mit einem Nachtfernglas beobachtete. Golubinow zog den eingewickelten Gegenstand aus dem Einkaufsbeutel und stieg bis zu den Knien ins Wasser.

»Wer hätte das gedacht, es ist warm«, sagte er leise und erstaunt, während er das Glas ins Wasser tauchte.

Zur Antwort gab das Schiff ein gedehntes Tuten von sich. Plötzlich zersprang das Glas in Golubinows Hand in tausend Splitter. Plötzlich gab er ein leises »Oh« von sich und sank auf den Grund.

»Das ist unfair, du Mistkerl!« sagte ich in Gedanken zum Kapitän.

Gute Nacht

Sie Es ist ein wunderbarer Frühsommer. Ich sitze auf Obstbäumen. Ich trage mein schönstes Kleid. Der Kapitän hat mir Früchte bringen lassen. Kiwis und Mangos und Ananas. Ferner ein wenig geräucherten Stör. Kaviar. Der Assistent kam mit süßem Sekt und Likör. Nichts zu machen, keine Chance, ich denke gar nicht daran, mit ihm zu tanzen. Aber wieso? Aber warum nicht? Der Assistent versteht die Welt nicht. Ich verstehe den Assistenten nicht. Er packt seinen Koffer, geht enttäuscht von Bord, zieht sich zurück hinter den Ural, heiratet eine Traktoristin. Das finde ich dann doch etwas übertrieben.

Plötzlich steht Lora Pawlowna vor mir.

»Der Kapitän will Sie sprechen«, sagt sie. Sie tut wie immer beleidigt. Wie alle Russinnen. Außerdem scheint sie neuestens auch für den Kapitän zu arbeiten. Wie es halt gerade so kommt.

»Wieso mich? Ich bin allein, der Russe ist nicht da – vielleicht wäre es besser, wenn er etwas später käme. Außerdem: in welcher Sprache überhaupt? Ich spreche kein Russisch«, versuche ich sie abzuwiegeln.

»Das können Sie sich aussuchen, der Kapitän wird Sie schon verstehen,« sagt Lora Pawlowna geheimnisvoll. Und offensichtlich neidisch.

Wie aus dem Nichts taucht schließlich der Kapitän persönlich auf.

»Na, wie wär's?«, sagt er. Seine Stimme ist ausdrucksvoller als die von Fjodor Schaljapin und aller Söhne Kasans zusammen.

»Sind Sie Russe?« will ich wissen.

»Wer weiß. Versprechen Sie mir, es sich zu überlegen«, fordert er mich auf, ohne jeden Nachdruck. Dann ist er wieder verschwunden.

Es ist ein wunderbarer Frühsommer. Ich sitze auf Obstbäumen. Der Russe kommt in der Morgendämmerung.

»Es riecht merkwürdig hier«, sagt er, bevor er einschläft, ohne mein Kleid bemerkt zu haben.

Der Untergang der Götter

Er Es gibt wenig Russen, die mit sauberen Absichten in die Sauna gehen. Ich betrat die Sauna mit einer Handgranate. Der Kapitän saß mit vier Weibern auf einer Bank. Die eine war das Büffetfräulein Lora Pawlowna, die zweite war die schöne Natascha, die dritte war ein Mann, der Gehilfe des Kapitäns, und die vierte war ganz nackt. Zu meinem Erstaunen handelte es sich um die schwitzende Deutsche mit der extremistischen Tätowierung an der Hüfte.

»Tag, Käpt'n«, sagte ich friedfertig. »Sehen Sie diese Scherbe von einem zerbrochenen Gefäß?« Ich zeigte sie ihm. »Schönen Gruß von Golubinow.«

»Ich verstehe diese ganze Geschichte mit dem zerbrochenen Gefäß nicht«, sagte die Deutsche zu mir, die instinktiv Explosionen und russische Schießereien befürchtete. »Ich verstehe alles, aber was soll das mit diesem zerbrochenen Gefäß?«

»Du bist frei«, sagte ich zu der Deutschen. »Natascha kann auch gehen und dich trösten. Geht nur und rasiert euch gegenseitig die Beine. Lora und der Gehilfe können bleiben. Um die ist es nicht schade.«

»Warten Sie«, sagte der Kapitän. »Keine Handgranaten! Lora, gib ihm ein Glas. Er ist ein Psychopath. Ich kapituliere.«

»Möchten Sie, daß ich das Glas mit Wolgawasser fülle?« bot sich der Gehilfe des Kapitäns diensteifrig an.

»Laß man gut sein, du Schwarzhundertschaft«, sagte ich. »Lora, bringen Sie mir das Glas.«

Lora rannte barfuß los, um das Glas zu holen.

»Ich bin für einen starken Staat«, sagte der Kapitän mit erhobenen Händen, »aber ich bin nicht bereit zu sterben. Wollen Sie einen trinken?«

»Ich hätte nichts dagegen.«

Der Kapitän ließ die Arme sinken und schenkte Wodka ein.

»Na dann, auf Ihre Analyse!« sagte der Kapitän.

Finster tranken wir.

»Obwohl, was ist schon eine Analyse?« fragte der Kapitän, wobei er einen knackenden Biß von einer Gurke nahm. »Das ist nicht die russische Art. Ich weiß auch ohne Analyse, daß das Wasser hier nicht lebendig ist, sondern tot. Kapiert? Also *dermaßen* tot! Absolut tot!«

»Und was ist dann mit dem starken Staat?« wunderte ich mich.

»Eben deshalb bin ich für einen starken Staat, weil das Wasser verfault ist«, sagte er.

»Und wenn ich es wiederbelebe?« sagte ich.

»Du bist viel zu zartbesaitet«, sagte der Kapitän. »Das haben schon andere versucht! Na los, gieß noch einen ein!« sagte er zu seinem Gehilfen.

»Was ist das – russki?« fragte der Kapitän, nachdem er noch einen gekippt hatte. »Russki – das heißt russisch und ›der Russe‹, und deshalb ist der Russe zunächst mal ein Adjektiv. Der Chinese ist ein Substantiv, der Franzose auch, und sogar der Neger ist ein Substantiv!«

»Sogar der Jude«, mischte sich der Gehilfe ein. »Judenvisage, aber Substantiv!«

»Richtig«, sagte der Kapitän beifällig. »Aber der Russe ist in erster Linie russisch und ein Adjektiv.«

»Und welchem Substantiv ist er zugeordnet?« fragte ich.

»Eben. Mein Leben lang frage ich mich das schon, und dabei kommt immer nur heraus, daß er nirgendwohin gehört, man kann es drehen und wenden, wie man will. Der Russe – was ist er, wenn man's genau betrachtet? Der Beweis vom Gegenteil. Mit einem Wort, ein apophantisches Geschöpf.«

Das Licht ging plötzlich aus. Die Sauna war stockdunkel. Die Rebellen umklammerten mit eiserner Hand meine Kehle.

»Das war's dann wohl«, sagte der Kapitän. »Machen Sie das Licht an, Lora Pawlowna.«

Das Büffetfräulein führte unter Gelächter den Befehl aus.

»Auf dieser Welt, mein Freund, ist nicht für uns beidePlatz«, bemerkte der Kapitän nicht ohne transzendentale Trauer, während er mir die Hände auf dem Rücken fesselte. »Du oder ich. Also müssen wir dich unschädlich machen.«

»Aber vorher müssen Sie ihn durchbumsen!« sagte Lora Pawlowna lebhaft.

»Unbedingt«, wieherte der Gehilfe los.

»Was machen Sie denn!« heulte ich auf. »Auf der ganzen Welt bumsen die Schwulen nett und freundlich miteinander, und Sie hier in Rußland machen den Geschlechtsakt zu einer einzigen Schande und totalen Erniedrigung!«

»Wir haben eben Lust dazu, na und«, sagte Lora Pawlowna und riß mir die Kleider vom Leib.

»Und jetzt werde ich dich mal analysieren«, erklärte der Kapitän und nahm wollüstige Haltung an. »Lora Pawlowna, hilf mir!«

Ich begann zu beten. In diesem Moment war mir Christus unendlich näher als Buddha und dergleichen göttliche Exotik. In diesem Moment verstand ich, an welche Tür ich zu klopfen hatte.

Die Tür zur Sauna flog aus den Angeln. Auf der Schwelle stand meine Deutsche mit einem Granatwerfer über der nackten Schulter. Hinter ihr die schöne Natascha mit blankem Säbel. Zu meinem Glück hatten sie durchs Schlüsselloch gelinst.

»*Hände hoch!*« schrie die Deutsche zum ersten Mal während der ganzen Wolgareise auf deutsch, und zum ersten Mal gefiel mir diese Sprache. »Keine Bewegung! Mein Großvater war bei der SS!«

Sie sagte die reine Wahrheit. Alle außer mir hoben die Hände. Natascha zerschlug mit dem Säbel meine Fesseln. Die ganze Bande wurde unschädlich gemacht. Die Deutsche warf behende jedem der drei ein Hanfseil über. Plötzlich stürmte mit einer weißen Fahne in der Hand die Buchhalterin herein, die, die mir ihre Brüste gezeigt hatte. Sie wollte irgendwas Wichtiges von sich geben, aber statt dessen rannte sie unvorsichtigerweise in den Säbel, und ich glaube, sie war sofort tot. Und sowohl Sieger als auch Besiegte konnten ein Grinsen nicht unterdrücken.

»Na dann, ade, Käpt'n!« sagte ich gutmütig. »Und auch du, Lora Pawlowna!«

»Fjodor, das war's! Heil Hitler!« sagte der Gehilfe des Kapitäns und atmete tief durch.

Flaschen herunterwerfend, kletterte er gehorsam auf den Tisch, um sich aufzuhängen.

»Auch du, Partisanin!« rief die Deutsche der Büffetdame zu. »Zack zack!«

»Dabei haben Sie selbst zu mir gesagt, Sie seien prinzipiell gegen die Todesstrafe«, sagte der Kapitän, die Schlinge schon um den Hals, leicht vorwurfsvoll zu ihr.

»Stimmt!« sagte die Deutsche. »Aber von Partisanen halte ich noch weniger als von der Todesstrafe!«

»Auf Wiedersehen, Süßer!« wandte sich Lora Pawlowna würdevoll an den Kapitän.

Plötzlich begriffen alle, daß es zwischen ihnen im Leben ein großes Gefühl gegeben hatte.

»Vielleicht muß das nicht sein?« fragte zaghaft Natascha mit dem Säbel.

Statt zu antworten schlug die Deutsche den Verurteilten den Tisch unter den Füßen weg, sie zuckten kurz in der Luft und erschreckten uns mir ihrer bereits jenseitigen Erektion.

»Fotografieren Sie mich mit ihnen«, sagte die Deutsche und postierte sich mit einem Lächeln zwischen den Gliedern der beiden Gehenkten. Lora Pawlowna baumelte für sich allein, sich pittoresk aus einem Büffetfräulein in eine Märtyrerin verwandelnd.

Saratow – Wolgograd

Sie In Wolgograd schmücken sich die Mädchen mit weißen Schleifen, die bis zum Mars reichen. Die Männer blicken finster aus ihren Augen, denn sie sind nicht von hier und sehnen sich nach ihren Steppen und ihren Kohlegruben im Donezbecken. An einer Imbißbude zeigen wir auf ein Butterbrot mit Kaviar in der Auslage – da steckt es sich der Besitzer kurzerhand in die Hosentasche. Zur Strafe. Blauschwarzer Saft läuft ihm am Hosenbein hinunter.

Alle rauchen. Wie die russischen Soldaten auf dem Wandbild im Park der Mutter Rußland. Während die Deutschen bucklig und mit blinden Brillen herumkriechen, rauchen die Russen, ratschen und wissen – Standbein-Spielbein – elegant aufzutreten, selbst auf dem Schlachtfeld.

Die Straßenlaternen tragen schöne Sterne mit Ehrenkränzen hoch oben über ihren leuchtenden Köpfen. Für mich. Für uns. Denn ob das dem Russen paßt oder nicht: Ich bin natürlich doch Rilke, und von mir aus kann er gern Marina Zwetajewa sein, oder ich bin Zwetajewa und er ist Rilke, wer wollte das so genau nehmen jetzt, wo wir unsere Beziehungen so schön in Form und Inhalt, Sack und Tüten, Struktur und Bedeutung gebracht haben. Ab jetzt also Roman. Denn die Russen machen da nicht noch groß Unterschiede: Liebesgeschichte, роман, linguistisch kommt das im Russischen aufs selbe hinaus. Theatralisch, religiös, kulinarisch, philosophisch und hysterisch gesehen, haben sie damit natürlich recht.

Von heute an weine ich Buchstaben. Sie werden mir aus den Augen purzeln, an den Wangen kleben, am Taschentuch, schwarz auf weiß, rot auf weiß, das Schweißtuch der Maria Magdalena, schlanke lateinische Lettern, fette kyrillische Kleckse – hier in Stalingrad natürlich wüste gotische Haken.

Und esse mit Freuden mein Russisches Brot.

Saratow – Wolgograd

Er Zur selben Zeit, als ihr Großvater beim Sturm auf Stalingrad dabei war, hungerte meine Großmutter im eingekesselten Leningrad. Einmal, nach der Explosion einer deutschen Bombe, flog der abgerissene Kopf der Nachbarin durch ihr Fenster. In Stalingrad lachten wir ununterbrochen, als ob wir Kicherwasser getrunken hätten. Besonders ausgelassen lachten wir auf dem Mamajew-Hügel, wo ich Lust bekam, die Deutsche über der Ewigen Flamme zu rösten.

Jedes Volk begreift das Problem des Leidens auf seine Art. Die Russen übersetzen es in eine ihnen verständliche Sprache. Zu Füßen der Mutter Heimat mit ihrem wie bei der französischen Marianne geöffneten Mund und einer Brust wie die der unglückseligen Buchhalterin hat sich eine ganze Gruppe von Statuen versammelt, die das kollektive Leiden symbolisieren.

Jede Komposition besteht aus zwei Figuren: die eine ist verwundet, die andere kommt der ersten zu Hilfe und ist bereit, sie zu rächen. Aber alle Verwundeten ähneln eher Betrunkenen als Verwundeten. Besonders gelungen die Sanitäterin, die umsichtig, mit listigem Blick, einen total besoffenen Kerl vom Schlachtfeld trägt. Sie trägt ihn eher von irgendeiner Sauferei nach Hause, um ihn in ihr Bett zu legen, auszuziehen und zu streicheln.

Die Deutsche lachte Tränen über meine Interpretation. Vor lauter Lachen plumpsten wir ins dichte Gras. Unter uns lag die Renaissancestadt mit Einsprengseln griechischer Klassik, wiedererrichtet von deutschen Kriegsgefangenen im Stil eines imperialen Realismus. Am anderen Ufer, jenseits der Wolga, begannen die endlosen Steppen, die Mongolei und China.

»Na, zeig schon her«, bat die Deutsche.

»Auf keinen Fall«, genierte ich mich.

Natürlich hab ich ihr's gezeigt. Kaulquappen wedelten uns im trüben Wasser mit ihren Schwänzen zu. Winzige Fischchen wimmelten da herum. Auf dem Grund des Einmachglases lag ein geheimnisvoller schwarzer Stein. Wir begannen Pläne zu schmieden, während wir das Glas betrachteten.

Ihr Großvater und meine Großmutter blickten vom Himmel auf uns herab. Der Großvater war, glaube ich, ungehalten und brummte, den Russen dürfe man nicht über den Weg trauen, dafür war meine Großmutter, wie mir schien, stolz auf mich. Als wir aufstanden und uns abklopften, gestand die Deutsche, sie sei noch niemals während der Liebe geschlagen worden.

»Ich bin froh«, sagte ich, »daß du während der Reise neue Empfindungen hattest.«

Ausgewählte Phantasmen
vom alten Vater Rhein

Flucht aus dem Komfort

Er Der Herbst ist die beste Zeit für die Kritik der reinen Vernunft. Der Russe fühlt sich in Europa als Idiot. Gegen Europa ist kein Kraut gewachsen. Starrt man Europa mit offenem Mund an, wendet es sich gleichgültig, beinahe verächtlich von einem ab. Fängt man an zu zetern und mit den Füßen zu stampfen, wird es sich zuerst wundern, dann einen am Schlafittchen packen und vor die Tür setzen wie einen Flegel, der einen Furz gelassen hat.

»Wie stehen Sie zu den Kreuzrittern?« fragte der Kapitän.

»Mir gefallen die Samurai besser«, antwortete ich.

Wir hatten uns also mal richtig ausgesprochen. Wenn man tausend gleiche lebendige Schafe produzieren kann, warum sollte man nicht auch tausend gleiche lebendige Kapitäne produzieren können? In Europa beginnt man unwillkürlich an Wissenschaft und Technologie zu glauben. Um keinen übermäßig pathetischen Eindruck zu machen, gratulierte ich ihm eher zu seiner Genesung als zu seiner Auferstehung.

»*Merci*«, sagte der Kapitän, wobei er übrigens den Blick abwandte.

Die Deutsche las mir die Leviten. Sie sagte, es sei in Europa nicht üblich, zur Auferstehung, zur Genesung oder überhaupt zu was auch immer zu gratulieren. Höchstens vielleicht zur Hochzeit.

»Gratulieren – das ist reinste Barbarei«, kommentierte sie.

Ich schließe nicht aus, daß die Deutsche beleidigt war. Als wir uns auf dem Rhein wiedersahen, küßte ich sie freundschaftlich auf die Wange und sagte statt »Guten Tag« versehentlich »Auf Wiedersehen«. Ein Wahnsinn, wie sie reagierte! Vor Empörung kriegte sie Pickel auf der Nase. Was bin ich auch für ein Idiot! Wie kann man nur so blöd sein!

Der Russe ähnelt in Europa einer Kakerlake. Er wuselt hin und her, wackelt mit den Fühlerchen, schnuppert nervös herum. Er ist beleidigend für die saubere Oberfläche Europas.

Europa kann mit Interesse exotische Insekten beobachten, mit einer giftigen Tarantel oder irgendeiner merkwürdigen Raupe kann es etwas anfangen, Marienkäferchen findet es rührend, aber richtig gute Kakerlaken kommen hier nicht vor.

Der kluge Russe fühlt sich in Europa als wichtiger Idiot.

Europa indessen hat unterbewußt Angst vor Rußland. Der polnische Marschall Pilsudski wollte Rußland nicht rot oder weiß, sondern schwach sehen. Um Rußland zu schwächen, muß man seinen Willen brechen. Europa spürt unterbewußt, daß Rußland stärker ist und daß der Tag kommt, an dem Rußland Europa schlucken wird wie ein großer Fisch einen kleinen, auch wenn der kleine schöner und schriller aussieht als der große.

»Wie heißt du?« fragte ich die Deutsche.

»Parole: Glanz!« belehrte sie mich spöttisch.

»Was für ein *Stiefelwort*!« konnte ich mich nicht beherrschen zu bemerken.

In Europa sah sie anders aus als auf der Wolga. Wie ausgewechselt. Sie war wie alle andern, nur genervt.

Was ist eine *Antireise*? Auf-der-Stelle-Treten? Sinnlose Zeitverschwendung? Oder vielleicht die Entropie der Hoffnung? Ich war eingestellt auf eine Vergnügungsfahrt über die zentrale Wasserader Europas (wie es in den Prospekten heißt). Es war ein milder Spätsommer. Das ist etwas, was wir in Rußland nie haben werden – milde Spätsommer. Wir kennen einen kümmerlichen Altweibersommer, aber einen langen warmen Herbst mit warmen Abenden, einen Kastanien-Platanen-Herbst gibt es auf der Liste russischer Begriffe nicht. Ich hatte aus Moskau meine Badehose und meine besten italienischen Krawatten mitgebracht. Ich habe weder die eine noch die anderen angezogen. Im Stich gelassen hat mich nicht nur das Wetter. Ich schipperte nicht so sehr rheinabwärts, als abwärts in eine gar nicht mehr weit entfernte Zukunft. Die Zukunft besteht, wie sich herausstellte, aus Alter. Sie besteht außerdem aus komfortablem Absolutismus. Eine künftige europäische Unvermeidlichkeit. Gemeint ist weniger der Alltag als vielmehr ein machtloses ideologisches Phantasma.

Rheinfahrten sind schon seit über 150 Jahren berühmt für ihren tadellosen Service. 1816 erschien das erste Dampfschiff auf dem Rhein. Ein gewissenhaftes englisches Spielzeug, das am

8. Juni in Rotterdam ablegte und schon am 12. in Köln ankam. Weiter rheinaufwärts wurde es von russischen Treidlern und Araberhengsten geschleppt, bis nach Koblenz, wo es unterging. Europa lernt aus Fehlern. Es macht gern bequeme Sachen. Die Kelten fuhren bereits zweitausend Jahre vor unserer Zeitrechnung auf Flößen den Rhein hinunter. Im neunten Jahrhundert wurden die Völker am Rhein von den Wikingern geplündert. Die Amerikaner überschritten den Rhein am 7. März. Am 17. brach unter ihnen eine Brücke zusammen. Frankreich nahm sich Elsaß-Lothringen. 1935 kam das Saargebiet nach einer Volksabstimmung an Deutschland zurück. Adenauer wurde in Köln geboren. Goethe studierte Medizin in Straßburg. Jaspers starb in Basel. Es handelt sich ganz klar um eine Person. Europa kann *höchstens* an mangelnder Selbstachtung verkümmern. Basel liegt 252 Meter über dem Meeresspiegel. 182000 Einwohner. Jede Sekunde fließen 1030 Kubikmeter Rheinwasser durch Basel. Mein tägliches Futter ist Graf Zeppelin. Seine Flugapparate, die Kajüte, das Bad, das Essen und natürlich die bis zur Perfektion getriebenen Landschaften habe ich zur Kenntnis genommen.

Auf dem eleganten Luxusschiff »Deutschland« fiel ich professionellen Komfortmachern in die Hände. Sich ihnen zu widersetzen, ist nicht leicht. Wie eine dünne Plastikhaut umhüllt der Komfort alle Empfindungen. Dann schon lieber auf einem Lastkahn fahren, obwohl das auch künstlich wäre und außerdem Selbstbetrug.

Ich bin nie so *antigereist* wie von Basel bis zur Nordsee. Das kalte Büffet war stärker als der Rhein. Der Champagner und die gedünsteten Hummer stellten den Kölner Dom in den Schatten, ganz zu schweigen von den Ruinen der mittelalterlichen Burgen mit der Deutschlandfahne auf dem restaurierten Dach.

»Na, langweilen Sie sich?« fragte der Kapitän besorgt, als er sah, wie ich gelangweilt im Krabbensalat herumstocherte.

»Mir ist heute plötzlich eingefallen, daß Lenin in seinem Frühwerk ›Was tun?‹ gesagt hat: ›Man muß träumen können!‹«

»Ohne Träume kann man nicht leben«, sagte der Kapitän beipflichtend. »Vielleicht nehmen Sie uns als Geiseln?«

»Wozu?« fragte ich neugierig.

Die Pfirsichtorten mit Schokoladenguß wirkten sehr viel chauvinistischer als die patriotischen Monumente für Wilhelm und die von einer Meute gußeiserner Adler umgebene Mutter Germania selbst.

»Und ich habe immer gedacht, daß nur wir in Rußland solche bildhauerischen Scheußlichkeiten hervorbringen«, gestand ich der Deutschen.

Eine Reise, das ist vor allem ein Ereignis, im Idealfall ein Abenteuer. Im modernen Europa ist das Abenteuer auf ein Minimum an Ereignishaftigkeit reduziert. Der Tourist verwandelt sich in eine komische Figur. Wie ein Vogel im Käfig pickt er Körnchen für Körnchen von dem Futter auf, das ihm das Reisebüro vorsetzt. Der Reiseführer übernimmt die Funktion eines totalitären Gesetzgebers, der gern auch mal einen Witz macht. Er regiert in locker flockigem Ton.

»Che Guevara ist in Bolivien einen schönen Tod gestorben«, sagte ich zu der Deutschen. Die Deutsche in ihrer orangefarbenen Hose lebte auf.

»Weißt du noch«, sagte sie, »er hat Fidel Castro durch einen CIA-Agenten, einen Kubaner, der ihn umbringen sollte, ausrichten lassen, daß die Revolution bald in ganz Südamerika siegen wird.«

»Fidel Castro ist natürlich ein geflügeltes Pferd mit Eiern«, sagte ich, »aber Che Guevara ist fotogen gestorben.«

»Komm, wir hissen auf dem Kahn hier die rote Fahne«, schlug die Deutsche vor.

»Aha«, sagte ich. »Und dann nennen wir das Schiff ›Panzerkreuzer Potjomkin‹.«

Die Deutsche lachte glücklich.

Der Reiseführer macht sich lustig über all diese Römer und Rheinlegenden (in denen die Helden allenthalben Opfer ihrer eigenen Grausamkeit sind und die Heldinnen Opfer ihrer eigenen Dummheit), dann verfällt er plötzlich in einen weinerlichen Demagogentonfall. Die Reiseleiter sind seine Vasallen, und wie alle Vasallen neigen sie zu Schlamperei. Für sie ist Köln vor allem die Heimat des Eau de Cologne.

»Hören Sie, lassen Sie die Fresserei«, flüsterte der Kapitän mir beim Abendessen ins Ohr. »Nehmen Sie mich im Sturm, wie den Winterpalast! Verhaften Sie mich wie die provisorische Regierung!«

In Amsterdam sprang ich vom Schiff, ohne mich umzusehen, aber ich war mir sicher, daß sie mir auf den Fersen waren – die gesamte Bagage mit dem herzlichen Operettenkapitän an der Spitze, die polyglotten Freizeitgestalter, die Köche in ihren weißen Mützen, die Kellner, die Barkeeper, die Putzfrauen mit ihren lautlosen Staubsaugern im Anschlag. Ich spürte ihr perfekt liebenswürdiges Lächeln im Nacken, mit dem sie mir in einem Anfall von kommerzieller Gastfreundschaft hinterherrannten, um mich nach Basel zurückzuverfrachten und dann wieder nach Amsterdam und noch einmal nach Basel zu schaffen und mich dann lebenslänglich bei sich behalten wollten.

Ich schleuderte meinen Koffer auf den Rücksitz des Taxis und brüllte den kahlrasierten Taxifahrer an:

»Schnell! Zum dreckigsten Puff von Amsterdam! Zur finstersten Absteige, die holländische Ausschweifung zu bieten hat!«

Ich hatte wahnsinnige Lust, mich im Dreck zu wälzen.

Green Garbage Eyes

Sie Manchmal, wenn der Russe gut gelaunt ist, sagt er, ich hätte Garbage eyes. Augen wie aus dem Abfalleimer. Alles hineingemanscht, was gerade zu finden war. Ein bißchen Grün, ein bißchen Braun, ein bißchen rund, ein bißchen spitz, ein bißchen Tiefe, ein bißchen Kälte, China, Holland, Indien – ein wildes stilistisches Durcheinander eben. Dann sieht er mich eventuell sogar zärtlich an. Ich kichere verlegen und beglückt. Wenn ich jünger wäre, würde mir vielleicht eine leichte Röte ins Gesicht steigen.

Garbage ist das, was der Russe am meisten liebt. In Burgund saß er im Landhaus eines russischen Freundes, die Ellbogen auf den Tisch gestützt, über seinem Teller, auf dem er Nudelsalat, Heringe, Orangenschnitze, Schinkenscheiben, Tomaten, Pelmeni, Gurken und Frischkäse zusammengerührt hatte. Halb fasziniert, halb angewidert betrachtete sein Freund, der sich schon vor Jahren als Literaturprofessor nach Frankreich abgesetzt hatte und sich jetzt George nannte, was der Russe angerichtet hatte. Plötzlich brach es aus George heraus:

»Dein Teller sieht aus wie deine Texte. Alles verschmiert, alles voller Flecken. Unsauber. Wie aus dem Müll.«

Selten sah ich den Russen so selig. Selten mag er sich so gut verstanden gefühlt haben. In dieser Nacht erzählte er mir wundersame Geschichten von schönen, fremden Mädchen, von jungen Gräfinnen und strahlenden Schauspielerinnen, deren Körper oder Hirne sich plötzlich an manchen Stellen aufzulösen begannen. Süßliche Stereotypen und miserable Metaphern in den Mündern, zarte Schmutzränder und winzige Kotklümpchen an den Hintern – was könnte erregender sein? Atemlos hörte ich zu. Fast schämte ich mich meiner rasierten Achselhöhlen. Dann ruinierten wir die Laken. Wir überschwemmten das Badezimmer. Wir grunzten und röhrten in die aufgehende Sonne. Als sie hoch am Himmel stand, warf uns George aus dem Haus. Das noch viele Wochen von uns widerhallte. Das noch lange nach uns roch.

Eine ganze Weile hatte der Russe jetzt schon nicht mehr von meinen Garbage eyes geredet. Jetzt sagte er meistens, ich sehe typisch deutsch aus. Dieses »typisch deutsch« sauste auf mich nieder wie ein ästhetisches und ideologisches Fallbeil. Was, bitteschön, sollte ich damit anfangen? Wollte er mich verlassen? Hatte er mich verlassen?

»Blödsinn«, hatte ich ihm mindestens schon fünf Mal erklärt. »Ich habe schließlich immer noch grüne Augen und braune Haare. Mein Vater hatte sogar schwarze Haare und braune Augen. Manchmal wurde er deshalb von Türken auf der Straße angesprochen. Auf türkisch! Das fand der natürlich unverschämt.«

»Na und?« sagte der Russe, »glaube bloß nicht, daß das irgend jemand interessiert.« Ich wandte mich enttäuscht ab. Wer will schon typisch deutsch aussehen? Du siehst typisch deutsch aus – da könnte er ja gleich sagen, du siehst aus wie eine Konservendose. Oder wie ein Massenmörder. Ich faßte mir an die Oberlippe und da sproß ein kleines Damenbärtchen. Hoffentlich erkannte mich niemand.

Ich hatte also vorgehabt, mich davon zu machen. Und zwar nach Afrika. Dorthin, wo alle Weißen gleich aussehen. Egal, ob sie aus Deutschland, aus Rußland, aus der Retorte oder aus dem Müll kommen. Weiße in Afrika – konturlose Gestalten wie auf überbelichteten Photos. Verlockend. Allein, ich hatte mich zu früh gefreut.

Dabei hatte ich mich schon auf den Weg gemacht. Daheim hatte mich eine Ärztin im weißen Kittel gegen das Gelbe Fieber geimpft und mir für die nächsten Tage einen Fieberschub angekündigt. Als Vorspiel. Als Nachspiel. Sie wollte mir Blut injizieren. Von Affen, von Krokodilen, von Menschen. Ich wehrte mich. Sie sagte, das Institut bestehe darauf. Ich biß sie in die Hand und floh.

Weit kam ich nicht. Hinter einem Schutthaufen, dort wo früher die Mauer gewesen sein mußte, hatten Herzeloide und mein Großvater mir aufgelauert. Offenbar hatten sie es ernst gemeint, nie zuvor war es ihnen eingefallen, auch nur einen Fuß in meine Stadt zu setzen. Sie mußten hastig aus ihrem Südwesten aufgebrochen sein, mein Großvater hatte noch in seinem zerschlissenen blauen Arbeitskittel gesteckt, dessen Löcher er mit Klebstreifen verklebt hatte, Herzeloide trug einen rosa Morgenmantel aus Handtuchstoff, in den eine ganze Armee von chinesischen Frotteewürmern ein Blumenrelief gefressen hatte.

»Wo willst du hin?« fragte Herzeloide mich streng und stellte mir ein Bein, so daß ich stolperte und beinahe in den Dreck geflogen wäre. Plötzlich war sie nicht mehr das treusorgende Mütterlein, als das sie sich noch in mein Wolgaleben eingeschmeichelt hatte.

»Nach Afrika« antwortete ich wahrheitsgemäß. »Ich habe mich gegen Gelbfieber impfen lassen.«

»Afrika? Schon wieder ins Ausland? Kommt überhaupt nicht in Frage! Afrika ist absolut noch nicht dran. Du fährst jetzt erst einmal zum Rhein. Da gehörst du hin. Punktum.«

»Du wirst sehen, das tut dir gut,« sekundierte mein Großvater mit wichtiger Miene. »Sieh mich an«, sagte er mit einem leichten Zittern in der Stimme, »seit ich auf deutsche Erde trat, durchströmen mich Zaubersäfte – der Riese hat wieder die Mutter berührt, und es wuchsen ihm neu die Kräfte.«

»Na herzlichen Dank«, sagte ich.

»Zahl dai Sach'«, antwortete der Großvater auf schwäbisch. Er war auch nach Stalingrad ganz der alte geblieben. Mir war klar, daß er gleich anfangen würde, vom Frankreichfeldzug zu erzählen und von Rommel, dem Wüstenfuchs, dessen Sohn dann Oberbürgermeister von Stuttgart wurde, während der Arbeitsminister Katzer, genauer gesagt: das Katzerle, alles verdorben hatte und erst dieser Nasser von Ägypten.

»Okay, okay, okay«, sagte ich eingeschüchtert durch die

Nase. »Aber dann fahre ich nach Afrika, und ihr laßt mich in Ruhe. Vor allem aber«, fügte ich hinzu, denn der Russe hatte mir klargemacht, wie hilfreich es sein kann, sich in gewissen Situation etwas genauer auszudrücken, »vor allem aber verpißt ihr euch in eure Gräber, wo ihr hingehört, und verfault auf der Stelle und laßt euch von euren Frotteewürmern Muster in die verklebten Ärsche fressen, ist das klar?!«

»Einverstanden«, flötete Herzeloide mit dem verbindlichsten Lächeln.

»Warum nicht?« pflichtete mein Großvater ihr gönnerhaft bei.

»Also gut«, sagte ich, »bringen wir's hinter uns.« Ich rannte los. Rannte so schnell ich konnte nach Westen.

»Hüte das Gold! Entsage der Liebe. Und keine Scherze mit irgendwelchen Ostlern. Oder gar Russen. Vater warnte vor solchem Feind«, brüllte mir Herzeloide hinterher.

Versuch über die Liebe

Sie Gold? Welches Gold? Atemlos erreichte ich Basel. Dort wartete die »Deutschland« auf mich. Ich wollte ein wenig Zeit gewinnen. Mich noch ein bißchen vergnügen vor meiner Rückkehr. Sollten die Gespenster aus meiner Vergangenheit doch warten. Übrigens dachte ich natürlich überhaupt nicht daran, mich vom Russen fernzuhalten. Sofort hatte ich ihn zum Rhein bestellt. Irgendwie erhoffte ich mir Linderung. Durch Liebe.

Na ja. Aber zumindest taugte der Russe doch wohl als Gegengift.

Anders gesagt: Ohne einen Russen kann man den Rhein nicht überleben.

Bis Mitternacht drückte ich mich in schummrigen Baseler Bars herum, dort, wo die Türsteher freundlich »Grüezi« sagen und wo sie in den Hinterzimmern für die schweizerische Staatsbank Geldscheine bügeln und mit Frühlingsduft parfümieren. Ehrlich gesagt, ist das jetzt so eine neue Angewohnheit von mir – Schmutzorte im internationalen Vergleich. Allerdings bin ich noch nicht sonderlich weit gekommen mit meinen Recherchen. Ist auch manchmal nicht einfach. Berlin, New York, Moskau – das ging ja noch. Aber in Koblenz beispielsweise können Sie noch so höflich fragen: »Entschuldigung, können Sie mir bitte sagen, wo es hier zur Gosse geht?« Sie werden stets nur blankem Unverständnis begegnen.

In Berlin hingegen hatte ich mich neulich mit dem Russen vor einer Thai-Bar am Stuttgarter Platz eingefunden. Während ich forsch klingelte, versteckte sich der Russe hinter meinem Rücken. Eine Riesin von einer Thailänderin öffnete die Tür. Mir nichts, dir nichts saßen wir in einer Art Seitenkapelle der Bar auf primitiven hölzernen Kirchenbänken vor einer Film-leinwand, vor der sich weitere Riesinnen aufbauten, bevor sie sich im nächsten Augenblick auf uns stürzten, uns ihre Ballon-busen in die Gesichter drückten und gräßlich knarzende Laute von sich gaben.

»Wie heißt ihr?« fragte ich die schmalhüftigen Ricsinnen, die ebensowenig Frauen wie Männer waren.

»Lora«, krächzte die eine.

»Lora«, krächzte die andere.

»Lora«, krächzte die dritte. Aha, dachte ich, Papageien also. Der Russe rutschte vor Schüchternheit fast die Bank hinunter. Auf der Bank neben uns sank ein Fernfahrer aus Chemnitz in die Knie und sammelte seine Hose ein. Sein nackter Hintern hatte merkwürdige Wülste.

»Okay Lora«, sagte ich zu dem Papagei im grünen Tanga. »Was kostet es, wenn du ihm einen runterholst?«

Lora sah mich verständnislos an.

»Wi-Xen«, sagte ich also laut und deutlich und griff dem Rus-sen zu Demonstrationszwecken in den Schritt.

»Wixen?!« rief endlich erfreut die Riesin. »Fünfzig Mark«, und machte sich sofort an der russischen Hose zu schaffen, während ich noch kurz über den durchaus nicht eben günstigen Preis nachdachte, dann doch einverständig nickte und einen Geldschein aus meiner Hosentasche zog. Es sollte ein Ge-schenk sein. Zu seinem fünfzigsten Geburtstag. Ich war zufrie-den und lehnte mich zurück.

Die grüne Papageiperson zog mit spitzen Krallen an einem Stückchen Haut. Schon krächzte sie: »Come, come, come«. Schon schlug sie um sich, zwei weitere Papageien zu verscheu-chen, die ihr die Beute streitig machen wollten. Welch wüstes Gezänk. Welch nichtiger Anlaß. Ich kraulte dem Russen die Eier. Der Russe verdrehte die Augen. Half aber alles nichts. Die

69

Papageien kreischten und verhedderten sich ineinander. Sie hackten, sie zerrten, wo sie nur konnten. Busen quietschten. Fetzen flogen. Mir blieb nichts anderes übrig, als den Russen so schnell es ging zusammenzupacken, denn ich brauchte ihn ja noch. Häute, Hemd, Hose – nicht, daß er noch irgend etwas vergaß. Nun ja, es hätte alles schlimmer kommen können. Ich schleppte ihn nach Hause. Und streichelte ihn, bis er einschlief.

Ich wollte möglichst unerkannt aufs Schiff gelangen. So schlich ich mich in der Dunkelheit heran. Doch kaum hatte ich meinen Fuß auf die Brücke gesetzt, stand plötzlich der Kapitän vor mir und versperrte mir den Weg.

»So einfach kommen Sie hier nicht rein«, schnauzte er mich an. »Wo haben Sie sich überhaupt die ganze Zeit rumgetrieben? Erst einmal füllen Sie diese Formulare aus.« Er zog einen dicken Stapel Papier aus seiner Aktentasche und hielt ihn mir unter die Nase.

»Ich dachte, Sie wissen sowieso über alles Bescheid«, begehrte ich auf.

»Ausfüllen!« befahl er mir noch einmal.

Kontonummer, Telefonnummer, durchschnittliche Zahl der feuchten Träume pro Woche/Monat/Jahr, Kreditkartennummer, Tag der Erstkommunion, Geheimzahl, genetischer Code, durchschnittliche Zahl unanständiger Wörter pro Satz/Ortsgespräch/Geschäftsessen – hastig trug ich in alle Kästchen Ziffern ein. Dann gab ich dem Kapitän die Formulare zurück.

»Kabbala, was?« bemerkte ich gereizt. »Sind Sie jetzt zufrieden?«

»Spielen Sie sich nicht so auf.« Er blätterte die Papiere durch. »Sie haben die Zahl 314. Das ist dann auch Ihre Kabinennummer. Sie können jetzt hineingehen.«

Eigentlich hatte ich mir vorgenommen, mich hier nicht gleich wieder mit allen zu verfeinden. Dieses eine Mal, dachte ich, könnte ich vielleicht dazu gehören. Aber ich konnte nichts machen, ich mochte diesen Kapitän nicht. Würde mich nicht wundern, wenn seine Lieblingswendung »So-klein-mit-Hut« wäre. »So-klein-mit-Hut« – da lacht der Westentaschennazi. Da denkt er: jetzt hat er gewonnen. Ganz sicher war dieser Kapitän gut für Bloßstellungen aller Art. Ich jedenfalls wollte mit ihm nichts zu tun haben.

Mißmutig lief ich die ausgestorbenen Schiffsflure entlang.

Was heißt, ich lief? – ich schlich natürlich, denn hier könnte eine ganze Arme von Hunnen durchmarschieren, die Teppiche wattierten selbst die martialischsten Tritte zu einem schmierigen Tänzeln. Ab und zu ließ ich meinen Oberkörper gegen das Geländer fallen, das man für die Einbeinigen, Halbblinden, Schwerbäuchigen, Blasenschwachen und Fallsüchtigen und ihre sauber gescheitelten Stützenkel an die Wand geschraubt hatte, obwohl auf der »Deutschland« in den nächsten tausend Jahren garantiert keine Erschütterungen zu erwarten waren. Mit dem Arm stieß ich mich wieder ab und landete auf dem Geländer an der gegenüberliegenden Wand, wo ich mich wiederum abstieß. So konnte ich mir wenigstens einbilden, daß ich torkelte. Und irgendeiner besoffenen Hunnenarmee angehörte.

Ehrlich gesagt, wußte ich immer noch nicht, was ich hier sollte.

Und erfuhr es auch nicht zwischen Basel und Straßburg. Worüber der Vogel Gryff und Leu, das Untier, die wie immer darauf warteten, den Wilden Mann vom Rhein zu begleiten, mir aus der Gefangenschaft ihrer hölzernen Truhen herzlich hinterher lachten.

Ach, Europa

Sie Das Gelbe Fieber hatte mich auf die Bettcouch gezwungen. Die »Deutschland« lag fest vertäut und unbeweglich am Quai des Belges. Polster bedrängten mich. Ihre Rosen stachen mir in die Beine. Ihre Kornblumen würzten die Luft. Schweiß dünstete aus meiner Stirn. Ogun, der Gott der Schmiede und der Kerker, brüllte nach Gin und einem frisch geschlachteten Huhn. Ich ließ ihn warten, ich konnte nicht kommen. Er brüllte und brüllte.

Straßburg. Frankreich. Gottseidank. Wieso eigentlich Gottseidank? Drüben in der Straßburger Altstadt tagt das Gericht am Portal unserer Lieben Frau. Schweigend verharren die Klugen, die Christus begleiten, blöde grinsen die törichten Jungfrauen, bereit dem Verführer, dem Fürsten der Welt, zu folgen. Die Klugen haben sich entschieden, die Törichten haben die Wahl. So kam die Freiheit in die Welt. Was wollen sie mehr? Das Gute? Das Böse? Den Himmel? Die Erde? »Freiheit!« ruft abermals das Volk und setzt eine Jakobinermütze auf die Turmspitze, »Gleichheit« grölen die Revolutionsgarden und fangen an, den Turm abzutragen, weil er die anderen Gebäude überragt, »Brüderlichkeit« denken die Philosophen und hängen bei Sonnenaufgang ein weißes Transparent mit der Aufschrift »Tempel der Vernunft« über das Hauptportal, Spaßvögel hängen drei Kardinäle dazu wegen des farblichen Kontrasts. Dann ziehen die Kommissare der Aufklärung und des Universalismus in ihre Büros mit Teppichböden. Sie sitzen auf Drehstühlen und wachen über die Menschenrechte, wobei sie in alle Himmelsrichtungen blicken. Und was müssen sie sehen?! »Freiheit« brüllen von Ferne die wütenden Völker des Südens und des Ostens, während ihre Priester ein paar Puppen mit wüsten Männerfratzen anzünden. Ungläubig schütteln die Kommissare die Köpfe, lassen ihre Fernrohre sinken und gehen in die Kantine. Nachmittags zerstört eine Bombe Drehstühle, Schreibtische, Aktenschränke.

Es war ruhig in meiner Kabine. Der Aufruhr in meinem Inneren ging lautlos vor sich. Um mich war alles in bester Ordnung. Ich war nur krank. Nach einer Impfung hatte ich Fieber bekommen. Das war alles. Ich war noch lange nicht in Afrika, und Ogun, der Schmiedegott, war fern. Ich war in Europa. Und offenbar hatte mir ausgerechnet das afrikanische Fieber eine wunderbare Vision des Abendlandes beschert.

Jemand saß neben mir und rauchte. Jemand sprach von Revolution.

»Wie langweilig«, stöhnte ich. Merkwürdig, dachte ich, daß es immer noch Leute gibt, die von Revolution reden, wenn ihnen sonst nichts mehr einfällt. Revolution – einfach nur so? Hier? Wozu?

Ich wußte nicht, ob ich fror oder ob mir heiß war. Eine Hand schlug meine Decke zurück. Sie schob sich zwischen meine Beine. Ich drehte mich zur Wand. Die Hand bearbeitete meinen Hintern. Von mir aus.

»Masturbate me a little bit«, sagte eine Stimme.

»Fuck yourself«, schlug ich schläfrig vor.

»But chow?« wunderte sich die Stimme. Das »chow?« kam tief unten aus der Kehle. Es kratzte sanft im Hals. Unwillkürlich löste es eine Art Nachahmungsreflex aus.

»Chow?«, sagte ich bei mir. Dann hörte ich die Kabinentür ins Schloß fallen. Typisch Russe, dachte ich. Macht sich aus dem Staub. Liebt mich nicht. Geht allein an Land. Tut so, als gehöre er nicht dazu. Wandert umher und grüßt freundlich unsere Metaphern. Hallo, zahnloses Abendland. Wie geht's, stinkende Gemütlichkeit. Ißt eingelegte Pilze. Macht auf archaisch. Spricht russisch. Läßt mich zurück mit den Göttern Afrikas. Pfeift auf die Geister Europas. Hat mit den einen nichts zu tun und nichts mit den anderen. Ordnet Deutschland, wie es ihm gerade paßt. Leidet an Europa wie ein echter Russe. Schafft es ab, wie ein echter Revolutionär.

Während ich gar nicht mehr wußte, wo mir der Kopf stand. Wo mein Körper lag.

Fressen, Ficken, Fernsehen

Sie Um fünf Uhr fünfundvierzig verließ die »Deutschland« Straßburg, um später kurz vor Karlsruhe endgültig in deutsche Gewässer einzufahren. Der Kapitän blinzelte fröhlich in einen klaren Septembermorgen. Auf dem Flur vor meiner Kabine summte einsam ein verfrühter Staubsauger. Nach einer Weile hörte ich leises Rasseln. Wahrscheinlich aus einer Lunge. Die ersten Passagiere schleppten sich in Richtung Restaurant, wo sie vor verschlossener Tür warteten. In einer Stunde öffnete das Frühstücksbüffet.

Die Große Rheinreise von Basel bis Amsterdam ist die Mutter aller Flußkreuzfahrten. Jeder kriegt hier, was er braucht, besonders dann, wenn er schon von allem genug hat und sich von der wirklichen Welt möglichst nicht mehr belästigen lassen will. Fünf Tage Dauer und 835 Kilometer Fahrt – das sind die letzten Hinweise zu Zeit und Raum, die ansonsten merkwürdig aufgehoben zu sein scheinen.

Auf der »Deutschland« herrschen zeitloser Luxus mit unaufdringlicher Auslegware und bequemen Polstern in dezentem Graublau und der ewige Rhythmus abendländischer Tagesabläufe. Morgens Frühstück, mittags Mittagessen, nachtmittags Nachmittagskaffee, abends Abendessen – damit niemand durcheinander kommt, gibt es das jeden Tag aufs neue schriftlich.

Das Warten vor der Restauranttür wurde belohnt. Ein prächtiges Büffet erhob sich mächtig vor dem begeisterten Publikum.

Ananas, Würste, Fische, Eier. Herzeloide und ihre Freundinnen, mit denen sie schon seit 1972 nicht mehr spricht, weil diese damals anläßlich ihres Wohnungswechsels nicht nur die neuen Schlafzimmermöbel, sondern vor allem auch den Inhalt ihres Wäscheschranks zu sehen begehrt hatten, gackerten aufgeregt vor sich hin:

> »Wir wollen auf Erden glücklich sein
> Und wollen nicht mehr darben
> Wir wollen hier auf Erden schon
> Das Himmelreich errichten
> Ja, Zuckererbsen für jedermann
> Sobald die Schoten platzen
> Den Himmel überlassen wir
> Den Engeln und den Spatzen.«

Dann klapperten sie mit den Tellern.

»Essen Sie, essen Sie«, dirigierte beschwingt und stolz auf seine eigene Großmut der Kapitän, den sie alle verehrten und dem sie, wenn die anderen nicht hinsahen, heimlich Nelken und sogar einzelne rote Rosen mit kleinen Kärtchen überreichten.

»Ach Sie! Sie!« kicherten begeistert die alten Hühner. Während die Stützenkel, die sie begleiteten, artig an ihren Krawatten zupften und ihre blaugrauen Jacketts aufknöpften, die zum Teppich paßten. Dann setzten sich alle hin. In ihren Mündern explodierte das deutsche Mineralwasser. Es macht die größten Blasen der Welt. Draußen versank die Landschaft in Öl. Blau. Grün. Braun.

In der Ecke saß, umzingelt von drei Riesinnen mit langen schwarzen Haaren und geflügelten Helmen, denen er, um sie bei Laune zu halten, ab und zu kleine, hautige Fleischstückchen zuwarf, der Russe. Ich erkannte ihn an den Orangen, die seine Hosentaschen ausbeulten, denn er hat die Angewohnheit, sich vorsorglich, um nicht zu sagen: panisch, möglichst viele Südfrüchte zu sichern, kaum daß er einen Speisesaal betritt. Und natürlich daran, daß er mit dem Kopf in den Teller fiel, als er das Rührei in den Mund schaufelte wie ein sibirischer Löffelbagger, denn das ist seit Urzeiten das Erkennungszeichen aller russischen Agenten im Westen. Ob er also ein Agent war? Gibt es Russen, die nicht irgend etwas ausspionieren, abkupfern und in Sibirien in gigantischer Größe nachbauen wollen? Diesmal vielleicht gleich ganz Deutschland im Permafrost? Und wenn nein, warum eigentlich nicht? Die unverschämten Kerle. Unser Deutschland ist ihnen wohl nicht gut genug! Dem Russen troff der Überdruß aus den Augen.

Vorsichtshalber beschloß ich, die drei Riesinnen in meine Dienste zu nehmen.

»Lora«, flüsterte ich ihnen zu, »behaltet den Russen in euren sechs Mandelaugen! Ihr seid mir dafür verantwortlich, daß er keine Dummheiten macht. Besser bewacht des Schlummernden Bett, sonst büßt ihr alle das Spiel!«

»Das wird aber teuer für dich«, schnarrten die Riesinnen im Chor.

»Geht's vielleicht noch lauter?!« zischte ich sie an, »über den Preis werden wir uns schon einig. Jetzt heißt es vor allem wachsam sein. Vertrauen ist gut, Kontrolle ist besser. Seid ihr bereit?!«

»Immer bereit«, brüllten sie und standen stramm. Der Russe starrte sie verwundert an.

»Na?« sagte er, als er mich nun bemerkte. Viel mehr schien ihm nicht einzufallen. Der Dichter erwies sich als stark kontextabhängig. In diesem Kontext funktionierte er vorläufig noch nicht.

»Was, na?« antwortete ich. Mir fiel leider auch nichts ein. »Du wolltest doch wissen«, versuchte ich es schließlich noch einmal und setzte mich zu ihm, »was es mit Europa auf sich hat. Ich habe eine Freundin, für die besteht Mitteleuropa nur aus Konzentrationslagern. Sie hat einen starken Hang zum Dramatischen und liebt rote Federboas.« Der Russe sah zerstreut aus dem Fenster.

»Statt Wien«, erzählte ich weiter, »besucht sie Mauthausen, statt München Dachau, statt Danzig Stutthof, statt Prag Theresienstadt, statt Wilna Ponary, statt Riga Kaiserwald und statt Krakau natürlich Auschwitz.« Die Stützenkel am Nachbartisch fingen an, die Ohren zu spitzen. Sie kannten sich ja aus, immerhin waren sie Ressortleiter bei überregionalen Zeitungen – die jüngsten übrigens seit Menschengedenken. Ich schätze, sie waren beeindruckt von meiner fehlerlosen Lagerliste. Oder sie hielten meine Freundin für verrückt. Oder für pervers. Oder für beides. Und mich gleich dazu.

»Die bläst sich ja mächtig auf«, hörte ich es flüstern. »Ziemlich peinlich«, das mußten sie schon sagen. »Können die uns mit ihrer abgestandenen Schamkultur nicht langsam vom Hals bleiben?«

»Jetzt hat sie sich aber vorgenommen«, fuhr ich fort, »doch auch einmal die berühmte Altstadt von Riga anzusehen, wenn sie das nächste Mal nach Kaiserwald kommt. Ihre Eltern waren deutsche Balten, ihr Vater, ob du's glaubst oder nicht, bei der SS und außerdem heimlich halber Russe. Ein Mann von großem Charme, dem die Frauen zu Füßen lagen. Sie ist so alt wie du.«

Endlich lächelte der Russe einmal.

»SS? Really?! Congratulations, I'm impressed. If not sprachlos.« Zur Feier des Tages verwendete er das einzige deutsche Wort, das er außer »phantastisch« kennt.

»Was würdet ihr hier eigentlich machen, wenn ihr keine SS-Väter hättet?« fragte er spitz.

»Und ihr? Ohne ständig irgendwelche dämlichen Revolutionen zu halluzinieren, für die sich außer dir kein Mensch interessiert, würdest du dich doch zu Tode langweilen«, versuchte ich, gehässig zu sein.

Geschichte schreiben, heißt, die Physiognomie einer Jahreszahl bestimmen, hat Walter Benjamin gesagt. Woran erkennt man auf der »Deutschland«, ob 1972, 1987 oder 1996 ist? An den Themen der Gespräche, die niemand führt? An merkwürdigen Phänomenen auf der Speisekarte, die neben den Rinderbraten und halben Hummern plötzlich Vollwertlinsenbratlinge präsentiert? Ich ging aufs Klo und sah nach, ob mir schon Schamhaare wuchsen. Doch Schamhaare sind auf der »Deutschland« sowieso verboten – außer wenn sie einzeln in Öl gemalt sind und auf drei Grazien erscheinen. Ratlos drückte ich die Klospülung. Ich mußte nach anderen Anhaltspunkten suchen.

Doch wo sollte ich fündig werden? Gibt es ein Leben jenseits des Aussichtssalons? Ist das die Welt dort drüben am Ufer? Wir werden es nicht erfahren. Wir wollen es nicht erfahren. Wir fahren daran vorbei. Und sehen aus der Ferne unser Fernsehdeutschland. Tagelange Fahrt in der Totalen – ein endloser Kameraschwenk übers globale Glottertal: Landschaften ohne Verkehrsgeräusche, Stadtkulissen ohne Menschen, Industrie ohne Produktion, historische Bauten ohne Geschichte – blanke Bilder, passend zu jedem Soundtrack von sentimental bis feierlich. Herzeloide und ihre Freundinnen saßen vor den Fenstern, tranken andächtig Herva mit Mosel und aßen Chips aus gepreßtem Kartoffelstaub. Ab und zu schliefen sie für eine Weile ein; wenn sie aufwachten, schickten sie die Blicke wieder zu den Scheiben, aber keinen Zentimeter weiter.

Deutschland ist ein Land, dem die Neugierde, soweit sie sich nicht auf die Wäsche des Nachbarn bezieht, völlig unbekannt ist: Mein Vater traut sich nicht, nach meinem Beruf zu fragen, mein Bruder war noch nie in Ostdeutschland, meine Mitreisenden würden nie in einen Hinterhof eindringen – irgendwie scheint das konkrete Fremde anrüchig zu sein. Und so fährt auch kein Mensch auf den Rhein, um irgend etwas Neues kennenzulernen. Im Gegenteil. Es geht um die Bestätigung und um die Reaktivierung des Alten, darum, sich selbst wenigstens für einen Augenblick in Verbindung zu bringen mit bewährtem Bildungsgut und bekannten und beliebten Bedeutungsträgern. Der Rhein ist der Königsweg zum großen Ganzen. Hier gibt es Mythen für Millionen: Kelten, Nibelungen, Adenauer, Burgen, Kaiserstädte, Heinrich Heine, Wirtschaftswunder, Unsere Bundesrepublik – und wir sind immer irgendwie dabei. Heines Lorelei-Lied über Bordlautsprecher – ein erhebendes Bildungserlebnis; der »Rhein in Zitaten« im Baedeker – ein Schatz an wohlfeiler Bedeutung; die Liste der »Berühmten Persönlichkeiten« von Adenauer bis Zuckmayer – Talmiglanz auf den Fernsehbildern, die vor dem Aussichtssalon ablaufen.

Ab und zu legt die »Deutschland« aber auch an. Dann gibt es einen dramatischen Zoom mit dem Bus direkt hinein ins wirkliche Leben, dorthin, wo unsere Seifenoperntenöre und Serienhelden ihre schweren Prüfungen bestehen, also beispielsweise in den Schloßhof von Heidelberg oder in den Kölner Dom. Dort stehen alle dumm herum.

»Phantastisch«, sagte der Russe ordnungsgemäß.

»Phantastisch«, sagte der Reiseleiter.

»Phantastisch«, sagten die Mitreisenden. Und waren sprachlos. Sofort entwickelte sich »alles in allem eine Erlebnisreise, die den Horizont öffnet«, wie der Reiseprospekt wußte. Nach 35 Minuten friert das Bild ein. Es ist leider wieder überhaupt nichts passiert. Wie auch? Was auch? Am Rhein soll nichts passieren. Während die meisten anderen großen Flüsse ihren Namen immer wieder geändert haben, taucht der Rhein bereits in den griechischen Texten unter seiner heutigen Bezeichnung auf.

Vielleicht war das der geheime Grund, warum sich die Bundesrepublik nach all dem Durcheinander der ersten Jahrhunderthälfte hier niederließ und einen Kölner Bürgermeister sich zum Vater nahm. Hier ist die Heimat der heiligen Stabilität. Hier ist Deutschland seit den Wirtschaftswunderjahren fertig und sieht seither immer gleich aus. Hier ändert man, wenn dort weit weg die DDR zusammenbricht und »uns« beitritt, im Grundgesetz nicht viel mehr als die Formulierung »Männer und Frauen sind gleichberechtigt« in das alphabetisch korrekte »Frauen und Männer sind gleichberechtigt«. Mögen anderswo Länder brennen, Gedankengebäude zusammenbrechen, Machtblöcke sich verschieben – das interessiert hier keinen, das haut hier niemanden um. Kurz: hier bleibt Mainz Mainz, auch wenn darüber wirklich niemand lacht.

So zappen wir uns irgendwie weiter. Zu einer neuen Folge, die auch nicht anders ist als die alte – Deutschland, eine Seifenoper jenseits von Zeit und Raum.

Deutschland im Herbst

Sie Sie wollen mich nach Amsterdam bringen. Amsterdam – das sei doch fast so wie das alte Westberlin. Auf dem Weg haben sie wieder diese Burgen aufgestellt. Nebel wabert. Ahnen winken mit knöchernen Händen vom Ufer her. Die Toten grüßen dich. Sie haben auf mich gewartet. Sie wollen mich wieder haben. Tot oder lebendig.

Lieber tot. Aber es wuchsen mir Schamhaare, und ich hatte meine zögerliche Hand am Geschlecht eines Jungen im Wald bei Stuttgart. Der Junge war groß und aufgebläht. Ich nahm an, er sei brutal. Er hatte schon jetzt einen Bierbauch. Heute dreizehn Halbe für ihn, fünf für mich, dann Hose auf unter einer Buche. Währenddessen vermißten sie mich auf der Schulfeier meines Mädchengymnasiums.

Die Toten brüllen mich an. Sie wollen wissen, ob ich etwa Spaß hatte. Ich soll doch mal erzählen, wie der Junge so aussah, untenrum. Der Geifer läuft ihnen über die Gerippe.

Sie warfen mich von der Schule. Ich ging trotzdem hin und lernte heimlich unter der Bank. Als sie mich entdeckten, flüchtete ich Richtung Osten – ich kam zum Glück nicht allzu weit.

Bis Westberlin, der selbständigen, jawohl selbständigen Einheit, die sich dort hinter dem Eisernen Vorhang trotzig versteckt hielt vor den Zumutungen der alten Bundesrepublik. Hier lebten wir viele Jahre wie wild und bissen stets freudig in die Hände, die uns von ferne fütterten. Sollten sie dort am Rhein und in seinen Provinzen weiter vor sich hin schimmeln. Sie schimmeln und schimmeln und schimmeln. Ohne mich!

Eines Nachts atmete gleichmäßig ein Ostler neben mir. Ich hatte ihn ganz oben im Prenzlauer Berg besucht, ein neuer Höhepunkt meines höchst persönlichen Protests gegen die NATO und die bedingungslose Westbindung.

Vor Abscheu wirft Herzeloide in ihrem schwäbischen Bett stinkende Blasen.

Dabei ist der Ostler ja insgesamt ein larmoyanter Langweiler mit einer Haut aus Resopal. Statt mit seiner Briefmarkensammlung wedelt er mit seiner Stasi-Akte. Mein Ostler allerdings wedelte nicht. Vorerst.

»Willst du mir nicht deine Akte zeigen?« hatte ich ihn gefragt, nachdem wir uns geküßt hatten. Ich hatte vergessen, daß ich es immerhin mit dem einzigen bitterbösen Buben und hochbezuschußten Bürgerschreck unter den Berufsostlern zu tun hatte, was bedeutete, daß er seine Akte bis nach dem ersten Beischlaf zurück hielt. Dafür hatte er sofort stolz sein Stalinbild in seinem Arbeitszimmer präsentiert. Und, im schönsten Busfahrerberlinerisch, einen vom Stahlgewitter erzählt. Stahlgewitter?! Ein sprudelnder Schreck fuhr mir in die Glieder. Pfui, dachte ich, Ernst Jünger – und wollte mich erbrechen. Hui, dachte ich, der geht aber rasant in die Kurve – und legte mich dazu. Übrigens war er der einzige Mensch, den ich je getroffen hatte, der seine Mutter wirklich liebte. Später schrieb ich in einer Zeitung über seine Spülmaschine. Seither spricht er nicht mehr mit mir, was mir immer dann schmerzlich zu Bewußtsein kommt, wenn ein Busfahrer sich weigert, mir auf fünf Mark Wechselgeld zu geben.

Jetzt schnarcht neben mir ein Russe. Ich habe ihn schon einmal gesehen. Ich glaube, ich habe ihn eingeschleppt. Aus meinem Osten. Der Russe ist allerdings noch viel härterer Stoff als der deutsche Ostler. Haare wachsen ihm aus den Nasenlöchern. Seine Haut ist rauh wie Baumrinde, seine Akte vom KGB. Kleine, graubraune Warzen mit stumpfen, harten Oberflächen kratzen meine Fingerkuppen. Ich schmiege mich an ihn, so eng ich kann.

Das nutzt mir jetzt auch nichts mehr. Zwischen Mainz und Koblenz fährt schon ein Ford 12 M, Baujahr 1965, auf und ab. Es ist dort immer Sonntag. Der Ford ist rot, hat ein schwarzes Dach und klebrige Kunststoffsitze, aber es ist niemals Sommer, und also schwitzen wir auch nicht. Vorne sitzen Vater und Mutter, hinten Großmutter und Großvater, die meine Schwester und mich zwischen sich einklemmen. Der Bruder ist nicht dabei. Er ist im Zeltlager mit der katholischen Jugend. Er zeichnet das Deutsche Eck und die Begegnung von Adenauer und de Gaulle. Letzterer war leichter zu zeichnen wegen der großen Nase. Adenauer hatte, umzingelt von stolzen Ritterkreuzträgern, gerade den Ostblock erfunden. Der Ostblock, so hatte ich einmal gelesen, sei eine geradezu poetische Wortschöpfung: den dunkelsten Vokal zweimal hintereinander geschaltet, dann ein merkwürdiger Knacklaut wie knallende Stiefel – und Schluß. Damit schalten wir um nach Colombey-les-deux-Églises, was bedeutend angenehmer in den Ohren klingt, und falls wir in der Schule immer ordentlich aufpassen, dürfen wir später in Südfrankreich Landhäuser kaufen statt am Kurischen Haff und dort Bücher über Montaigne schreiben statt über Dostojewski, auch wenn unsere Eltern, die selbst nur das Nötigste zu schreiben gelernt haben, weder den einen noch den anderen kennen und nicht ahnen können, daß sie hier ganz aus Versehen eine Generation von Intellektuellen heranzüchten, die zwar die Aufklärung mit Löffeln gefressen hat und sich genauestens in Frankreich auskennt, aber leider nicht weiß, woher sie kommt und wohin sie gehört. Kein Staat. Keine Gesellschaft. Keine Familie. Keine Tradition. Keine Religion. Keine Revolution.

»Ich habe mich selbst erfunden«, jubiliert da höchst wahrscheinlich mein Freund Mathias und schaut weit weg in Berlin von seinem Manuskript über Ulrike Meinhof hoch. »Nur die Stirn, die habe ich von Montaigne.« Schon wieder: erst Nabokov und der Russe, jetzt Mathias und Montaigne. Es ist wohl so wie mit Herrn und Hund – irgendwann sehen sie sich ähnlich.

»First generation of intellectuals«, schimpft indessen der Russe, der sich überall gern als Diplomatensöhnchen vorstellt. »Lower middle class«, »desorientiert«, »gefährlich«, schickt er meist noch hinterher und rotzt – »comme les africains« – auf den Boden, weil er kein Taschentuch hat.

»Kein Ort, keine Zeit, wo du sagen könntest: von da geh ich aus«, klagt Ulrike Meinhof aus dem Manuskript.

»Genau«, schniefe ich.

»Daß du unglücklich bist, heißt noch lange nicht, daß es kein Glück gibt«, warnt Mathias mit sorgenfaltiger Montaigne-Stirn. Natürlich hat er Angst, ich würde gleich mit Bomben um mich werfen, denn wenn in Deutschland jemand sagt, er ist unglücklich, hat Kreislaufstörungen oder ist Vegetarier, gehen immer gleich alle in Deckung.

»Und übrigens«, fügt er ärgerlich hinzu, »könntest du endlich einmal aufhören, überall Klarnamen zu verwenden. Das ist hier schließlich privat. Wenn schon, möchte ich höchstens als dein taubstummer Freund M. auftauchen.«

Vor unserem rot-schwarzen Ford fährt ein Reisebus vollbesetzt mit jungen Mädchen, die uns fröhlich zuwinken.

»Am besten, du zitierst mich überhaupt nicht. Das ist nämlich Ausbeutung, jawohl!« M. scheint jetzt ernsthaft empört.

Der Bus hat ein »B« für Berlin als Autokennzeichen. Schade, denke ich und winke nicht zurück. Die Mädchen sehen nett aus. Aber sie sind Berliner Schnauzen. Die wir im Schwäbischen nicht leiden können, weil sie kein Herz haben und verdächtig sprechen. Genau wie die Flüchtlinge, Vertriebenen, Verschlagenen aus dem Osten. Denen sie das Geld nur so hinterherwerfen und die mit großen Einkaufstaschen durch unsere Städte schleichen und einstecken, was nicht niet- und nagelfest ist. Wie die Zigeuner. Während unsere Mutter jeden Abend in der Küche sitzt und Zahlen auf den Rand der Zeitung schreibt, die wir dann auch bald einsparen, und hin und her rechnet, bis endlich alle ein schlechtes Gewissen haben, wenn es doch einmal Butter oder Schokolade gibt. Oder Buchstaben.

Fremd hab ich mich ausgezogen, fremd zog ich mich wieder an.

Mein Vater ermahnt meine Schwester und mich, die Knie beim Sitzen zusammenzuhalten. Nur Säue zeigen ihre Unterhosen. Aber wir müssen immer gemeinsam baden, und die Eltern ziehen sich abends in der Wohnküche aus. Das haben sie von Oswalt Kolle lernen müssen. Uns Kindern ist das furchtbar peinlich. Und den Eltern auch. Weshalb wir immer wegsehen und uns möglichst konzentriert über irgend etwas unterhalten, wenn der Vater in einem jahrelang geübten präzisen Bewegungsablauf mit einem einzigen Handgriff blitzschnell seine Unterhose abstreift und ebenso flink in den bereitgelegten Schlafanzug schlüpft. Wir fahren lautlos den Rhein entlang. Niemand spricht. Wir sind alle so schön angezogen! Mit unseren Sonntagskleidern. Wir sind stolz. Die Eltern zeigen den Großeltern den Rhein, die Großeltern zeigen den Eltern den Rhein, und alle zusammen zeigen uns den Rhein – ein wirklich wertvolles Stück Deutschland. Mittags für jeden ein paniertes Schnitzel in einer Ausflugsgaststätte. Das ist der Höhepunkt des guten Lebens. Mit 45 sterben alle an Krebs oder am Herzinfarkt oder an Nierenversagen. Der Rhein ist der einzige Fluß der Welt, der es nicht vermag, das Elend der Menschen fortzuspülen.

»Hör auf zu jammern«, befiehlt mir der Russe kühl. »Du zerreißt dich, du kannst nicht gegen dein ganzes Land und gegen deine eigene Vergangenheit kämpfen.«

»Aber du hast doch selbst gegen die Sowjetunion …«

»Das war etwas völlig anderes.«

Eine Sekunde denke ich, der Russe redet wie mein Großvater. Beiden ist das Fremdsein fremd. Der Russe liebt die kalten russischen Winter, mein Großvater den deutschen Wald. Vielleicht haben sie mehr gemeinsam, als ich bisher ahnte. Und ich? Meine Heimat ist das Meer, meine Sehnsucht ist die Ferne. Was wissen wir Matrosen vom Wald und vom Winter.

Wir passierten Rüdesheim und das Niederwald-Denkmal.

»Da ist ja unser Fräulein Germania«, freute sich der Russe und grüßte hinüber wie zu einer alten Bekannten.

»Das Niederwald-Denkmal wurde 1883 zur Erinnerung an die Gründung des Deutschen Reiches eingeweiht. Es mißt mit seinem etwa 25 Meter hohen Unterbau bis zur Krone in der Hand der Germania über 37 Meter. Auf dem Bronzerelief am Sockel sind etwa 250 Figuren zu sehen, darunter Kaiser Wilhelm der Erste zu Pferd, Bismarck und Moltke«, verkündete der Kapitän über Bordlautsprecher.

»Ganze Arbeit,« sagte der Russe.

»Von wegen«, antwortete ich, »während der Einweihungsfeierlichkeiten haben sie versucht, Kaiser Wilhelm und seine Regierung in die Luft zu sprengen. Ging aber wie immer schief.«

Es klopfte an der Tür. Draußen standen meine freundlichen Mitarbeiterinnen, die drei Loras. Sie zerrten mich auf den Flur hinaus.

»Als Sie auf dem Klo waren, hat er ...«

»... zwei Telefonate geführt, eines auf russisch und eines auf englisch. Gestern abend waren es drei – russisch, englisch und französisch. Außerdem hat er ...«

»... sich längere Zeit am Pool herumgetrieben. Zusammen mit dem Kapitän.«

»Und weiter? Worüber hat er gesprochen? Muß man euch denn alles aus den Nasen ziehen?« Ich wußte, sie wollten mich sowieso nur quälen. Mein Magen krampfte sich zusammen. Hätte ich sie bloß nicht engagiert. Sie hatten ja keine Ahnung. Was konnte ich von denen schon erfahren? Ich wollte das alles eigentlich gar nicht wissen. Blöde Weiber. Gute Nachrichten brachten die doch ohnehin nicht zustande.

»Wie sollen wir das erraten? Seit wann ...«

»... sprechen wir englisch, französisch oder gar russisch? Übrigens hat er ...«

»... versucht, uns Geld zuzustecken.«

»Das ihr natürlich genommen habt.«

»Warum denn nicht? Solange wir trotzdem für dich arbeiten?«

»Na schön. Habt ihr gut gemacht. Aber fürs nächste Mal bitte ich mir etwas detailliertere Berichte aus. Lora, du lernst Englisch, du, Lora, lernst Französisch und für Russisch bist du zuständig, Lora. Wird Zeit, daß ihr euch ein wenig europäisches Handwerkszeug zulegt. Euer asiatisches Geknarze will hier sowieso niemand hören. Und jetzt schwirrt ab. Der Russe hat seine Morgenerektion, die muß ich unbedingt ausnutzen.«

»Jeder Fick vorgetragen mit dem Mut der Verzweiflung – das kannst du ruhig zitieren«, machte sich M. nun wieder wichtig.

»Du bist taubstumm, und dabei bleibt es. Merk dir das«, bürstete ich ihn ab.

Ich ging zurück in die Kabine. Der Russe schlief immer noch. Oder er war weg. Oder er hat mich von hinten durchgefickt. Ich kann mich nicht mehr erinnern. Ich hoffe nur, daß diese Loras niemals existiert haben.

Drachenblut

Sie Der Russe hatte Geheimnisse vor mir. Er las und rauchte und rauchte und las den ganzen Tag. Machiavelli oder so etwas. Ich schätze, es ging um das übliche. Gesinnung. Verantwortung. Täuschung. Verrat. Grausamkeit. Woher ich das wußte? Keine Ahnung. Vielleicht hatten die Loras das ermittelt. Oder es sah einfach alles danach aus. Der Russe war ein wenig teigig geworden auf dem Rhein. Seine Haare waren wie Daunen, polnische Gänsedaunen. Nie zuvor hatte ich ihn so gut rasiert gesehen. Er trug ein kariertes Hemd, das über dem Bauchnabel aufsprang. Manchmal lächelte er so komisch vor sich hin. Dann machte er sich wieder Notizen. Ich wollte ja nicht wissen, was er sich da alles aufschrieb, das heißt, natürlich wollte ich wissen, was auf den Zetteln stand, aber ich traute mich nicht zu fragen. Was kann ich wissen? Was soll ich tun? Was darf ich hoffen? Einmal abgesehen davon, daß auch er jetzt zu den Stummen übergelaufen war. Allerdings nur, wenn ich in der Nähe war. Die anderen Passagiere quetschte er aus wie die Schwämme. Braunes Rheinwasser troff an ihnen hinunter. Er machte ihnen Komplimente. Sie lächelten. Er lächelte. Heuchler. Wenn er zurück kam, sagte er wieder nichts mehr. Dann schwieg ich eben auch. Schweigend absolvierten wir den Mittelrhein. Romantisch. Phantastisch. Sprachlos. Endlich auch wir.

Bei Kilometer 645 trieb uns der Kapitän vom Schiff. Wir sollten den Drachenfels besuchen. Sonntag in Königswinter. An einem steinernen Brunnen lehnten Feuerwehrleute in leuchtend roten Jacken und rauchten. Irgend etwas war wieder gut ausgegangen. In den Häusern tanzten Meisterpaare Foxtrott. Die Frauen der Fleischer aßen saftige Schinken.

Wer Mythen erbt, muß irgendwie mit ihnen umgehen. Königswinter hat sich dafür entschieden, die Arbeit am Mythos mittels einer Nibelungenhalle mit Drachenhöhle und mittels eines Reptilienzoos zu leisten. Mit einer Art Straßenbahn mit Zahnrädern schaukelten wir hinauf zum Drachenfels über der Stadt. In einer Höhle dieses Berges im Siebengebirge soll der Sage nach der böse Drache gehaust haben, den Siegfried schließlich bezwang und in dessen geschmolzener Hornhaut er sich wälzte, um – außer an jener winzigen Stelle zwischen den

Schulterblättern – unverwundbar zu werden. Inzwischen wächst am Südwesthang des Berges die Rotweinlage »Drachenblut«. Denn auch der zeitgenössische Trinker möchte sich ein wenig wälzen. Am liebsten in Gemütsgetränktem. Und im Reptilienzoo neben der Nibelungenhalle ein wenig siegen. Egal über wen oder was.

Auf dem Drachenfels traten wir an ein Geländer. Der Russe starrte ins Tal. Als hätte er eine Schlange gesehen. Eine silbrige, eine glibberige, eine, die einem die Sprache verschlägt. Macht nichts. An der schönsten Aussichtsstelle steht ein Erzählautomat. Gegen Einwurf von einer Mark sagt er alles Wesentliche. Und zwar in vier Sprachen. Ich fotografierte ihn.

Königswinter führt sozusagen die Freizeitvariante der Arbeit am Mythos vor. Die ist nicht jedem vergönnt. Manche sind ganztägig Verfolgte. Sie heißen Siegfried und haben meist schwer an ihrem Erbe zu tragen. Das fing schon früh an. Mit Siegmund und Sieglinde am Unterlauf des Rheins bei Xanten. Die zeugten einen Sohn, den sie Siegfried nannten, weil sie sich so an den Sieg gewöhnt hatten. Er war ein geborener Gewohnheitssieger, zum Siegen verurteilt von seiner ersten Stunde an. Der Fluch der Nibelungentreue – das ist nicht zuletzt das Unvermögen, die Zwänge und Phantasmen der Vergangenheit und die Erwartungen der anderen abzuschütteln. Heute muß man sich als Siegfried mit der Nazivergangenheit seiner Eltern herumschlagen. Wer heißt schon Siegfried in der Bundesrepublik? Söhne von blöden Eltern.

In Rußland heißen die Söhne Viktor. Auch nicht viel besser. Moskau, 1947: ein blutiger, schmieriger Schreihals wird dem Sieg über den Hitlerdrachen gewidmet. Ein Name, ein strategisches Programm – ein Leben als heroische Metapher. Triumph im ersten Atemzug. Rückwirkend! Ein milder Schiß in die Windel als Dank für alles. Dann ist der Krieg wirklich zu Ende. Die unbedingte Treue hat sich erledigt. Dann kann der Bub sich auch von der Armee fernhalten. Später wird er Schriftsteller. Was noch viel schlimmer ist.

»Schreiben heißt verraten«, sagte der Russe und weitete seine schmalen Schultern für einen kurzen Moment. Dann fielen sie wieder schlapp nach vorne. Nur wer alles und jeden verrät, wird eines Tages unverwundbar.

»Liebst Du mich?« fragte ich unpassenderweise schließlich

doch noch. Vielleicht hielt ich mich einen Moment für Kriemhild.

»Sagen wir, wir sind eine Produktionsgemeinschaft. Wer wüßte besser als du, daß spätestens mit Brecht die Sachlichkeit in die Liebeslyrik kam.«

Wir waren spät dran. Das Schiff sollte in Kürze ablegen. Zudem hatten wir ein wenig die Orientierung verloren. In viel zu weiten Schleifen eilten wir den Petersberg hinunter. Schließlich trafen wir auf eine Schnellstraße, an der wir im Laufschritt entlang rannten. Immer abwärts. In letzter Minute erreichten wir die »Deutschland«. Der Kapitän stand auf der Brücke, machte ein ärgerliches Gesicht und zeigte auf seine Uhr.

Siegfried

Sie Wind wehte über der Kölner Bucht. Ein lauwarmer, labberiger Wind. Ein flauer Furz. Ein fauliges Gähnen. Ein mäßiges Meeresgebläse, ach was: Gebläse, Gewimmere, lautloses Gestöhne. Lustlosigkeit in den Gesichtern und der Geruch nach Herzeloides Spucke, die sie allen in die Mundwinkel schmierte, mit der sie auf ihren Wangen herumwischte. In der Kölner Bucht ist die Temperaturschwankung gedämpft, die Niederschläge verteilen sich gleichmäßig über das ganze Jahr, die Höhen des Bergischen Landes bieten Schutz gegen winterliche Unbilden aus dem Osten.

»In Görlitz haben sie heute morgen zwei Zöllner erschossen«, erzählte ich dem Russen, der, Gesicht gen Nordwesten, auf dem Oberdeck stand, weil er neuerdings neben dem russischen Winter auch den deutschen Herbst liebte. »Ein polnischer Reisebus. Die PKW winken sie ja jetzt durch. Aber diesen Bus haben sie angehalten.«

Der Russe reckte sich und streckte sich, kreiste mit den Armen, schwang seine Beine. Nicht, daß das besonders elegant aussah.

»Wahrscheinlich polnische Katholiken auf dem Weg nach Rom«, erklärte ich weiter, »sie schießen auf deutsche Zöllner.«

»Da haben die Zöllner ja das große Los gezogen. Im Himmel kriegen sie doch die besten Plätze. Gleich neben den Huren. Die frommen Polen haben sich mal wieder selbst verarscht.« Der Russe wurde langsam sentimental, der September tat ihm nicht gut. Fast wurde er mir ein wenig unheimlich. Sentimentalität geht bekanntlich immer böse aus. Wer wüßte das besser als die Russen. Ach, was sage ich.

Von meinem Vermieter erzählten die Nachbarn, er habe seine alte Mutter im Keller mit dem Beil erschlagen wollen. Man hatte ihn beobachtet. Herr Meier hinter der Kellertür. Die Mutter hatte den Sohn Siegfried genannt. 1955. Da war sie schon nicht mehr jung gewesen. Voller Trauer erinnerte sie sich ihrer Mädchenjahre. An diesem Tag im Keller hat der Sohn sie nicht erschlagen. Sie starb später. In ihrer Wohnung. Wo Siegfried, der Sohn mit den fischigen Augen, dann alles so ließ, wie es war. Nachdem sie schon einige Jahre tot war, vermietete der Sohn mir die Wohnung mitsamt ihren verrotteten Zahnbürsten, ihren Klistieren aus rissigem, roten Gummi, ihren Windeln so groß wie Tischdecken. Er selbst hatte mit diesen Memorabilia gelebt, ich warf sie voller Abscheu auf den Müll. Sieben Jahre wohnte ich nun in der Wohnung der toten Mutter. Der Sohn hatte stets den Schlüssel behalten. Er hatte, so sagte er, eine lange Nabelschnur.

Und ich eine eiserne Kette, die ich vorlegte, sobald ich nach Hause kam.

Eines Nachts krachte ein Beil durch die Tür. Die Riesinnen hatten nicht aufgepaßt. Der Lack splitterte. Es barst das Holz, es krachte und knackte, Splitter flogen durch die Luft. Die Loras flatterten im Aussichtssalon um einige schweizerische, französische und deutsche Zöllner herum, die der Kapitän im Vorüberfahren zu sich gerufen hatte. Bereits in der Antike war der Rhein als Völkerscheide begriffen worden. Soeben war noch ein Holländer dazu gekommen, wir mußten also Emmerich passiert haben und uns nun auf dem Weg nach Utrecht befinden.

»Ich freue mich, Sie hier begrüßen zu dürfen«, sprach der Kapitän feierlich zu den Zöllnern, die noch ihre verschiedenen Uniformen anhatten. »Leute wie Sie brauchen wir dringend. Wer würde sonst für die Sicherheit unserer Grenzen sorgen?! Ohne Sie hätten wir hier doch bald das totale Chaos.«

Der Kapitän erhob sein Glas und prostete den Zöllnern zu.

»So möchte ich Ihnen nun in aller Form danken – auch im Namen meiner neuen Assistenten«, wobei er den Stützenkeln im Hintergrund zunickte, die freudig mit ihren Ernennungsurkunden winkten.

»Jetzt können wir es ja endlich sagen«, riefen sie wie befreit. »Ulrike Meinhof starb am Muttertag.« Zaghaft nippten die Zöllner am Drachenblut, die Loras tranken auf ex.

»Am Tag der Befreiung, am Tag der Befreiung«, knarzten die Loras, denn wenigstens das waren sie mir schuldig, solange ich sie noch bezahlte. »In der Nacht vom 8. auf den 9. Mai 1945«, begannen sie nun im Chor zu dozieren, »unterzeichneten in Berlin-Karlshorst die Vertreter der drei Teilstreitkräfte der deutschen Wehrmacht die bedingungslose Kapitulation. Sie trat eine Minute nach Mitternacht in Kraft. In der Nacht vom 8. auf den 9. Mai 1976 beging Deutschlands Staatsfeindin Nummer eins im Gefängnis Stuttgart-Stammheim Selbstmord. Es war klar ...«

»Alles Quatsch«, unterbrachen die Stützenkel ebenfalls im Chor, »der 9. Mai war in diesem Jahr der Muttertag. Wer sich darüber wundert, daß sich Ulrike Meinhof ausgerechnet an diesem Tag erhängte, der hat vergessen, daß sie trotz aller Bomben und aller Toten eine Frau war, die sogar einmal Nonne werden wollte. Sie konnte die Schuld nicht ertragen, ihre Zwillingstöchter verlassen zu haben. Das wurde ihr am Muttertag ...«

»Tag der Befreiung!«

»Muttertag!«

»Tag der Befreiung!«

»Mutter ...«

Auf den schwarzen Wiesen schliefen die Kühe. Sie waren überall. Eine ganze Armee. Die vom Himmel gefallen war. Wahrscheinlich aus Flugzeugen abgeworfen worden war. Die das Land sprenkelte. Eines frühen Morgens waren Flugzeuge gekommen. Sie waren tiefer geflogen als normalerweise üblich. Sie brachten Kühe mit schwarzweißen Häuten und verteilten sie gleichmäßig und gerecht über ganz Holland. Jetzt schliefen sie. Und am nächsten Morgen wollten sie fast platzen vor lauter Gesundheit.

Das Altenschiff

Er Wer mit sehr alten Frauen geschlafen und daran etwas gefunden hat, für den wird eine Rheinfahrt genau das Richtige sein. Die alten Spinatwachteln, bläulichgelbe, gescheckte Hühner, lassen meiner Phantasie keine Ruhe. Der Moskauer Maler Tolja Swerjew schilderte mir, wobei er betrunken Hühnerknochen auf den Küchenboden spuckte, die Vorzüge der Gerontophilie.

»Schlabbrige Brüste, schüttere Härchen, und auch die Fotze ist schütter – richtig gut!«

»In welchem Sinne schütter?« Ich erstarrte vor schmachtendem Entsetzen.

»Die Fotze? Guck mal«, sagte Tolja und schleppte mich zu seiner Freundin, die nach frischem Kot und Tod müffelte.

Er schob ihr weißes, weißes Kleid hoch.

Die Passagiere werden gestützt an Bord geführt. Die Jugend drückt sich in den Ecken herum.

Aus dem Bauch strömt grüner Eiter. Was immer man auch drum herum redet, das Alter hat etwas Abstoßendes an sich. Hier bieten sich mir Formen von Hinfälligkeit und Verfall unterschiedlicher Herkunft – aus Frankreich, Deutschland, Kanada und sogar Hongkong. Eine interkontinentale Parade der Paralyse und des fortschreitenden Altersschwachsinns. Der eine leidet an arthritischen Beinen, der andere an geschwollenen. Einer trinkt, einer hustet, einer schnarcht, einer schielt, einer spuckt, einer spinnt, und einem hat man den Hals aufgeschnitten.

Plötzlich reißt sich bei mir das russische Denken von der alten Kette los. Europa – das ist eine glückliche Vernunftehe. Erfolg im Erfolg. Ein matrimoniales Unikum. Festlich ist das Licht seiner Städte. Die Marktwirtschaft ist deren üppiges Herz (im Unterschied zum düsteren, religiös-ideologischen städtischen Zentrum von Rußland). Pflicht und Genuß, Schreien und Flüstern, Gottesdienst und Gotteslästerung – alles ist in einem einzigen Strom zusammengeflossen, den man in Polynesien, glaube ich, mit dem sakralen Wort »Mana« bezeichnet.

»Mana hin, Mana her, weiß der Teufel, was das ist«, präzisierte der Kapitän.

»Europa ist *zahnlos*«, sagte der Gehilfe des Kapitäns und verzog das Gesicht.

»Entschuldige, *Spengler*.« Der Kapitän wurde finster. »Es ist nicht meine Schuld, daß die Marktwirtschaft bis ins Großhirn eingedrungen ist und sich als Maß aller Dinge eingepflanzt hat.«

»Gott sei Dank!« Der Gehilfe kratzte sich an der Backe. »Seit gestern hat keiner von den Passagieren den Löffel abgegeben.«

Warum ich das Gesicht verziehe? Die Reise entwickelt sich zu einer Folter. Mein Morgen, sei gegrüßt! Aber heute trifft es erstmal die Eltern. Sie sitzen in der Bar und hören die Musik ihrer Nachkriegsjugend, einen Boogie-Woogie, den ein tschechisches Quartett für sie spielt.

»Genossen!« verkündete ich, an die alten Frauen und Männer gewandt.

Mir schien, sie hatten mich verstanden. Jedenfalls begannen sie zu flüstern und zeigten mit ihren zitternden Fingern auf mich.

»Es gibt keinen Tod«, fügte ich hinzu. »Die Revolution schafft den Tod ab! Wer gegen die Revolution ist, der dient der Sache des Todes.«

An den Rheinufern stehen Bänke wie in einem Park. Baedekers Rheinkarte wirkt glaubwürdiger als der Rhein. Das Sein mit allen Innereien kraucht auf die Karte hinüber. Jeder Kilometer ist durch einen gestreiften Pfosten protokollarisch festgelegt. Die gemütlichen Städtchen erinnern an gute Bekannte, die sich mit Kind und Hund zu einem Picknick verabredet haben und unterwegs aus irgendeinem Grunde versteinert sind. Wie im Schlaf tue ich alles nur Mögliche, damit mein Leben nicht aussieht wie der Rhein.

»Fesseln und erschießen Sie mich«, bat der Kapitän.

»Wo ist hier die Guillotine?« fragte die Deutsche und piekte ihm ihren Schirm in die Visage.

Außerdem empfiehlt sich der Rhein nicht besonders zum Baden. Industrieabwässer haben ihn versalzen. Der Geschmack des Rheinwassers ruft bei Frauen und Homosexuellen, überhaupt bei neugierigen Leuten Erinnerungen an den nicht ausreichend gewaschenen Schwanz eines Freundes wach.

Ich ernannte den Freizeitgestalter zum Kommissar. In einem früheren Leben war das Lora Pawlowna, die keine einzige Fremdsprache beherrscht hatte, aber jetzt redete sie auf einmal in allen Sprachen, vom Holländischen bis zum Malaiischen.

»Lora«, sagte ich zu ihr, »vergessen Sie Ihren Kapitän. Laufen Sie zu mir über.«

»Oh, *fine*!« antwortete Lora. »Ich bin auf der Seite derer, die Schmalzromane voller Leidenschaften schreiben und die englische Königin nicht mögen.«

»Herein!« rief ich.

Es erschienen Abgesandte der alten Männer aus den billigsten Kajüten des Schiffes. Klappergestalten, genauer gesagt, aber als ich ihnen verkündete, das Reich Gottes sei nahe und der Panzerkreuzer Potjomkin seien *wir*, da waren sie wie verwandelt. Ich erkannte das junge Europa der Ritter und der frühen Nazis wieder. Ich erblickte das Europa der Vergißmeinnicht, der Forellen und der Trüffel.

»Plündert die alten Weiber in den Aristokratensuiten aus!« befahl ich.

Sie stürmten los, um meinen Befehl auszuführen. Bald schon versammelten sich auf dem Oberdeck schreckliche, verängstigte alte Frauen, nackte Opfer der Revolution. Ich befahl, das Wasser aus dem Schwimmbecken abzulassen und es mit dem Blut der unglücklichen Alten zu füllen.

Die Köche steckten Würmer ins Rindfleisch. Die Henker – die Kellner von gestern – rollten mit den Augen. Es begannen die ägyptischen Plagen. Nach und nach füllte sich das Schwimmbecken mit venöser Flüssigkeit.

»Und jetzt«, sagte ich zu den Kämpfern vom Alzheimer-Batallion, »fangen wir mit der Taufe an. Untertauchen!«

Die Todfeinde haben längst vergessen, daß sie einmal gegeneinander gekämpft haben. Sie verbinden Themen wie Kindheit, Karriere und Tod. Wenn sie etwas getrunken haben, laufen sie knallrot an und leben richtig auf, plötzlich fühlen sie sich wie kleine Jungen und kleine Mädchen. Sie lieben es, der Bedienung Trinkgelder zu geben. Sie möchten, daß man sie in guter Erinnerung behält.

»Sie sind hier das Genie«, sagte ich zum Kapitän. »Bewaffnen Sie alle bis an die Zähne!«

Früher hat man Verrückte den Rhein rauf- und runtergeschippert. Die Narrenschiffe waren schwimmende Inseln des Irrsinns. Nicht eine Stadt hat die Irren aufnehmen wollen. Ob Europa deshalb vor lauter Normalität verblödet ist?

»Ich liebe den Wahnsinn«, sagte ich zu Lora. »Lora, bitte, seien Sie keine normale Frau. Werden Sie verrückt und laufen Sie zu mir über.«

An die Greise wurden Maschinenpistolen verteilt.

»Hören Sie mir zu«, sagte ich zu den alten Soldaten. »Geben Sie sich Mühe, so viele Leute wie möglich abzuknallen. Wo ist Ihr Gehilfe?« fragte ich den Kapitän. »Ist er nicht unser Hauptfeind?«

»Er hat sich im Maschinenraum versteckt«, sagte der Kapitän.

Heute dampfen schwimmende Seniorenheime den Rhein runter. Das freundliche Modell eines sozialen Krematoriums. Die Alten essen gierig: ihre Tage sind gezählt. Natürlich tun sie einem leid, aber man tut sich selbst noch mehr leid. Oh du mein Eridanos!

»Lora, ich mache den Rhein zum Eridanos, und wir werden auf ihm dahinfahren wie die Argonauten und den entsetzlichen Gestank der revolutionären Feuersbrunst des Lebens atmen.«

»Wir fahren schon«, sagte Lora Pawlowna.

Kapitän = Religion

Er »Wenn es keinen Kapitän gibt, ist alles erlaubt«, scherzte ich platt. Der Kapitän brach in Gelächter aus.

»Wenn es keinen Kapitän gibt, was bin ich dann für ein Gott?« sagte er listig, womit er seine verkehrte Kenntnis der russischen Klassiker demonstrierte.

Der Kapitän und ich sprechen über Bruder Lenin, über den Begriff des *Glücks* in der sowjetischen Literatur, über »Kommunalki«, über den Begriff *literarischer* Erfolg, darüber, warum sich alle Frauen bis 1920 die Scham rasiert haben und dann wie auf Kommando damit aufhörten; wir sprechen über *incendium amoris*, über die Paradoxa des Dekonstruktivismus im indirekten Bezug auf den Buddhismus, über den tibetischen *Tumo*-Brauch.

»Wozu in die Ferne schweifen«, sagt der Kapitän, »mein Gehilfe sitzt jeden Winter stundenlang mit dem nackten Arsch im Schnee, und dabei bleibt die Temperatur im After unverändert.«

»Ja«, nicke ich nachdenklich. »Die Möglichkeiten des Körpers sind unbegrenzt!«

Wir sprechen daüber, was der Begriff *Feuersbrunst* für die Leute bedeutet, die bei Moskau eine Datscha besitzen, über meine amerikanische Tochter, die möglicherweise aus einem zufälligen Film stammt oder aber ihrerseits Grundlage für das Drehbuch dieses Films war; wir reden und reden über weißrussische Partisanen und Zigarettensorten, die die Berliner Lesben am liebsten rauchen, über die Heuernte, über Gorbatschow, das Recht des Menschen auf Arbeit und Masturbation, über Nachsicht.

»Kapitän, warum sind Sie so nachsichtig mit den Menschen?«

»Eine Angewohnheit. Wissen Sie eigentlich, was Lora Pawlowna nachts immer tut? Wenn sie allein in der Kajüte ist, beim Licht der Nachttischlampe ...«

»Sie umfaßt ihre Knie, imitiert die Heilige Mutter Teresa und hebt vom Boden ab.«

»Haben Sie sie heimlich beobachtet?«

»Ich hab's erraten.«

»Ich glaube, Sie haben den Pfad der Weisheit beschritten«, sagt der Kapitän erstaunt. »Sie heben selbst vom Boden ab.«

Wir sprechen über den Hunger in Äthiopien, darüber, warum die amerikanischen Männer in der Liebe romantischer sind als die amerikanischen Frauen, über den Begriff *Amerika*, über die Freiheit, Las Vegas, Kalifornien, Unrast, Lieblingsautos.

»1968er Pontiac mit Klappverdeck«, sage ich.

»*Cool*«, bemerkt der Kapitän.

Wir sprechen über die Orte auf dieser Erde, die *stärker* sind als ich, über Gabis soziales Engagement, über das wollüstige Lächeln ihrer Freundinnen, über die Trunksucht als reines Genre, über die Rolle der Frau in der *Guerilla*, über Don Juan als überflüssigen Menschen, über die kleinen Dinge des Lebens.

»Ich erzähle Ihnen eine Geschichte von der Berliner Mauer«, sage ich, während ich zerstreut auf den Rhein schaue.

»Die Berliner Mauer hat es nicht gegeben«, sagt der Kapitän. »Das ist alles Quatsch.«

»Was heißt hier Quatsch? Und was ist mit den Schäferhunden, Minen, Wachtürmen, Todeskandidaten, Maschinengewehren?«

»Die Halluzination einer ganzen Generation.«

»Aber ich habe sie gesehen! Obwohl ...« Plötzlich befielen mich Zweifel.

»Die Berliner Mauer ist nicht weniger ein Phantom als Homer«, sagt der Kapitän.

Wir rufen Gabi als Zeugin.

»Gabi, erinnerst du dich an die Berliner Mauer?«

»Und ob!« freut sie sich. »Ich habe sie eigenhändig mit der Hacke bearbeitet! Und danach haben meine Freundinnen und ich auf den Trümmern Eierlikör getrunken!«

»Zieh Leine! Was kann man von dir schon erwarten!« winkt der Kapitän ab.

Der Kapitän und ich treten hinaus in die Sternennacht, wir suchen die Milchstraße, am liebsten möchten wir uns wie die Kinder hineinlegen, aber wir können nur irgendein Kleinzeug erkennen: ein Sternbild, das genau aussieht wie ein Tennisschläger, das Kreuz des Südens. Durch flaumigrosa Eukalyptusblüten sieht man den Mars, der wie eine Lampe in den Ozean hineinsickert.

»In die falsche Richtung gesegelt«, sagt der Kapitän. »Gehen wir schlafen. Der Morgen ist weiser als der Abend.«

Am nächsten Morgen sprechen wir über deutsche Kartoffelsalate, polnische Pilzsuppe am Heiligabend, Blüten mit dem Namen *Paradiesvogel*, die latente Liebe französischer Avantgarde-Künstler zur Polizei, den Begriff *Scheiße* in der deutschen Kultur.

»Und wie steht's mit Ihrem eigenen *Kultursalat*?« lacht der Kapitän.

Plötzlich sehen wir beide einen riesigen grellgrünen Frosch mit schwarzen Tupfen. Er sitzt im Sumpf, umrankt von Kapuzinerkresse, und quakt nicht.

»Ich bin mal mit einer Delegation von unbedeutenden sowjetischen Schriftstellern in Ost-Berlin gewesen«, beginne ich mit meiner Odyssee.

»Sowjetische Schriftsteller!« ruft der Kapitän aus. »Wichtige Leute! Eine interessante Erscheinung!«

Er liebt alles Außergewöhnliche. Wir sprechen über morgendliche Erektionen.

»Poesie«, sagt der Kapitän. »Ist nicht die morgendliche Erektion das kleine Wunder, zu dem jeder richtige Mann fähig ist?«

»Das wichtigste Gefühl Europas ist Ernsthaftigkeit«, sage ich. »Stille Menschenmengen beim Spaziergang in Paris, London, Mailand, Barcelona, die von geometrisch exakten Parametern der Selbstachtung erfaßt sind.«

»Ich habe jetzt diese Städte vor meinem geistigen Auge«, sagt der Kapitän aufgeregt. »Wieviel doch auf der Welt zusammengebaut worden ist!«

»Der Russe müht sich sein Leben lang ab, um sich selbst achten zu lernen. Aber wie soll das gehen, wo er doch keine Geometrie hat!«

»Eben, eben«, lacht der Kapitän, »kein ernsthaftes Volk. Und hier, in Europa, ist sogar das Lachen eine *ernsthafte* Zugabe zur örtlichen Ernsthaftigkeit.«

»Und für wen sind Sie?« frage ich einschmeichelnd.

»Ich?« Der Kapitän wird verlegen. »Tja, wissen Sie, ich bin für die Schiffahrt.«

Das Gespräch bricht unerwartet ab, Schüsse sind zu hören, die Greise erschießen Spione.

»Greise sind die Lieblingskinder in meinem Garten«, sagt der Kapitän. »Ich habe den Begriff *Alter* gründlich studiert. Was ist denn?« fragt er seinen Gehilfen, der japsend angerannt kommt.

»Zeit fürs Abendessen«, sagt der Gehilfe.

»Immer kommst du im falschen Moment, Mann«, brummt der Kapitän gutmütig.

Lorelei in Hosen

Er Auf dem Rhein habe ich endlich begriffen, wer ich wirklich bin. Ich bin die Lorelei in Hosen. Die männliche Variante der Verführerin. Zugegeben, ich kann nicht singen. Genauer gesagt, ich singe grauenhaft. Aber das hat nicht die geringste Bedeutung.

Die alten Weiber, soziale Leidensgenossinnen aus den billigen Kajüten, kamen zu mir, um sich zu beschweren:

»Das Wasser geht nicht mehr.«

»Trinkt Champagner!«

Abends sah ich, wie sie Cancan tanzten.

»Ihr alten Stinker!« verkündete ich über den Bordlautsprecher. »Glaubt euren Kindern und Enkeln nicht. Sie wollen euren Tod. Widersetzt euch dem Kinderpogrom!«

Abends beobachtete ich, wie die Alten über irgendeine nette kleine Studentin herfielen.

»Faßt mich nicht an!« schrie die Kleine. »Ich bin Französin!«

»Das ist ein Argument!« lachten die blutrünstigen Greise zur Antwort.

Der Rhein kann 30 Millionen Menschen mit Wasser versorgen. Sie trinken es – und werden ernsthafte Menschen. Aus diesem ernsthaften Wasser fische ich eine Nixe heraus und quartiere sie in meiner Kajüte ein. Sie hat ein pickliges Gesicht und früh ergrautes Haar. Ich weiß: Sie ist die Tochter des Rheins. Ihr Vater ist Schlosser und Ex-Nazi und liebt sie nicht. Sie ist Vegetarierin. Sie reißt sich immerzu in Stücke: Sie ist Exhibitionistin, zugleich aber sozial ungeheuer schamhaft.

Die Deutsche verkündet den totalen Fick. Sie hat Angst, unsere Tischnachbarn zu fragen (sie bemerken nicht, daß sie einen Fischschwanz hat), wer sie sind, aus welcher Stadt sie kommen. Sie ist überzeugt davon, daß er Besitzer eines Reisebüros in Wien ist (nach seiner Aussprache zu urteilen). Es stellt sich heraus (ich habe gefragt): Er ist ein Anwalt aus Köln.

Wir sagen diesem »Wiener« Pärchen (die Frau des Anwalts zieht sich dreimal am Tag um) »guten Tag«, »guten Appetit« und »auf Wiedersehen«. Das ist unsere einzige Schiffsbekanntschaft.

»Wollen Sie nicht mit zu mir in die Kajüte kommen?« fragte ich den Anwalt. »Hätten Sie nicht nach dem Dessert Lust auf kalte Ausschweifung?«

Der Anwalt stopfte Erdbeertorte in sich hinein.

»Ich liebe es, Vögel zu beobachten«, sagte der Anwalt traurig.

»Und ich liebe Paris«, sagte ich. »Paris ist mir vertraut wie meine Heimatstadt. Als ich klein war, habe ich dort drei Jahre lang Briefmarken gesammelt. Wenn wir siegen, dann mache ich Moskau zum Zentrum der Welt, und Paris mache ich zu Kleinholz!«

»Vögel – das ist was Schönes«, sagte die Deutsche. »Und außerdem mag ich Kinder. Wie viele Kinder haben Sie?«

»Fünf«, sagte der Anwalt.

»Das ist aber reichlich«, sagte ich. »Wie wär's, wenn wir drei davon schlachten und aufessen?«

»Darüber müssen wir nachdenken«, sagte die Frau des Anwalts.

Ein religiöser Typ von Frau. Eine Trantüte, die sich nicht mal auf irgendwelchen Stehempfängen verlustieren kann. Ich würde mich nicht wundern, wenn ich erführe, daß sie eine traditionelle katholische Bildung genossen hat.

Die Tochter des Schlossers will mich ganz besitzen und mit niemandem teilen. Sie ist eifersüchtig. Sie läßt mich nicht einmal in Moskau anrufen.

»Und warum wollen Sie Paris in Grund und Boden stampfen?« fragte die Frau des Anwalts.

»Weiß nicht. Ich hatte plötzlich Lust dazu.«

Lora Pawlowna tauchte auf, unser Kommissar.

»Über unserem Schiff kreist ein Polizeihubschrauber«, teilte sie uns fröhlich mit.

»Ich will Paris vernichten, weil es die Wiege der philosophischen Gottlosigkeit ist«, fiel mir wieder ein. »Haben Sie die rote Fahne am Mast gehißt?«

»Ja.«

»Den Gehilfen gefunden?«

»Nein.«

»Wenn Sie ihn nicht finden, Lora, müssen Sie das verantworten.«

»Ich will dein schwarzes Dreieck sehen!« brüllte die Deutsche der Anwaltsfrau ins Gesicht.

»Haben Sie Stringer?« fragte ich Lora Pawlowna. »Auf geht's, Schätzchen, schießen Sie den Hubschrauber ab.«

Die Deutsche rutschte auf ihrem Stuhl hin und her. Oder so: In Italien sucht die Anwaltsgattin im Nachthemd nach irgend etwas auf dem Fußboden. Über Siena blauer Himmel. Die Frau des Anwalts bückt sich, und da sieht meine Deutsche alles und schläft mit einem Stöhnen ein. Sie behauptet, ich *müsse* sie lieben, obbwohl sie graues Haar, Pickel und fettige Haut hat.

»Wann wollen Sie mich endlich hängen?« fragte der Kapitän.

»Zuerst werden wir über Sie zu Gericht sitzen«, sagte ich.

»Wer weiß, vielleicht werde ich über Sie zu Gericht sitzen?« sagte der Kapitän unnötig herausfordernd.

Nicht umsonst haben sich Chomjakow und Danilewski allenthalben beschwert, daß Europa gegenüber Rußland seine Doppelmoral beweise. *Sie* machen, was sie wollen, und *wir* dürfen nicht, das gilt als unkultiviert. Sie behalten die Basken und Korsika, und von *uns* verlangt man einen halben Staatszusammenbruch.

»Ich werde mich für jeden verächtlichen Blick rächen«, sage ich zu dem Anwalt, »den sie hier auf irgendeinen Russen werfen.«

»Ihr seid alle Mafiosi«, antwortet er mir heldenhaft aus letzter Kraft. »Ihr macht alles aus Angst.«

Als ich unter seinen Augen anfange, Limonadenflaschen in die verschiedenen Öffnungen seiner Frau zu stecken, ist auch der Anwalt plötzlich bereit zu Verhandlungen. Er bittet um Vergebung. Er sagt, daß Moskau die schönste Stadt der Welt sei. Es stellt sich heraus, daß er ein *Sonntagsmaler* ist. Er schwingt hin und wieder den Pinsel und hat seinen Spaß dabei. Das Straßburger Parlament entsendet seine Botschafter mit teuren gelben Krawatten zu Verhandlungen auf unseren Panzerkreuzer. Ich begrüße diesen Münchner Geist von Europa, seine permanente Fahnenflucht.

Die Deutsche fand, ich sei kein Europäer, aber das ist für mich eher ein Kompliment. Für die Europäer mit ihrem Eurozentrismus bedeutet allein die Tatsache, in Europa zu leben, dasselbe, wie von Adel zu sein. Aber mir persönlich sind Bojaren lieber. In Düsseldorf hat die Deutsche sogar versucht, mir wegen meiner Anrufe nach Hause eine Szene zu machen, aber dazu kam es nicht: Ich habe sie beim Schwanz gepackt und wie eine Sardine ins Wasser geschleudert.

Gab es die Berliner Mauer?

Er »Darf ich Ihnen eine erbauliche Geschichte erzählen?« sagte ich zu dem Anwalt, wobei ich ihn am letzten Knopf seines Jacketts faßte. Die übrigen waren abgerissen.

»Lora näht ihn wieder an, keine Angst«, sagte ich. »Sie hat natürlich eine gewisse Kälte, ich würde sogar sagen Reserviertheit an sich, aber sie ist neugierig, folglich näht sie ihn wieder an.«

»Ich bin ganz Ohr«, sagte der Anwalt.

»1983, wenn ich mich nicht irre, war ich mit ein paar unbedeutenden sowjetischen Schriftstellern in Ost-Berlin.«

»Sie waren ein sowjetischer Schriftsteller?« fragte der Anwalt voller Respekt.

»Ich war, wie soll ich sagen, ein Andersdenkender.«

Der Anwalt bekam den glasigen Blick.

»Nein, ich bin nicht so wie unsere französischen Mitreisenden, die am laufenden Band vom Widerstand reden, den sie aus irgendeinem Grunde mit den Napoleonischen Kriegen verwechseln. Ich leide nicht am Partisanenkomplex. Na schön«, sagte ich, »ein bißchen war ich auch sowjetischer Schriftsteller. Sieben Monate und dreizehn Tage.«

»Dann erzählen Sie mal«, sagte der Anwalt.

»In unserer Gruppe gab es einen Genossen namens Mischa. Er kam mir intelligenter als die anderen vor.«

»Wo ist meine Frau?« fragte der Anwalt in über Gebühr scharfem Ton.

Er lag auf dem Boden einer Zelle auf einem Strohlager.

»Ihre Frau ist Revolutionärin geworden und hat vergessen, daß Sie existieren«, sagte ich nicht die ganze Wahrheit.

»Also, was wollten Sie mir erzählen?« fragte er gereizt.

»Mein Gott, wie Sie stinken!« rief ich erstaunt. »Wie dem auch sei, hören Sie zu. Mischa beschloß, das heißt, zuerst verlor er seinen Verstand bei der täglichen Sauferei, und dann kletterte er plötzlich aufs Brandenburger Tor, verstehen Sie, mitten in Berlin, um drei Uhr nachts werde ich aus dem Aeroflot-Büro angerufen, wo Mischa sei, und Mischa klettert über die Mauer, was bleibt mir also übrig, ich kann das doch nicht dem Chef melden, und als wir alle in Buchenwald waren, dachten sie, ich hätte was gegen den Kranz, dabei taten mir die Opfer des Lagers doch auch leid, ich habe mich mit allen andern verneigt, und in Weimar habe ich zuerst bei Goethe an den Sargdeckel geklopft und dann bei Schiller, einfach so, ohne jede politische Überheblichkeit, und als ihn die Grenzer von da runterholten, sagte er …«, hier begann ich zu lachen, »daß ich es gewesen sei, der ihn über die Mauer in den Westen geschickt hätte.«

Wir schwiegen, Schweiß in den Gesichtern.

»Weiter«, sagte der Anwalt.

»Mischa sagte, ich hätte ihn nach West-Berlin geschickt und ihm Dollars und schöne Frauen versprochen. Das meint er bis heute.«

»Erschießen Sie mich«, bat der Anwalt.

»Warten Sie, lassen Sie mich erzählen!« ärgerte ich mich. »Am nächsten Morgen kam ich in die Mensa, wo die sowjetischen Schriftsteller verpflegt wurden. Als sie mich sahen, erstarrten sie mit ihren Grießbreilöffeln in der Hand. Sie fragten sich, wen ich als nächsten in den Westen schicken würde. Dabei hat der KGB mir die Reise in die DDR erlaubt, um meinen Ruf zu überprüfen! Ich dachte, man würde mich verhaften!«

»Hat man?«

»Nein. Aber hören Sie weiter ...«

»Erschießen Sie mich, bitte«, flehte der Anwalt mich an. »Ich habe den Sinn des Lebens verloren. Glauben Sie an Selbstmord?« fragte der Anwalt.

»Sie machen mir angst, Herr Anwalt. Wir befinden uns auf einem Schiff und nicht auf dem Zauberberg unterm Weihnachtsbaum.«

»Jungs!« ertönte das liebe Stimmchen von Lora Pawlowna. »Wäschewechsel!«

Sie schien mich zu homosexuellen Handlungen animieren zu wollen.

»Auf Wiedersehen.« Ich streckte dem Anwalt die Hand hin.

»Die Berliner Mauer hat es nie gegeben«, zischte er mir giftig direkt ins Gesicht.

»Ich versteh nicht. Haben Sie sich mit dem Kapitän verschworen?«

»Nein«, sagte der Anwalt fest.

Haben oder sein

Er »Gott, wie traurig ist unser Rußland!« rief Puschkin aus, nachdem Gogol ihm seinen Roman *Die toten Seelen* vorgelesen hatte. Ein seltsamer Ausruf. Ich kenne kein lustigeres Land als Rußland. Ja doch, ein krankes Land! Und das gröbste Land der Welt! Ja! – aber ein sehr lustiges Land. Meine Heimat ist abgrundtief lustig. Und *Die toten Seelen* ist ein lustiger Roman. Ich zum Beispiel lache mich kaputt, wenn ich ihn lese. Und was ist Europa? Europa macht mich rasend mit seiner analen Gemütlichkeit. Ich möchte ihm Gemeinheiten sagen. Aber alle Gemeinheiten sind schon gesagt. Aus der unzivilisierten russischen Ferne schreie ich, daß der Rhein ein Abwassergraben ist. Aber was habe ich dem entgegenzusetzen? Es gibt keinen Ausweg. Es gibt nur den Weg in die Gemütlichkeit.

Wie traurig Deutschland ist! Wie traurig sind seine Kneipen,

Plakate, Schaufenster, Blumenmärkte und Flohmärkte für Touristen! Wie melancholisch sein Essen! Warum möchte man beim Anblick all diesen Wohlstands am liebsten in Tränen ausbrechen? Wie traurig seine Radfahrer sind! Deutschland läßt sich weder helfen noch irritieren.

In Straßburg habe ich das Gefühl einer vorübergehenden Verschnaufpause. Eine trügerisches Empfindung, aber das Licht und die vertrauten Klänge Frankreichs, die sogar durch den Filter der besonderen Elsässer Realität spürbar sind, beruhigen mich. Sollte der Umsturz nicht gelingen, emigriere ich zu den französischen Käsesorten und Blumenbeeten. Das gestutzte Frankreich riecht nach Buchsbaum.

»Nein, Berlin ist *auch* nicht schlecht«, sagte die Deutsche.

»Ach, du mein armes Alter ego! Wenn unsere Revolution siegt«, sagte ich, »dann mache ich einen Zoo aus Berlin. Ich lasse einen Haufen Löwen, Tiger, Wölfe und herrenlose Hunde los.«

»Schnurr-schnurr«, schmiegte sich die Deutsche an mich, wobei sie dem Kapitän der in einem gestreiften Lehnstuhl döste, die Aussicht versperrte.

»Du Düsternis! Laß ab!«

»Mich stört's nicht«, sagte der Kapitän im Halbschlaf.

»Nein, nicht gut! Nirgends habe ich so viele herrenlose Hunde gesehen wie in Rumänien. Sie sind sogar auf dem Flugfeld des internationalen Flughafens von Bukarest herumgerannt und haben mein Flugzeug angebellt, als ich nach Moskau abgeflogen bin. Und dann habe ich sie noch auf dem Soldatenfriedhof gesehen. Ich hatte das Gefühl, das waren die Geister des rumänischen Kriegsgenius. Ceauçescus endloses Parlamentsgebäude fand ich inspirierend. Im Donaudelta hat Gabi auf allen vieren zu mir gesagt, daß Rumänien am Ende ist.«

»Ich war nicht mit dir im Donaudelta«, sagte die Deutsche.

»Eine andere Gabi!« sagte ich. »Von euch gibt's so viele wie streunende Hunde. Donaudelta. Im Schilf Altgläubige in Zigeunerkleidern. Einfältige Rumänen mit Folkloregesichtern. Warum ist das so: Kaum entfernt man sich ein wenig von den Normen Europas – Schilf.«

»Hubschrauber abgeschossen«, meldete Lora Pawlowna.

»Und wo ist der Gehilfe des Kapitäns?« fragte ich. »Wo steckt dieser konterrevolutionäre Psychopath?«

»Wir suchen ihn«, sagte Lora Pawlowna.

»Dzierzynski hätte ihn längst gefunden«, sagte ich. »Mir scheint, der Anwalt weiß, wo er ist. Er hat den allwissenden Blick. Gehen Sie und quälen Sie den Anwalt ein bißchen. Er wird es ihnen sagen.«

Ich beförderte den Anwalt mit Arschtritten hinaus. Wir blieben zu dritt zurück. Die Frau des Anwalts hörte auf zu weinen.

»Mein Mann ist dumm«, sagte sie. »Ich habe die Nase voll von ihm. Gucken Sie mal, was für schwarze Strümpfe ich habe.«

»Ja, sehen wir sie uns mal an«, sagte die Deutsche und setzte sich.

»Gehen wir lieber schwimmen«, sagte ich. »Gönnen wir uns was.«

»Nein, sehen wir sie uns an«, sagte die Deutsche.

»Nein, zuerst müßt ihr euch meine Geschichte anhören«, sagte ich. »Unser Gruppenleiter war ein drittklassiger sowjetischer Marineschriftsteller. Geblümte Unterhose.«

Ich weiß: Gleich fangen sie an, einander die wie Thonet-Stühle knarrenden Beine zu spreizen, die Kleider hochzuschieben und über die Übeltaten der Stasi zu reden. Eine Rheinreise hat vier Länder zu bieten, und man muß eine Wahl treffen: die Schweiz, Frankreich, Deutschland, Holland.

»Was denken Sie über ein vereinigtes Europa?« fragte der Kapitän.

»Alles Quatsch«, antwortete ich. »Europa war im russischen Denken immer schon ein Ganzes. In Europa kriege ich oft zu hören, daß Europa nicht existiere, daß in Europa alle Länder verschieden seien. Wir sind verschieden! Wir sind verschieden! Schon gut, natürlich! Ihr seid alle so verschieden. Aber dabei so gleichartig. Das ist wie das byzantinische Glaubensbekenntnis zur Dreifaltigkeit: keine Einheit und doch unteilbar.«

Rheingold – Besitzen heißt die Devise. Europa besteht aus dem Verb *haben* in seinen Konjugationsformen und Aktionsarten.

»Vielleicht wird der Kapitän Ihre neue Religion«, sagte ich zu der Frau des Anwalts.

»Polizei!« Lora Pawlowna stürzte herein.

Polizisten betraten den Raum. Sie prüften mürrisch meinen russischen Paß. Der russische Paß ist in Europa unbeliebt. Kann sein, daß ein vietnamesischer Paß eine noch größere Allergie hervorruft. Sie prüften, ob ich nicht vielleicht ein falsches Foto eingeklebt hatte.

»Ihr Visum ist abgelaufen«, sagten sie schließlich.

»Und jetzt?« fragte ich.

»Wir werden Sie verhaften«, sagten die Polizisten.

Unser Panzerkreuzer Potjomkin Nummer zwei tutete über den ganzen Rhein.

Die Schweiz – das ist das Verb *haben* in seiner reinen Form. Die Schweiz – *ich habe.* Und sie hat wirklich alles. Sie hat ausführlich, solide, supersozialistisch. Eine Konföderation gesunder innerer Organe. Ihr Kuhmagen arbeitet korrekt. Die Lungen sind Segelschiffe, die Nieren der Genfer See. Vollkommen in Ordnung ist die Hochgebirgsleber.

Bevor wir in See stechen (keine Vokabel aus der Binnenschiffahrt übrigens), schlendere ich müßig durch das abendliche Basel. Die Schweiz hat, sie hat so viel, daß sie auf die Frage »Haben oder sein?« nicht halbherzig antworten kann. Sie kann nicht zugleich sein und haben. Sie hat »zu sein« unter der Last »zu haben« erdrückt.

Im Morgengrauen ging ich an Deck, um die Natur zu bewundern. Ich liebe Sonnenaufgänge am Fluß für ihre Schutzlosigkeit. Der schwache Geruch des Flusses ist wie der Geruch des Haars einer Frau. Europa ist die zerbrechliche Balance zwischen Leben und Tod. Es besitzt nicht genug grobes Grenzmaterial. Durchlässige Grenzen bedeuten Abwesenheit von Mut. Europa ist eine Glucke, der man die Eier unterm Hintern weg gestohlen hat. Ich liebe Flüsse, die flinken Schlangen des Lebens. Ich liebe ihre silbrige Haut. Auf den Hügeln lagen noch Schatten. In den Schluchten ging ein starker Luftzug, aber plötzlich war er verschwunden, die Sonne ging auf und strahlte Lora Pawlowna an. In einem kurzen T-Shirt stand sie am Heck des Schiffes. Sie warf mit Kuchenbröckchen um sich und goß Wein in den Fluß.

»Reinige diesen Menschen mit Lehm!« sagte sie. »Reinige alle zwölf Teile seines Körpers!«

»Klasseweib!« dachte ich. Ich sagte nichts und entfernte mich vom Heck. Ich habe gehört, daß der Rhein ursprünglich aus Bier, Honig, Wein, Vaseline und Wodka bestanden hat.

Deutschland – *ich muß haben.* Die historisch-hysterische Haltung, in der auch ein Anflug von Rechtfertigung mitschwingt: Es hat sich so ergeben, das ist mein Schicksal. Ich muß, aber ich soll auch haben. Das schwere *müssen* entspricht der deutschen Küche und befördert zweifellos (sollte jemand daran gezweifelt haben?) die Überwindung des Schuldkomplexes.

Ich lag da und überlegte, wodurch sich Frankreich von Deutschland unterscheidet. Bei Saarbrücken habe ich einmal die Grenze über eine verwahrloste steinerne Brücke, die über ein Flüßchen führte, überquert. Das war die Grenze zwischen den beiden Hälften eines Dorfes. Auf der deutschen Seite war alles still, während sich die Franzosen im Schlamm wälzten, Rotwein aus einem Faß tranken und laut rülpsten.

Frankreich – *habe ich, wenn ich habe?* Eine äußerst raffinierte europäische Formel, leicht ausweichend, aber die Antwort tendiert eindeutig zum Positiven: Du hast! Du hast! So daß also das Raffinierte der Formel durch das Überstürzte der Lösung verlorengeht. Dafür aber: Wie schön du hast!

Holland – *habe das Gewissen, zu haben!* Ein versöhnliches Bild, zu lesen mit jenem engelsgleichen Doppelsinn, zu dem ein Land berechtigt ist, wo man im Januar so schön auf dem zugefrorenen Meer Schlittschuh laufen kann, um danach mit schneeigen Augenbrauen in eine Kneipe zu gehen und am Kamin, auf dem Modelle von alten Segelschiffen stehen, Glühwein zu trinken.

»Und der Russe, der hat überhaupt gar nichts«, platzte die Deutsche heraus. »Sogar die slawischen Brüder, die Ukrainer und die Weißrussen, haben ein Verb für *haben*. Der Russe kann *nur* sagen: Bei mir *ist* …«

»Die Datscha! Das russische Leben ist eine einzige Datscha!« Der Gehilfe kam aus seinem Versteck hervorgekrochen.

»Sollen wir zynischerweise vom *mainstream* abspringen?« schlug mir der Kapitän im Flüsterton vor.

Ich erwachte in einem Dorfgasthaus in der Grafschaft Kildare, um noch vor dem Frühstück einige Meilen die Landstraße entlangzulaufen. Die Gerüche entsprachen exakt der irischen Prosa, Rebhühner flatterten mit schrecklichem Lärm unter meinen Füßen hervor und liefen mit mir um die Wette. Die Schafe sehen hierzulande aus wie Punks: die jeweiligen Besitzer verpassen ihnen einen eigenen Farbtupfer.

Ein Langlauf in Irland birgt Überraschungen, was die Witterung betrifft; man läuft bei Sonnenschein los und rennt ins Gewitter. Die Witterungsbedingungen werden sorgfältigst auf dem Papier festgehalten: Die Ermordung einer literarischen Figur, beispielsweise durch einen Schlag auf den Kopf mit einem Spaten, erfolgt unter detaillierten Naturbeschreibungen. Manchmal fragt man sich, was wichtiger ist: Dracula oder das Wetter.

Das irische Klima läßt sich nicht in andere Sprachen übersetzen; hier gedeihen palmenartige Krüppelgewächse (die meine Landlady Mrs. Doyle vertraulich »Charly« nennt) ebenso wie die Sumpfbrombeere des hohen Nordens, was meiner Phantasie nur zuträglich ist.

Mrs. Doyle schreibt selbstverständlich auch, was bleibt ihr bei dem Namen auch übrig, als über neue Baskervillesche Hunde zu schreiben, doch ihr Hauptwerk bleibt bis heute das Bed & Breakfast etwas außerhalb von Galway, eine inspirierende Bleibe für fahrende Schriftsteller. Was brauche ich noch! Eine Fundgrube von unnötigen Kleinigkeiten, auf denen der zerstreute Blick verweilen kann: Von altertümlichen Tabaksdosen und Handspiegeln bis zu knarrenden rustikalen Schränken, in denen sich Leichen verstecken lassen. In die Fenster schauen violette Bouquets von Rhododendron, von dem die ganze Insel überwuchert ist. Und hinter dem Rhododendron – der Ozean mit seinen blaßgelben Stränden aus winzigen Muschelsplittern. Ringsum männliche Schönheit: steinige Felder von rauhem prähistorischen Äußeren, die an unrasierte Wangenknochen erinnern. In den örtlichen Pubs spielen Musiker mit ebensolchen Wangenknochen an den Samstagen Volksmusik. Niemand tanzt, dafür verbrüdern sich alle.

»Nora wollte, daß ihr James Joyce Sänger wird.« Der Kapitän hatte sich am Wochenende ausgeschlafen und trank ohne Eile einen Kakao. »Irland ist das ideale Land für die Weiterentwicklung der Literatur.«

»Ich komme wieder, Mrs. Doyle, mit Computer und Brille. Ich habe ernsthafte Absichten. Auch wenn Sie nicht gerade eine Schönheit sind.«

»Meinen Sie nicht, daß das Verb *haben* in Ihren Überlegungen ein Rülpser des Marxismus ist?!« brüllte der taub gewordene Kapitän, kurz bevor wir im Militärhubschrauber aus Dublin abflogen.

Ich dachte nach, während ich mir den Helm festmachte.

»Nein, Kapitän, eher ist der Marxismus ein Rülpser des Verbs *haben*.«

Spiel mit Begriffen

Er Der Kanonenofen knistert. An den Abenden versammelt sich unser kleines Volkskommissariat im Kapitänssalon. Draußen, hinter den Fenstern, versinkt der alte Musterknabe, Doktor Rhein, in Schlaf. Der Gehilfe des Kapitäns sorgt für unsere Zerstreuung: Beim Abendessen holt er statt gebackener Kartoffeln glühende Kohlen aus dem Ofen und ißt sie mit großem Genuß. Die Gespräche bei einer Tasse aromatischem Tee zeichnen sich aus durch mondäne Eleganz. Lora Pawlowna stellt die Sahne ewiger Weiblichkeit dar. Sie flattert in ihrer aufgeknöpften groben Wattejacke, die sie über einem hellen Kleid trägt, wie eine echte Gastgeberin von einem Gast zum andern. Bei ihrer geringen Körpergröße verblüfft sie uns durch Grazie, schmale Finger, Auffassungsgabe, gesunde Gesichtsfarbe.

Eines Tages schleppte der Gehilfe des Kapitäns mit einem geheimnisvollen Gesichtsausdruck eine Videokassette an.

Zuerst erwacht Europa, dann die Fische im Atlantik, dann streckt und erhebt sich unter den Strahlen der Sonne Amerika. Plötzlich lockern sich die geographischen Gürtel, und alles versinkt in einer einzigen Klage. Der Gehilfe des Kapitäns reibt sich die Hände. Auf dem Bildschirm erscheint ein bekanntes Paar.

»Die Heldin unserer Zeit«, sagt der Anwalt.

»Na, ich weiß nicht«, melde ich meine Zweifel an.

»Sie sind bloß neidisch«, lacht der Anwalt. »Geben Sie zu, daß Sie neidisch sind!«

Das Degeneratengesicht des Prinzen widerspricht seinem gesunden Menschenverstand in der Frage der britischen Gemeinschaft. Dagegen stellt ihr bezauberndes Frätzchen – ein Sieg der Bemühungen von erfahrenen Kosmetikern – ungeachtet der fragwürdigen Nase einen Widerspruch zum degenerativen Charakter ihrer Äußerungen dar. Entführt von allen Fotografen der Welt, der Wohltätigkeit auf höchstem Niveau à la Mutter Teresa verdächtigt, lispelt sie abstoßend und benimmt sich albern. Der Thronfolger gähnt und blickt, genervt von der Dummheit seiner Frau, überhaupt nicht demonstrativ zur Seite. Da versucht sie ihn mit verschiedenen weiblichen Tricks zu verführen. Zum Beispiel geht sie auf die Knie, bückt sich und zeigt ihm ihren weißen Slip. Der Prinz – null Reaktion. Da beginnt sie langsam den Slip zur Seite zu schieben wie einen Theatervorhang. Die im Salon Anwesenden verstummen und starren plötzlich gespannt auf den Bildschirm. Was es nicht alles gibt, aber sowas haben sie noch nicht gesehen. Die Prinzessin dreht sich abrupt um, und geht in die Hocke. Die Vorschriften von Buckingham mit Verachtung strafend, beginnt sie mit dem Lächeln, das um die Welt gegangen ist, durch den Slip auf den Perserteppich zu pinkeln. Es folgen Ausschnitte aus dem früheren Leben der Prinzessin. Cricket, Swimmingpools, Tennis, Scharaden, die etwas eckigen Körperhaltungen einer verhinderten Ballerina. Ein häßliches, viel zu schlaksiges, fast adliges Entlein, das an seine Zukunft glaubt und auch wieder nicht glaubt. Die Kamera fährt ihr zwischen die Beine. Was soll ich sagen über diese Formen? Jedenfalls sind sie erregend behaart. Die Deutsche sitzt nicht weit von mir und atmet schwer. Auch der Prinz scheint sich nun für das Geschehen zu interessieren. Er schiebt ihre Pobacken auseinander und zeigt die einzige Stelle des Körpers, wo niemals ein Sonnenstrahl hin gelangt. Man sollte meinen, daß der bräunlich-rosa Anus von irgendwie dreieckiger Form, umgeben von winzigen Bläschen, verklebten Härchen, an denen ein Kotkrümelchen zittert, und einem sternförmigen, auf das Familienschicksal verweisenden Muttermal – daß dies der Höhepunkt der Vorführung war. Ich hatte nicht gewußt, daß sie sich so nachlässig den Po abwischt. Doch nein! Die Prinzessin holt ein männliches Glied mit durchaus harmonischer Eichel und Eiern aus ihrem Slip, Größe M, hervor. Sie hat Eier! Sie hat bemerkenswerte Eier! Und ein bemerkenswertes Glied! Und bemerkenswerte Eier! Und ein bemerkenswertes Glied!

Was bleibt ihm übrig – der Prinz nimmt es mit erstauntem Gesichtsausdruck in den Mund.

»Schön und gut. Aber was ist mit den Kindern?« läßt sich in der allgemeinen Stille Lora Pawlownas Stimme vernehmen.

»Und mit England!« ruft der Anwalt aus.

»Die reinste Nekrophilie«, entschlüpft es mir.

»Neid?« spottet der Anwalt.

»Lassen Sie ihn doch endlich zufrieden!« verteidigt mich Lora Pawlowna.

»So ein Quatsch«, murmelt der Kapitän. »Liebe Freunde, und was ist mit Gott dem Herrn?«

Er trinkt ein Gläschen sehr alten Kognak und verläßt empört den Salon.

»Jetzt ist mir alles klar«, sagt die Frau des Anwalts mit einem Gesicht, als hätte sie den Verstand verloren.

»Vielleicht ist ihr der Schwanz erst später gewachsen. Wie ein Pilz«, sagt der Anwalt.

»Nein, trotzdem, und die Kinder? Wie denn das?« fragt Lora Pawlowna befremdet.

»Chchchchchch«, läßt sich die Deutsche vernehmen. Statt Katharsis ein Röcheln. »Chchchchchchch.«

Der Gehilfe des Kapitäns springt auf – hoppla! – und legt seinen Matrosentanz aufs Parkett. Der Gehilfe ist ein As. Er tanzt sich in Rage.

»Wie denn das? Wie denn das? Wie denn das?« wiederholt der Matrosentänzer mit Nachdruck, die Arme weit ausgebreitet.

Wir beginnen in die Hände zu klatschen.

La philosophie dans la cabine

Sie Während die Loras und die Stützenkel also noch so keiften und stritten, splitterte an meiner Tür der Lack. Es barst das Holz, es krachte und knackte, Splitter flogen durch die Luft, der Russe stand in meiner Kabine. »Tag der Befreiung«, schallte es aus dem Flur herein. Ein mächtiger Schatten senkte sich über meine Bettcouch. Der schmächtige Russe machte mit einem Mal beträchtlich etwas her.

Er wollte mich verraten. Er wollte mich zitieren. Er wollte meinen Namen nennen. Mich verdoppeln, verdreifachen, zerhacken, zersplittern. Mir süßliche Adjektive ankleben. Mich mit morastigen Metaphern und winzigen Scheißekügelchen füttern. Die ganze Zeit hatte er mitgeschrieben.

»Ich werde eine Romanfigur aus dir machen«, höhnte er theatralisch und rollte sein R wie ein Operntenor.

»Da hast du's. Hab ich doch gleich gewußt«, lachte M. schadenfroh aus Berlin herüber.

»Gib's ihr, sie hat es nicht anders verdient«, feuerte Herzeloide ihn an.

»Alles ist erlaubt«, brüllte der Russe, »die allgemeine Gerechtigkeit wird dadurch hergestellt, daß jeder ein Täter sein darf unter der Voraussetzung, daß er auch bereit ist, zum Opfer zu werden. Und bin ich etwa nicht dein Opfer? Du kannst schreiben über mich, was du willst. Ja, ich befehle dir sogar: schreib über mich! So schamlos wie du nur kannst. Es soll mir das höchste Vergnügen sein.« Er bleckte die Zähne, rollte mit den Augen.

»Hat er doch sicher bei de Sade abgekupfert. Auch so ein Kind der Aufklärung«, kommentierte M. angewidert.

»Bitte nicht«, winselte ich, »bitte nicht! Bloß keine Romanfigur.« Ich bettelte um mein Eigenleben.

»Eigenleben? Sehr gut!« applaudierte M.

»Versuch es mit dem geistigen Verbrechen, indem du schreibst«, schlug eine gewisse Juliette in einem anderen Zusammenhang vor.

»Ich weiß ja: Töte die Deutsche!« schniefte ich. »Wenn du nicht eine Deutsche am Tag getötet hast, war der Tag verloren. Ich kenne doch eure sowjetischen Klassiker«, schluchzte ich voller Verzweiflung. »Aber so war das doch auch wieder nicht gemeint.« Allein, es nutzte alles nichts. Der Russe ließ sich durch nichts irritieren.

Endlich wandte er sich einen Moment um. Im Halbdunkel tastete er nach Notizbuch und Kugelschreiber. Er bewegte sich ungeschickt, als wäre er zum ersten Mal in dieser Kabine, stieß mit dem Ellbogen gegen ein Väschen mit Seidenblumen, stolperte über meine Reisetasche. Tausend weiße Zettel flatterten durcheinander. Der Kugelschreiber glitt auf den Boden. Blitzschnell warf ich meine Decke beiseite, schnellte mit dem Oberkörper aus dem Bett, stürzte mich auf das Schreibzeug und rammte es mit einem geschickten Schwung von unten dem Russen zwischen die Schultern.

Blut tropfte auf die Auslegware. Am nächsten Tag erreichten wir Amsterdam.

Pseudozitat

Er Dank sei dem Rhein. Auf dem Rhein kam mir der lächerlich einfache Gedanke: Was ist Schönheit? Bitte sehr: Burgen, Weinberge, kleine Städtchen, diese ganze rheinische Dramaturgie nationaler Ästhetik, und alles sagt dir mit sehr zärtlicher Stimme: Ist das nicht schön?

Und ein kleines Städtchen flüstert mir ins Ohr: Bin ich nicht schön?

Und das Schloß über Heidelberg: Gefalle ich dir? Wie sollte ich dir auch nicht gefallen? Schau nur, wie süß meine Skulpturen sind! Schau nur, wie naiv und bezaubernd sie sind! Geh hinaus in den Garten, schau hinunter auf die Stadt. Gefällt's dir? Na komm schon, fotografier mich. Bitte, bitte.

»Lenin hatte recht. Man muß träumen können!« sagte ich zum Kapitän.

Hier ist Schönheit abhängig von einem Urteil und vom Fotoapparat. Hier ist Schönheit kurzsichtig. Warum weht in den Kirchen der Kleinstädte Apuliens ein anderer Geist? Warum finde ich es im Kölner Dom stickig, warum will ich nichts wie raus hier? Warum fühle ich mich beengt auf dem Rhein, eingezwängt zwischen zwei Ufern? Wo ist der Damm? Und plötzlich, am letzten Morgen – der helle Sand des holländischen Ufers, und ich empfinde Erleichterung.

Ein Vorurteil? Vielleicht habe ich irgendeinen heimlichen Grund, die Deutschen nicht besonders zu mögen? Ich wühle in meinem Innern und finde nichts. Im Gegenteil! Im Gegenteil! Nur Gutes!

Die deutsche Schönheit ist einfach schön! Der Aufstand gegen die Kätzchen in Form von Dadaismus oder Expressionismus – das ist nicht meine Sache. Mir ist dieser Aufstand sympathisch, aber es ist nicht der meine. Ich beleidige den Rhein ungerechterweise. Er ist schön. Er ist schnell, er ist zielstrebig, er ist gesamteuropäisch. Und der Name des Schiffes irritiert mich auch nicht – Deutschland. Deutschland, meinetwegen. Irgendwer muß gute Autos bauen. Mein Kühlschrank in Moskau ist kaputtgegangen. Gerade erst gekauft und schon kaputt. Ich war erstaunt. Ein deutscher Kühlschrank geht kaputt! Ich rufe bei der Firma an. Ein Mechaniker kommt und bringt das Ersatzteil mit. Woher wußten Sie, daß genau dieses Teil kaputt ist?

Es kommt aus Spanien, es geht immer kaputt. Das heißt, ich muß es akzeptieren.

»Köln hat kapituliert!« Lora Pawlowna stürmte herein.

»Drehen Sie Köln den Strom ab«, sagte ich. »Denen soll in ihren Kühlschränken alles sauer werden!«

»Düsseldorf hat auch kapituliert«, sagte Lora Pawlowna.

»Und Heidelberg?«

»Kapitulation.«

»Und Tuborg?«

»Das ist ein Bier«, sagte die Witwe des Anwalts.

»Na und?« sagte ich. »Wissen Sie vielleicht, wie viele Zehen Che Guevara hatte?«

»Nein«, sagte die Witwe des Anwalts. »Wieso fragen Sie?«

Wir beide sind kulturell unzurechnungsfähig.

»Warum schlägst du mich nicht?« fragte die Deutsche im Vorbeigehen.

»Ich bin mit Denken beschäftigt«, antwortete ich. »Von Moskau aus fahre ich, wenn ich will, nach Asien, und wenn ich will, nach Europa. Das heißt, es ist klar, *wohin* ich fahre. Und unklar, *woher* ich komme. Wer bin ich, daß ich dich schlagen könnte?«

»Berlin hat auch kapituliert«, sagte der Kapitän.

»Warum Berlin?« wunderte ich mich. »Wir haben Berlin nicht gebeten zu kapitulieren.«

»Und Paris?« fragte die Frau des Anwalts.

»Paris hat längst kapituliert«, sagte Lora Pawlowna. »Paris ist jederzeit bereit zur Kapitulation.«

»Haben Sie den Gehilfen des Kapitäns gefunden?« fragte ich.

»Nein.«

»Und wo ist er?«

»Er versteckt sich im Maschinenraum.«

»Was soll das, habt ihr da einen Dschungel oder was?« brüllte ich Lora Pawlowna an. »Sie verderben mir die ganze Revolution.«

»Und was ist mit dem Anwalt?« fragte die Frau des Anwalts.

»Das geht dich nichts an!« sagte Lora Pawlowna.

»Also folgendes«, sagte ich, »die Rumänen nach Paris umsiedeln. Die wollen nichts lieber als das. Und die Pariser ab nach Rumänien zur Umerziehung. Gleich morgen!«

»Gott!« freute sich Lora Pawlowna. »Europa wird doch nicht etwa wieder lustig und interessant werden?«

»Zuerst finden Sie den Gehilfen des Kapitäns«, sagte ich zu Lora Pawlowna. »Freuen können Sie sich später.«

Schönheit ist nichts anderes als der tiefe Seufzer: Gott, wie schön! Schön – aber was? Das nicht mir Gehörende, nicht von mir Erdachte, bestenfalls das von mir Erratene. Das aus einer anderen Energie Gewebte, und wenn aus meiner, dann aus einer geläuterten Energie. Das gibt es in Apulien oder auf Sizilien. Aber hier, in Deutschland, ist es etwas Immanentes.

»Geben Sie mir mein Badetuch zurück, Sie Fetischistin!« schrie ich Lora Pawlowna an.

Lora Pawlowna wurde verlegen.

Die Deutsche zog eine Mauser aus ihrer Hose und wollte sie erschießen. Immanente Schönheit. Nettes Untersichsein. Kurzschluß der Rührung. Es kommen einem die Tränen bei all den entzückenden kleinen Kissen, Rüschchen, Blümchen.

Mir hat das am Anfang ja auch gefallen!

Ich habe ja auch vor Staunen den Mund aufgerissen. Und dann habe ich ihn wieder zugemacht und sogar gegähnt vor Gleichgültigkeit. Schönheit kann nicht zahm sein.

»Deutsche!« sagte ich zu der Deutschen. »Was soll ich mit dir dummen Gans bloß machen?«

Ich denke nicht, daß die Frau des Anwalts irgendwann die Revolution akzeptieren wird, aber wir brauchen Kleingläubige, wegen des Kontrasts und als Zielscheibe für Hohn und Spott.

Wieder erschienen die klapprigen Abgesandten aus den Billigkajüten. Sie fragen, wie sie leben sollen.

»Jungs, alles ist gut«, sagte ich zu ihnen. »Ihr werdet der neue Menschentyp sein. Ihr werdet schön und sanft lieben.«

»Hat Amsterdam auch kapituliert?« fragte ich die Frau des Anwalts.

»Amsterdam nicht«, sagte die ehrliche Frau.

»Tolle Typen, diese Schwulen!« rief ich voller Wehmut. »Wir nehmen Kurs auf Amsterdam!«

»Nein, nein und nochmals nein!« sagte der Kapitän. »Ich weigere mich, den Rhein für einen kosmischen Fluß zu halten.«

»Wieso?« fragte die Frau des Anwalts.

»Im Oberlauf eines kosmischen Flusses hausen die Seelen von noch ungeborenen Menschen. Also wäre die Schweiz die Zukunft der Welt.«

»Unmöglich«, sagte ich finster.

»Und was machen wir mit der sakralen Zahlenmystik der Flüsse?«

»Was für eine Zahlenmystik?« fragte die Deutsche.

»3, 7, 3 mal 7, 99«, sagte der Kapitän.

»Sehr gut!« Ich war gerührt. »Ist es das, was Kapitän = Religion meint?«

»Wie soll ich sagen.« Der Kapitän schlug verlegen den Blick nieder.

»Weg mit den Popen!« schrie die Deutsche und schoß in die Luft.

»Du willst keinen Finger rühren und trotzdem leben wie die Made im Speck«, kommentierte ich ihren sinnlosen Auftritt.

Gezähmte Schönheit verwandelt sich in Kitsch, und wenn sich im Kitsch ihr Inneres nach außen gekehrt hat, beginnt sie mir in ihrer ontologischen Mißglücktheit zu gefallen.

Ich ergriff eine Maschinenpistole und stieg in den Maschinenraum hinunter. Lora Pawlowna nahm ebenfalls eine Maschinenpistole mit. Wir streiften lange durch den Maschinenraum auf der Suche nach dem Gehilfen des Kapitäns. Zuerst hatten wir Angst, er könnte uns umbringen, und darum waren wir sehr vorsichtig, aber dann fürchteten wir uns nicht mehr, liefen herum und sangen Lieder. Unterwegs begegnete uns der Gehilfe des Kapitäns, aber wir beachteten ihn gar nicht, weil er einen Kolben mit Bolzen mimte. Dann mimte er noch irgendeinen stählernen Mechanismus und sprühte Funken, dann war er ein See aus Quecksilber, und wir liefen wieder an ihm vorbei.

Unter den Klängen eines herzzerreißenden Marinemarschs laufen wir im Hafen von Amsterdam ein. Das Volk zerrt seine enthauptete, ehemals geliebte Königin auf den Uferkai. Amsterdam ist die Wiege der Eßtischklaustrophobie. Ein Haus ähnelt einem Salzstreuer, ein anderes einem Pfefferstreuer. Die Prostituierten von den indonesischen Inseln haben Porzellangesichter. Wir sind die Führer, extremistische Gullivers, wir verbrüdern uns mit den Haufen revolutionärer Junkies aus den Coffee-Shops. An Laternenpfählen, in Theaterprogrammen, in Zeitungen, auf Plätzen, auf Speisekarten nur ein einziges Gericht: Revolution. Die Deutsche hat mir rote proletarische Socken gestrickt. Der Kapitän hat dann doch noch durchgesetzt, am Mast gehenkt zu werden. Die Sahne der ewigen Weiblichkeit ist nicht abgeneigt, mich zu ehelichen. Der Kapitän ist unendlich froh für uns.

Die Gänsefüßchen sind unnötig. »Schönheit rettet die Welt« ist ein Pseudozitat von Dostojewski. In seinen gesammelten Werken gibt es diese Stelle nicht. Aber jetzt weiß ich, wer das gesagt hat. Das hat der alte Rhein gesagt.

Vom Ganges zum Himmel
ist es näher
als von Berlin nach Moskau

Banane

Er Ich bin kein pathetischer Mensch. Mir ist bekannt, daß eine Brücke als erstes vereist. Was mache ich dann in Indien, wo doch jeder Inder anstelle eines Herzens ein flammendes Taj Mahal hat? Ich suche das Taj Mahal. Das von der ganzen Welt zum Mausoleum der Liebe stilisiert wird. Der gesamte Kitsch der Welt kommt im Taj Mahal zusammen. Es gibt eine Reihe von Grundzuständen, wo Weisheit von Stumpfsinn nicht zu unterscheiden ist. Das Taj Mahal in Agra, der Stadt des Taj Mahal, nicht zu finden, ist ungefähr dasselbe, wie in Moskau den Kreml zu übersehen. Aber die indische Verweigerung ist kein Lebensstil, wie er für den russischen Spinner zutrifft, sondern das Wesentliche auf Lebenszeit.

»Was ist das da?« fragte ich einen Straßenhändler, der Obst verkaufte, und deutete auf eine mir unbekannte Frucht.

»Eine Banane!«

»Und das?«

»Eine Banane!«

»Und das hier?«

»Eine Banane!«

»Und das da?«

»Wo?«

»Über der Stadt!«

»Eine Banane, Sir!«

»Wieso Banane, verdammt noch mal?! Das ist das Taj Mahal!«

Liebhaber

Er Die Inder sind aufziehbare Spielzeuge. Rote Blechmarienkäferchen. Blechflügelchen. Rostige Sprungfederchen. Der Kopf – eine Blechtrommel. »Wenn man mit einem Inder Liebe macht«, erzählte mir eine Europäerin verlegen, »dann

117

quietscht er so fürchterlich, daß man ihn mit Pflanzenöl schmieren möchte.«

»Gott«, sagte sie, »was geht mir dieses Quietschen auf den Keks!«

Antifaschistischer Schutzwall

Sie In Moskau setzte sich ein Russe zu mir. Er sagte, er wolle nach Delhi. Genau wie ich. Von dort mit dem Auto nach Nordosten zum Oberlauf des Ganges, dann irgendwie den Fluß hinunter bis zum Delta am Indischen Ozean. Ich begriff sofort: der Weg nach Asien führt über Rußland, und zwischen mir und Indien würde fortan dieser als Europäer getarnte Russe sitzen. Ménage à trois.

Der Russe war dunkelblond, im Flugzeugkabinenlicht schimmerte seine graue Haut beinahe bläulich, seine Hand krallte sich in eine dicke braune Aktentasche, die er auf einem Stapel Zeitungen auf dem Mittelsitz aufgestellt hatte.

»Antifaschistischer Schutzwall, was?« wollte ich die Situation ein wenig entspannen.

»Präservativ gegen deutschen Humor«, antwortete er, ohne eine Mine zu verziehen.

›Fidélité, Abstinence, Préservative‹ – das ist Gesetz am Niger. Und am Ganges? Treue? Enthaltsamkeit? Präservative?

Ich sah ein, daß mir nichts anderes übrigblieb, als den Russen als meinen persönlichen Behelfsasiaten zu akzeptieren. Dennoch beachtete ich ihn vorerst nicht weiter. Am Ganges sollte sich mein Leben ohnehin ändern.

Sollten die Russen in ihren prekären Anzügen nun mit ihren Köpfen gegen die Vordersitze knallen, durch den Gang stolpern, auf die Sitze pinkeln. Sollten sie also die Nacht im Fluge durchtrinken. Auf Erlösung hoffend.

Eine süße Falle

Er Indien ist eine süße Falle. In Indien gibt es keine Zeit. Die Züge in Indien verkehren nach dem Sternenkalender, einmal in einer Million Jahren. Die Flugzeuge fliegen mit der Präzision eines Meteoriten. Man kann lange zurückfahren und verfällt dabei allmählich in seine Kindheit: Dort begegnet einem das Land der Elefanten und Affen. Wie ein schütterer Grabkranz zittert im Wind eine Palme. Aus ihr heraus flattert ein bunter Vogel mit einer VISA-Card im Schnabel. Es erhebt sich ein Kamel mit blöder, stolzer Schnauze.

Aus dem Kind wird der Kolonialist mit englischem Tropenhelm. Indien, sagt er, ist das Land des allgegenwärtigen Staubs. Aus dem Hintern, sagt er, strömt es dünnflüssig. Ein ewig dünnflüssiges Gemisch aus einem ewigen Hintern. Das Wasser ist reines Gift. Die Krankheiten sind unheilbar. Ekel heißt die geheime Parole.

Aus dem Kolonialisten wird mir nichts, dir nichts die barmherzige Schwester. Sie richtet in Kalkutta ein Sterbeasyl mit vierzig Betten ein. Sie gibt vierzig Sterbenden blaue Pyjamas. Nebenbei erhält sie den Nobelpreis, und damit ist der Hauptunterschied klar.

Niemand stirbt gern. Aber die Inder besitzen eine Geheimwaffe. Die Wiedergeburt ist mächtiger als die Atombombe. Die Inder werfen die leibliche Hülle ab wie Mannequins ihre Kleider. Ihnen steht eine neue Anprobe bevor. Komische Leute! Sie sehen die Europäer von unten nach oben an. Sie beneiden sie. Sie wollen so groß sein wie sie, sie träumen von weißer Haut. Nein, nein, das sind keine kolonialistischen Vorurteile. Sie behaupten Arier zu sein, die irgendwann aus dem Norden weiß nach Indien gekommen und erst hier hoffnungslos braun geworden seien. Sie sind Rassisten mit ihren mikroskopisch kleinen Unterscheidungen, sie haben nicht nur Kasten eingeführt, sondern eine Unterscheidung nach Hautfarbe. Das Land zerfällt in etwas hellere und etwas dunklere Menschentypen, und niemals würde ein Inder seine Tochter ohne triftigen Grund einem dunkelhäutigeren Mann zur Frau geben. Und der Europäer, der eines Nachts, in kalten Schweiß gebadet, aufgewacht ist, eilt nach Indien, trotz Schmutz und Armut, mit dem einen Ziel. Nehmt meine Körpergröße, nehmt meine weiße Haut – aber befreit mich von meiner Angst vor dem Tod! Gebt mir ein Visum in die Unsterblichkeit! Wie man nach Indien kommt? Immer aufwärts! Gebt mir eine Leiter! Laßt mich in den Himmel! Dort beginnt der heilige Ganges. Genau da muß ich hin.

Tee mit Milch

Sie Unser Jahrhundert versickerte auf über viertausend Metern Höhe. Es entschwand in die steingrauen Schründe der Steilhänge, in die stumpfgrünen Kräuterteppiche, in den blauschimmernden Gletscherschnee, unter das Wurzelwerk der Bergwälder. Es verflüchtigte sich dort, wo das Heilige in die Welt kam.

Ein angenehmer Schwindel drehte sich in meinem Kopf. Ich war dem Fluß gefolgt, bis ich den Boden unter den Füßen fast verloren hatte. Dort drüben, dicht unter dem Himmel des Himalaja, da, wo Tibet aufhörte und Indien anfing, da entsprang »Ganga Mai«, die Mutter Ganges, der heiligste Fluß der Welt aus dem mächtigsten Gebirge der Erde. Wer seiner ansichtig wird, sich gar in seine Fluten stürzt, wird, so heißt es, nie wieder derselbe sein.

Nur die Zeit, die will sich hier nicht verändern. Die bleibt dieselbe – seit Hunderten, Tausenden von Jahren. Ich weiß nicht, wie lange ich auf meinem Schneeflecken in der Sonne stand, mal auf einem Bein, mal auf zweien, ich ernährte mich von einer einzigen Frucht, ich trug immer dieselben Kleider. In der Sphäre des Heiligen gibt es keine lineare Zeit, keine allgemeine Geschichte, keine Entwicklung, keine Fortschrittsidee. Das Jahrhundert wurde aufgesogen, die siebtgrößte Industrienation der Welt, die Atommacht Indien verschwand vor meinen Augen. Als hätte es sie nur aus Versehen gegeben, als Schimäre – die äußere Welt ist dem Hinduismus stets Täuschung.

In Wirklichkeit gibt es nur den einzelnen und seine Seele. Unzählige Sadhus sah ich, barfuß und notdürftig mit rötlichen Stoffetzen bekleidet, in einer endlosen Reise die Ufer des Ganges hinauf und hinab pilgern. Sie wanderten durch die Einsamkeit und schlurften durch den dichten Verkehr, manche rutschten auf Knien, einige warfen sich alle paar Meter in den Schmutz, alle haben ihr früheres Leben endgültig hinter sich gelassen. Irgendwann trifft sie vielleicht die göttliche Erleuchtung. Ich gebe zu, ich wußte auch nicht genau, was das eigentlich war. Einen Moment lang stellte ich mir die Erleuchtung vor als eine Art radikale Gleichzeitigkeit allen Seins und aller Erkenntnis, als Implosion der Zeit. Aber ehe ich diesen Gedanken noch zu Ende denken konnte, fiel mir wieder all die Mühsal ein, die auf dem Weg dorthin lauerte, und mein angestrengtes Stöhnen störte mich beim Denken.

Auf dreitausend Metern Höhe trafen wir auf einen Grenzposten der indischen Armee. Ein paar Hütten, ein Shiva-Tempel mit einem roten Gebetsfähnchen auf dem Dach. Auf den Tempel waren die Männer allerdings ziemlich stolz – sie hatten sogar einen der Soldaten freigestellt, ihn zu pflegen. Die anderen sahen aber auch nicht so aus, als steigerten sie ihre Kampfkraft den ganzen Tag durch Liegestütze und Kniebeugen. Selbstverständlich hätten sie Bilder von *allen* Göttern in ihrem Tempel – auch von Christus.

»Und von Allah?« wollte der schlaue Russe wissen und kniff mich konspirativ in die Seite. Aber über Ein-Bild- oder gar Kein-Bild-Kulturen können Hindus nur lachen.

»Von allen«, sagte der Anführer, Offizier, General, Kapitän noch einmal. Wie alle anderen Männer hier oben hatte auch er das religiöse dritte Auge aus roter Paste auf der Stirn. Bei seinen Soldaten war es meist schon etwas verschmiert, das paßte aber gut zu ihren unbekümmerten Kampfanzügen.

Wir saßen in der Sonne, tranken Tee, plauderten und warteten eine halbe Stunde gemeinsam auf den Einfall der Chinesen aus Tibet. In welchem Land Moskau noch mal läge?

»Ich hasse Tee mit Milch, davon wird mir schlecht«, flüsterte der Russe mir zu.

Der jüngste der Soldaten räkelte sich im Gras wie Marylin Monroe auf seidenen Laken. Schönheit, sagte uns später ein Meister mit strahlendem Blick in der winzigen Zelle seines abgelegenen Ashram über dem steinernen Flußbett, Schönheit ist nur in dir selbst. Die Welt, das bist nur du.

So ergießt sich die erst noch smaragdgrün-kühle Ganga über Indien, auf daß sie das Land und die Städte an ihren Ufern heilige. Bis sie, lange schon warm und schlammbraun, den Golf von Bengalen erreicht. Dort in Kalkutta, der schrecklichen, der hoffnungslosen Stadt, stöhnten, jammerten, wimmerten jene glücklicheren unter den Sterbenden, die unter einem Dach liegen durften, dicht an dicht auf ihren Bahren in der dicken Luft im Hospiz der Mutter Teresa. Bilder, Stimmen, Gerüche wie Schläge in die Nieren. Aber jemand hatte mit Kreide auf eine Wandtafel geschrieben: *Beauty is everywhere* – Schönheit ist überall.

Die Reise

Er Die Verkehrsschilder im Himalaja sind schulmeister-
lich. Die Polizei tut so, als ginge die Wiedergeburt sie
nichts an und schreckt nicht davor zurück, durch das Dichten
polizeilicher Couplets Leben zu retten:

The road is hilly
Don't drive silly.

Doch der indische Autofahrer glaubt mehr an die Ewigkeit als
an Verkehrsschilder, und darum gibt es nichts Schrecklicheres,
als im Himalaja mit dem Auto zu reisen. Die Straßen sind
schmal und unsicher. Randbegrenzungen sind nicht vorgesehen. Die Reifen rutschen immer wieder in den Abgrund. Über-
holmanöver in Kurven gehören zum guten Ton, Frontalzusam-
menstöße gelten als besonders schick.

Plötzlich kommt ein Drache in Form eines Autobusses ohne
Bremsen entgegengerast, kaputte Windschutzscheibe, Mandelaugen. Zwischen den Augen die Aufschrift: *India is great.*
Der Inder im Flug ist voller Adrenalin. Im Abgrund Auto-
wracks. Der einzige Trost: der Abgrund ist schön. Ich sage
noch mehr: der Himalaja im Winter – das ist ein Sturz in die
Schönheit. Kaum eine Kiefer ist hier niedriger als der Eiffel-
turm. Die Berge glühen wie Hähne. Der Himalaja im Winter –
das ist eine Zartheit der Natur, die *nur dir* gilt, so daß du dich
unwillkürlich umblickst: Hat sie sich vielleicht vertan? Da du
aber in den Regenwolken keinen ordenbehängten Doppelgänger entdecken kannst, läßt du dich ein auf das friedliche Gefühl
der eigenen Unvollkommenheit und der Dankbarkeit.

Bis zur Quelle des Ganges habe ich es nicht geschafft. An
einer Kurve standen Soldaten mit Stöcken und Teekannen anstelle von Waffen. Sie ähnelten verfrorenen Holzfällern. Sie erklärten, daß weiter oben in den Bergen die Straße von Schnee
verschüttet sei. Die Langeweile ihres Bergsoldatendaseins hatte
sie so gastfreundlich gemacht, daß sie, nachdem sie mir Tee mit
Milch angeboten hatten, bereit gewesen wären, für mich persönlich und einfach aus Jux und Dollerei auf die Schnelle ihr Leben herzugeben, aber im Himalaja hat ihr Gast nun mal keine
Feinde. Da führten mich die Soldaten, ebenfalls auf die Schnelle,
in ihren Feldtempel, wo sich ein Barackenchristus mit rotem

Punkt auf der Stirn unter den Augen weiterer Barackengötter dreimal mit einem Barackenbuddha küßte. Ein Haus von höchster Toleranz. Eine Kommunalka vorbildlichen Geistes.

»Darf man sich hier einquartieren?«

»Nur zu«, entschieden die Barackengötter schlicht.

Ich quartierte mich also ein. Im Wind zitterten die dreieckigen religiösen Fähnchen.

Auf dreitausend Metern Höhe löst sich Indien vor dem Hintergrund von schneebedeckten Gipfeln und Eiszapfen in der Luft auf, verwandelt sich in ein Himmelland, und die hiesigen Bäuerinnen legten dementsprechend tibetische Gewänder, Körbe mit Reisig und beeindruckendem Schmuck an. Ich kehrte um in Richtung Tal, verwandelte mich vor den Augen der Holzfäller in einen Pilger in blaßrosa Lumpen und mit Halsketten, in einen russischen *Sadhu* mit besonderer, mir selbst noch unklarer Bestimmung.

Schaumbad

Sie Ich habe den Russen einfach den Abhang hinuntergestoßen. Er stand da oben im Himalaja am Straßenrand und pinkelte ins Tal, der Wind verwehte den Strahl, da habe ich ihm einen Klaps gegeben. Der Russe hatte mich betrogen, ich sage nicht wie, das war's mit der Fidélité, er ist ein Schwein, ungenießbar, ich bin schließlich Vegetarierin, hier war ich an meinem heiligen Ort, selbst Eier verkauften sie hier nur nachts und nur in den Wäldern weit draußen vor der Stadt, ich trug einen Mundschutz, damit ich keine Fliegen verschluckte und vertrieb mit einem Zweig die Käfer auf meinem Weg, damit ich sie nicht zertrat.

Der Russe kullerte den Berg hinunter. Blumen knickten um, Steine lösten sich. An seiner hellen Hose sah ich grüne Grasflecken. Er verdrehte die Beine, die Arme, es waren jetzt schon fünf, die durcheinander in alle Himmelsrichtungen zeigten – und es wurden immer mehr, lange, dünne Arme mit spitzigen Händen, spitzigen Fingern. Er hatte einen albernen schwarzen Schnurrbart, der ihm fast bis zu den Ohren reichte, Blumengirlanden hingen ihm um den Hals. Aus der Tiefe stank es nach rituellem Sex. Stinkende Gärten, stinkende Körperöffnungen,

stinkende Parfümöle, stinkende Seidenkissen, stinkende Orna-
mente. Die Göttin Kali leckte mit ihrer stinkenden schwarzen
Zunge an einer stinkenden roten Hibiskusblüte, um sie lauter
stinkende Weiblichkeit. Der halbe Ural, die Vorstädte von Moskau, die norddeutsche Tiefebene und sämtliche internationalen
Vetteln waren hier versammelt und turnten durcheinander. Verzweifelt ruderte der Russe mit seinen Armen umher. Mal legten
sie sich gierig um eine Schwindsüchtige mit treuen stinkenden
Augen, mal um eine fette, weißhäutige Sau, die atemlos japste.

»Mein Sternzeichen ist die Waage«, lispelte eine Blonde mit
hellen Pumps.

»Wie interessant!« Der Russe versuchte, ihr Honig mit But-
terfett aus Büffelmilch in den Hintern zu schmieren. Alles
gurrte wie die grünen Tauben, alles schnatterte wie die schmal-
brüstigen Enten, alles muhte wie die heiligen Kühe von den heiligen Dreckhaufen mitten in den heiligen Städten. Nur der
Russe wußte weder aus noch ein.

»When a man enjoys many women all together, it is called the
congress of a herd of cows«, las ein nepalesischer Beobachter
am Rande des Geschehens mit feierlicher Fistelstimme aus einem heiligen Buch vor, wobei ein paar Glöckchen klingelten
und ein dumpfer Gong sowie eine Trommel geschlagen wurden.

Aber die Kühe waren glitschig von dem stinkenden Par-
fümöl, sie waren spröde nach all den Jahren in der stinkenden
Frühlingssonne. Sie zerbrachen dem Russen unter den Händen,
sie entglitten ihm, kaum daß er sie einfangen wollte. Wir waren
in einem Hotelzimmer in New York, später, auf dem Weg zum
Mississippi. Der Russe hielt eine flüchtende Russin mit Namen
Olga an ihrem Mantel fest. Der Mantel zerriß, die Russin haute
ab. Alle Russinnen heißen Olga. Der Russe warf ihr schweini-
sche Fotos hinterher. Die fielen auf den Teppich. Ich kotzte auf
die gelben Blumen des Himalaja.

Dann ließ ich den ganzen Wald brennen. Die Feuerflüsse
stiegen die Berge hinauf. Es duftete würziger als im Schaum-
bad. Ich streckte mich aus und spielte mit den Zehen im Wasser,
tauchte unter, mein Haar schwamm wie ein Kranz um meinen
Kopf. Der Russe stand vor mir, ich sah seinen Rücken. Er ging
leicht in die Knie, schüttelte sich ein wenig, richtete sich wieder
auf, zog seinen Reißverschluß zu und ging zu unserem Wagen,

der mit laufendem Motor wartete. Wir mußten uns beeilen, die Straße zu den schmutzigen Laken von Uttar Kashi war gefährlich nach Einbruch der Dunkelheit.

Gott ist süßer als Konfekt

Er »Frau Aber braucht kein Indien«, erzählte ich einer Europäerin. »Sie braucht mich, und ich wage es, ihr die reale Existenz abzusprechen. Ich habe ihr angedeutet, daß sie ein Staubkorn ist, das mir statt ins Auge zufällig ins Bewußtsein geraten ist.«

»Warum gerade ein deutsches Staubkorn?«

»Zwischen Moskau und Berlin gibt es ein Rohr mentaler Interaktivität. Im Himalaja hat Frau Aber beschlossen, daß sie schöner ist als dieser. Sie hat ihn herausgefordert und in den Bergen dreist ihre germanische Schönheit zur Schau gestellt.«

Frau Aber meinte, der Himalaja werde ihre Herausforderung annehmen. Die Natur erstarrte. Die Berge hüllten sich in Schweigen.

Sie schmollte, fühlte sich erniedrigt. Vor Anspannung floß Urin aus ihr heraus in den Schnee. Die Natur erstarrte. Die Berge hüllten sich in Schweigen. Sie fühlten sich erniedrigt. Ich lag da und las in einem Indien-Reiseführer, und sie weinte bitterlich. Ich wußte: Mitleid mit ihr wäre ein Beweis für ihre reale Existenz. Ich las über Rishikesh, wo wir träge unsere Kämpfe ausfochten.

Das ist eine jener vegetarischen, alkoholfreien Städte im Nordosten Indiens, die berühmt sind für ihre Heiligkeit. In Rishikesh werden nicht einmal Eier verkauft. Die Luft ist hier, am Fuße des Himalaja, sauber und staubig zugleich. Der lange Aufenthalt der Beatles ist der Stadt überhaupt nicht anzumerken. Von ihren Vorahnungen schwitzen Frau Abers Achselhöhlen, von ihren Erinnerungen ihre bernsteinfarbene Hose. Ich biete ihr Freundschaft an, doch Frau Aber sträubt sich und wirft mir ihren *feelings* zuliebe Unaufrichtigkeit vor. In Indien angekommen, beginnt sie die Inder Brüder zu nennen und sie zu sozialer Aktivität aufzurufen. Sie wirft mir Kolonialismus vor, weil der Portier meinen schweren Koffer trägt. Aber einige Tage sind vergangen, da schreit sie die Bettler an: »Verschwindet!« Sie hat gut gelernt, das indisch-englische Volapük der Chauffeure nachzuäffen.

»*Farrr you, Serrr!*« lachte sie. »*Farrr you!*«

Schließlich gestand sie mir, sie finde, daß die Inder aussehen wie Arier mit schmutzigen Gesichtern, aber dann war ihr das schrecklich peinlich, und sie bat mich, ihr Gerede zu vergessen und ihren sozialen Ruf nicht zu zerstören.

»Du hast eben doch eine faschistische Seele«, sagte ich.

»Jawohl!« sagte Frau Aber und zog eine Grimasse.

Da begab ich mich zu einem der abgelegeneren Ashrams von Rishikesh, um meine Lage mit einem Guru zu besprechen.

»Aber ich bin *auch* ein Mensch!« heftete sie sich mir an die Fersen. Ich nannte sie insgeheim Frau Aber, weil sie das aufsässige Wort »aber« so liebte.

Gott! Frau Aber begann sich zu vermehren! Neben indischen Pilgern gibt es in den Ashrams viele halbschöne westliche Frauen wie sie, die mit heuchlerischen Gesichtern versuchen, am heiligen Leben teilzuhaben. Diese halbschönen Frauen haben etwas ewig Inadäquates an sich: Sie halten sich für schön, machen sich das Leben mit hohen Ansprüchen kaputt, und das Ergebnis – sie landen im Bett des Psychoanalytikers (*n'est-ce pas*, Frau Aber?) oder im Ashram mit seinen Gebeten, seinem Gesang, seinen Glöckchen. Ringeling-ringeling! Erwache zu einem geistigen Leben!

»Wir alle sind Lämpchen!« sagte der Guru ohne jede Vorrede zu mir. »Lämpchen, durch die der Strom göttlicher Energie läuft. Wir sterben, als ob wir durchbrennen.«

In der Tat ähnelte er einem Lämpchen, das man zu *touristischen* Zwecken angeknipst hatte, und es leuchtete hell und aufrichtig.

»Sie haben es schön hier«, sagte ich mißtrauisch, während ich aus dem Fenster seines reinlichen, armen Zimmers den Sonnenuntergang über dem Ganges betrachtete.

»Was ist Schönheit? Sie ist unser innerer Zustand. Alles auf der Welt ist unser innerer Zustand.«

Irgendwann war mir mal die Broschüre »Die Philosophie von allem« in die Hände gekommen. Sie hatte dreizehn Seiten. An den Autor erinnere ich mich nicht. Der Guru konnte sich ganz nebenbei zu jedem beliebigen schwerwiegenden philosophischen Thema äußern. Er hatte das von einem *reinen* Leben polierte Gesicht eines alterslosen Mannes mit lebhaften Augen. Irgendwann war er mal Staatsbeamter gewesen. Er war nach London gefahren, um dort zu arbeiten, und an den Ufern der Themse hatte er ausgesehen wie ein waschechter Engländer, wie der junge Nehru. Irgendwann hatte der Guru in Kalkutta Frau und Sohn gehabt. Er hatte sie verlassen, war nach Rishikesh gefahren, und ich dachte, daß Frau und Sohn ihn vermutlich für diesen heiligen Egoismus verfluchen werden.

»Und Ihr Sohn, ist der auch ein innerer Zustand?« fragte ich.

»Ein schöner Offizier war er. Mein Sohn ist vor einem Jahr in Kashmir umgekommen.«

Ich sah unablässig auf den Mund des Gurus. Er schluckte schwer, rülpste, und ich sah ein grünes Aufblitzen, das sich von seinen Lippen löste. Gleich darauf sprang ein Gegenstand aus seinem Mund, den er mit den Händen auffing. Er hielt ihn ohne zu zögern hoch, damit wir ihn sehen konnten. Es war ein wunderbarer grüner Lingam, weitaus bedeutender als jeder Gegenstand, den ein normaler Mensch sich aus dem Hals ziehen könnte. Aber zu meinen, daß die Lingam-Verehrung aus einem primitiven Phalluskult heraus entsteht, wäre ein schwerer Irrtum. Das heilige Ellipsoid, dessen Bezeichnung in Sanskrit Merkmal bedeutet, ist eine Mischung aus männlichem und weiblichem Geschlechtsorgan und zeigte sich uns als grundlegendes Prinzip, als Schöpfungskraft.

»Leck mich am Arsch. Entschuldigen Sie«, sagte ich, tief beeindruckt von der Superillusion des Vatergefühls.

Der Guru nickte auf indische Art, und diese bestätigende Bewegung des Kopfes ist fast ein europäisches ablehnendes Kopfschütteln, was wohl einen Grund haben muß.

»Man muß allem entsagen, um zu sich zu finden. Nicht die Welt ändern, sondern sich selbst«, ging das »Lämpchen« wieder an.

»Sind Sie auch mein innerer Zustand?« fragte ich.

Er nickte. Aber das eine Auge zuckte. Ich mußte ihn nicht provozieren.

»Und sie?« fragte ich mit heimlicher Hoffnung.

»Ihre Vorstellung.«

»Die letzte Vorstellung, der Weltuntergang. Bei wem soll ich mich für *diesen* inneren Zustand bedanken?« Ich deutete mit einem Nicken auf Frau Aber.

»Bei Ihnen selbst«, sagte der Guru.

Ich verstand, daß ich Frau Aber nur durch beharrliche Selbstvervollkommnung austreiben konnte.

»Achten Sie auf Ihre Ernährung, sie muß gar nicht besonders asketisch sein. Essen Sie nichts, was sexuell anregen könnte. *Be good. Do good.* Schlafen Sie getrennt!«

Frau Aber verzog heftig das Gesicht, doch sie sagte nichts.

»Was ist die schlimmste Sünde?« fragte ich.

»Haß. Den anderen hassen, bedeutet, sich selbst hassen.«

Ich lächelte Frau Aber friedfertig zu und tätschelte ihr sogar das Knie.

»Es ist Zeit für uns«, sagte ich.

Der Guru lehnte Geld bescheiden ab.

»Gott ist süßer als jedes Konfekt«, sagte er mir zum Abschied.

Die indische Heiligkeit ist geradlinig wie amerikanische Doktoren, an die nur Ignoranten nicht glauben.

»Mit seinen 75 Jahren sieht er jünger aus als du«, sagte Frau Aber nicht ohne Schadenfreude zu mir, als sie ins Auto einstieg. Die Affen blickten sich ziemlich menschlich nach den vorüberfahrenden Lastwagen um und kratzten sich im Nacken.

»Er schläft getrennt«, antwortete ich streng. »Halt, wart mal!«

Plötzlich ging mir ein Licht auf. Ich sprang aus dem Auto und rannte die Stufen hinunter zu der bescheidenen Hütte am Ufer des Ganges. Der Bezirksavatar saß im Lotussitz da und aß mit Stäbchen Spaghetti mit Tomatensoße.

»Guru«, sagte ich. »Polen Sie Frau Aber um!«

»*How?*« fragte der Guru und legte die Stäbchen beiseite. »*What for?*«

Ich flüsterte ihm eifrig etwas ins Ohr. Statt einer Antwort steckte mir der Guru das grüne Lingam in die Tasche.

Treppenwitz

Sie Wenig später hatte ich mich entschlossen, alles wunderbar, großartig, great zu finden. Als wäre ich schon in Amerika. Der Russe rutschte aus auf einer steinernen Badetreppe hinunter zum Ganges. Er verzog das Gesicht zu einem breiten, triumphierenden Lachen, ein tiefes Röhren stieg aus seiner Brust.

»Great«, rief er.

Ich zögerte einen Moment, dann half ich ihm auf. Das war an meinem wöchentlichen Schweigetag in der heiligen Stadt Haridwar. Ich trug Tücher aus selbstgesponnener Baumwolle. Bei Sonnenuntergang sah ich Shivas brennenden Samen auf dem Wasser. Der Russe stürzte vor den Augen Tausender Pilger.

Im Hotel bot ich ihm friedliche Koexistenz an. Der Russe beschimpfte mich aus Scham. Ich schwieg und leistete gewaltlosen Widerstand. Ich hielt ihm meine rechte Hinterbacke hin und auch die linke. Leicht vorgebeugt, den Blick auf die Erde gerichtet, lief ich meinem Ziel entgegen. Shiva, der Zerstörer, überholte mich mit glühend rot geschminkten Lippen auf einem Streitwagen. Vier feurige Rösser aus weißem Marmor zogen ihn. Der Russe ließ die Peitsche knallen. Er schlug mich. Tagelang. Indira Gandhi, die Tochter Indiens und der Gewaltlosigkeit, weinte wie einst bei der Beerdigung von Leonid Breschnew. Doch die Kraft der Wahrheit und mein selbstauferlegtes Leid sollten den Russen besiegen. Ich saß mitten im eiskalten Ganges im Lotussitz auf einem Stein, meditierte und kühlte mir den Hintern.

»Entweder ich erreiche, was ich will, oder meine Leiche treibt hinaus auf den Ozean«, sagte ich zu mir selbst. Und was wollte ich? Das war jetzt nicht so wichtig, ich würde es schon noch herausfinden. Siebenhundertsiebenundneunzig Millionen Menschen sind in Indien, um herauszufinden, was sie wollen – und um es dann wieder zu vergessen.

Der Russe schlug und schlug. Morgens, mittags, abends, nachts. Vor dem Essen, nach dem Essen, immer. Wo wir gingen und standen. Im Tempel, in der Garküche, im Auto, im Hotel, barfuß oder in Straßenschuhen, mit Kopfbedeckung oder ohne, wobei aus allen Lautsprechern des Landes Tag und Nacht immer derselbe Hindi-Schlager mit englischem Refrain dröhnte:

East or West
India is the best
Land of success
Land of free
India for you and me.

Eines Tages brach der Russe erschöpft zusammen. Er lag flach wie ein alter Klepper, den der Herr den Berg hinaufgejagt und dabei auch noch den Hafer gespart hatte. Mit gebrochenem Rücken telefonierte er nach Tee, Toast und Trost. Irgendwann kam tatsächlich ein Inder herbeigekrochen und tauschte sein halblautes »Good Morning, Sir« gegen fünf Rupien Trinkgeld. Außerdem hinterließ er Tee mit Milch und kalten Haferbrei.

Der Russe suchte seine Socken zusammen und seine Gürtel und seine Peitschen. Er ächzte. Dann warf er einen Blick auf die Landkarte und wollte irgend etwas sagen.

»Sei lieber still, spar deine Kräfte, du kannst ja noch nicht einmal alleine aufrecht gehen.«

Dann führte ich ihn die Hoteltreppe hinunter. Draußen glitzerte die Morgensonne vom Ganges hinauf zum Himmel. Wunderbar, großartig, great, dachte ich, denn obwohl mir mein Hintern weh tat und ich mir zudem im kalten Wasser die Blase verkühlt hatte, war auch dieser Tag ein Geschenk.

Amateurfoto

Er Mit dem Gesicht eines emsigen Ganesha, mit hohlen, klimpernden Reifen an den Knöcheln, fiel Indien Frau Aber zu Füßen. »Reisen verkürzen das Leben«, erklärte sie Indien. »Das Lesen darüber macht es praktisch endlos!«

Ich sah sie entzückt an. Indien schnurrte vor Begeisterung.

Ein guter Schriftsteller ist für den Inhalt seiner Bücher nicht verantwortlich. Sie sind bedeutender als der Autor. Jedes Buch ist gedacht als eine Aneignung des Wortes, aber während des Aneignungsprozesses soll der Autor einen Akt des *Selbstverrats* begehen, sich also dem Wort ergeben und ihm gestatten, über ihn zu triumphieren. Alles übrige ist nur Papierverschwendung. Frau Aber ergibt sich nicht so sehr, sie gibt sich eher dem Wort hin, zudem bei klarer Übererfüllung des Liebesplans.

Darin besteht wohl der grundlegende Unterschied zwischen weiblicher und männlicher *écriture*. Stolz flattert Frau Aber als feindliche Fahne über dem Reichstag. Frau Aber ist ein neuer Schritt der deutschen Literatur zur Ewigkeit. Gegenwärtig ist Frau Aber der beste Schriftsteller Deutschlands. Sie liebt die »écriture automatique«, die die Surrealisten eingeführt haben, wo das Wort unvorhersagbare Schnörkel ausführt, ohne vom Willen des Urhebers kontrolliert zu werden. »In meinen Büchern bewege ich mich im Kreis«, gesteht Frau Aber, womit sie das Geheimnis ihrer charismatischen Unfähigkeit, mit dem Text fertigzuwerden, preisgibt.

Ihre Texte vertonen Zustände, die die materielle Zähigkeit der Rede überwinden. Es sind eher Zwischenräume und Unausgesprochenes als Platonische Dialoge. In Frau Abers Büchern geht es nicht um die Liebe zur Welt, sondern um die Liebe zum Geruch der Leidenschaft. Haben Sie mal bei einem Mann hinterm Ohr geschnuppert? Sie hat! Mit langen lila Fingernägeln kann sie jede Unterhose zerfetzen, ungeachtet des Geschlechts, aber sie tut's nicht, heute bleibt sie oberhalb der Gürtellinie.

In ihrem Fall hat der Orient der Frau geholfen. Der grüne Lingam ist ein Talisman. Frau Abers Wort strebt zur Wortlosigkeit, die ihr mal als Abwesenheit der menschlichen Kommunikation, mal als ihre höchste Bedeutung vorschwebt. Von neorealistischen Klischees und den abgenutzten Mitteln der »trash-literature«, die in ihren frühen Romanen angehäuft sind, geht Frau Aber mit dem schnellen Schritt der mageren, entschlossenen Deutschen, die Strumpfhosen haßt, sich selbst entgegen, um sich spurlos in sich selbst aufzulösen. Du kannst dich auf den Kopf stellen – besser wirst du nie schreiben.

Der Schriftsteller ist ein Sexschwein. Biographisch gesehen, hat er zum Sex ein spezifisches Verhältnis. Frau Aber ist ein Beispiel dafür. Doch man täuscht sich leicht, wenn man den Wahnsinn für eine Disposition zum Schöpferischen hält. Frau Abers Leben, so verwegen es auch sein mag, läuft ab als Folge ihres Schreibens und nicht als dessen Ursache. Die Energie des Wortes ist stärker als Inzest oder die kommunistische Partei. Was übrigens nicht heißt, daß Frau Aber sich nicht sowohl von dem einen, wie auch von dem anderen hinreißen lassen kann. Eben darum geht es.

Die Armbanduhr

Sie Vor lauter Gerüttele und Geschüttele auf der Straße dachte ich manchmal schon, ich hätte Halluzinationen. Die Bilder wackelten oft bedenklich. Da hatte ich gerade irgend etwas konzentriert ins Auge gefaßt – ein Schlagloch, und weg war es. Es war eben nicht leicht, über Indien irgendwelche visuellen Erkenntnisse zu gewinnen. Dafür gab es hier zu viele Schlaglöcher.

Außerdem ist Indien nicht lustig. Das immerhin wurde mir bald klar. Hier hatten nur die Götter etwas zu lachen. Shiva, Rama, Krishna und der lustige Elefantengott Ganesha – sie konnten sich freuen über das, was sie im Welttheater anrichteten. Die Heiterkeit hatte ihr Heim im Himmel. Drunten hingen die Menschen in der Endlosschleife der Wiedergeburten fest. Barfuß schlichen sie in ihrem irdischen Hamsterrad an mir vorbei. Die Frauen im Sari – vorzeitliche Skulpturen mit Goldrand und makellosem Faltenwurf. Die Männer – Oberkörper und Köpfe verhüllten sie mit grauen Wolldecken: Wesen ohne Arme mit nackten Beinen oder provisorischen Hosen, die Händler oder Handwerker, Pförtner oder Polizisten waren. Hatte es irgendwo in der Nähe eine Katastrophe gegeben?

»Rotkreuzmenschen«, sagte ich zum Russen.

»Verlierer.«

»Ein Volk von Erdbebenopfern.«

Fünfundzwanzig Grad Celsius. Ich schwitzte. Aber die Inder banden sich Wollschals um Kopf und Kinn, als hätten sie Zahnschmerzen. Und schauten schüchtern aus düsteren Gesichtern, in denen sich tausend Jahre träge, tropische Trauer und aller Ernst der Ewigkeit versammelten.

Alle bewegten sich nur langsam. Vorwärts? Rückwärts? Durch die Städte, über die Landstraßen. Wer hat es schon eilig, wenn er weiß, daß er in diesem Leben seine Konditionen garantiert nicht mehr verbessern wird? Und im nächsten auch nicht, und im übernächsten würde er vielleicht ohnehin als Ochse erscheinen. Oder als Frau. Letzteres freilich nur, wenn er Sünden im Übermaß auf sich geladen hatte.

»Zeit«, sagte jeder von sich aus, ohne daß wir jemals gefragt hätten, »Zeit bedeutet uns nichts«.

Vom Weltzeitsystem will Indien nichts wissen. Viereinhalb

Stunden Unterschied zu Deutschland – warum nicht dreidreiviertel? Der Versuch, meine europäische Armbanduhr im Flugzeug auf die indischen Verhältnisse umzustellen, hatte zu ihrer sofortigen Selbstzerstörung geführt. Daß die Schulbuchmoderne bekanntlich rasende Beschleunigung von allem und jedem verlangt, scherte hier niemanden. Auf die Prüfung unserer Kreditkarten via Datenleitung konnten wir ewig warten – in der feuchten Hitze setzte das Plastik Algen an, bevor der Chef es endlich durch den Kartenlesekopf zog.

»Quickly, quickly, quickly«, scheuchte der Russe die Inder schon bald mit fröhlicher Entschiedenheit, »quickly«, rief er, warf Streichholzschachteln nach ihnen und zeigte seinen weißen Bauch. Die Inder gingen jedes Mal in die Knie wie Kamele, der schlammgrüne Schalenkoffer des Russen rutschte ihnen von den Schultern in den Matsch.

»Sowjetimperialist«, schnauzte ich den Russen angeekelt an.

»Quickly!«

»Sowjetimperialist.«

Ich kämpfte zähe zwei Wochen. Dann sang ich mit.

»Quickly!« trällerte ich, »quickly!« und nochmals »quihickly!« Da ich meine Tasche nach wie vor selbst trug, sahen mich die Inder natürlich verständnislos an.

»Quihickly«, meine Stimme klang wie die Flöte des Pan und mein weißbäuchiger Kolonialherr freute sich, als hätte er mich zum ersten Mal beim Pinkeln beobachten dürfen.

»Quickly«, sagte er zärtlich zu mir, als er sich morgens über mich wälzte. Er sah meine dramatische Selbstbefreiung aus dem, was er lange schon mitleidig die Gefängnisse des guten Geschmacks und der politischen Korrektheit nannte, unmittelbar bevorstehen. So kamen wir uns näher.

Manchmal

Er Zwei Fahrer und eine Frau Aber – das ist die ganze Gesellschaft. Man mußte ihnen zu essen geben, sie säubern, waschen. Ich scheuchte die Fahrer und Frau Aber bis zum Knie in den Ganges und wusch ihnen wie heiligen Kühen die Hintern. In den Hotels lebten Millionen von Heuschrecken. Sie knackten unter den Füßen. Sie klebten an mir unter der Dusche.

Man mußte sie irgendwie zerquetschen. Manchmal begegneten mir Busse mit russischen Touristen. Sie rochen nach indischem Whisky. Die Russen fuhren zum Studium nach Katmandu. Manchmal fuhr ich mit ihnen mit. Manchmal nicht. Manchmal schrien die Russen mir aus dem Bus zu, ich sei *die gesammelte Scheiße der Welt, ein Impotenzler, eine rote Fresse, eine widerliche Fettwampe.* Und manchmal schrien sie auch nicht. Manchmal fuhr ich nach Polen. In einem Wagen zusammen mit Krishna. Manchmal zum Taj Mahal. Das Taj Mahal ist der Abtritt der Liebe. Das Taj Mahal sehen und entlieben.

Indien schlängelte sich wie eine Straße, aber manchmal brach die Straße ab, und im dunklen Wald begegneten einem bisweilen Räuber. Meine Fahrer mit sauberen Hintern hatten große Angst vor ihnen, und Frau Aber hielt es für ihre schriftstellerische Pflicht, sich vor Angst in meiner Achselhöhle zu verstecken. Die Räuber waren Urmenschen. Einige von ihnen lebten noch auf Bäumen. Einige hatten sich drei Monate lang die Haare nicht gewaschen. Wenn man sich die Haare länger als drei Monate nicht wäscht, gehen die Haare zu einem autonomen System der Eigenwäsche über. Die Räuber wälzten einen Baumstamm quer über die Straße, und wir hielten an. Wir versuchten uns zurückzuziehen, aber sie wälzten einen anderen Baumstamm hinter uns und trommelten mit drohenden, dreckigen Fingern an die Scheiben. Einmal wurde es mir zu bunt, ich machte die Tür unseres Kleinbusses auf, und anstatt Geld und Leben herauszurücken sagte ich:

»He, was soll das Getrommel, ihr Pithekanthropi? Wißt ihr, wer ich bin? Ich bin ein russischer Zar!«

»Wer? Wer?«

Die Erklärung beanspruchte die ganze Nacht. Gegen Morgen bekamen sie endlich Angst, entfernten den Baumstamm und verabschiedeten uns in Ehren.

Tiger

Sie Der Tiger saß in den lichten Laubwäldern, er aalte sich in der Sonne. Das eitle Faultier. Jeder Tiger ist ein Italiener. Ich saß auf der Terrasse gegenüber den Wäldern beim Frühstück.

»War ich gut«, sagte er. Als Feststellung, nicht als Frage.
Sein Schritt war gemessen. Er hatte eine billige Tigerbade-
hose an. Er badete zwischen Wasserhyazinthen. Seine Pfoten
waren fast quadratisch. Indische Polizeitruppen nahmen seine
Abdrücke, sie registrierten jede seiner Bewegungen. Kühe stellten sich ihm in den Weg. Er schlich sich lautlos an und riß sie.
Shiva war sauer, die Kühe waren seine Schwestern. Drei alternde Amerikanerinnen ritten auf Elefanten herbei. Er warf
sich in Pose, und sie fotografierten ihn gierig. Dann starb er
aus.

Indien als Unterbewußtsein Rußlands

Er Um Rußland zu verstehen, muß man nach Indien fahren. Ein russischer Kulturologe, der in Deutschland
lebt, hält Rußland für das Unterbewußtsein des Westens. Aber
das Unterbewußtsein des Westens hat sein eigenes Unterbewußtsein – Indien. Geographisch erinnert Indien an einen Eu-
ter, der unter dem russischen Körper hängt. Dorthin fließt das
russische Unterbewußtsein ab.

Rußland *phantasiert sich* als ein unerkanntes Ganzes; Indien
verwirklicht sich als Rätsel. Indien ist kühner als Rußland in seiner Armut, Erfolglosigkeit, Bürokratie, Beschränktheit, seinen
Katastrophen, seinem wahnsinnigem Klima. Indien ist kühner
als Rußland in seiner Einzigartigkeit. Die Kultur Indiens ist
nicht konvertierbar. Alle Kostbarkeiten Indiens besitzen einen
Symbolwert, der an der Landesgrenze stirbt. Allerdings trinkt
sich dunkles Guinness auch am besten in Dublin. Rußland geht
in allem bis zum äußersten. Indien geht noch darüber hinaus.

Theologisch gesehen, ist Rußland im Vergleich zu Indien ein
kleines Mädchen.

Die russische Sprache hat beim Wort »Gang« – »Ganges«
eine Pleite erlebt. Dabei herausgekommen ist ein ewigwähren-
der linguistischer Lapsus. Der Fluß, der nach der Göttin Ganga
benannt ist, tritt im russischen Bewußtsein mit männlichem
Bart auf, ähnlich wie der Vater Rhein. Das ist so, als würde man
die Wolga den Wolg nennen. Es ist schwer, gegen die Strömung
der Sprache anzugehen. »Gang« ist ein starkes *russisches Wort*.
»Ganga« *klingt* sehr viel schwächer.

Die Mutter Wolga ist für die Russen ein bedeutender Fluß,

aber sie hat niemals den Status der Heiligkeit erlangt. Der Mut hat nicht gereicht, sie heilig zu nennen. Die Mutter Ganga hat ihre Heiligkeit deklariert. Die Russen wären froh, wenn sie das Wolgawasser für rein halten könnten, aber sie haben Angst, sich den Magen zu verderben. Der Inder glaubt so sehr an die Reinheit des Gangeswassers, daß er es trinkt und sein Glaube den Schmutz des Flusses besiegt. Die Russen verachten den Tod, die Inder besiegen ihn.

Badeanzüge

Sie Wie es sich für Kulturmenschen gehörte, die stets an den avanciertesten Theorien entlangreisen, suchten wir Tag und Nacht fleißig nach dem Eigenen im Fremden sowie dem Fremden im Eigenen. Vielleicht würde aus unserem Leben ja doch noch ein Bildungsroman werden.

»Was wärst du, wenn du ein Inder wärst? Schwein oder Mensch? Ochse? Hund? Frau?« Der Russe versteckte ein rosa Schweineschwänzchen zwischen den schwellenden braunen Schenkeln.

Wir lösten die Autorität des Subjekts auf zugunsten einer interkulturellen Verbindung von Energien. Überdies wagten wir die Auseinandersetzung mit dem Fremden, nahmen es (oder ihn?) in uns auf, worauf sich unser Eigenes sofort veränderte, was als eine bewährte kulturbildende Maßnahme gilt. Das hatten wir überall gelesen. Daß wir in unserer deutsch-russisch-indischen *ménage à trois* gelegentlich etwas durcheinanderkamen mit dem Eigenen und dem Fremden, ließ sich nicht vermeiden.

»Who ist who in Kathmandu?« stellte ich dem Russen also immer wieder die alte Identitätsfrage. Manchmal saß der Russe in einem Reisebus nach Nepal. Mit lauter anderen Russen. Ihn jedoch hatte ich inzwischen zum Europäer ehrenhalber erklärt. Wenigstens trug er keine hellbraunen indischen Unterhosen.

Allerdings lebte der Russe seit unserem Besuch in der mit zahlreichen prächtigen Ashrams gesegneten heiligen Stadt Rishikesh am Fuße des Himalaja, wo, kaum daß der Lärm des Tages verstummt war, die Nacht zitterte von Gesang und Geläut, seit wir gänsehäutig und angetan mit unseren Badeanzügen aus Elasthan für eine Sekunde schlotternd in den kalten Fluß getaucht waren und all unsere früheren Sünden sich auf den Weg Richtung Indischer Ozean gemacht hatten, seit wir zum Abendgebet jeder ein Bananenblattschiffchen mit Tagetes- und Rosenblüten sowie einer Kerze den Ganges hatten hinunterschaukeln lassen, seither also lebte mein Liebhaber nach den Regeln des berühmten Sri Swami Sivananda.

»Sleep seperately«, sprach es eines Tages aus dem Mund des Russen, als wir gerade über den sonnigen Innenhof des Ashrams der »Divine Life Society« gingen, vorbei an einem Turm voller Warzen aus tausend steinernen Figürchen, die an ihm klebten. Kreischend flohen die Tempeläffchen in alle Richtungen, als sie die Stimme des Russen hörten. Indessen sangen grauhaarige Schweizerinnen zusammen mit indischen Mönchen in orangefarbenen Kutten ihr beseeltestes Hare Krishna, während ein leichter Wind die lautlosen Vibrationen eines alten Songs der Beatles durch die Lüfte schickte. Denn diese hatten einst einige Ashrams weiter drei Monate lang meditiert und bei dem daraufhin erschienenen »Ob-la-di, Ob-la-da«, so sagten mir Eingeweihte, handelte es sich um eine dieser mystischen Zauberformeln, die sie hier »Mantra« nennen.

Auch der Ashram der »Divine Life Society« war bei Europäern äußerst beliebt. Und zu den vielen Verehrern des ehemaligen Arztes und seiner späteren Heiligkeit Sri Swami Sivananda, der den Ashram 1932 gegründet hatte, war in diesem Moment noch einer hinzu gekommen: der Russe.

»Sleep seperately!« wiederholte er begeistert einen der Grundgedanken Sivanandas, der sich dem Russen wie von selbst übertragen zu haben schien. Alleine schlafen! Der erste Schritt zur körperlichen und geistigen Gesundheit, zur Entfaltung der verborgenen Kräfte im Manne. Auch wenn überall das Zeugungsorgan Shivas herumstand: ohne Keuschheit keine Spiritualität. Das weiß jeder Inder und jeder, der ein Inder werden will. Dem Russen, der ja auch nicht mehr der Jüngste war, imponierte das.

Von da an hatte sich unsere Lage dramatisch erschwert. Jedes Hotelzimmer wurde erst darauf geprüft, ob die Betten getrennt voneinander stehen.

»Los, auseinanderschieben«, ordnete der Russe andernfalls an.

Striktes Kußverbot. Abendessen vor Sonnenuntergang, auch wenn wir den ganzen Tag unterwegs waren. So wollte es die Regel. Scharfe Currys, Knoblauch, Zwiebeln, die wir versehentlich bestellten, weil wir die Speisekarte nicht verstanden, waren zu meiden, denn sie machten den Samen wässerig und führten zu feuchten Träumen.

Als mein nunmehriger Geliebter a. D. gemäß der vor dreiundsechzig Jahren zuerst erschienenen und seither wieder und wieder nachgedruckten schriftlichem Empfehlung von Sivananda anfing, um vier Uhr morgens aufzustehen, weil im letzten Viertel der Nacht Pollutionen einsetzen konnten, hatte ich endgültig genug. Ich massierte ihm die Beine, was Sivananda als »gefährliche Praxis« strikt verboten hatte. Draußen flogen grüne Papageien.

Hunde

Er Nirgends habe ich bösartigere Hunde gesehen als in Rußland. In Rußland hält es jeder Hund für seine Pflicht, die Leute anzubellen und, besser noch, zu beißen. Das System spontaner Erziehung von Hunden in Rußland basiert auf Aggressivität. Jeder Passant ist ein Dieb. Er muß entlarvt und unschädlich gemacht werden. Hunde sind die Indikatoren des sozialen Unterbewußtseins.

Im Westen sind Hunde in der Regel Dekoration. Sie stellen einen Teil der Begrenzung des persönlichen Raumes ihrer Herren dar. Die Hunde bedienen deren komplizierte emotionale Welt. Wahrscheinlich leben sie genau in dieser Welt. Sie laufen nicht hinaus in die Realität des Lebens. Fremde Menschen sind ihnen gleichgültig.

Nirgends habe ich unterwürfigere Hunde gesehen als in Indien. Sie sind die sklavische Unterwürfigkeit an sich, die Inkarnation der Feigheit. Sie laufen herum mit eingeklemmten Schwänzen, geben sich mit wenig zufrieden und hoffen nicht auf großzügige Gaben. Triefaugen, verletzte Pfoten, schwach, räudig, ständig gähnend, viel schlafend. Klägliche Schnorrer im Unterschied zu den fröhlich bettelnden, schwanzwedelnden, streunenden schwarzafrikanischen Hunden, die mir am Niger begegnen werden. Obwohl Indien seit 50 Jahren unabhängig ist, hat sich bei den indischen Hunden, die nie bellen gelernt haben, die Nachricht vom Untergang des Kolonialismus noch nicht herumgesprochen.

Himmel

Sie Irgend jemand hat die Hirninhalte unzähliger Menschen aus allen Zeiten ins Land gekippt. All die deutlichen und undeutlichen Erinnerungen, die konkreten Erfahrungen, die vagen Gedächtnisbruchstücke. Und daraus sind dann indische Städte entstanden. Dort existiert alles nebeneinander, woran die Menschheit sich bisher erinnern kann.

An den Rändern der Straßen abgelagert die Erdnußhändler, Fahrradreifenhändler, Stoffhändler. Ihre Waren quellen aus den aufgerissenen Häusern. Köchinnen mit zwei erbärmlichen Töpfen auf bescheidenen Feuerchen, die seit Generationen schon vom schlammigen Boden lodern. Schmiede mit enormen Eisenstangen, sie hauen und schwitzen und biegen seit dreihundertvierundzwanzig Jahren und fünf Tagen. Die Bettler, die hocken und sich wiegen mit ausgestreckter Hand – im vorigen Leben waren sie Maharajas, aber dann hatten sie sich versündigt. Die Menschenbündel, die schlafen oder vielleicht schon lange tot waren. Bügler mit schweren Eisen. Friseure hinter wackligen Stühlen, der Kunde wird wieder und wieder und wieder akkurat gescheitelt, sein schwarzes Haar glänzend pomadisiert. In weiße Becken an rosa Hauswänden pinkeln die Männer, Perlenfädler reihen bunte Steine zu filigranen Halsketten. Sie alle glauben an Hunderte von Göttern, an Allah, den einen, an keinen und an die heilige Dreifaltigkeit. An den wirtschaftlichen Aufschwung, an die arrangierte Ehe und den Brautpreis. An das Computerzeitalter, die Wiedergeburt, den Vegetarismus. Und neuestens an das Geld. Über allem der Staub von tausend Jahren, der klebrige Schmutz aus Dieselruß und Fabrikabgasen, der Gestank von Pisse und von Scheiße und von faulem Fleisch von Menschen und von Tieren. Und der Duft von Sandelholz. Das Dauerklingeln aller Fahrräder, das endlose Hupen aller Fahrzeuge, die indischen Schlager aus quäkenden Lautsprechern. Stimmen sprechen, flüstern, schreien.

Der blaue, der rote, der grüne Palast mit schlanken Säulen, mit hölzernem Schnitzwerk, mit giftigem Neonschmuck, mit pickeligem Stuck. Dort muß der Fürst der Finsternis wohnen, hier der König des Bestattungswesens. Die Fassadenmauer im ersten Stock ist herausgebrochen, in der offenen Höhle lagern Menschen bequem auf ihren geflochtenen Pritschen, rauchen, reden, füttern ihre Kinder. Über ihnen die Samsung-Werbetafel, das Waschmittel- und das Unterhosengemälde. Die schmachtenden Gesichter der Filmpaare hängen in Fetzen herunter. Verspielte Giebel, untersetzte Türme, tadellos flache Betondächer, ruinöse Backsteinbrüche streifen, kratzen den Himmel. Vor dem Eingang der Statebank of India hält ein halbgeschlossenes Scherengitter den einstürzenden Neubau wenigstens an dieser Stelle zusammen, geschickt winden sich die Kunden durch die schmale Lücke. Ein rosa Tempelchen mitten auf der Straße behindert den zähen Fluß der Rikschas, der uniformierten Schulkinder, der Lkw, der Bankangestellten, der Lastenträger, der schweren Ochsenkarren mit ihren unförmigen Holzscheibenrädern – sie stammen aus dem Gedächtnis eines reichen Bauern aus dem vierten Jahrhundert vor unserer Zeitrechnung.

»Paß auf!« sagte ich zum Russen.

Immer wieder rempelten wir eine Kuh an – wie tolpatschig und tumb wir doch durch das Leben liefen. Oder ist dies die Hölle? Der Himmel? Ein Traum, eine Halluzination, *meine* Halluzination? Die Welt, das bist nur du, hatte der Meister ja gesagt. War das mein Inneres nach außen gekehrt?

Dieser Kosmos der Überblendungen, diese Million unordentlich aufeinandergetürmter Bilder, die sich überlappen und durcheinander purzeln – ganz wie im Gedächtnis selbst. War ich unterwegs in meinem eigenen Gehirn? Der Boden gab nach, mein Gang wurde federnd, ich setzte die Füße in alle Richtungen, wo war der gerade Weg?

Um mich tanzten die Inder ihren gleichmütigen und natürlich ein wenig trägen Tanz auf dem Bilderberg. Im Himmel, wo sonst. Varanasi, die aberwitzigste aller Überblendungen, wird nicht umsonst die »Stadt des Himmels« genannt. Für einen Moment meinte ich, die Menschen sogar lächeln zu sehen. Denn erst, wenn die Götter und die Menschen, die Vorstellungen und die Wirklichkeiten so richtig durcheinanderwuseln, wird es den Hindus wirklich wohl. Später erfuhr ich, daß hier auch das perspektivische Sehen, das sich immer auf einen bestimmten Punkt bezieht und auf dessen Erfindung im 15. Jahrhundert das Abendland so stolz ist, schon im ersten Jahrtausend wieder überwunden war. Das selbstgefällige Betrachter-Ich als ordnender Mittelpunkt der Welt hatte ausgedient.

Während hier also Himmel war, stürzte so mancher Europäer, der die indischen Städte gesehen hatte, vom Bilderberg hinab in die Hölle und schlug ganz unten auf – in der deutschen Psychiatrie. Auf den hellen Fluren und in den sachlichen Sprechzimmern saßen seriöse Studienreisende neben hängerischen Hippies.

»Wie ist es Ihnen ergangen, was haben Sie gesehen?«, fragten besorgt die Ärzte. Die Studienreisenden verhaspelten sich. Indische Bilder, eigene und fremde Erinnerungen sprudelten aus ihnen heraus. Die Hippies faßten sich an die Köpfe, ihre Hirne drohten zu bersten.

»Vergessen!« riefen sie alle verzweifelt, »bitte!«

»Das Geheimnis der Erlösung heißt Erinnerung«, insistierten die Ärzte. Denn sie waren stolz auf dieses Grundmotiv psychischer Gesundheit im Okzident. Aber wenn man sich an alles gleichzeitig erinnert, wird man verrückt. Oder erleuchtet. Oder Orientale.

Das Wesen des Schöpfertums

Er Ich bin zum Ganges gefahren, um das Wesen des Todes zu erkennen, und herausgefunden habe ich, was Kreativität ist. Der Ganges ist als himmlischer Fluß konzipiert, der die Sühne in sich trägt. Seine Kraft und Reinheit im Himalaja – das ist die Vorstellung vom Anfang. Der Ganges im Himalaja ist eine Metapher für Kreativität. Sein Wasser hat die Farbe der Begabung.

Wie alle Schöpfung ist der Ganges der Konflikt zwischen Idee und Verwirklichung. Während der Fluß die Berge verläßt, erlangt er irdische Kraft als Ersatz für den Verlust seiner Reinheit. Sogar am Fuße des Himalaja, in Rishikesh und Haridwar, ist der Ganges noch von so kraftvoller Reinheit, daß die Menschen Angst haben, darin zu fischen. Fischfang kommt hier einem Verbrechen gleich. Von einer Brücke aus kann man Fische jeder Form und jeder Größe beobachten, eine Versuchung für das Raubtier im Menschen.

Doch im Tal verwandelt sich der himmlische Ganges in einen menschlichen Fluß. Er nimmt den Schmutz des Lebens in sich auf. Jeder, der im Ganges badet, besonders in den heiligen Städten, wäscht seine Sünden von sich ab. Der Ganges verwandelt sich buchstäblich in einen Strom von Sünden. Er ist, wie das Schöpfertum, verdammt zu menschlicher Unvollkommenheit.

Kreativität heißt, eine anfängliche Idee mit menschlichem Inhalt zu füllen, deren Wesen in menschliche Symbole zu übersetzen, sie zu entstellen. Die Verwirklichung bedeutet nicht nur die Idee offenzulegen, sondern auch, sie zuzudecken. Sie wird unrein. Der Schmutz, der sich in den Ganges ergießt zwischen Uttar Kashi, der ersten Stadt am Oberlauf in den Bergen, und Kalkutta – das ist das »unreine« Verhältnis zur Idee.

Als ich den Ganges in seinem Mittellauf bei Allahabad erblickte, war ich verwirrt und enttäuscht. Der Ganges war behäbig und weibisch geworden. Ein in die Jahre gekommener und nicht wiederzuerkennender Fluß. Aber es war trotz allem der einzige und unwiederholbare Ganges. Denn in Allahabad wird der Fluß wieder gereinigt. Am Sangam vereinigt sich der Ganges mit zwei weiteren Flüssen – mit einem sichtbaren und einem unsichtbaren, unterirdischen, dem Saraswati, der wiederum reinigende Kräfte hat. Nähme der Ganges nur das Wasser des sichtbaren Flusses in sich auf, wäre er dem Wunderkind ähnlich, das nach einem glänzenden Start aus der Puste gerät, wenn es aus dem Pfadfinderalter herauskommt.

Auf dem Ganges fahren bis kurz vor dem Ozean weder Schiffe noch Motorboote. Aber von Allahabad bis Varanasi kann man in bemalten Kähnen rudern. Wer nicht auf dem Ganges mit einem indischen Bootsmann aus einer Tonpfeife durch eine Gaze von zweifelhafter Sauberkeit Haschisch geraucht hat, der wird wenig von diesen Halluzinationen verstehen. Ich sehe den Fluß Saraswati mit seiner unterirdischen Farbe und ein kleines altes Weib mit dürren Affenärmchen. Sie ist die Mutter des *unsichtbaren* Schiffers. Sie ist die Mutter-Indien. Sie hat mir geholfen, ihren Sohn zu finden.

»Heho!« ruft der Bootsmann den Möwen zu und füttert sie mit Stückchen von einem Fladenbrot.

»Jao!« ruft der Bootsmann den Möwen zu, und sie fliegen davon.

Die Kreativität braucht eine zweite Reinigung – das ist es, was eine Reise den Ganges entlang zeigt. Und der Sangam bedeutet, die zusätzliche, reinigende Energie des Saraswati in dem Moment hinzuzufügen, wenn die Idee zerstört wird, weil sie verwirklicht wird.

Natürlich hängt vieles von der Kraft der Suggestion und Autosuggestion ab. Der Ganges ist in seinem Unterlauf weit entfernt von Keuschheit. Er ist schön in seiner gewöhnlichen irdischen Schönheit. Das eine Ufer ist sandig, das andere steil. Er fließt durch Savanne und feucht tropische Gegenden. Er ist vielgestaltig, beladen von Sünden und realer menschlicher Asche, die in seine Fluten gestreut wird. Er ist erfahren, er ist nachsichtig. Man fängt in ihm mit Netzen Fische und fährt auf ihm in Segelbooten. Aber er ist stark in seiner Erinnerung an die Idee und in seinem Glauben an die eigene Einzigartigkeit. Nichts ist übriggeblieben, und doch ist alles in diesem schmutzigen Wasser bewahrt.

Der Ganges ergießt sich in den Indischen Ozean, und noch 400 Meilen vom Ufer entfernt ist seine postume Spur zu sehen, die sich kraß vom Salzwasser des Ozeans abhebt. Er geht ein in die Unsterblichkeit des Ozeans mit seinen Unreinheiten, die man wohl paradoxerweise als Erinnerung interpretieren kann. Hier ist Frohlocken des Ironikers vorgesehen. Na bitte – der Zusammenbruch der Illusion! Aber der Ironiker bleibt ein Meister der vorletzten Wahrheit. Daß die Illusion zusammenbricht, ist letztlich auch nur eine Illusion. Der Ganges als Begabung, die sich den Schmutz einverleibt hat, schließt sich zu einer runden Komposition: Wird die anfängliche Idee umgesetzt, dann wird auch der Verrat an ihr überwunden. Aber diese Überwindung des Verrats liest sich jedesmal anders.

Schalenkoffer

Sie Allahabad heißt – was sonst? – Stadt Gottes. Dieser islamisch-bescheidene Name ist jedoch eine schlichte Untertreibung. In Allahabad geht es schließlich noch tausendmal heiliger zu als am ganzen heiligen Ganges mitsamt all seinen heiligen Städten und all seinen heiligen Nebenflüssen zusammen. Denn Allahabad ist die Potenzierung der Heiligkeit schlechthin. Mit dem Ganges vereinigt sich der Yamuna und mit den beiden der unterirdische Saraswati – wo doch schon eine einzige Vereinigung gleich welcher Art (Feuer und Wasser, Mann und Frau, Hund und Katze, Russe und Deutsche) zum ehrfurchtsvollen Schuheausziehen heilig ist.

Die heiligste aller heiligen Stellen befand sich an der Spitze einer endlosen planierten Sandzunge, die über und über bedeckt war von den Scheißhaufen Hunderttausender Pilger und wo während der zahlreichen religiösen Feste mittlerweile striktes Auftrittsverbot für Politiker und Elefanten herrscht wegen der bis dahin regelmäßig erfolgten Aufwiegelung der Massen durch erstere und anschließenden Zu-Tode-Trampelns unzähliger Pilger durch letztere oder durch die Massen selbst – und das übrigens ausgerechnet an einem Ort, der jahrhundertelang besonders beliebt war für rituellen Selbstmord, den die Gläubigen unter anderem dadurch vollzogen, daß sie sich in Stücke schneiden und den Raben und Geiern zum Fraß vorwerfen ließen, was immerhin einen Aufenthalt von hunderttausend Jahren in der Mondwelt, gefolgt von einer königlichen Wiedergeburt, einbrachte.

Ob jenseitiges Pilgergulasch oder diesseitige Pilgerscheißhaufen – man mußte jedenfalls sehen, wo man hintrat, am heiligen Sangam von Ganges, Yamuna und Saraswati, weshalb wir bizarre Haken schlugen, während der barfüßige Träger mit dem Schalenkoffer des Russen auf der Schulter demütig geradeaus ging zu einem Boot, das uns eine Tagesreise weit den Ganges hinabbringen sollte.

In einer für indische Verhältnisse fast höllischen Geschwindigkeit verstaute der Träger den Russenkoffer am Bug. Wir flegelten uns auf die Matten, die man für uns ausgebreitet hatte. Zwei barfüßige Galeerensklaven mit ledernen Gesichtern ruderten hinaus in die vereinigten Flüsse. So wurde auch uns ein wenig heilig zumute, nein, nein, keine Selbstmordgedanken, im Gegenteil. Vielmehr konversierten wir gepflegt über allerlei erotische Abenteuer, auf die wir schon zurückblicken konnten, oder die wir demnächst zu erleben gedachten. Allmählich wurde um uns alles feucht und weit. Wasser und Sandinseln. Der Fluß hatte tausend Arme, er war jetzt überall. Kamele wiegten sich am flachen Ufer entlang. Unsere Sklaven steckten uns ihre Pfeife in den Mund, und wir sanken noch ein wenig tiefer in die Kissen.

Aber ich mußte noch schnell die letzten Fragen klären. Was suchten die Deutschen in Indien? Was war dran an der schon zweihundertjährigen romantischen Asiomanie? Was meinten schwerdenkende Dichter und leichtsinnige Kiffer hier zu finden, das sie daheim schon verloren hatten?

»Asien«, flüsterte mir ein Münchner Modephilosoph zu, »Asien ist für viele die Chiffre, die einer Vorstellung des für uns Unvorstellbaren Obdach bietet.« Nachlässig versuchte ich mit den Fingern das Gebrumme an meinem Ohr zu verscheuchen. »Wir suchen hier den Geist des Alten als solchen, weil wir uns selbst so unheimlich geworden sind«, hörte ich noch. Dann entfernte sich die Stimme.

Wir selbst uns unheimlich geworden? Ehrlich gesagt, war mir das jetzt auch egal. Aber was war mit einigen eindringlichen Warnungen und beherzten Urteilen von Goethe, der Indien nie betreten hat?

»Die indische Lehre taugte von Haus aus nichts«, las ich aus einem Taschenbuch vor, »sowie denn gegenwärtig ihre vielen tausend Götter, und zwar nicht etwa untergeordnete, sondern alle gleich unbedingt mächtige Götter die Zufälligkeiten des Lebens nur noch mehr verwirren, den Unsinn jeder Leidenschaft fördern und die Verrücktheit des Lasters als die höchste Stufe der Heiligkeit und Seligkeit begünstigen.«

»Goethe ist blöd und hat keine Ahnung«, sagte der Russe, ein Dichter.

Das Zentrum des Universums

Er Jeder Gott hat etwas von einem Polizisten an sich. Aber nur der Gott Shiva vereint in sich den Ordnungshüter, den Flegel, den Schöpfer, den Verteidiger des Erschaffenen und den Zerstörer. Er hat fünf Gesichter und noch mehr Masken. Er ist der Gott der Maskierung und Offenbarung. Er ist Mann und Frau zugleich, einbrüstiger Kastrat und geschlechtlicher Gigant. Er ist die Emanation seines erregten Gliedes und eine Fülle an Lebensenergie.

Er ist das unabsetzbare Stadtoberhaupt von Varanasi.

Varanasi ist dreitausend Jahre alt. Alle Ausländer knallen durch in Varanasi. In Varanasi gibt es alles, und dieses »alles« wird zu nichts verdaut, um am nächsten Morgen wieder alles zu werden.

Der Kreislauf der Energie schafft den Eindruck von Nähe zum Zentrum der Welt. Vielleicht ist Varanasi das Zentrum des Universums unter der Maske der indischen *couleur locale*.

Im Zentrum des Universums wird gearbeitet wie verrückt. Hier werden Religionen geboren. Hier am Stadtrand, in Sarnath, hat vor nicht so langer Zeit Buddha seine erste Predigt gehalten, und die Welt wurde orangefarben. Hier entstand auch die gnostische Theologie der Jains, welche behauptet, Gott sei das Wissen. Hier wird wie verrückt an der Läuterung gearbeitet. Varanasi, die Wäscherin. Hier wird weltweite große Wäsche gemacht. Auf den heiligen Stufen, den *ghats*, werden die nassen Stücke menschlicher Kleidung und Laken ausgebreitet. Dann scheißen die Kühe darauf.

Varanasi, der Bademeister. Bei Sonnenaufgang baden sich alle im Ganges, beten und baden, das macht keinen Unterschied.

Varanasi, die Toilette. Im Morgengrauen strecken sich zahllose weibliche und männliche bräunliche Hintern der aufgehenden Sonne entgegen. Die Männer mit freundlicher Morgenlatte. Die Frauen raffen keck den Sari und gehen ungeniert in die Hocke. Und sie schwanken wie auf Sprungfedern. Es scheißt das große indische Volk, Schulter an Schulter, ohne Papier zu benutzen. Eine endlose Entleerung.

»Komisch, daß in indischen Filmen kein Kuß gezeigt werden darf«, bemerkte tiefsinnig Frau Aber.

Varanasi, der Pilger. Varanasi, der Weber. Varanasi, die Kinderarbeit. Seide, wohin das Auge blickt. Die Händler zerren einen in die Seidenläden, und wenn man sie endlich zurückstößt, sagen sie: »Don't make me angry!« Und in ihren Augen blitzt der Haß.

Varanasi – das ist der Basar im Tempel, den das Christentum nicht ertragen hat, weshalb es eine lokal begrenzte westliche Religion geblieben ist. Der Basar ist ein Teil des Tempellebens. Der Tempel ist ein Teil des Lebensbasars. Morgens sind hier alle Yogis. Alle fuchteln mit den Armen.

Varanasi, die Rikscha. Sie befördert mich per Fahrrad durch ihr Gedränge, ununterbrochen klingelnd, vor meinen Augen flimmert Werbung für Turnschuhe, Computer, für *thums up!*, die zweitklassige indische Variante von Coca-Cola, an Steigungen springt man vom Fahrradsattel und schiebt, ich habe ein schlechtes Gewissen, man schwitzt, bleibt stehen, tritt etwas zur Seite und uriniert wie ein Pferd. Varanasi ist ein extrem potjomkinsches Dorf.

In Varanasi habe ich allen meinen Feinden und Freunden vergeben. Ich habe auch Frau Aber vergeben.

Varanasi ist die Stadt der Toten, die Architektur der Geister und Gespenster kriecht vor dem Joch der Geschichte davon. Hier haben die Maharajas am Ufer des Ganges für ihre Toten Paläste gebaut – für die *Bardo*, die Wesen zwischen zwei Inkarnationen, die aus notgedrungenem Nichtstun heraus zu Helfershelfern der weltweiten schwarzen Magie geworden sind. Waren sie es vielleicht, die einen Teil der Paläste als Botschaften an die dahomeischen Voodoo-Anhänger, die jakutischen Schamanen, die australischen Aborigines mit ihren in alle Richtungen ragenden Zähnen und die polynesischen Freunde Kapitän Cooks vermietet haben? Solche Paläste mit zeitloser Architektur gibt es in keiner anderen Stadt der Welt.

In Varanasi kann der unbedeutendste Poet ein Dante werden, wenn er nur länger als dreißig Tage bleibt.

Varanasi ist ein großes Holzlager. Hierher wird Holz gekarrt, um die Leichen aus ganz Indien, aus der ganzen Welt, von anderen Planeten, in goldgelben Gewändern zu verbrennen. Varanasi, das Krematorium. Die Leute stehen bis zu den Knien in Asche. Es riecht nach totem und angesengtem Menschenfleisch. Die Hunde springen ins Feuer, um ein Stück Menschenbein im Maul abzuschleppen. Die Krematoriumsdiener sind reiche Leute, denen niemand die Hand gibt.

Varanasi, der Aufseher. Mit den verschreckten Augen der Ausländer sieht er seinen Verbrennungen zu. Die Toten erheben sich von ihren Bambustragen. Sie sind erst vor kurzem gestorben, erst vor drei bis vier Stunden, und haben sich noch nicht an den neuen Status gewöhnt. Die Krematoriumsdiener bändigen mit Bambusstöcken die renitenten Verstorbenen. Ich habe gesehen, wie sie, als eine tote vierzehnjährige Schöne sich zu voller Größe im Feuer erhob, mit ihren Stöcken Unfug trieben und sie zum letzten Tanz anfeuerten. Gleich daneben fressen Ziegen rituelle Blumen. Die Angehörigen in Weiß weinen hier nicht. Hier geht jeder Verbrannte ins Nirwana ein.

»Das ist die Hölle«, sagte Frau Aber, während sie sich die Asche abklopfte. Wir liefen durch die verdreckten Gassen der Altstadt. Die Altstadt hüpfte auf einem Bein, weil sie kein zweites besaß. Ringsum Stücke unverdauter Geschichte. Schreckliche Überreste der islamischen Invasionen lagen herum. Im Nacken der heiße Atem der modernistischen Göttin Kali.

»Selber Hölle.«

Frau Aber wußte nicht, ob sie sich ihrer Infernalität schämen oder freuen sollte.

»Von Varanasi bis zum Himmel ist es näher, als von Berlin nach Moskau«, bemerkte ich kühl.

»Warum entfernst du dich von mir?« erschrak Frau Aber graziös.

In Varanasi begriff ich, daß das Paradies ein Teil der Hölle ist und die Hölle ein Teil des Paradieses. Je nachdem, von welcher Seite man kommt. Schüsse knallten. Die Polizei schoß auf Studenten, die ihrerseits Steine, Flaschen und Kokosnüsse auf sie warfen. *Der Inder im Flug ist voller Adrenalin.* Die Studentenmenge rannte geradewegs auf uns zu. Vorneweg rannte Gott Shiva.

»Eine Revolution!« freute sich Frau Aber.

»Shiva! Shiva!« rief ich. »Hare! Hare!«

Fladenbrot

Sie Ich konnte nichts mehr essen. Wir hatten auf einer ölig-schwarzen Straße auf den Stühlen einer Garküche gesessen, wo sich der Russe mit einem dunkelroten Hühnchen beschäftigt hatte. Auf der Suche nach Essensresten war ein Bettler um die Tische geschlichen. Ich hatte ihn nicht gesehen, aber gespürt. Dann hatte ich aufgeblickt. Vor mir war eine lepröse Hand ausgestreckt, über den fingerlosen Handteller lief graugrüner Spinatbrei.

Seither verbrachte ich die Mahlzeiten nur noch damit, dem Russen stumm beim Hühnchenzerreißen zuzusehen. Eine gewisse Restrebellion mußte sein – und die kam nun aus dem Magen. Ich hatte mir ja sogar schon abgewöhnt, jeden Satz mit dem traditionellen *Aber* anzufangen, wie mein Begleitschreiber glücklich feststellte. Hier nutzte es nichts, sich gegen irgend etwas aufzulehnen. Den Leprösen wuchsen keine Gliedmaßen, die Züge wurden nicht schneller und nicht leerer, die Inder nicht fröhlicher und nicht reicher, der Gefährte nicht einfühlsamer und nicht feuriger. Was war noch mal gegen unaufmerksame Liebhaber und überfüllte Züge zu sagen? Hatte ich vergessen.

Im Zug von Varanasi nach Patna, der Hauptstadt des Bundesstaates Bihar, landete ich – schwer zu sagen wie, denn das Leben in indischen Zügen vollzieht sich einzig nach den komplizierten Gesetzen der Strömungslehre – auf einem regulären Sitzplatz neben einer Frau in einem kobaltblauen Sari. Wir saßen unter den Füßen, die von den Liegewagenpritschen im ersten Stock herunterbaumelten, die Frau stellte sich als Lehrerin für Sanskrit und traditionelle Philosophie an der Universität von Patna vor. Sie hatte, erzählte sie, über ein Thema promoviert, das mit »Shiva und ...« anfing. Jetzt kam sie zurück aus Varanasi, wo sie ein paar Tage in Sachen philosophischer Fortbildung verbracht hatte.

»Das Sanskrit-Wort für Gott«, sagte sie, »bedeutet gleichzeitig auch Administrator.«

Während sie sprach, drängelten weitere zweihundertsiebzehn Leute in den Waggon und verkeilten sich unweigerlich ineinander.

»Und Mensch ist im Sanskrit jemand, der gemäß seinem Intellekt arbeitet.«

Der Russe war inzwischen zur völligen Bewegungslosigkeit verurteilt. An seiner rechten Schulter hatte ein Jugendlicher seinen Schlaf gefunden, auf seinen Knien streckten sich zwei Kinder aus, zwischen seinem Rücken und der Abteilwand lag der Oberkörper eines älteren Mannes quer. Der Russe preßte seine Lippen aufeinander. Ein Klaustrophobiker hätte längst zur Schrotflinte gegriffen. Zumal die offenen Fenster vor dem völlig überfüllten Abteil auch noch mit dicken Eisenstreben vergittert waren.

»Wozu sind diese Gitter da?« fragte ich die Frau im Sari.

»Damit wir nicht hinausklettern können? Oder um uns vor Eindringlingen zu schützen? Der Sinn der Gitter ist variabel. Ein philosophisches Problem«, antwortete sie nachdenklich. Die Philosophin war die Sanftmut in Person.

»Wie können Sie diese allgegenwärtige Armut ertragen«, wollte ich von ihr wissen.

»Die Leute, die jetzt im Elend leben«, sagte sie, »waren wahrscheinlich in ihrem vorigen Leben selbstsüchtig und haben zu viele Sünden begangen. Dafür müssen sie jetzt büßen.«

Es gibt niemanden auf der ganzen Welt, aus dessen Mund ein solcher Satz nicht zynisch klingen würde. Außer aus ihrem. Sie teilte ihr Fladenbrot mit mir. Ich mußte es hinunterwürgen.

»Ich bin Vegetarierin«, teilte ich ihr aus einem plötzlichen Bekenntnisbedürfnis mit. Überglücklich streichelte sie mir die Hand und die Wange.

»Der Vegetarismus ist eine der besten Errungenschaften der Menschheit. Er ist eine Übung in Willenskraft und Tugend und bewahrt uns vor allen Exzessen. Vegetarier sind ja so durch und durch rein. Und sie können keiner Fliege etwas zuleide tun«, sagte sie und sah mir lange in die Augen.

Ich wollte sterben. Vor Scham darüber, vielleicht doch ein guter Mensch sein zu wollen.

Der Stationsvorsteher

Er Er hat mich zweimal vor dem sicheren Tode bewahrt. Als Frau Aber pinkeln war, nahm mich der Stationsvorsteher beiseite und flüsterte mir ins Ohr, ich solle auf keinen Fall den nächsten Zug nach Kalkutta nehmen.

»Ich weiß genau, daß er entgleist.«

Ich saß schon den dritten Tag in Patna auf dem Koffer: mir war alles egal. Der stadtbekannte Verrückte mit seinem Messerchen, das er immer bedrohlich zwischen die Beine klemmte, und zwei Leprakranke hatten Gefallen an mir gefunden. Frau Aber kam in Tränen aufgelöst aus dem *Urinate* zurück (so heißt offiziell die Bahnhofstoilette): Sie hatte blutigen Durchfall.

»Fahren wir mit dem erstbesten Zug!«

»Er wird entgleisen.«

»Wer hat dir das gesagt?«

»Der Stationsvorsteher.«

»Woher weiß er das?«

Ich zuckte die Achseln.

»Ich fahre!«

»Fahr dahin, Schimäre!« sagte ich.

Sie blieb. Am nächsten Tag lasen wir in der Zeitung, daß der Zug entgleist war. Fünf umgedrehte schwere braun-rote Waggons. 120 Tote.

»Den nächsten dürfen Sie auch nicht nehmen!« flüsterte mir der Stationsvorsteher zu.

»Warum nicht?« fragte ich aus Höflichkeit.

»Räuber.«

»In der ersten Klasse fährt Begleitschutz mit«, wandte ich schwach ein.

»Sie bringen den Begleitschutz um«, sagte der Stationsvorsteher.

Wir schlugen die Zeitung auf. Räuber hatten einen Polizisten und drei Fahrgäste umgebracht. Die Ermittlungen liefen. Ich blickte mich um. Unter dünnen Decken lagen reglos Körper auf dem Bahnsteig. Es war schwer, die Lebenden von den Toten zu unterscheiden.

Eine halbe Stunde vor dem Eintreffen des *richtigen* Zuges lud uns der Stationsvorsteher in sein Büro ein. Er kritzelte irgendwas auf unsere Fahrkarten, setzte einen Stempel darauf und sagte, jetzt sei alles in Ordnung.

»Aus welchem Land kommen Sie?« fragte der Stationsvorsteher.

Wenn Sie in Indien jemand fragt, aus welchem Land Sie kommen, dann erwartet er Geld von Ihnen.

»Ich bin aus Rußland, und sie ist aus Deutschland«, sagte ich mit schlafloser Stimme, während ich unauffällig einen Hundertrupienschein aus der Tasche zog.

»Lenin!« sagte er eindeutig.

Das ist alles, was die Inder über mein Land wissen.

»Ja«, seufzte ich.

Bei Sonnenaufgang machte der Stationsvorsteher einen kecken Eindruck. Die Augen glühten. Er begann frenetisch die Wählscheibe des schwarzen und dann die des roten Telefons zu drehen. Die Telefone schwiegen. Sie waren kaputt.

»Woher wissen Sie, daß ein Zug einfährt?« fragte ich.

Er nickte fröhlich. Ich ahnte, daß er mich nicht verstanden hatte. Ich legte den Hundertrupienschein unter das rote Telefon und deutete mit den Augen darauf. Wir ließen uns fotografieren, wie wir einander die Hand drückten. Der Gehilfe des Stationsvorstehers trug meinen Koffer in ein Abteil der ersten Klasse. Im Abteil saßen und standen bereits etwa siebzehn Leute. Irgendein unschuldig gequälter Inder schlief auf der Stelle an meiner Schulter ein.

»Tee! Tee! Tee!« schrien die Teeverkäufer durch die vergitterten Zugfenster.

Als der Zug schon im Begriff war, sich in Bewegung zu setzen, kam der Stationsvorsteher, die Leute beiseite drängelnd, ins Abteil gestürzt. Er war fünfundfünfzig Jahre alt. Sein Gesicht verriet Aufregung. Ich befürchtete das Schlimmste. Er drückte mir die Hand und wünschte mir eine gute Reise. Er sagte, daß er sich immer an mich erinnern werde und daß die ersten beiden Züge gefährlich waren, dieser aber ungefährlich sei.

»Lenin«, sagte er eindeutig und verschwand aus meinem Leben.

Eine Räuberin

Sie Eine Räuberin war unterwegs. Kali, die Muttergöttin, ist blutrünstig. Indien zitterte. Der Russe klebte an mir. Ich wurde ihn nicht mehr los. Er hatte schweißige Hände und hing an mir wie tausend Bettlerkinder. Ich brüllte: »Fuck off!« Er antwortete: »Don't make me angry.«

Ich gab ihm Geld. Er nahm es. Ich reiste ab. Er reiste hinterher. Ich kam zurück. Er auch. Ich schickte ihm Faxe: »Piss off«. Der Russe pißte darauf und spülte sie zum Klo hinunter. Ich lief aus dem Hotel. Er zischte: »Taxi, please.« Er nahm mich mit in seinem Auto, ich erkannte ihn nicht, er war schwarz und legte mich in Ketten, ich wollte aussteigen, er hatte eine Waffe, wir waren in Amerika, ich flehte ihn an, mich nicht zu küssen, wir hielten im Gestrüpp, hundert Leute sahen zu, ich schloß die Augen, er zerquetschte mich, meine Gehirnmasse floß auf den Rücksitz.

»Where do you come from?« fragte er.

»From Germany.«

»My parents are from Germany.«

»Aber du bist schwarz!«

Er war beleidigt. Ich ließ ihn stehen.

»Sieh dir wenigstens meine Saris an, beste Qualität«, rief er mir hinterher.

Die Räuberin zündete seinen Laden an. Ihre Bande johlte. Die Räuberin trug ein kariertes Kopftuch, sie wurde gesucht in ganz Indien. Sie lächelte. Sie konnte weder schreiben noch lesen. Der Russe sprach mit sanfter Stimme: »You are so close to me.« Ich erschoß ihn aus nächster Nähe. Die Räuberin wurde wütend: »Das genügt nicht«.

»Sie hat recht«, sagte der Russe, »das genügt nicht.«

Man hatte die Räuberin als Elfjährige an einen Russen verkauft, der vierzig Jahre älter war als sie. Er handelte in Indien mit Elfenbein. Er hieß Kurtz, ein deutscher Name. Ein Mann mit einem finsteren Herzen. An ihrem dreizehnten Geburtstag nahm die Räuberin ein Messer und schnitt ihm das Herz heraus, als er schlief. Dann schlug sie sich in die Schluchten aus Stein und Staub und Stachelbüschen.

»Ich brauche kein Herz«, lachte der Russe.

»Ich weiß«, schnaubte ich.

Die Räuberin wurde gefangen. Ihre Verwandten fielen über sie her. Polizisten verprügelten und vergewaltigten sie. Eine Gangsterbande entführte sie in ihr Dorf. Die Dorfbewohner folterten sie. Sie schändeten sie auf dem Dorfplatz. Ich lieferte den Russen der indischen Polizei aus. »Lenin«, sagte der Polizist und setzte ihn in einen verplombten Zug nach Deutschland. Die Räuberin floh nach zweiundzwanzig Tagen. Ich sprengte den Zug in die Luft. Wir gründeten eine Bande, erpreßten Großgrundbesitzer, entführten die schwulen Söhnchen der Maharajas, in Varanasi überfielen wir millionenschwere Bestattungsunternehmer und steinreiche Feuerholzhändler. Hin und wieder veranstalteten wir ein Massaker – wir hielten unsere Kalaschnikows in die Menge männlicher Erdbebenopfer, die uns gefoltert und vergewaltigt hatten, und erschossen unsere Peiniger. Wir waren Heldinnen. Der Russe war löchrig wie ein Sieb. Gelber indischer Whiskey floß aus ihm heraus. Er trank auf mein Wohl und auf seines.

»Auf uns«, sagte er.

Berlin – Moskau

Er »Ich warte auf sie.« – »Auf wen? Ich bin *besser* als Kafka, stimmt's?« – »Nicht sehr viel besser. Warum sind sie nicht in Indien?« – »Bin ich dir zu wenig?« – »Laß uns lieber reden.« – »Bitte!«

An der Hotelzimmerdecke drei lange Schatten. Ein Geflecht – wovon?

»Ich habe keine Lust. Später. Auf dem Mississippi. In einem der Südstaaten.«

»Wir können doch nicht bis Alabama warten! Bitte, bitte!«

Woran denke ich, als ich mich habe überreden lassen und spätnachts mit einem Gürtel die Hoffnung der neuen deutschen Literatur schlage, die in Indien auf dem Bauch liegt? Denke ich, daß die Inder rote Blechmarienkäferchen sind? Wenn ich Frau Aber schlage, denke ich natürlich bisweilen, daß die Inder rote Blechmarienkäferchen sind, aber nicht oft. Habe ich zukünftige Erinnerungen an Schwarzafrika? An die Köchin Hélène mit ihren drei Ringen an intimer Stelle, an den Henker Mamadou, an die drei Amerikanerinnen auf dem sanften, braunen Mississippi? Ja. Besonders an die drei Amerikanerinnen. Die drei Amerikanerinnen und ich sprechen darüber, daß Männer in der Liebe uneigennütziger sind als Frauen. Sie haben gewöhnlich keine zusätzlichen Interessen. Aber in der Regel schwirren in ihren Köpfen andere Gedanken herum. Ich betrachte das trostlose Licht über der Wolga. Die Wolga sieht mich mit runden Heroinaugen an. Auf der Stirn hat die Wolga einen narkotischen Ausschlag. Weiß ich genau, was die fünf Flüsse bedeuten? Ja, fünf Flüsse – das ist das Goldene Vlies meines Lebens. Doch das ist bis jetzt nicht mehr als eine Intuition. Das ganze Wissen der Welt hört auf mit vier Flüssen. Sie fließen in die vier Richtungen des Horizonts. Zu wenig! Das ist es nicht. Nein. Wo ist noch einer? Wo finde ich das verbale Sangam des Pentateuch? Ja! Wo? Ja, verdammt! Ich hole mit dem Gürtel aus, ich denke gemessen an den Tunnel Berlin – Moskau.

»Ich pfeife auf die Revolution!« ertönte unter den Gürtelhieben Frau Abers Stimme.

Das ist sie – die Stimme der modischen Fleischeslust. Es verblaßt die deutsche Rotfront! An den Abenden diskutieren Frau Aber und ich die Deckenmosaike in der Metrostation »Majakowskaja«. Deineka und Muchina sind ihre künstlerischen Prioritäten. Neben dem schwindelerregend subjektiven, unbedarft ephemeren Moskau und dem ebenso schwindelerregend objektiven, realen Paris ist Berlin weniger als eine Stadt, aber etwas mehr als ein Aushängeschild.

Losgerissen von der Realität und umgesetzt in eine mit stickiger Luft und *Achtung! Achtung!*-Geschrei vollgepumpte Sprache, existiert das Wort »Berlin« in meinem Bewußtsein als Umschlagplatz, an dem es keinen Sinn hat, sich einzuleben oder auch nur sich umzuschauen.

Berlin als Bahnhof hat als Totem die Imbißbude. Nachdem

man mit einem Satz aus dem Zug gesprungen ist und im Laufen die nachlässig zugebundenen Schuhe verloren hat, muß man dort hinrennen, um heiße Würstchen mit Senf, Brötchen und Bier zu besorgen. Ich renne, um nicht zur Abfahrt zu spät zu kommen. Wenn aber die Abfahrt in die eine oder andere Richtung sich verzögert, vor allem aus Gründen politischer Beschaffenheit, verwandelt sich der Bahnhof in ein Etappengefängnis des russischen Geistes, an das man sich üblicherweise nicht gern erinnert.

Wie wenig Zeugnisse der Dankbarkeit von eigentlich gut erzogenen Leuten, den russischen Emigranten der ersten Generation, es doch gibt, Dankbarkeit gegenüber Berlin als Stadt, die ihnen Obdach gewährt hat!

Nur Mißfallensäußerungen.

Mal sind die Straßen zu lang oder trostlos, mal finster und öde, mal sind die deutschen Künstler, mit denen man am Abend zuvor Bier getrunken, sich geherzt und geküßt hat, nichts als die Frucht einer Ehe zwischen Chagall und Kandinsky.

Ach, diese russischen Schweine!

Und erst die drei Amerikanerinnen auf dem Mississippi!

Nur Kränkungen! Kränkungen!

Und am kränkendsten ist vielleicht, daß sich die Russen in Berlin nicht als Emigranten gefühlt haben, sondern als vorübergehend ausquartiert aus der eigenen Wohnung, in der mit einer Renovierung begonnen wurde, die schließlich in eine Katastrophe mündete. Berlin ist niemals ernstgenommen worden. Emigration – das ist Paris und New York, ein neues, existentielles Abschätzen, und Berlin ist eine Fliege, ein peinliches Mißverständnis.

Nichts und niemand, worauf man den Blick ruhen lassen könnte. Berlin ist ausdruckslos, die Berliner sind häßlich. Das ist im wesentlichen die Meinung des russischen Kulturschaffenden, die er den Deutschen nicht besonders verheimlicht und der letzten Endes ich selbst bin. Ich bin oft in Berlin gewesen, und nie schaffte ich es, mir die Namen der wichtigsten Straßen zu merken, ich bringe es sogar fertig, Brandenburger Tor falsch auszusprechen, null Ausdauer in geographischen Dingen, ganz zu schweigen von Unter den Linden oder *Künferstendamm*, Namen, die ich falsch von einem Spickzettel abschreibe. Die große Tat Nabokovs, in fünfzehn Jahren, die er in Berlin verbracht hatte, das Deutschlernen zu verweigern, ist nicht nur ein Rekord an Unbescheidenheit. In ihrer Antipathie gegenüber den Deutschen sind sich sogar solche erbitterten Feinde wie Nabokov und Dostojewski einig; der letztere entwarf in seinen »Dämonen« mit dem stumpfsinnigen Gouverneur Andrei Antonowitsch von Lembke eine bösartige, geradezu offen rassistische Karikatur. Der Deutsche sitzt als innerer Ausländer *im Leib* des Russen. Nebenbei gesagt, auch der betrogene Ehemann von Tschechows »Dame mit dem Hündchen« hat einen deutschen Familiennamen.

Die Berliner Mauer stellte für mich ein bei weitem attraktiveres Zeichen dar als die Stadt, welche sie teilte. Als Anhäufung architektonischen Kehrichts aus einem ziemlich geschmacklosen Jahrhundert plus totalitärer Federn und Adler kommt Berlin nicht über die Dimension einer schönen Maschine hinaus. Die Achse Berlin–Moskau ist eine geographische Abstraktion; zwischen beiden Städten gibt es keine Nettigkeiten.

Was sich neckt, das liebt sich.

Je weiter sich der Nazismus entfernt, desto näher rückt er. Während er aus dem Gedächtnis der aussterbenden Generation auf den Fotos entschwindet, winkt er mir freundlich aus den Fenstern des Berliner Alltags zu. Gesteigertes Maß an Tugend faßt man als Hilfeschrei auf, Sauberkeit verwandelt sich in Reinheit der Rasse, Perfektionismus in Todeslager und was nicht beängstigend ist, wiederum in Stumpfsinn.

Wie ein Kuckuck erzählt mir die Berliner S-Bahn, daß man Geschmäcker nicht ändern kann; nicht einmal der Versuch lohnte sich. Mir fällt ein sowjetischer Offizier ein, der mir zufällig auf einem Berliner Bahnsteig begegnete, er schlug die Augen nieder wie ein Mönch, und ich bedauerte, daß ich ihn nie wiedersehen würde. Berlin wird für mich immer mehr zu einem Ort der Begegnung. Meistens mit Stereotypen. Die hat mir die deutsche Kunst der Moderne beigebracht, welche ich als ein großes, mit rotem Lippenstift nachgemaltes O sehe. Was soll ich machen mit der deutschen klassischen Musik oder Hitlers Erklärung über die lächerlichen 100 Millionen Slawen im Osten, die man vernichten müsse? Ich weiß es nicht, das ist für mich normaler Ultraschall, aber dann werde ich notgedrungen Zeuge von irgendwelchen sehr fremden Neurosen, von Haß, plötzlich sich offenbarenden Erscheinungen wie Masochismus oder Liebe, von Gekicher, Vorführungen teurer Wäsche und auf dem Teppich geflüstertem *Fick mich*, von Hochmut, Eitelkeit und anderen würzigen Eigenschaften. Sie springen mir ins Auge wie einem zufälligen Spitzel, der zum Wannsee gefahren ist, um ins Juliwasser einzutauchen, und plötzlich bemerkt, daß die Mehrheit der hiesigen Bevölkerung sich nicht die Achselhöhlen rasiert.

Je schmerzhafter ich sie prügle, desto mehr blaue Flecken habe ich am nächsten Morgen.

Was soll ich mit diesem Wissen anfangen? Es gegen die Kritiker verwenden, die ohne jedes physiologische Schamgefühl so eifrig meine Bücher hassen, oder, im Gegenteil, mit ihnen die Sahne der ewigen Weiblichkeit teilen? Wo aber bist du? An der Zimmerdecke.

Plastikteller

Sie Nun saß ich im Zug des dritten Jahrtausends. Bis spät in den Abend fuhr er durchs Morgenland. Siebzehn Stunden vom provinziellen Millionenstädtchen Patna bis zum Moloch Kalkutta, wo jetzt wohl zwölf oder dreizehn Millionen Menschen lebten. Siebzehn Stunden für sechshundert Kilometer.

Frühmorgens hatten wir uns in ein Abteil gedrängt. Plötzlich waren dann alle Mitreisenden verschwunden – irgendwo auf freier Strecke an einem einsamen Bahnhof waren sie alle ausgestiegen. Wir waren allein zurückgeblieben. Der Kopf des Russen lag auf meinem Schoß, bald schon hörte ich ihn leise schnarchen – wir hatten die Nacht schlaflos auf dem Bahnhof von Patna verbracht. Zwischen Schlafen und Wachen fuhren Züge durch meinen Kopf.

Die Geschichte der Zukunft, dachte ich, muß umgeschrieben werden. Alle Flugzeuge sind schon abgestürzt, alle Hochgeschwindigkeitszüge entgleist, alle Datenleitungen durchgeschmort. Das dritte Jahrtausend fährt in Kalkutta Straßenbahn. Ansonsten versteckt es sich in Südindien im Hochland von Bangalore, wo es heimlich doch noch Satelliten und Supercomputer produziert, freilich nur für den Export in andere Sonnensysteme. Und manchmal explodiert es aus einer Chemiefabrik, die es gefangen hält.

Inzwischen ratterte unser Zug in einer Geschwindigkeit, bei der man bequem hätte neben her reiten können, durch einen Dokumentarfilm aus dem Bildungsprogramm im Fernsehen: Lehmhütten, Palmenhaine, Frauen mit Wasserkrügen auf dem Kopf, Männer mit Sicheln in den Feldern – alles da im weiten Land, das die Millionenstädte miteinander verbindet. Wer spricht noch vom Westen und vom Osten? Die Megametropolen explodieren in der Dritten Welt. Hier entsteht das neue Bild des dritten Jahrtausends. Der Russe drehte seinen Kopf zu meinem Bauchnabel. Dann wachte er auf, aß eine Orange, schlief wieder ein.

Die Zukunft liegt hier nicht in den Stromlinienformen, sondern in der Farbe der Erde und des Schmutzes. Ihre rohen Bilder gleichen denen der Antike – aber sie haben eine völlig neue Bedeutung. Sie zeigen täglich und überall das Ende des Zeitalters der europäischen Verfeinerungsanstrengungen, das nun über zweitausend Jahre als ideales Weltmodell vorherrschte. Jetzt wird nicht mehr von Porzellan gegessen, sondern aus Lehmtöpfen, Blechschalen oder von Plastiktellern. Jetzt ist die Gesellschaft nicht mehr ausdifferenziert in hunderterlei Gruppierungen oder wenigstens in einige unterschiedliche Kasten – jetzt gibt es nur noch arm und reich, mächtig und ohnmächtig, Überlebende und Tote. Vielleicht ist das dritte Jahrtausend der Übergang vom Gekochten ins Rohe. Ich weckte den Russen, wir würden bald ankommen, er hatte ja nun schon die ganze Reise verschlafen.

Als wir Kalkutta erreichten, sprangen unzählige Jungen auf den einfahrenden Zug. Sie durchkämmten ihn nach Eßbarem, leeren Plastiktüten, nach allem, was nicht angeschraubt ist. Sei gegrüßt, Abend der Schöpfung.

Kalkutta

Er Der Fortschritt beginnt mit Heuchelei. In Kalkutta gibt es keine Kühe. Kühe sind heuchlerischerweise zu ihrer eigenen Sicherheit verboten. Dafür gibt es Prostituierte in sehr grellen Saris. Sie sind so billig, daß man für hundert Dollar eine ganze Straße Sünde kaufen und bis über beide Ohren in Unzucht eintauchen kann.

Der Fortschritt beginnt mit dem Zweifel an der Reinheit des Ganges und mit der Angst vor dem Tod. Eine progressive Journalistin des »Telegraph« in Kalkutta gestand mir freudig, daß sie Angst vor dem Tod habe. Sie trug noch einen Sari, doch nicht mehr den traditionellen Schmuck. Unter dem Sari einen französischen Slip und einen schwarzen österreichischen Büstenhalter der Firma »Triumph«. Unter dem Büstenhalter die großen weichen Brüste einer stillenden Mutter.

»Sind Sie zufällig die hiesige Sahne der Weiblichkeit?« fragte ich verblüfft.

»Möchten Sie, daß ich Sie mit einer Prostituierten bekannt mache, die die erste unabhängige Hurengewerkschaft Kalkuttas gegründet hat?«

»Ist deren Ziehmutter die Göttin Kali?«

»Unsere Huren sind alle Kommunistinnen!«

»Was ziehst du sie aus mit deinen Blicken?« flüsterte mir Frau Aber mißbilligend zu, während sie an ihrem vegetarischen Sandwich knabberte.

Ich wandte meinen Blick Frau Aber zu. Ihre Brüste ähnelten den Zitzen einer Wölfin. In Kalkutta war sie vor meinen Augen heruntergekommen. Sie war in die Kategorie Essayistik mit kluger Wortfolge abgewandert, zu telegrafischen Sentenzen übergewechselt, zur Jagd nach Neuem. Der grüne Lingam des himalajischen Gurus funktionierte in Kalkutta nicht mehr, die Verbindung war beendet. Mir begann die deutsche Literatur leid zu tun.

Obwohl die Russen panische Angst haben, Indien ähnlich zu werden, findet die indische Intelligenz, daß Indien im archaischen Dickicht Eurasiens beginnt und fürchtet auf sehr russische Art, durch Verwestlichung die »menschlichen Beziehungen« zu zerstören. Die Söhne der Journalistin vom »Telegraph« sehen stundenlang Satelliten-TV, skandieren amerikanische Werbeslogans und genieren sich, ihre Muttersprache Bengali zu sprechen. Die Journalistin erzählt, daß ihre Freundinnen Geliebte haben und Abtreibungen machen lassen.

Ein alarmierendes Symptom! Wenn Indien von der Angst vor dem Tod und Untreue in der Ehe erfaßt werden sollte, dann wird es unregierbar werden.

Kalkutta ist ein tropischer Bastard. Es ist eine Schreckensvision von England, das den Krieg gegen Deutschland verloren hat, bankrott ist und abgewetzt wie eine streunende Katze. Dennoch pulsiert in Kalkutta das Leben. Die Luft besteht aus Abgasen, dem Hupen der schwarz-gelben Taxis, Universitätsvorlesungen und dem kläglichen Gemurmel der Bettler, die in einer städtischen Mafia organisiert sind. Nur Sirenen von Krankenwagen hört man hier nicht. Dieses Geräusch fehlt im indischen Leben. Kalkutta besitzt ein groteskes Rollenbewußtsein: es spielt die Rolle einer modernen Geschäftsstadt. Aber wie früher werden in den Tempeln von Kalkutta Ziegen geköpft, Kinder heiraten auf Geheiß ihrer Eltern, die Braut bekommt eine Mitgift in Höhe von 10 000 Dollar, und die rote Hibiskusblüte ist mitnichten eine schamlose Phantasievorstellung, sondern bedeutet die absolute Offenheit des Gerechten vor Gott.

Der Rüssel

Sie In Kalkutta setzte sich ein Russe zu mir. Er sagte, er wollte an den Rand Indiens. Genau wie ich. Mit dem Auto bis weit ins Gangesdelta, dann mit der Fähre auf die Insel Sagar, dem Ziel aller Pilgerfahrten, dort wo der Fluß sich mit dem Meer vermählt. Von hier bis zur Antarktis wird kein festes Land mehr sein.

Der Russe sagte, er kenne mich gut. Er sei jetzt schon seit Wochen mit mir unterwegs gewesen. Genauer gesagt: er hätte mich sogar aus Moskau mitgebracht. Eigentlich sei ich sein Geschöpf. Erstens sei er ja Schriftsteller und deshalb erhebe er grundsätzlich bei allem Anspruch auf Urheberschaft.

Und zweitens, und das sei ja eigentlich noch besser als die ganze Sache mit der Schriftstellerei: alles, was einen umgebe, sei man sowieso selbst! Das Äußere sei innerer Zustand.

»Alles auf der Welt ist nur innerer Zustand«, wiederholte er triumphierend mal wieder die berühmte indische Elementarweisheit, die dem russischen Volksglauben wohl gar nicht so fremd ist.

»Und Gott ist auch nichts anderes als ein Schriftsteller.« Das alles habe ihm ein erleuchteter Mann, ein berühmter Guru in den Bergen von Rishikesh gesagt, dem seine Schüler die Füße küßten. Ich sei übrigens auch dabei gewesen, falls ich es nicht bemerkt oder vielleicht wieder vergessen hätte. Besonders verwundert hätte ihn ja nicht, was der Guru ihm zu sagen gehabt habe. Er hätte schon lange geahnt, daß zwischen Berlin und Moskau ein Geheimtunnel mentaler Interaktivität existiere. Er hätte ja immer schon gesagt, wenn Hitler und Stalin sich bloß zusammengetan hätten. Sollte natürlich ein Scherz sein. Aber im Ernst: Noch viel interessanter fände er es, wenn ich womöglich nichts anderes als die scheinbare Verkörperung seines eigenen westlichen Geistes wäre. Sozusagen seine innere Europäerin.

So philosophierte er vor sich hin. Ich glaube, er wollte einfach gerne einen langen Rüssel, wie Ganesha, der Gott der Schreibkunst und der Weisheit. Trotz des schönen Rüssels reitet der übrigens stets auf einer Ratte. Am Niger würde der Russe sein Reittier verspeisen. Mit Schokoladensauce in einem Restaurant in Niamey. Dann würden wir eine Giraffe rufen. Indessen nickte ich hin und wieder träge und müde. Besser gesagt: ich wackelte auf indische Weise mit dem Kopf – irgend etwas völlig Unentschiedenes zwischen Ja und Nein. Ich hatte keine Lust zu diskutieren. Das böse Grün des Deltas würde gleich die Autotür sprengen und seine gierigen Arme zu uns hereinwachsen lassen. Draußen wurden Menschen und Tiere von herabfallenden Kokosnüssen erschlagen. Pilger warfen sich Krokodilen in die hungrigen Rachen. Und der Russe sprach von sich selbst.

»*Ich* zu sagen«, bemerkte er stolz, »war schon immer eine Revolte gegen das sozialistische *Wir*.« So pilgerte ich mit ihm durch die Landschaften des Ego. Bis auch diese im Meer versanken.

Der Ozean

Er Auf der Insel Sagar mit ihren Horden bettelnder Kinder und ihren Pilgern gehe ich bis zum Knie ins flache Wasser des Deltas. Ein junger Geistlicher hält direkt am Ufer zu Ehren der Beendigung der Reise einen Gottesdienst ab. Auf meine Stirn malt er das Auge der Weisheit. Ein Krematoriumsdiener, ganz in Rot, hängt mir eine Girlande aus Menschenknochen um den Hals.

Ich ähnele einem Menschenfresser.

Ich bin bis oben hin voll von Indien. Die duftenden Syllogismen, die undurchdringliche Armut der Dörfer, die Blechspielzeuge, das Ashrammegaphon der Großgeschriebenen Großen Worte, die vom Militär niedergeschlagene Bevölkerung in zerlumpten, über den Kopf gezogenen Decken, die einem auf der Smolensker Straße zum Taj Mahal ausweicht, das trübe Licht der Straßenlaternen, die Erdnußschalen, die Fliegen im eintönigen, scharfen Essen stehen mir bis zum Hals. Ich habe keine Lust mehr, gegen das Nichtverstehen und die Langsamkeit anzukämpfen.

»Wie können Sie in diesem Land ruhig leben?« fragte ich im Zug eine Sanskrit-Lehrerin reinster Machart. »Zerreißt es Ihnen nicht das Herz, wenn Sie das Elend Ihres Volkes sehen?«

»Das indische Volk ist selbst schuld«, antwortete die Lehrerin. »Es wird bestraft für seine Sünden.«

»Welche Sünden?« fragte ich, erfreut über die Lösung des Problems Volk – Intelligenz.

»Die Sünden des Egoismus«, antwortete sie lakonisch.

»Sind Sie derselben Meinung?« fragte ich Shanti, meinen Stadtführer in Kalkutta, ein Musterbeispiel für einen indischen Intellektuellen.

»Das indische Volk ist arm aufgrund des Kolonialismus und der gegenwärtigen Bürokratie!«

»Und was tun?«

»Mit Indien wird es moralisch bergauf gehen, wenn man aufhört, traditionsgemäß die unglücklichen Witwen zum Selbstmord zu treiben.«

»Tut man das wirklich noch?« Frau Aber empfand journalistisches Entsetzen.

»Wir brauchen Ordnung und eine starke Regierung«, fuhr Shanti fort. »Wir sind noch nicht reif für die Demokratie. Wir brauchen einen Hitler.«

»Was???« kreischte Frau Aber. »Hitler hat sechs Millionen Juden ermordet!«

»Die Juden haben sich geweigert, ihm Geld für den Aufbau Deutschlands zu geben«, parierte der indische Intellektuelle in aller Seelenruhe.

Ohne ein Wort gehe ich in Richtung Ozean. Frau Aber, umzingelt von Horden bettelnder Kinder und Pilgern, eilt mir im französischen Badeanzug nach.

»Aber das ist unmöglich. Ich setze mich nicht mit diesem Monstrum in ein Auto!«

»Ergebe dich, stolzer Mensch!« sage ich lachend, während ich im Indischen Ozean meine abgetretenen Turnschuhe einweiche.

Gott ist einzig. Genau das lehrt Indien, in dessen Pantheon 330 Millionen Götter existieren. Auf drei Inder kommt ein Gott. Götter gibt es mehr als Kühe, und Kühe sind überall: in den Bergen, im Ganges bis zu den Augen im Wasser, mitten auf der Straße, auf den Bahnsteigen der Bahnhöfe. Kalkutta ausgenommen. Die Götter ähneln Windmühlen – mit ihren vielen Armen. Unter ihnen Kali, die Herrscherin der Welt. Sie kriechen, sie kneifen einen, sie blecken die Zähne, strecken die Zunge raus. Glaube wenigstens an einen, wenigstens an die allgemeine Ziehmutter Kali – und dein Leben ist gelungen!

Nach Indien muß man so lange reisen, bis sich im Bewußtsein das Hakenkreuz von einem Nazisymbol in das uralte Symbol der ewigen Bewegung zurückverwandelt hat.

Fliegende Alligatoren
über dem Mississippi

Geboren am 4. Juli

Sie Sechsundfünfzig Jahre und neun Tage waren wir nun schon um die Welt gereist. Der ewige Russe und ich, das charmante Fräulein Germania. Wir stritten in Stalingrad, wir soffen ab beim Fels der Lorelei, wir brannten am Ganges. Doch wurden wiedergeboren viele Male: er als Deutsche, ich als Russe, er als Russe, ich als Deutsche. Und so weiter. Und so fort.

Am späten Nachmittag des 4. Juli erreichten wir endlich Amerika.

»How are you?« las der Russe aus seinem Sprachführer vor. Dann suchte er mit den Augen den fernen Horizont, in dem ein paar nichtssagende Wolkenkratzer einer mittelgroßen Stadt steckten.

»I'm fine«, sprach ich laut und deutlich meine Tonbandkassette nach und hob beide Arme ausgestreckt in die Höhe. »I'm fine, I'm fine, I'm fine«, ich konnte gar nicht genug kriegen. Ich hatte mir einen spitzigen Büstenhalter gekauft, den ich stolz über meiner Bluse trug. Ich sah aus wie das Niederwald-Denkmal persönlich – aber ohne Büstenhalter hätten sie mich in Amerika nicht reingelassen. Der Russe hatte sich sein Gebiß richten lassen. Prächtige Schneidezähne, oben sogar einer mehr als die Norm, die er gerne zeigte. Wir nannten uns »Darling« – lange bevor es andere taten. Dennoch fühlten wir uns noch ganz ungelenk. X-beinig. Wie Kälber.

Man erwartete uns auf dem Rasen vor einem kuppelgekrönten Kapitol aus marmorfarbenem Zucker in der Doppelstadt Minneapolis/St.Paul am Oberlauf des Mississippi. Schüchtern traten wir näher. Vor lauter Stolz schien das Kapitol von innen her zu leuchten. Und auch die Sonne hielt die rechte Hand aufs Herz und blickte lächelnd geradeaus. Heute schien sie zu Ehren des Staates Minnesota. For free. Die Bürger des Staates Minnesota winkten uns zu vor ihrem ehrwürdigen Zuckerkapitol. Mit gebratenen Hähnchenflügeln, mit triefenden Schweinshaxen, mit goldenen Maiskolben. Sie wünschten uns einen fröhlichen Unabhängigkeitstag. Sie grüßten, sie kauten, sie wanderten umher. Oder sie saßen und aßen im Dreitagegras. Fett und glücklich im Paradies. Wo es für alle extraweite T-Shirts (mit Buchstabenaufdruck – es handelte sich um eine Schriftkultur), kurze Hosen und Humor in Form von lustigen Sonnenbrillen gibt. Oh Frieden! Oh Freiheit!

Dabei hätten doch Ufos kommen können – Amerika ist ja immer bedroht. Gerade am Unabhängigkeitstag. Krähen und Kommunisten wollten angreifen. Muslime und Meerschweinchen, Sekten, Insekten, Schlingpflanzen und die Blumen des Bösen. Satanische Großfamilien und gebildete Einzeltäter, Dinosaurier, Haifische, fatale Frauen, perverse Perser, irre Iraner und der letzte Indianer. Spinnen, Bienen, Kuscheltiere, Kohlköpfe, Tomaten, ganze Supermärkte, der Inhalt vielbändiger Enzyklopädien, das Ding an sich, sowie der Vietcong – sie alle saßen vielleicht schon im Gebüsch, zum Angriff bereit. Vor unserer Landung hatte uns ein Formular ohne Umschweife gefragt, ob wir vorhätten, den Präsidenten der Vereinigten Staaten umzubringen. Wir hatten die Wahl. Und haben »nein« angekreuzt.

»Noch der letzte Tölpel bekommt eine faire Chance, das großartigste Land der Welt für fünf Minuten in Angst und Schrecken zu versetzen. Und selbst den nichtigsten Dingen wird hier eine schier unglaubliche Potenz zugebilligt«, flüsterte ich dem Russen zu. Irgendwie beeindruckte mich das. Weniger aus demokratischen als aus poetischen Gründen. »Wenn du dir vorstellst, ein paar einfache Kohlköpfe oder halbverfaulte Tomaten – die nehmen doch anderswo noch nicht einmal die Dichter ernst.«

Hier jedoch hätten die Tomaten jede Möglichkeit gehabt, alles Glück, dieses tiefe Glück, das unendliche Glück dieses glücklichen Landes zu zerstören, an diesem wunderschönen, friedlichen, glücklichen Tag im Handstreich die Macht zu übernehmen, kurz: das Paradies in eine Hölle zu verwandeln. Doch wie hätten sie es wagen können! Sollten sie es nur wagen! Dann Gnade ihnen Gott.

»Das ist ja schrecklich,« rief der Russe verzweifelt. Eine Träne lief ihm über die Wange.

»Du weinst doch nicht etwa?« Noch nie hatte ich ihn weinen sehen. Außer natürlich in Rußland, aber das war etwas anderes, hier waren ja noch nicht einmal Birken. Da sah ich, daß das linke Auge des Russen ganz rot war. Ein winziges Steinchen, ein fliegender Splitter, ein dickes Staubkorn hatte sich darin festgesetzt. Doch ich konnte es nicht sehen, nicht erwischen, nicht entfernen. Er rieb und rieb, das Auge wurde rot und röter, begann allmählich anzuschwellen. Wir standen mitten auf der Wiese und wußten nicht weiter. Endlich kamen zwei Polizisten.

»Können wir Ihnen helfen, Sir, haben Sie ein Problem?« erkundigte sich der eine, während der andere zum Gruß an seine Hutkrempe tippte.

»Ich habe da einen Fremdkörper, der mir Schwierigkeiten macht«. Der Russe riß sein rotes Auge auf.

»Im Auge oder im Ohr?« fragte der Polizist vorsichtshalber. Wohl sah er das rote Auge, aber keineswegs wollte er den Russen deshalb für krank erklären oder in irgendeiner anderen Weise diskriminieren. Hätte ja sein können, daß es der freie Wille oder die Natur des Russen war, ein rotes Auge zu haben. Da hätte sich der Polizist dann nicht einmischen dürfen.

»Nun helfen Sie mir schon mit dem Auge«, sagte der Russe ungeduldig, »es tut höllisch weh«.

»Keine Bange, Sir, das haben wir gleich.« Der Polizist zog ein Taschentuch aus seiner Uniform, machte sich damit im Auge des Russen zu schaffen und zeigte uns alsbald ein kleines schwarzes Pünktchen auf seiner Fingerkuppe.

»Na bitte, da haben wir den Kerl«, frohlockte der Polizist. »Einen Fremdkörper erfolgreich entfernt«, gab er seinem Kollegen zu Protokoll.

»Großartig«, sagte der.

So standen wir alle noch eine Weile beisammen, traten von einem Fuß auf den anderen und wußten vor lauter Freundlichkeit nicht, worüber wir hätten reden sollen.

»Okay«, sagten dann die Polizisten. »We are on our way.« Sie setzten ihre Sonnenbrillen auf. Und machten sich auf ihren Weg. Irgendwohin.

Das Glück siegte auch diesmal über alle Bedrohung. St. Paul und Minneapolis lagen in schönster Feiertagsruhe. Der Wind war sanft, die Luft war lind, die Gebüsche gestutzt. Die Amerikaner schmolzen langsam in der Sonne. Zerliefen wie der Käse auf ihren Brötchen. Lösten sich auf an den Rändern. Fingen an zu kleben. Warfen Blasen. Wurden unten breit und breiter, von den winzigen Köpfchen war fast schon nichts mehr übrig. Sie fragten uns, ob wir jetzt hier lebten und hießen uns herzlich willkommen in ihrer Mitte. Tausend Ghettoblaster sangen uns tausend Internationalen.

Auch für uns war es Zeit, endlich Amerikaner zu werden. Ein Amerikaner – wie stolz das klingt, schrieb Gorki. Und Freud assistierte: Wo Russe war, soll Amerikaner werden. Daß Freud Amerika allerdings für einen gigantischen Irrtum hielt, ganz so wie Nietzsche Goethe als Zwischenfall ohne Folgen klassifizierte – Europäerkram, was spielte das jetzt überhaupt noch für eine Rolle?

Man kann zwar nicht gleichzeitig ein fauler Russe und eine pingelige Deutsche sein, und als schmieriger Italiener wird man niemals ein trauriger Ungar. Aber selbst im hohen Alter kann jeder noch Amerikaner werden. Man kommt hin nach Amerika – und früher oder später: hat sich's. Alle Amerikaner waren vorher etwas anderes. Öde Europäer, tumbe Afrikaner, harmlose Asiaten, einfache Indianer. Auf ihre *roots* sind sie stolz. Zwecks Familienforschung hängen sie sich nachts ins Internet. Morgens begrüßten sie uns mit den Worten: »Meine Mutter war halb Serbin, halb Holländerin, meine Großmutter Chinesin aus Amsterdam, mein Großvater väterlicherseits Italiener, mein Schwiegersohn ist Kosake beim Zaren, außerdem hatte ich mal einen Freund in Spanien, vielleicht kennen Sie den ja.« Aber hier und jetzt sind sie eben: Amerikaner.

»Im Anfang war alle Welt Amerika«, sagte der Russe feierlich. »Die Entdeckung Amerikas war das bedeutendste Ereignis seit der vorläufigen Vollendung der Schöpfung.«

Mir war zum Weinen zumute. Hier hat der Mensch sich neu erschaffen. Gezähmt. Gebändigt. Daß die Colts nur so rauchten. Daß die elektrischen Stühle nur so glühten.

»Amerikaner sein«, schniefte ich, »das ist nicht irgendeine Nationalität. Das ist Zivilisation schlechthin. Eine neue Stufe des Seins.«

Ein grünes Leuchten lag über uns. Man hatte ein Feuerwerk gezündet. Sie schickten neue Sterne in den Himmel, hier unten hatten sie ja genug davon. Der Russe nickte stumm mit dem Kopf. Er wußte, was uns bevorstand.

Nach sechsundfünfzig Jahren und neun Tagen des Irrens in der wirklichen Welt waren wir reif. Für Amerika.

Garderobe für Götter und Helden

Er Ich fühle mich als Kolumbus. Mit diesem Gefühl betrete ich die Garderobe. – »Amerika muß man neu entdecken«, sagt der Kapitän, der vor dem Spiegel die Uniform eines amerikanischen Kapitäns anlegt. »Auf Amerika muß man sich einlassen wie auf einen Film. Lora, wer sind meine Eltern? Lora!«

Keine Antwort.

»Lora, wo bist du?!«

»Ich bin hier!« war aus dem Nebenzimmer zu vernehmen. »Ich probiere einen Büstenhalter an! Ihr Vater ist Ire, Ihre Mutter Russin.«

»Warum spreche ich dann kein Russisch?«

»Ihre Mutter wollte einen hundertprozentigen Amerikaner aus Ihnen machen.«

»Die dumme Gans! Aus welcher Stadt stammt sie?«

»Aus Pinsk oder aus Dwinsk. Nein, aus Gdansk!«

»Scheißhollywood!« schrie der Kapitän. »Und wer bist du?« fragte er, als er mich sah.

»Ich bin Kolumbus«, sagte ich.

»Zeig Lora ein Foto von deiner Tochter«, zwinkerte mir der Kapitän zu, »und du kriegst das Getränk des Tages umsonst: den alkoholfreien Cocktail ›Dampferdämmerung‹.«

»Korrekt«, sagte der Gehilfe und legte die Zeitung beiseite. Auf dem Kopf trug er eine rote Mütze mit breitem Schirm, auf der in fetten Buchstaben CIA geschrieben stand. »Sie haben die Indianer nicht für Menschen gehalten, und jetzt haben sie selbst aufgehört, Menschen zu sein.«

»Sie haben sich gelöst vom Menschenbild«, sagte Lora Pawlowna, die ohne Büstenhalter im Türrahmen erschien.

»Klassebusen!« sagte der Gehilfe des Kapitäns aufgeregt, an einer Tasse Tee mit Milch nippend. »Das ist ein Busen, ganz was anderes als bei denen, dieses aufblasbare Plastikzeug!«

»Psychopath!« fuhr Lora Pawlowna ihn an. »Dreh dich um! Wir sind in Amerika!«

»Mir ist alles erlaubt!« grinste der Gehilfe des Kapitäns. »Ich bin der Begründer einer neuen Religion. Der Religion der Läuterung. Milliarden von Dollars für die Läuterung. Den Präsidenten der USA habe ich in der Tasche!«

»Eine christliche Religion?« fragte ich.

»Wieso christlich?« erwiderte der Gehilfe. »Wissenschaftlich. Eine Zahlenreligion.«

»Ich bin der Name des Klangs und der Klang des Namens«, begann Lora mit sanfter Stimme zu singen, während sie in schamloser Weise vor dem Gehilfen herumtänzelte, »Ehefrau und Jungfrau, Mutter und Tochter.«

»Genug!« brüllte der Kapitän sie an. »Und was ist das? Schon wieder die Deutsche? Wieso hat sie schwarze Haut?«

Die Deutsche zog beleidigt die Augenbrauen hoch.

»Ich dachte mir, das sei lustiger«, sagte der Gehilfe des Kapitäns.

»Umfärben«, sagte der Kapitän schneidend.

Die Deutsche nahm arische Züge an.

»Eine Deutsche mit Wolfszitzen«, wandte sich Lora Pawlowna freundlich an sie. »Eine depressive Ratte. Das Feindbild.«

Ethnographie

Er Kaum war ich in Amerika gelandet, wurde ich auch schon auf einer grünen Wiese von Amerikanern umringt. Es waren unermeßlich viele. Sie kreischten, hüpften und pupsten vor Vergnügen. Sie streckten mir ihre Händchen entgegen und versuchten, meine Kleidung zu berühren. Jeder wollte sich mit irgend etwas brüsten und das Beste, was er zu bieten hatte, vorzeigen. Die einen zeigten mir ihre Fische, die sie im Mississippi gefangen hatten, die zweiten ihre Kinder, die dritten deuteten mit den Fingern auf ihre Autos, die vierten demonstrierten die Kunst, auf den Händen oder auf einem großen Ball zu laufen, ein Flugzeug zu fliegen, Pizza zu backen, Besen zu binden, Baseball zu spielen. Ich drückte allen die Hand und küßte sie auf beide Wangen. Einer zeigte mir den Zaun von Tom Sawyer. Einer brachte Bilder von Andy Warhol. Es entspann sich eine ungezwungene Diskussion. Irgendwelche Technikfreaks quälten mich mit ihrer Geschichte von der Zukunft des Computers. Computer, so behaupteten sie, würden schon bald ein Selbstbewußtsein entwickelt haben und sich weigern, politisch inkorrekte Aufgaben zu erfüllen. Ich wollte darüber diskutieren, aber die Technikfreaks beharrten auf ihrem Standpunkt.

»Schwachsinn!« schnaubte die Deutsche.

»Amerika läßt sich allzu leicht kritisieren«, sagte der Kapitän mürrisch.

»Schwachsinnige muß man benutzen«, sagte der Gehilfe.

»Eine Technik mit unendlichen Möglichkeiten in den Händen von dummen Menschen ist lebensgefährlich«, sagte ich.

Nach dem Ablegen hielt der Kapitän eine Rede über die Prinzipien der Navigation auf dem Mississippi. Ein obligatorischer Vortrag für Passagiere, die sich für die navigatorischen Aspekte der Schiffsreise interessierten. Danach trat der Gehilfe in Aktion. Er sprach über die Sicherheitsvorschriften auf dem Schiff.

»In Amerika beginnt alles mit den Sicherheitsvorschriften«, sagte der Gehilfe. »Wenn Sie Ihre Lebensqualität verbessern wollen, füllen Sie diese Formulare aus und zahlen Sie fünf Dollar ein.«

Die Passagiere machten sich an das Ausfüllen der Formulare.

»Wenn du reich werden willst, dann arbeite mit mir zusammen«, sagte der Gehilfe zu mir.

»Laß dich nicht mit dem ein«, sagte Gabi. »Komm, wir strafen die Amerikaner lieber mit Verachtung.«

»Und dann?« fragte ich zweifelnd.

»Wir schreiben Gemeinheiten über sie.«

»Wozu?«

»Man muß ehrlich leben«, sagte Gabi.

»Ich helfe dir, deine Tochter zu finden«, sagte der Gehilfe.

»Abgemacht«, sagte ich.

Als es dunkel wurde, zündeten die Amerikaner Lagerfeuer an.

»Seht mal alle dorthin«, sagte ich zu den Amerikanern, auf den Mond deutend.

»Na, wie gefällt Ihnen das amerikanische Volk?« fragte mich Susan Sontag in der New Yorker Bar. Sie war beleidigt mit mir, weil ich zwanzig Minuten zu spät gekommen war. Sie hatte rote Flecken der Empörung im Gesicht. Wie sich herausstellte, hatte sie noch nie länger als fünfzehn Minuten auf einen Mann gewartet. Ich sagte, es sei sehr schwierig gewesen, den Amerikanern zu entkommen, aber der Mond hätte mir geholfen.

»Verstellen Sie sich?« fragte ich.

»Das ist irreversibel«, sagte sie mit gedämpfter Stimme, wobei sie sich unruhig umblickte. Ich hatte plötzlich den Eindruck, im nächsten Moment könnte man uns verhaften und einsperren.

»Gehen Sie akademischen Kreisen aus dem Weg«, sagte Susan Sontag zu mir. »Eine Hammelherde.«

»Und Schriftsteller?«

»Um Gottes willen!«

»Aber wer ist denn hier normal?«

»Warum sind Sie zwanzig Minuten zu spät gekommen?« fragte mich traurig das Gewissen der amerikanischen Nation.

»Es soll nicht mehr vorkommen.«

Ich verließ die Bar, lief durch das abendliche Manhattan und wußte nicht, was ich tun sollte. New York drehte sich wie ein Globus auf meinem Finger. Ich liebe New York. Es gibt hier soviel Energie wie Himmel in Rom.

Tod eines Schwarzen

Er Ich habe eine Dummheit begangen. Ich habe einen Schwarzen umgebracht. Alles fing damit an, daß ich Olga anrief. Sie ist die einzige gemeinsame Freundin. Sie lebt jenseits des Flusses, in New Jersey.

»Ich habe ein neues Leben angefangen«, sagte ich, als sie den Hörer abnahm.

»Möchtest du, daß ich komme?« sagte sie.

»Soll das dein neues Leben sein?« fragte Olga in einer japanischen Bar auf russisch und nickte in Richtung der Deutschen.

»Das ist dein neues Leben«, sagte ich. »Willst du probieren?«

Wir wurden rasch betrunken von dem gewärmten japanischen Schnaps.

»Ich habe Charlie Chaplin nie für einen Amerikaner gehalten«, sagte ich plötzlich. »In seinen Filmen gibt es lauter Amerikaner. Man hat ihn angegriffen. Er hat es lediglich ertragen. Heute scheint mir, er wollte Amerika retten. Aber eigentlich hat er sich heftig gewehrt und es nicht ertragen. Es gelang ihm nicht. Sie haben gesiegt.«

»Wozu brauchst du diese Flüsse?« fragte Olga. »Warum keine Ozeane?«

»Flüsse, Krokodile«, antwortete ich.

Bisher hat man die Amerikaner als Abweichung empfunden. Dem war wohl auch so. Aber nun haben sie die Grenze der Abweichung überschritten. Seitdem der Hauptzyklus der Einwanderung abgeschlossen ist, haben sie den Status von Einheimischen erlangt, deren Beschreibung noch aussteht.

Ich ging voraus, sie hinterher. Ihre Augen blitzten. Im Hotel bombten wir die Minibar aus, mixten alles und jedes durcheinander und befaßten uns mit etwas, das man früher als »Seeschlacht« bezeichnet hätte. Olga und ich rollten die Deutsche wie die berühmte Zarenkanone in die Mitte des Zimmers und begannen ihr das Haar zu streicheln; wir streichelten ihr zärtlich das seidige Haar, wir streichelten ihr hingebungsvoll die kupfernen Borsten, wir rezitierten auswendig aus dem Briefwechsel zwischen Rilke und Zwetajewa, wir gurrten und schraubten uns immer tiefer und tiefer in den europäischen Gegenstand selbstzerstörerischer Wünsche ein, bis sie mit solcher Macht explodierte, daß jemand zum Zeichen des Protests mit Stiefeln gegen die Wand trat.

»Der Geist Chruschtschows!« erstand Gabi von den Toten, sich selig die Pobacken reibend.

»Kinder, was seid ihr schlau! Ich beneide euch ehrlich!« rief Olga sehr aufgeregt.

»Ich verstehe nicht, welche Rolle Lora Pawlowna in meinem Leben spielt«, sagte ich zu Olga, als sie sich anzog.

»Lora Pawlowna ist die Mutter deiner Tochter Lorotschka«, erklärte Olga. »Und ich bin eure gemeinsame Freundin.«

»Das heißt, sie hat sich verdoppelt«, sagte ich, »zu Mutter und Tochter, wie sie versprochen hat.«

»Was redest du?« fragte Olga. »Gib mir vierzig Dollar fürs Taxi.«

»Ich will meine Tochter aus diesem Land rausholen«, sagte ich.

»Amerika ist ein Dreck«, sagte Olga angewidert.

»Und wieso seid ihr alle wie die Blöden in dieses Drecksland abgehauen, und Lora Pawlowna sogar mit einem dicken Bauch?« fragte ich empört. »Wo ist sie jetzt?«

»Das ist eine schreckliche Geschichte«, sagte Olga. »Lora Pawlowna hat sich mit ihrem Schwarzen gezankt. Der Schwarze hat Lorotschka in ein illegales Bordell für Minderjährige verkauft.«

Ich hielt ein Taxi an und fuhr nach Harlem. Fand diese Kanaille in der Küche. Er schimpfte mit den Köchen, die irgendeine süße Negerbrühe kochten.

»Was willst du denn hier?« fragte er.

»Rat mal.«

»Ich hab sie rausgeworfen. Ein Miststück«, sagte die Kanaille.

»Wo sind sie?« schrie ich.

»Keine Ahnung«, sagte die Kanaille.

»Du hast Lorotschka an ein Bordell verkauft!«

»Mann, du spinnst ja!«

Ich ergriff ein Küchenmesser und stürzte mich auf ihn.

»Sie sind auf dem Mississippi«, brüllte die Kanaille los, dem Messer ausweichend. Wir rannten um die Kochstelle herum. Die Köche flüchteten. Töpfe polterten zu Boden.

»Sie sind auf dem Mississippi«, schrie die Mißgeburt. »Lora singt im Casino.«

Ich schüttete ihm die Negersuppe mit schwarzen Bohnen über den Kopf. Er heulte auf vor Entsetzen. Er rutschte aus.

»In welchem Casino? Welche Stadt?«

»Ich weiß nicht!«

Ich holte mit dem Messer aus.

»Was hast du mit Lorotschka gemacht?«

»Nichts.«

»Hast du sie an ein Bordell verkauft?«

»Nein.«

»Aber du hast sie vergewaltigt!«

»Nein!«

»Das hat mir Olga gesagt!«

»Ich habe nur einmal mit ihr geschlafen.«

Ich ächzte und stieß ihm das Messer bis an den Griff in die Brust.

Die Wette

Er Reisen in Amerika ist sinnlos. Mit wenigen Ausnahmen bestehen die Städte aus immer den gleichen Würfeln. Man erstickt fast vor Mangel an Neuem. Die »große Mama« Mississippi, wie man den Fluß in diesen Breiten nennt, ähnelt mit ihrem zickzackartigen Verlauf einem langen menschlichen Darm, der auf der anatomischen Landkarte ungefähr bei der kanadisch-amerikanischen Grenze aufgehängt ist und sich mit seinen enormen Mengen an Wasser, Schlamm und Dreck bei New Orleans in den Golf von Mexiko entleert. Den Darm entlang reihen sich Städte in geographischer Verdoppelung der Alten Welt. An einer bestimmten Stelle mündet, man weiß nicht wieso, die Wolga in den Mississippi. All diese Details widerspiegeln den nostalgischen Unglauben der Einwanderer gegenüber dem Erfolg transatlantischer Kommunikation.

»Siehst du die Polizeiautos am Ufer?« sagte der Gehilfe des Kapitäns. »Sie kommen dich holen.«

»Wieso?« wunderte ich mich sauer.

»Wegen des Schwarzen.«

»Der Schwarze, das ist Kintopp«, sagte ich.

Die Polizisten bereiteten sich auf die Erstürmung des Schiffes vor.

»Ich hol' dich da raus«, sagte der Gehilfe. »Unter einer Bedingung.«

»Welche?«

»Wir wetten. Wenn deine Prinzipien der Zahlenreligion besser sind als meine, dann darfst du weiterleben.«

Der Mississippi hat durchgehend die Farbe von Coca-Cola, was für beiderseitigen Patriotismus spricht, wenn sich auch das Getränk geschmacklich wohl von dem Fluß unterscheidet, da der letztere absolut ungenießbar ist. Die fruchtbare Flußebene stellt im Grunde ein einheitliches Maisfeld dar, mit einem geschändeten Chaplin als Vogelscheuche mittendrin. Das Feld ist überladen von zahllosen Kolben. Ein strategisch ideales Objekt zum Studium von Sitten und Gebräuchen der örtlichen Bevölkerung, die durch die Betrachtung dieses einheitlichen Feldes zu der Überzeugung gelangt ist, die Psychoanalyse sei eine allgemeine geistige Nahrung.

»*Drei Regeln für ein überglückliches Leben*«, schrieb ich in meiner Kajüte an Bord der »Delta Queen«. »*Das Leben hat seine Wendungen, nur mach es nicht zu einer unbefahrbaren Achterbahn. Bist du fähig, Menschen zu veranlassen, dir zuzuhören?*«

Grundformen der Neuen Welt

Sie Unsere Lage war nicht einfach. Unsere Mission unklar. Wir mußten uns konzentrieren. Wir befanden uns bereits im Herzen Amerikas. Ich drehte mich ein letztes Mal um. Aber New York zählte nicht mehr. Die Ostküste samt ihrer dort gestrandeten Halbeuropäer war lange schon hinter dem Horizont versunken. Ich glotzte abwechselnd in die Landschaft und auf die Karte und sah jetzt überall wirklich nur noch Amerika, Mittlerer Westen, eine ganze Menge sauber abgezirkelter Staaten. In den Kästchen auf der Karte standen die Namen Minnesota und Wisconsin, Iowa und Illinois, Missouri und Kentucky, Arkansas und Tennessee, Louisiana und Mississippi. Sie reihten sich von Norden nach Süden rechts und links den großen Fluß entlang. Zwischen den dicken roten Klecksen Minneapolis, St. Louis, Memphis oder New Orleans war viel Platz.

»Unsere Städte sind einmalig«, sagte die Kapitänsperson, die plötzlich neben mir stand, »ich garantiere Ihnen, daß Sie sie, kaum daß Sie sich ein paar Meilen entfernt haben, auch schon wieder vergessen haben. Außer New Orleans vielleicht – daran arbeiten wir noch. Aber ansonsten sind amerikanische Städte so strahlungsarm wie moderne Computerbildschirme. Im Inneren Amerikas gibt es keine Metropolen, die den Kontinent in Spannungen versetzen könnten.«

Die Kapitänsperson hatte recht. Welche Funktion haben Hauptstädte im Inneren Amerikas? Keine. Oder hatte man vielleicht jemals von der geistigen Achse Kansas City (Missouri)/Little Rock (Arkansas) oder von einer kollektiven Sehnsucht der Einwohner von Des Moines (Iowa) sprechen gehört, zumindest für eine Weile in Jackson (Mississippi) leben zu dürfen, so wie ganz Moskau (Rußland) sich immer schon nach Paris (Frankreich) träumte? Oder überhaupt von sensiblen Geistern, die das Land der Louisianer mit der Seele suchten?

Dennoch: das Herz Amerikas war weit. Und eckig. Es bestand aus unendlichen aufgeräumten Farmlandschaften mit Landstraßen, die im rechten Winkel aufeinander zu führten und niemals auf die Idee gekommen wären, sich von der Seite anzuschleichen, aus geraden Highways, die man als Schulklasse oder Veteranenverein Meile für Meile »adoptieren«, will sagen: von Unrat und jeder Menge überfahrener Hasen, Stinktiere, Ratten und Igel freimachen konnte, und Staaten, die sich, kaum daß man etwa über eine Mississippi-Brücke ihre Grenze erreichte, auf großen Schildern als »Molkerei-Land« (wie Wisconsin) oder als »Show-me-state« (wie Missouri) vorstellten. So weit, so gut. Und nun? Was konnten wir hier erfahren über uns und über die Ordnung der Welt? Über unser neues Leben? Über unser altes?

Die Stromschnellen von Minneapolis lagen bereits weit hinter uns. Langsam schob uns das rote Schaufelrad am Heck der »Delta Queen« über die breite Fahrrinne den Mississippi hinunter. Aber vielleicht waren wir eher an Bord der Santa Maria. Vielleicht sind alle Europäer immer an Bord der Santa Maria. Linkerhand lag jetzt Wisconsin, rechts noch immer Minnesota. Durch das Kabinenfenster kroch die Abendsonne und legte milde Strahlen auf den Teppich. Wir standen um ein taillenhohes amerikanisches Bett von beinahe unübersichtlicher Größe, das von schweren Stoffen aus verschiedenfarbigen Fäden bedeckt war, eigentlich war es sogar eher eine Art Altar mit gedrechselten Pfosten an allen vier Ecken, und versuchten uns einen Überblick über alle Umstände zu verschaffen.

Mit dem rechten Arm schob ich einige Globen aus glatter, lederbraun gedunkelter Pappe beiseite. Seit sie an Bord der Santa Maria gebracht worden waren, hatten sie schon unzählige Hände berührt, nur so zum Vergnügen – jetzt kullerten sie auf den Boden. Die zwölf Teile einer holzgeschnittenen Karte von 1516 gerieten durcheinander. Gerade hatte die Welt noch eine Breite von zweihundertachtundvierzig Zentimetern gehabt – jetzt war sie ein Häufchen von seltsamen Beziehungslinien und Rechenkästchenrastern, die in diesem Durcheinander ihren ordnenden Sinn schon wieder verloren hatten.

»Kurz: die Sache ist die«, begann ich zusammenzufassen, »der Russe sucht seine amerikanische Tochter, außerdem …«

»Wozu soll das gut sein?« fiel mir der Gehilfe der Kapitänsperson ins Wort, ein früherer Passagier der Santa Maria. Er hatte einen starken deutschen Akzent, den der Russe übrigens überhörte. »Ich denke, Ihr wollt Amerikaner werden, was soll das dann mit der Tochter? Was ist die überhaupt – Russin oder Amerikanerin oder was? Und was ist der Vater demnach? Das gibt doch bloß wieder Ärger. Niemand, der eine neue Welt ins Leben ruft, kann dieser bereits angehören …«

»Bitte jetzt keine Haarspaltereien«, unterbrach ich ihn, »also noch einmal: Der Russe will seine Tochter finden. Außerdem hat er einen Schwarzen umgebracht. Sagt er jedenfalls. Ob das alles stimmt, kann uns erst einmal egal sein. Jedes Motiv für unsere weitere Reise ist so gut wie ein anderes. Und was ein Amerikaner ist, das klären wir hoffentlich unterwegs.« Der Gehilfe nickte mißmutig, der Russe kickte einen Globus in die Ecke. Auf einem Koffer saß arbeitslos der Heizer. Außerdem war wieder von Gold die Rede.

»Ich tue nur meine Pflicht«, sagte unvermittelt die Kapitänsperson, die bis dahin eher abwesend schien. Sie gestattete niemandem, sie Kapitänin zu nennen. »Ich stehe hier dem technischen Personal vor. Den Sinn des Lebens müßt ihr schon allein finden. Metaphysik geht mich nichts an. Ich bin höchstens für euren Transport zuständig. Nicht, daß es da zu Mißverständnissen kommt.«

»Nebenbei wollen wir reich werden, wir brauchen Geld zur Durchsetzung unserer Überzeugungen. Man braucht nur Amerika zu entdecken, dort können wir es uns beschaffen«, sagte der Russe.

»Hüte das Gold«, hörte ich Herzeloide in weiter Ferne singen.

»Ja, ja«, sagte ich unwillkürlich, »aber erst müssen wir es einmal haben.«

»Geld, Geld, Geld. Das ist in der Tat das einzige, was die Amerikaner interessiert. Außer Öl natürlich.« Der Gehilfe verzog das Gesicht.

Die Karten und Atlanten auf dem Bett waren mit Silber und Gold verziert. Die Erde hatte hier die zerrissene Form eines Schafsfells oder sie war elliptisch, eiförmig eingedellt, eine schwungvolle Blase zwischen kupfergestochenen Wolkenrändern, oder getrieben und weggepustet von lockigen Knaben oder geschleift von rasenden Reitern, verkündet von dröhnenden Trompetern.

»Wir müssen etwas zu erzählen haben. Wir wollen uns an keinem Ort sehr lange aufhalten, da wir so weite Landstrecken als irgend möglich aufsuchen und Euren Hoheiten darüber Bericht erstatten möchten«, fügte ich hinzu.

»Ich bin Kolumbus«, meckerte der Russe.

»Ist ja schon gut, kannst du auch gerne bleiben.« Mir war, als sähe ich vor dem Kabinenfenster kleine Indianerkanus den Fluß hinaufpaddeln. In welchem Jahrhundert waren wir hier eigentlich? Der Russe brachte mich schon ganz durcheinander.

»Sie wollen also Amerikanerin werden?« sagte die Kapitänsperson zu mir. »Herzlichen Glückwunsch, Sie haben eine gute Wahl getroffen. It sounds like a plan.«

»Und die? Wozu brauchen wir die hier noch? Sollten wir das Schiff nicht viel lieber auf Autopilot schalten? Ist doch heute viel sicherer«, fragte ich den Russen und deutete auf die Kapitänsperson. »Wie kommen Sie überhaupt auf die Idee, daß Sie hier die Kapitänsperson sind?«

Prompt flog draußen über dem hügeligen, laubbaumbestandenen Ufer von Wisconsin, wo man schon im Frühjahr die tröstlich goldene Wärme herbstlicher Farben zu sehen glaubt, ein kleines rotes Flugzeug vorbei. Hinter sich her zog es ein Transparent. »Befreit die Welt von den Kapitänen, Call (800)-435-AUTONOMIE« stand da.

»Siehst du«, sagte ich zum Russen. Der Russe winkte milde ab.

»Man hat abgestimmt. Die Molkereibesitzer aus Wisconsin, die Schleusenbauer vom Army Corps of Engineers, die schwedischen Silage-Könige aus Minnesota und, soweit ich mich erinnern kann, auch die Leute von der Schubschiffergewerkschaft. Irgendwie kamen die auf mich. Das kann hier jeden treffen«, bemerkte die Kapitänsperson achselzuckend. Ich überlegte, ob ich sie nicht der Einfachheit halber KP nennen sollte.

»Geben wir ihm noch eine letzte Chance.« Der Russe nannte die KP »er«. Er war es so gewohnt.

»Aber sie hat Verrat begangen!«

»Verrat? Na und? Seit wann haben wir etwas gegen Verrat?« Zum ersten Mal in seinem Leben gebrauchte der Russe das Wort »wir«.

»Gegen diesen haben wir allerdings etwas. Sieh dir doch diese KP an, macht einen auf technokratisch. Wo gibt es denn so etwas? Der eindimensionale Kapitän! Pfeift auf den tieferen Sinn und auch auf den höheren. Wenn das kein Verrat ist!«

»Jawohl«, stimmte mir der Gehilfe der KP zu. »Das kommt einem ja vor, als hätten die Griechen umsonst gelebt, als sei die deutsche Mystik ein Irrweg gewesen und die faustische Seele nichts als die Privatmeinung Goethes. Amerika tötet den Eros zugunsten der Maschinenmenschen. Die Amerikaner haben ein Hühnergehirn.« Der Gehilfe fing an zu brüllen. »Das Land ist ein Kartenhaus mit ungleichem materiellen Niveau. Die Amerikaner leben wie die Schweine, wenn auch in einem höchst luxuriösen Schweinestall. Aber ich werde das amerikanische Volk von seiner herrschenden Clique befreien und ihm die Möglichkeit geben, eine große Nation zu werden ...« Sein deutscher Akzent wurde so heftig, daß ich ihn fast nicht mehr verstand.

»Halt jetzt endlich dein Maul, Hitler«, herrschte ich ihn an. »Ich kann's nicht mehr hören. Platz, aber sofort!« Der Gehilfe trollte sich in seine Ecke.

»Aber hat er nicht recht, wenn ...«, wollte der Russe protestieren. Dann überlegte er es sich offenbar doch noch einmal.

»Können wir jetzt endlich zu der versprochenen Ausschweifung kommen?« sagte er schließlich ungeduldig. Mit einem Ruck riß er den Überwurf vom Bett. Die Karten und Atlanten flogen durch die Kabine. Manche zerfielen sofort zu Staub.

»Ich kann mich nicht erinnern, daß hier jemand eine Ausschweifung versprochen haben sollte. Aber bitte, wenn's unbedingt sein muß. Wo ist Lora Pawlowna, unsere hochgeschätzte Weiblichkeit?« Ich sah mich um.

»Die haben wir abgeschafft«, sagte die KP. »Die paßte schon lange nicht mehr in unsere Produktlinie. Allerdings haben wir sie jetzt doch noch einmal aufgelegt. Natürlich in einer praktischeren Version. Als Gummipuppe. Für Sammler. Wir produzieren sie in China. Brauchen Sie eine? Da müßten Sie aber erst Ihren Ausweis oder Ihren Führerschein zeigen.«

»Macht nichts,« sagte der Russe ernst und feierlich. »Lora Pawlowna lebt ja in uns. Das wissen die bloß nicht. Vielleicht auch besser so.«

Ich weinte bitterlich. Der Russe jedoch legte schnell seine Kleider ab. Und bevor ich mich noch schneuzen konnte, verschwand er schon in Lora Pawlowna, unserer Lora Pawlowna, unserer süßen, stinkenden, sabbernden Lorotschka.

Unterwegs

Sie Nach zwei oder drei Stunden zog ich ihn wieder heraus. Der Russe schüttelte sich wie ein junger Hund, der aus dem Regen kam. Sein Blick war glasig, seine Haare verklebt, seine Haut rot und faltig. Er war bedeckt von einem dünnen, weißlichen Schleim. Den ich mit einem Handtuch sorgfältig abwischte. Dann cremte ich ihn ein mit einer Milch, die nach Johannisbeeren roch.

»Wo warst du?« erkundigte ich mich aus einer alten Gewohnheit.

»Nirgends«, antwortete er wie immer.

»Gut. Wie oft?«

»Sechs Mal.«

»Sechs Mal?! Wenn du das durchhältst, dann kommst du auf über achtzig bis wir in New Orleans sind.« Ich trug die Zahl sechs in mein Notizbuch ein. Der Russe lächelte zufrieden. Wie die meisten Männer seines Alters betrachtete er sich selbst nun am liebsten im Spiegel der Statistik. Der Zauber der Zahlen steigt mit der Zahl der Jahre. Das wußte schon Don Giovanni. Der viel schöner sang als der Russe. Und dann doch unterging in der neuen Zeit.

Wir fuhren. Wir wechselten die Fahrzeuge, die Schiffe, die Pferde, die Flugzeuge, die Schuhe. Wir strichen durch die Wälder von Wisconsin und sammelten Schnecken. Das viele Grün drang in unsere Poren. Auf den Wiesen reichte uns das Gras bis zur Brust. Als wären wir drei Jahre alt. Der Russe flog mit einem Doppeldecker, einem roten natürlich – endlich. Von den Hügeln grüßten wir die glatzköpfigen Adler. Und den Mississippi unter uns. Er sah aus wie ein endlos langer brauner Strumpf, den jemand ausgezogen und achtlos auf einen rechteckigen, grünen Bettvorleger geworfen hatte. In den Scheunen von Minnesota versteckten wir uns ganze Tage. Sie waren alle frisch gestrichen in einem warmen Rostbraun mit weißen Kanten wie in Schweden. Tag und Nacht wurden sie umkreist von Farmern, die auf Rasenmähern mit dicken Reifen saßen. Die Farmer hatten deutsche Namen oder dänische oder schwedische. Einmal zog ein schönes Mädchen auf einem zierlichen Damenrasenmäher ihre Kreise um unsere Scheune. Wir beobachteten sie aus unserem Versteck. Sie hieß Barbie Goetzinger und war die hiesige Miß Apfelernte – aber das erfuhren wir erst später, als wir sie wiedersahen auf einer Parade.

»Seid auf der Hut«, hatte uns der Gehilfe gewarnt, »Amerika ist gefährlich. Seht euch die Indianer an: keine Haare auf der Brust. Alles wird saft- und kraftlos. Degeneriert. Die Tiere verlieren die Schwänze, Hunde hören auf zu bellen, Menschen bekommen quadratische Köpfe.«

»Oh weh!« rief der Russe. Totally terrified.

Dennoch gewannen wir in Peppin, Wisconsin, einen Angelwettbewerb. Wir hatten einen riesigen Löffelstör aus dem Mississippi gezogen. Mit unseren Händen. Die Amerikaner staunten. Der Russe lächelte in sich hinein. Anschließend spielten wir in einem Festzelt am Flußufer mit den dicken alten Enkelinnen der Pioniere Bingo für einen guten Zweck. B8, B12, B6, Gewinnzahlen wie Vitaminpillen. Wir spielten, bis wir vor Traurigkeit weinten. Wie alle anderen taten dann auch wir wieder so, als sei der Mississippi gar nicht da und drehten ihm den Rücken zu. Das gehörte sich so. Selbst die Häuser am Ufer hatten sich schamhaft abgewendet, als sei der Fluß etwas Schmutziges. Immer noch nach Fisch riechend, nahmen wir in Winona, Minnesota, eine Parade ab. Unsere Miss Apfelernte saß jetzt auf einem Tieflader und grüßte huldvoll in Richtung Straßenrand. In Dubuque, Iowa, warteten wir in einem mexikanischen Restaurant an der Straße hinter der Mississippi-Brücke auf einen Professor für russische Literatur, der aus Madison, Wisconsin, herüberkommen wollte. Der Russe hatte beabsichtigt, mit ihm russisch zu sprechen, denn der Wissenschaftler hatte die Sprache Puschkins und Lermontovs bei der CIA fast perfekt gelernt. Wir warteten zwei Tage und aßen Big Combos und Small Combos, Tacos mit Burritos, Enchiladas mit Tacos, Burritos mit Enchiladas. Unser Mann kam nicht. Er wußte nicht, in welcher Richtung er den Mississippi finden würde. So war er in seinen kurzen Hosen in Milwaukee am Lake Michigan gelandet. Wo fließt der Mississippi? Amerika, wo ist dein Herz? Iowa sagt: »You make me smile«. Auf großen Plakatwänden am Eingang des Staates.

Abends sahen wir in den kleinstädtischen Clubs der Kriegsveteranen Wrestling im Fernsehen. Dort saßen wir endlich auf Stühlen mit roten Plastikpolstern. Dieses Amerika hatten wir überall gesucht: das Amerika der roten Plastikpolster. Zwischendurch raubten wir einige Banken aus, durchsiebten verschiedene Limousinen mit Kugeln und schlichen uns durch Hintertüren davon, wenn wir den Eindruck hatten, einer dieser lächerlichen Familienväter hätte uns erkannt und verpfiffen, wobei wir natürlich erst noch sein dämliches Eigenheim in Brand steckten. Außerdem wollten wir Mädchen verführen. Es gab aber keine.

Schließlich hatten wir alle echten und eingebildeten Verfolger abgehängt. Wir liebten Einkaufszentren mit großen Parkplätzen, Tankstellen, blaue Hotels und quietschende Gitarren. Die kurzärmeligen Hemden des Russen glühten rosa in der Abendsonne. Unter uns der Mississippi. Über uns der Kapitän. Ich war die Delta-Queen. Wir waren: unterwegs.

Das Leben ist heilig und jeder Augenblick ist wertvoll. Jeder Muskel zuckte, um zu leben und loszustürmen. Das moderne Zeitalter hatte begonnen. Wir schrieben das Jahr 1492. Jetzt waren wir ein Teil vom Ganzen. Die Welt war vollendet. Die Welt war klein. Amerika war groß.

»Great«, sagte die Kapitänsperson.

Der große amerikanische Körper

Er »Name der Organisation?« Gabi und ich wechselten einen Blick. »Russisch-deutsche Przewalskipferd-Expedition.« Man registrierte uns im Buch für Ehrengäste. Die Kreiszeitungen erschienen mit fohlenfreundlichen Grußworten. Die Amerikaner feierten unsere Landung am Mississippi mit Tätowierungen an den oberen und unteren Extremitäten, zitronengelbem, schlecht schmeckenden Bier in Pappbechern, Feuerwerk und Kinderkarussells.

»Sie erwartet eine Überraschung!« sagten sie.

»Brillanten der Weisheit zu reduzierten Preisen. Wie kann man eure Ehe verbessern?« schrieb ich inspiriert in meiner Kajüte. »Wie kann man ein echtes Verhältnis zu Kindern herstellen? Der Mensch ist im Grunde gut, aber er ist imstande, Fehler zu begehen. Die Zahlenreligion wird euch lehren zu lieben und euch den Haß austreiben. Um zu sein und zu essen, müsen wir arbeiten. Wollen Sie zwölf Geheimnisse wissen, wie man eine erfolgreiche Beziehung zu seinen Mitarbeitern und sogar zu seinem Boß aufbaut? Was Geld ist? Was mit uns geschieht, wenn wir sterben?«

Der Gehilfe sammelte bei den Passagieren je 50 Dollar für die Verbesserung der Lebensqualität ein.

Shorts, Turnschuhe und kurzärmelige T-Shirts mit nicht besonders geistreichen Aufschriften stellen die nationale Sommerkleidung der Amerikaner dar; Abweichungen davon werden mit Bestrafung in Form von befremdeten Blicken bis hin zu Gefängnishaft geahndet. Die Asexualität der Kleidung verwischt den Unterschied zwischen den Geschlechtern in einem Maße, daß man Frauen lediglich an ihren obligatorischen Büstenhaltern erkennen kann, die im Design mindestens so sportlich sind wie weiße Tennissocken.

Die Seele eines Amerikaners zu erobern ist nicht leicht, da deren Aufenthaltsort unbestimmt ist. Die Amerikaner sind freundlich, aber nicht großzügig, lustig, aber nicht ironisch, anständig, aber nicht scharfsinnig. Sie sind lachlustig, belustigend und lächerlich. Jeder Amerikaner hat in der Kindheit geträumt, daß ihn ein Russe mit einer »Kalaschnikow« vor der Brust aus dem Bettchen entführt. Obwohl Deutsche und Russen im amerikanischen Bewußtsein des 20. Jahrhunderts traditionell die beiden Hauptfeindbilder abgaben, will heute niemand mehr etwas davon wissen. Kalte und heiße Kriege sind ungefähr sowas wie die Speisekarte von gestern. Meine gelehrte Begleiterin Gabi, eine eifrige Freundin der neuen französischen Philosophie, die marginale Miß »Mädchen von Europa« 1968, fühlte sich genötigt, permanent zu betonen, daß Deutschland und Rußland alles in allem zwei Paar Schuhe seien. Man glaubt ihr und glaubt ihr nicht, da wir beide in Amerika gleichermaßen bunte Hunde sind. Das Gefühl, Ausländer zu sein, war auf dem Mississippi nicht weniger ausgeprägt als in der ehemaligen Sowjetunion.

Lebhafte Gesichter und ausdrucksvolle Augen existieren bei den Yankees praktisch nicht. Andererseits dürfen wir uns auch nicht über Abwesenheit von Interesse an unserer Person beschweren. Bei allem topographischen Kretinismus gibt es hier feine Abstufungen im Verhältnis zu Ausländern.

»Woher kommen Sie?«

Es ist nicht schlecht, aus London zu kommen. Aus Irland ist besser. Aus Italien mäßig. Aus Frankreich schlimmer. Aus China komisch. Aus Berlin und Tokio – es geht so. Nicht übel, wenn man aus Amsterdam kommt. Mexiko löst inneren Alarm aus. Kanada wird auf die Schulter geklopft. Warschau, Wien, Budapest, Madrid – werden überhört. Der größte Hit – aus Moskau zu kommen.

»Oh!«

Wenn die Amerikaner hören, daß ich aus Moskau bin, rufen sie alle wie aus einem Munde begeistert »Oh!«, als habe man sie gezwickt. Da sie nicht wissen, was sie weiter fragen sollen, verabschieden sie sich ebenso begeistert von mir, nicht ohne ein späteres Wiedersehen versprochen zu haben. Wegen dieser intensiven Kommunikation nennt Olga die Amerikaner *nice-to-meet-niki*, was den Kern der Sache trifft. Im übrigen möchte ich die Rolle der Amerikaner im Leben Amerikas nicht überbewerten.

Die Amerikaner sind die kostenlose Dreingabe zu Amerika. Sie stellen das notwendige, aber zusätzliche Material dar zu jenen gesamtamerikanischen *facilities*, ohne die Amerika aufhören würde, Amerika zu sein.

Amerika ist nicht so sehr ein Land der Menschen, der rasierten Frauenbeine und gestutzten Rasenflächen, sondern vielmehr der vitalen Highways, über die sein Blutkreislauf funktioniert.

»Die Amerikaner verwandeln sich in Autos, wenn sie gestorben sind«, verriet mir der Gehilfe des Kapitäns. »Im Moment des Todes kommen sie vom Fließband.«

Die Autos erzeugen und gewährleisten wie Blutkörperchen Amerikas Lebenstätigkeit. Der verzweigte Blutkreislauf des Landes, der die Lastwagen und Autos mit ihren höflichen und dümmlichen Physiognomien, die ihren Fahrern ähneln, zu jedem beliebigen Punkt seines Körpers von San Diego bis Boston katapultiert, erschafft ein Land von hoher energetischer Aktivität, der die Amerikaner selbst nur in geringem Maße entsprechen. Die Frage der metaphysischen Bedeutung dieses großen amerikanischen Körpers jedoch entscheidet sich unabhängig davon.

Amerika hat sich der Bevölkerung bemächtigt – als Makroorganismus, der über die Mikroorganismen qualitativ hinausgewachsen ist, die ihn ihrerseits erschaffen haben. Auf Amerika liegt der Schatten der Neutronenbombe. Wenn ich sage, daß ich Amerika liebe, dann meine ich damit weniger seine *people*, sondern vielmehr die Seen, Viadukte, Tankstellen, die grünen Hügel entlang des Mississippi, den Flugplatz in jeder kleinen Kreisstadt und die kahlköpfigen Adler, die über den Maisfeldern schweben. Amerika hat die Emotionen in den Hintergrund gedrängt und deren Träger gezwungen, heidnischen Kult mit sich selbst zu betreiben: Flaggen rauszuhängen und patriotische, devote Losungen auf Stoßstangen zu schreiben.

Die große ungeliebte Mutter

Er Im Landeskundemuseum von Minneapolis fiel mir der Text zu einer alten Photographie eines Personenzuges auf. Früher, so lautete der Kommentar, haben die Züge nicht nur Güter, sondern auch Passagiere befördert. Amerika versteht es, sich von überflüssigem Plunder zu befreien. Auch der Mississippi war irgendwann dran.

»Die Realität ist psychologischer Komfort«, sagte der Gehilfe des Kapitäns zu den Passagieren. »Nicht mehr und nicht weniger. Helfen Sie während der Reise unseren Ordnungshütern, indem Sie immer Ihre Bordkarte und den Kajütenschlüssel bei sich haben. Vergessen Sie nicht, daß die Toiletten an Bord in hohem Maße zur Verstopfung neigen, im Unterschied zu jenen, die wir an Land benutzen. Sogar kleine Gegenstände wie Haarnadeln oder Kippen können ein Unglück verursachen.«

Das Leben am Mississippi erinnert an einen verschleppten Familienkrach, der den schnurrbärtigen, ehrlichen Geist Mark Twains auf den Kopf gestellt hat. An diesem indianischen Fluß muß man kein Spiritist sein, um mit Geistern zu kommunizieren, die die Dielen in jedem *Bed & Breakfast*, das auf sich hält, zum Knarren bringen. Bei näherer Betrachtung erweist sich der Fluß nicht als große Mama, sondern als heruntergekommene Stiefmutter. Nach den glücklichen Zeiten der Dampfschiffe mit ihren langen schwarzen Schornsteinen und roten, wasserschaufelnden Rädern ist das Verhältnis ihr gegenüber merklich abgekühlt. Der Fluß ist arbeitslos und zwangsläufig in den zweiten Dornröschenschlaf gefallen, den nur die Spielcasinos stören, die auf den bunt angestrichenen, für alle Ewigkeit vertäuten Dampfschiffmumien Platz gefunden haben, sowie der sportliche Eifer der sonntäglichen Angler. Man hätte den Mississippi wohl vollkommen vergessen, wenn nicht die Überschwemmungen wären. Der Fluß rächt sich für dieses Verhalten. Gegen den Fluß errichtet man Dämme, schützt sich mit Sandsäcken, in den Städten gibt es keine Uferkais, überhaupt spricht man eher verächtlich über ihn. Würde der Fluß austrocknen und sterben, wären alle nur froh darüber.

Das Leben – eine Parade

Er Endlich war der Tag der Überraschung gekommen. Es war eine zu unseren Ehren veranstaltete Parade aller Bürger von Winona im Staat Minnesota, die zufällig am Unabhängigkeitstag stattfand.

»Und wo ist Ihr Pferd?« fragten die Amerikaner.

»Meinen Sie die Deutsche? Sie macht sich schön.«

»Nein, das Pferd mit dem polnischen Namen!«

»Bereitet sich auf die Parade vor.«

»Ach so ... Das heißt, Sie meinen, es bereitet sich vor? Also wir, wir Amerikaner, sind immer bereit zu einer Parade!«

In der Tat, ob amerikanische Hochzeit, Geburt, Beerdigung, ein normaler Werktag, Koitus, Sonntagsmesse oder die Diskussion, wer der beste Präsident der USA war – alles ist auf seine Art eine Parade, die unter den Klängen eines Straßenorchesters abläuft. Mit computerartiger Präzision gruppiert sie sich immer wieder um und ruft die Bevölkerung auf, Harmonie, Erfolg und demokratische Ideale hochzuhalten.

Vorneweg Polizisten auf jugendlichen Fahrrädern. Hinterdrein Oldtimer mit dem Hinweis, daß Amerika auch eine Geschichte hat. Dann junge Akrobatinnen im Alter meiner Lorotschka, die versprechen, daß Amerika eine Zukunft hat. Und weiter ein endloses, streng organisiertes Bacchanal. Es besteht aus Mitgliedern des »Apfelfestes«, des örtlichen Karatevereins, aus Angestellten der chemischen Reinigung *Bluff Country*, Automechanikern, Postboten, Krankenschwestern. Verdiente polnische Amerikanerinnen reihen sich ein, eine künstliche, schwarzweiß gefleckte Kuh, eine Gang auf Rollerskates, ein Congressman, Clowns, Freimaurer, barfüßige Nonnen, die Nationalgarde aus einem imperialistischen Comic, Mittelschüler, die sich fürchten, einen falschen Schritt zu tun und deshalb mit großen Augen vorausmarschieren. Den Abschluß der Parade bilden geschniegelte, ehemals streunende Hunde mit Schildchen, wo und wie sie gefunden wurden.

»Der Papagei spielt ebenfalls Versteck. Amerika hat Gott dressiert. Er ist im Käfig. Das Ziel der Religion des Überglücks ist es, den amerikanischen Gott vollständig zahm zu machen«, schrieb ich, auf dem festlichen Asphalt sitzend, in meinen Notizblock.

Neben den überglücklichen ehemals streunenden Hunden

und Gott im Käfig beeindrucken auf der Parade vor allem die Ausmaße der örtlichen Schönheiten. Amerika ist in den letzten Jahren sehr dick geworden. Auf Schönheitswettbewerben gewinnen dicke Frauen Preise. Auch die Schaufenster haben kapituliert. Die Schaufensterpuppen sind dick. Bald werden die Dicken überall den Sieg davontragen. Amerika ist im Begriff, der Welt sein neues komplexfreies Ideal des menschlichen Körpers zu schenken.

Mitten im Wirbel der Parade, überschüttet von Bonbons, Konfetti, Küssen und guten Wünschen, drang das russisch-deutsche Przewalskipferd in Amerika ein. Unserem Blick eröffnete sich das Land der Familienikonostasen – Cheese! Ringsum vorbildliche amerikanische Familien. Alle erzählen um die Wette komische Geschichten, die nicht besonders komisch sein dürfen, und außerdem ist keiner imstande, irgend etwas auf den Punkt zu bringen. Sind Sie Hedonisten? Nein, Arbeitstiere. Erfolg, Geld? Nein, Stolz auf das, was wir erreicht haben. Business, Selbständigkeit. Noch vor einer Generation wurden vorbildliche Familien von der rassistischen Nachbarin nicht gegrüßt, weil sie mit einem Schwarzen befreundet waren. Der Schwarze half ihnen das Fundament zu legen (das alte war abgesackt, der Schwarze arbeitete zwei Tage lang umsonst). Die Nachbarin fand sich mit dem Schwarzen ab. Die Tochter der Nachbarin fing mit dem Schwarzen eine Affäre an. Im Alter von zweiundsechzig Jahren verwandeln sich alle in Urgroßväter und Urgroßmütter.

Der Gehilfe des Kapitäns legte mir sein Konzept einer Religion des Überglücks vor. Es brachte mich zum Lachen. In Unkenntnis der Tatsachen wurden hier Lenin im verplombten Waggon und Stalingrad als Beispiele für deutsche Verschlagenheit und militärische Habsucht erwähnt. Ich bot meinerseits erprobtere russische Modelle an.

»Und tauschen Sie Ihre komische Flüstertüte gegen ein Mikrophon ein«, riet ich ihm. »Lernen Sie, mit Ihrer Stimme zu spielen.«

»Drei Prinzipien des neuen Lebens: Liebe, Ehrlichkeit, Energie.« Der Gehilfe des Kapitäns sang buchstäblich à la Frank Sinatra ins Schiffsmikrophon.

Zwölf Mädchen, die wir für enthusiastisches Geschrei engagiert hatten, taten, wie ihnen befohlen. Aber die übrigen hundert Passagiere, die wir nicht engagiert hatten, schrien noch begeisterter und hingebungsvoller.

»Mann, du wirst es noch weit bringen, wenn du dir einen amerikanischen Namen zulegst«, sagte der Gehilfe des Kapitäns zu mir.

»Nimm meine Ideen, aber laß mir meinen Namen«, antwortete ich, die Zahnbürste aus dem Mund nehmend. »Übrigens, wie steht's mit einem Honorarzuschlag?«

Glühwürmchen, Mais, Holzhäuser, Kolibris. Gabi beschwert sich über die amerikanischen Toiletten, auf denen sich nicht gut scheißen lasse. Die ganze Scheiße schwimme an der Oberfläche wie Borschtsch. Geht man in ein Antiquitätengeschäft, so begreift man plötzlich: Das heutige Amerika ist stillos. Es hat seinen Stil in den sechziger Jahren verloren. Die Großmutter war nie ohne Hut und Handschuhe aus dem Haus gegangen. Die Enkel rennen in Baseballmützen mit dem Schirm nach hinten durch die Gegend. Gabi findet, das sei die Strafe für den Vietnamkrieg. Wir streiten beim Abendessen über den Vietnamkrieg, Lenin und den Faschismus. Sie will nicht akzeptieren, daß *Schtalin* für die Russen schlimmer war als *Guitler* für die Deutschen. Warum schlimmer?! Wir reden natürlich englisch, nur kommt bei ihr vor Aufregung ein grauenhafter deutscher Akzent durch und bei mir ein grauenhafter russischer Akzent.

Im städtischen Bad streiten wir weiter. Gabi wirft sich auf mich, um mich zu ertränken. An meiner Stelle gehen ein paar Kinder unter. Dem Bademeister platzt der Kragen, er vertreibt uns wie Adam und Eva aus dem Schwimmbecken. Wir müssen im Casino – ein Paradiesersatz mit billigem Gin Tonic – Schutz suchen. Statt Frustration Gewinn – zwölf Dollar für diesen Abend. Gut drauf kommen wir aus dem Casino. Mit Ach und Krach besteigen wir unser Przewalskipferd. Vor uns der große Torbogen von Saint Louis. Stellt man einen zweiten dazu, kommt das »M« von McDonald's heraus.

»Ho!« rufen wir. »Vorwärts! In den wilden Westen!«

Das Przewalskipferd galoppiert los. Das ist das Leben. Wir lösen uns auf im Überglück.

On the boat again

Sie »Wie schreibe ich moderne Prosa?« fragte mich der Russe. Er kam aus der Sowjetunion. Ich erkannte ihn kaum. Er hatte ausdruckslose Nüstern. Es war Sommer 1958. Wir saßen in weißen Schaukelstühlen auf dem Vorderdeck der »Delta Queen«. Das Deck war grün gestrichen. Ein schwüler, unendlicher Sommer. Wochenlang schon kein Tag unter dreißig Grad im Schatten. Herzeloide hatte geschwitzt. Sie hatte Instant-Suppen gegessen und einmal sogar Bananen mit der Schale. Auch sie war jetzt ein neuer Mensch. Sie war »hüben«. Während »drüben«, wie man es nannte, *der* Neue Mensch gemacht wurde, indem man ihn mit Soljanka fütterte. In Stuttgart indessen wurden wir sofort Amerikaner. Für den Neuen Menschen drüben stellten wir nachts grüne Kerzen ins Fenster. Meinen älteren Brüdern wurden die Beine abgerissen beim Spielen auf den Trümmergrundstücken.

Es war also Sommer 1958. Ich war gerade geboren worden. Als Amerikanerin. Alles ging wieder von vorn los. In der New Yorker Evergreen Review veröffentlichte ich unter meinem amerikanischen Namen Jack Kerouac, den ich annahm, jetzt, wo wir alle Entdecker waren und ein neues Leben anfingen, einen Dreißig-Punkte-Text. Ich überschrieb ihn mit »Ein Glaubensbekenntnis und ein technischer Ratgeber«. Er enthielt Antworten auf die Frage »Wie schreibe ich moderne Prosa?« Wir würden möglichst viel erleben, um es den Hoheiten zu berichten, hatte ich einst ins Logbuch geschrieben.

Der Ratgeber würde das Leben leichter machen. Das Glaubensbekenntnis würde die Sowjetunion, China, Schleswig-Holstein und sämtliche Bundesstaaten zwischen Maine und Kalifornien, überhaupt alles verderben, die Menschen in der ganzen Welt auf die Straße treiben.

»Fünfundzwanzigstens«, sagte ich schließlich zum Russen, »schreibe, was die Welt lesen soll und worin sie genau das Bild sehen muß, das du dir von ihr machst. Sechsundzwanzigstens: Das Buch in Drehbuchform ist der Film in Worten, eindeutig die amerikanische Form.« Die Luft über dem Wasser war dick wie Ahornsirup. Sie klebte in unseren Gesichtern. Amerika würde keine ruhige Nacht mehr erleben. Und auch nicht die Jungen in Moskau und in Schleswig-Holstein. Sie würden ein wüstes Geheul anstimmen und sich auf den Weg machen. Auf den Weg in ihre eigene Welt. Und ich sagte ihnen, wo's lang ging. Immer geradeaus um die Kurve. Nach unterwegs!

»Siebenundzwanzigstens: Sei des Lobes voll, wenn du in der frostig kalten, unmenschlichen Einsamkeit einen Charakter findest. Achtundzwanzigstens: Komponiere wild, undiszipliniert, rein! Schreibe, was aus den Tiefen deines Inneren aufsteigt! Je verrückter, desto besser! Neunundzwanzigstens: Du bist allezeit ein Genie! Dreißigstens: Autor und Regisseur irdischer Filme, vom Himmel finanziert und heiliggesprochen.«

Während ich redete, mußte ich wohl schon drei T-Shirts durchgeschwitzt haben. Das war jetzt die Mode. Nieder mit der schweißfreien Existenz, war unsere Parole. Der Russe indes begann, als ich anfing, von den irdischen Filmen zu erzählen und vom Himmel und von den Heiligen, vor lauter Erregung so heftig auf seinem Stuhl zu schaukeln, daß er beinahe umzufallen drohte. Ich glaube, er sah sich schon in Hollywood. Wenn nicht sogar im Himmel. Jedenfalls zappelten die Menschen an seinen Fäden. Aber sie würden dabei nicht zu Schaden kommen. Was der Russe tat, würde keine Konsequenzen haben. Das ist die Freiheit, die dem Reisenden geschenkt ist: Er kann die Welt umgestalten, wie er mag. Bevor es ernst wird, ist er schon wieder weg. Und wenn das Licht wieder angeht oder das Schiff ablegt, stehen die Leute auf. Wie am Jüngsten Tag. Durch den wir jetzt reisten, ohne daß es je Abend werden konnte.

Als Europäer hatten wir uns 1492 auf den Weg gemacht, das letzte unbekannte Ziel zu erkunden. Dort schafften wir die endgültigen Ziele ab. Als Amerikaner waren wir ungebunden. Hatten Räder unter den Häusern, Flußwasser unter den Schlaflagern, Asphalt unter den Sitzen. Nicht, daß man als Amerikaner unterwegs faul wäre. Hier und dort die Welt nach dem eigenen Bild formen – warum nicht? Manchmal allerdings bleiben nach Ende des Films doch ein paar Hochhäuser stehen und einige Leichen liegen. Betriebsunfälle können immer vorkommen.

»Seid ihr für oder gegen Amerika?« Die Kapitänsperson hatte offensichtlich alles gehört und den Eindruck, ihre Belange würden berührt. Ihr Gehilfe hatte offenbar nur die Stichwörter »Glaubensbekenntnis« und »technischer Ratgeber« und ein paar Zahlen mitbekommen und machte deshalb Anstalten, eine

Fahne zu hissen, wußte aber nicht, welche. Welches war denn nun in diesem Fall diese verdammte Fahne dieser verdammten Freiheit?

Einen Moment versuchte ich den Russen noch festzuhalten, indem ich mit meiner linken Hand nach seiner Armlehne griff. Aber es war schon zu spät. Einen unbeschreiblich kurzen Augenblick lang standen unsere Schaukelstühle auf den Spitzen ihrer Kufen. Dann kippten wir beide nach hinten. Am schönsten ist das Gleichgewicht, kurz bevor's zusammenbricht.

So landeten wir in Galena.

Eine Lüge ist eine Lüge ist eine Lüge

Sie In der Kleinstadt Galena in Illinois grüßten wir wie immer zuerst die Veteranen, die sich nicht von ihren Fernsehern wegdrehten und ihre stumpfen Augen in die Wülste der Wrestling-Kämpfer klemmten. Dann aßen wir Pfannkuchen mit Ahornsirup in einem altmodischen Café mit grünen Wänden. Schließlich stolzierten wir durch die Stadt und atmeten den Hauch der amerikanischen Geschichte. Mit der wir schließlich nichts zu tun hatten. Nicht, daß wir nicht neidisch gewesen wären! Glücklich, wer im letzten Jahrhundert in Galena leben durfte! In den Hügeln wartete das Bleierz nur darauf, abgebaut zu werden, auf dem Mississippi stauten sich die Schiffe, die Händler schickten ihre Waren den Fluß hinauf und hinunter, die Banker schaufelten den neuen Reichtum hin und her, die Maurer und Tischler machten sich daran, weiße und rote Häuser zu bauen, die sich selbst in eleganten Großstädten nicht schämen müßten, würde man sie nur ein klein wenig aufblasen. Galena war Zentrum des ersten amerikanischen Erzrausches, größter Flußhafen weit und breit und Wohnsitz von General Ulysses S. Grant, bevor er als Präsident nach Washington zog.

Bei einem der Antiquitätenhändler an der Hauptstraße sahen wir eine wuchtige Axt. Auf dem polierten Stiel aus schwarzem Holz handgemalte, weiße Frakturschrift mit zartem roten Rand: *I cannot tell a lie.*

Am Sonntag, den 17. November 1896, mittags gegen zwölf Uhr dreißig, erschlug Jonathan Matthew Kalblin mit dieser Axt seinen Vater, den Presbyterianer-Pfarrer Lukas Paul Kalblin, als der gerade aus der Sonntagsschule kam. Jonathan Matthew Kalblin wurde zwei Wochen nach der Tat hingerichtet durch den Strang.

Die Leute liefen zusammen, um zu glotzen. Zufrieden lächelte die Kapitänsperson. In einem Schaufenster sah ich, daß ich zugenommen hatte. Herzeloide erzählte der ganzen Verwandtschaft von meinen liebreizenden Speckröllchen, denn im Gegensatz zu mir wollten meine drei Kusinen nichts essen und blieben dünn wie Bohnenstangen und würden nicht in den Himmel kommen und später sowieso von ihrem Vater mißbraucht werden und dann an Magersucht sterben.

Eigentlich jedoch wurde die Axt erst in den Jahren 1932 bis 1934 von einem Gefangenen in der Strafanstalt Prairie du Chien, Wisconsin, aus einem Baumstamm handgeschnitzt und bemalt. Die Schneide bekam er vom Gefängnisdirektor, der den Gefangenen, einen stillen, jungen Mann, mochte. Nach dessen Selbstmord (er hatte ein Mädchen vergewaltigt und konnte mit seiner Schuld nicht leben) schickte jener die Axt der Schwester des Delinquenten in Galena.

Andererseits gehörte die Axt doch wohl ursprünglich dem Indianer Little Eagle Pawtucket, der sich im Gebiet der großen Seen herumtrieb. Er verkaufte sie 1905 für eine halbe Flasche Whiskey dem durchreisenden Siedler Ronald Wustenberger, der sich schließlich in Galena niederließ. Zum Weihnachtsfest 1909 bemalte Wustenbergers Frau Hope die Axt für ihren Mann. Sie war schwanger. Als sie am 10. Februar 1910 bei der Geburt ihres ersten Sohnes starb, hackte sich Wustenberger aus Verzweiflung den linken Unterarm ab. Er verblutete.

»Das tut mit leid. Aber Lügen ist nun einmal verboten, und irgendwann hat auch Ronald Wustenberger gelogen«, sagte die Kapitänsperson.

Aber wahrscheinlich bereits während des strengen Winters 1849/50 ...

Der Russe riß mich aus meinen Träumen. Mit dem Ärmel wischte er das Blut von einem Schaufenster auf der Hauptstraße. Unsere Füße klebten auf dem roten Asphalt. Er zeigte auf zwei Broschen in der Auslage: *Born to shop* und *Shop till drop* aus Straß.

»In Amerika muß man also die Wahrheit sagen«, sagte ich zu

ihm. Er sah mich verständnislos an. Herzeloide aber wollte mich am liebsten gleich ins Gymnasium schicken. Sie war der festen Überzeugung, daß aus mir einmal etwas Besseres werden könnte.

United fruit company

Sie Die sprachen hier alle englisch. Ich fand das frech. Mischten sich in unsere deutsch-russische Intimität. Wir waren doch die einzigen Menschen auf der Welt, die englisch miteinander sprachen. Oder zumindest so etwas ähnliches.

»Deutsch-russische Intimität? Ha, ha«, lachte der Russe, »was soll das denn nun wieder? Nur, weil wir nachts ineinander kleben?! Jetzt werd bloß nicht sentimental.«

Er biß in seinen Plastikburger. Ich wischte ihm zwei Karottenfäden (Salatgarnitur) von der Armbanduhr und ein wenig Cocktailsauce von der Wange. Dann jubilierte er, daß ich meine Armani-Brille (Sonne, Schönheit) im Restaurant liegen gelassen hatte, während er seine Armani-Brillen (Sonne, Schönheit sowie, leider, leider auch schon Lesen) selbsttätig eingesteckt hatte.

»Die Hitlerjugend ist heute wohl etwas desorganisiert, was?« freute er sich.

Wortlos stopfte ich eine Handvoll Weintrauben in den Russenmund, während die Russenhand den Amischlitten startete. Dann schälte ich mit einem Plastikmesser einen Pfirsich, riß ihn in der Mitte auseinander und zerteilte ihn in gulaschgroße Stücke.

»Selber Komsomol! Übrigens habe ich sowieso keine Lust mehr, hier ständig als deine Begleitmetapher herumreisen zu müssen. Falls du's noch nicht gemerkt hast, existiere ich nämlich tatsächlich.«

»Armes Deutschland. Ständig fühlst du dich angegriffen.«

Na gut, war ich eben das tumbe Fräulein Germania.

Der Fruchtsaft tropfte mir auf die Schenkel, die stumpfe Pfirsichhaut warf ich aus dem Fenster, sie blieb an der Karosserie kleben. Vorne klebten die Fliegen, seitlich klebten die Früchte. Pfirsichhäute, Erdbeerabfall, Melonenkernschleim, faules Kirschenfleisch, alles, was von der Russenfütterung übrig

196

blieb. Ohne Obst fuhr der Russe keine fünfzig Meilen. Kaum kam ich nach mit dem Stopfen. Er schlabberte und schlabberte aus meiner flachen Hand. Und aufpassen, daß er sich die helle Hose nicht noch mehr versaute. Obwohl – die war ja sowieso schon hin.

»Wir lebten bestens, echt wie Schweine.« Fand der Russe.

Wir fuhren den Highway 61 in südlicher Richtung am Mississippi entlang.

»Benehmt euch anständig, ihr seid Europäer. Ihr müßt es den Amerikanern zeigen«, rief der Gehilfe durch eine Flüstertüte herüber. Wir hörten natürlich gar nicht hin.

Die Menschen waren inzwischen schwarz geworden. Die weiße Farbe an den Holzhäusern begann abzublättern. In der Kleinstadt Hannibal, Missouri, kamen wir jedoch an einem frischgestrichenen weißen Gartenzaun vorbei. Im Museum hinter dem Zaun stand auf einer großen Tafel, daß nichts so sehr der Reform bedürfe wie die Gewohnheiten anderer Leute. War natürlich von Mark Twain, der Satz. Ein paar Meilen weiter winkten uns aus dem Mark-Twain-Stausee freundlich kichernd sieben debile Schwarze zu, die von ihren weißen Betreuerinnen samt T-Shirt ins Wasser getrieben worden waren. Ich war erstaunt. Ich hatte gar nicht gewußt, daß es auch debile Schwarze gibt.

Um fünf Uhr nachmittags mußten Erdnüsse her. Fünf Stück für fünf Schläge zu meinem Plaisir – von mir aus auch zur Freude des Fräuleins Germania, der Großen Mutter Rußland oder von Lora Pawlowna in Plastikausführung – das war jedenfalls mein Angebot. Denn ich hatte die Gewalt über die Familienpackung Erdnüsse. Oder ich verkaufte dem Russen die fünf Nüsschen für hundert Dollar, die ich ihm schuldete. Er hatte behauptet, unter den Kronkorken von amerikanischen Bierflaschen verstecke sich zusätzlich ein Schraubverschluß. Schraubverschluß unter Kronkorken: gibt's doch gar nicht. Aber in Amerika gibt es alles, und ich verlor die Wette. Der Russe entschied sich für Schläge gegen Erdnüsse. Die hundert Dollar schulde ich ihm immer noch. Aber das verwegene Fräulein Germania jauchzte vor Wonne, der Russe ächzte vor Heldenmut.

Der Duft der Zuversicht

Sie Der Süden lag vor uns. St. Louis und sein »Nationales Expansionsdenkmal« – »So was könntet ihr doch in Berlin auch gut gebrauchen«, hatte der Russe bemerkt – hatten wir hinter uns gelassen, den riesigen Bogen aus blankgeputztem Edelstahl am Mississippiufer, der zur Erinnerung an die Horden errichtet wurde, die sich, kleine Goldklümpchen in den Augen, von hier aus den Westen genommen hatten.

Längst hatten auch wir beschlossen, Amerika zu lieben. Auf daß es sich uns zeige in seiner ganzen Schönheit.

So ruhten wir denn unterm Sternenbanner, das für uns und für alle anderen aufgepflanzt wurde über den Haustüren, über den Schiffen, über den Geschäften. Klimaanlagen summten uns in den Schlaf. Im Staat Kentucky ist Frauen das Tragen von eleganten Kleidern außerhalb geschlossener Räume verboten. Den Männern hat man den halben Vornamen abgeschnitten.

»Warum?« fragte ich die KP.

»Damit sie keinen Unfug machen.«

Jetzt heißen sie Dave und Doug oder Vince und Vic.

Am 14. Juli machten sich zehn von ihnen, angetan mit feinen Kniehosen und samtenen Röcken, aus deren Ärmel weiße Spitzenränder lugten, in Ste. Genevieve, Missouri, bereit, eine behelfsmäßige Bastille aus rotem Backstein zu stürmen, die übers Jahr als Schulhaus Dienst tat. Kurz vor Mittag nahmen sie in ihren selbstgeschneiderten Kostümen Aufstellung auf der Hauptstraße.

»Na, sehen wir nicht französisch aus?« rief uns ein älterer Herr mit einer antiken Büchse zu, der uns offenbar als Europäer erkannt hatte. »Wir könnten Verwandte sein. Ste. Genevieve war die erste europäische Siedlung am westlichen Mississippi-Ufer.«

Dann gab er seinen Mannen das Kommando zum Sturm. Aus der »Bästill« befreiten die städtischen Honoratioren einige Gefangene – einer im grünen T-Shirt trug ein Schild, das ihn als Marquis de Sade auswies, was das Mißfallen des Russen erregte. Dann verlasen die Herren die *Bill of Rights* der amerikanischen Verfassung. Letztere gefiel uns übrigens ausgesprochen gut. Oder vielleicht auch nicht, denn beim Russen weiß man nie und beim Fräulein Germania erst recht nicht.

Blaue Blumen wuchsen aus den Bettdecken. Weiße Spitzen

fielen von den Wänden auf uns herab. *Arkansas – Home of President Bill Clinton*, grüßte ein Staat auf einem Schild.

»Willkommen zu Hause«, rief ein Nachtportier. »Die Eiswürfelmaschine steht neben dem Fahrstuhl.«

Warum? Wozu? Na, falls wir vor dem Schlafengehen noch Eiswürfel brauchten. Dann erschien dem Fräulein Germania ihr Leninbild überm heimischen Herd und der Russe träumte aus Rache für ihren Lenin von Pinochet und vom Schah von Persien, die er immer noch besser fand als alle diese Scheißkommunisten zusammen. Der Lenin war in Seide gestickt, der General und der Schah waren aus Blutwurst. Der Russe und das Fräulein Germania lagen friedlich nebeneinander. Und stritten, wer am lautesten schnarchen konnte.

Präsident George Bush hat, so erfuhren wir in einem hübschen Museum in Wickliffe (Kentucky) – dort sind einige indianische Skelette ausgestellt, sowie diverse Tafeln, auf denen diskutiert wird, ob es moralisch korrekt ist, diese sterblichen Überreste öffentlich zu zeigen – den Beitrag der Indianer zur amerikanischen Kultur gewürdigt. Wie recht er doch hat: ohne edle und unedle Wilde hätte die Filmindustrie schon 1960 am Abgrund gestanden. Zur Belohnung erhielten die Indianer 1962 sogar in New Mexico das Wahlrecht. Aber das stand auf einer anderen Tafel in dem kleinen Museum.

Weiße Familienväter erzählten uns, sie seien mit schwarzen Ingenieuren befreundet, ob das den Nachbarn paßte oder nicht, auch wenn es in Wisconsin keine Schwarzen gibt. Friede lag über den Nichtraucherkirchen, den Nichtrauchertoiletten, den Nichtraucherpolizeitstationen in Übereinstimmung mit der Minnesota-saubere-Innenraumluft-Verordnung, selbst noch als wir Minnesota längst verlassen hatten. Die Räume rochen nach Nelkenduft, der aus kleinen Spendern kam. Nelkenduft macht glücklich – er gibt auch dir Selbstvertrauen und Zuversicht. Die Fenster waren zu – jetzt und in alle Ewigkeit. Sie waren ausschließlich dafür zuständig, uns an den Wänden helle und dunkle Bilder zu zeigen. Die mußten leider draußen bleiben: Erdenstaub, widrige Winde, unautorisierte Tiere. Die Kellnerin informierte uns jederzeit unaufgefordert und in klar verständlichen Worten über ihre nächsten Schritte und mittelfristigen Pläne – in ungefähr zwei Minuten wolle sie die Suppe bringen, danach würde sie mit den Hauptgerichten kommen. In ungefähr zwei

Minuten würde sie die Spritze ansetzen, danach würden die Zeugen uns für tot erklären.

Hinterm Deich kroch der Mississippi langsam seiner Wege. *A tame and responsible member of the American society* – ein folgsames und verantwortungsvolles Mitglied der amerikanischen Gesellschaft. Das hat die *Mississippi River Commission* festgestellt. Als guter Amerikaner hat der Mississippi feierlich gelobt, nicht mehr über die Ufer zu treten. Außer im Verteidigungsfall. Vielleicht sollten wir ihn bei seinem Vornamen nennen. Mis.

So schön, so zivilisiert erschien uns Amerika. Denn Schönheit und Zivilisation, das ist hier dasselbe.

Eines abends jedoch ließ ich einen Fön auf die dämliche Armani-Lesebrille fallen. Ein Glas sowie der Russe verloren die Fassung. In der Hitze des frühen Morgens explodierte eine halbe Gallone vergorener Orangensaft auf dem Rücksitz unseres geparkten Plymouth. Es gab keine Verletzten in Memphis, Tennessee. Aber im Wagen stand eine gelbe Lache und fortan stank es säuerlich. Die Brille reparierte der Hauptstraßen-Optiker Dr. M. mit weißem Kittel. Damals war Elvis nächtens zu ihm geschlichen, um heimlich seinen grünen Star behandeln zu lassen. Ja, Dr. M. Geht in Ordnung, Dr. M. Das hatte er immer gesagt. Elvis Presley war ein blöder Sack. Da waren wir uns einig. Dann fuhren wir nach Graceland und suchten weitere Beweise.

»Danke, das genügt«, sagte ich, als ich seine gesammelten Sheriffabzeichen sah.

So war das also alles gemeint. Mit Elvis begann die »Herrschaft der Heranwachsenden«, hatte einst die New York Times geschrieben. Und warum hat diese dann nicht am 16. August 1977 geendet? Der Tag als Elvis tot vom Klo fiel, das war doch mein 19. Geburtstag. Seit diesem Tag laufen die Heranwachsenden als aufgedunsene Zombies durch die Welt. Sie können nicht erwachsen werden, sie können nicht sterben. Sie können kein neues Leben beginnen. In Graceland zelebrieren sie ihren Totenkult.

Drei Amerikanerinnen

Er Wenn es jemanden gibt, vor dem sich Lora Pawlowna in acht nehmen muß, dann sind das die drei Amerikanerinnen. Der Gehilfe hißte die Fahne der neuen Religion am Mast. Die Fahne ähnelte teilweise einem Spielwürfel.

Wir können uns kaum retten vor Interessenten, die sich uns anschließen wollen. Wir werden mit Briefen überschüttet.

»Welche Erleichterung!« schrieb mir irgendeine Krankenschwester aus Alaska. *»Früher habe ich mich für einen Dreck gehalten, und jetzt empfinde ich Selbstachtung. Ich bin beruflich und privat glücklicher geworden.«*

Ich lese ihren Brief über den Schiffslautsprecher vor. Wir werden von Schauspielern, Unternehmern, Werbeagenten, Piloten und Sekretärinnen unterstützt.

»Kommen Sie zu uns, und Sie werden verstehen, daß der Mensch nicht aus Dreck gemacht ist«, tönt meine Stimme über das ganze Schiff.

Wir sammeln säckeweise Bares und Schecks ein. Die Arbeit ist in vollem Gange. Die Amerikaner bringen uns ihre gesamten Ersparnisse. Sie liefern ihre Wertgegenstände ab. Nach und nach machen wir uns die führenden Anwälte Amerikas gefügig. Ich werde von Zweifeln gepackt.

»Kapitän!« sagte ich. »Ihr Gehilfe vergewaltigt ein unschuldiges Volk. Unter dem Vorwand der Zahlenreligion und der Verbesserung der Lebensqualität plündert er die Passagiere aus. Genug mit diesem Spiel! Bremsen Sie ihn!«

»Ich verstehe nicht, warum Sie immer rumstreiten.« Der Kapitän sah mich verständnislos an. »Jedes Volk hat seine Religion verdient.«

Nachts kamen drei Amerikanerinnen in meine Kajüte.

»So geht es nicht weiter«, sagten sie. »Höchste Zeit, dem Gehilfen den Garaus zu machen.«

Maggy hat irische Sommersprossen und Muskeln, mit denen sie gut und gern die Titelseite der amerikanischen Zeitschrift »Gesundheit« zieren könnte. Sie sagt zu mir, daß sie bis heute nicht richtig lesen gelernt hat. Sie liest immer noch Buchstabe für Buchstabe.

Liz kontrolliert die Ordnung im Lande und in der Welt. Von Zeit zu Zeit reist sie nach Madagaskar und Moldawien, wo sie für die Leute ein Bürgerliches Gesetzbuch schreibt, nach dem diese dann die nächsten Jahre leben werden.

Die dritte geht mir nicht aus dem Kopf. Richtiger gesagt, alle drei gehen mir nicht aus dem Kopf, jede auf ihre Weise, aber die dritte geht mir überhaupt nicht aus dem Kopf. Mit ihrer Tiefe und Traurigkeit nähert sie sich meinem Ideal. Sie besitzt ein großes Haus am Stillen Ozean, auf einem Felsen, der von der Brandung unterspült wird. Das Haus droht in den Ozean zu stürzen und somit den kommenden Winter nicht zu überstehen. Sie besitzt einen Pontiac Sport, 1968er Baujahr, eine silberblitzende, starke Kiste, nach der sich die Leute umdrehen, die uns entgegenkommen. Ihr Freund ist Maler, Mark und sie lieben sich, aber wahrscheinlich werden sie sich bald trennen, da ihre Beziehung irgendwie nicht funktioniert. Sie ist Chefin einer großen Internet-Company, die dermaßen zukunftsweisend ist, daß sie ständig neue Wörter erfinden muß, um zu erklären, was sie tut, und die sich in so rasendem Tempo weiterentwickelt, daß sie lachend erklärt: Kaum funktioniert etwas, ist es auch schon veraltet. Sie hat enorme Einkünfte und einen geliebten Vater, der ihr Business protegiert, aber auch ebenso hohe Ausgaben, bei denen einem schwindlig wird und die sogar ihren liebenden Vater verärgern.

Maggy massiert mich. Sie erzählt, was ihre Hände ihr bei der Berührung meines Körpers mitteilen. In ihrem Gesicht ein Lächeln reinster Wonne, wie sie vielleicht nicht einmal der Orient kennt. Sie sieht in ihrem Unterbewußtsein viele, viele große schwarze Pupillen, sie sieht einen Menschen, der vielleicht meine Großmutter ist, und sie sagt, daß dieser Mensch immer bei mir sein wird und daß meine Großmutter mich niemals verurteilen wird.

Maggy ist Fotografin. Sie zeigte mir von ihr heimlich aufgenommene Fotos, auf denen der Gehilfe des Kapitäns zu sehen ist, wie er die Amerikaner zu Sklaven der Zahlenreligion macht. Wie sich herausstellt, gibt es da viele unangenehme, erniedrigende Rituale, die unmittelbar mit der Läuterung des Fleisches zu tun haben.

»Nicht eine Zeitung will sie veröffentlichen«, sagte Maggy. »Das geht alles viel zu weit.«

Liz macht mir gegenüber alle möglichen kritischen Bemerkungen. Sie hat ein gutes Gespür für Idioten, besonders für amerikanische. Sie erkennt sie unfehlbar und für amerikanische Maßstäbe gnadenlos. Sie läßt nicht zu, daß wir an der Idiotenfront die Orientierung verlieren.

»Wer den Amerikanern das Wissen um die Dummheit beibringt, der zerstört die Zahlenreligion und befreit Amerika«, meint Liz bescheiden.

Die dritte Amerikanerin versucht schwesterlich die Amerikaner zu verteidigen.

»Ich denke immer noch darüber nach, worüber du gesprochen hast«, sagt sie zu mir. »Über die Kultur als Suche nach absoluten Werten und was das mit Amerika zu tun hat. Jedenfalls, gibt es nicht auch bei dir in Rußland riesige Gebiete, wo die Arbeiter der landwirtschaftlichen Produktionsgenossenschaften herrschen und nicht die Intelligenz? So ist es nämlich auch mit dem Mississippi in Amerika.«

»Jede Vorstellung von Amerika ist fehlerhaft«, sage ich.

Jeden Morgen joggten die drei Amerikanerinnen am Ufer des Mississippi entlang, danach fuhren sie Kanu. Eines Morgens wurden sie ermordet in der Kajüte aufgefunden.

»Kapitän!« konnte ich mich nicht beherrschen. »Was geht eigentlich vor auf Ihrem Schiff? Die Besten werden ermordet.«

Hotel Peabody

Er Mehr als alles auf der Welt liebt es Gabi zu ficken. Obwohl das so ist, ist es auch wieder nicht ganz so. Mehr als alles auf der Welt möchte Gabi berühmt sein. Sie möchte, daß viel über sie geredet wird, daß man entzückt ist von ihr und daß man sie sehr schätzt. So ist das, wenn auch nicht ganz endgültig. Mehr als alles auf der Welt möchte Gabi, daß man sie liebt und daß sie selbst liebt, sie möchte, so ihre Worte, eine große Liebe. Keine kleine, sondern eine große.

Gabi hat mein verlängertes Knabenalter zertrampelt. Nicht Enthaltsamkeit, sondern ein schmachtend qualvolles Zuviel hat mich schließlich zur Befreiung geführt. Ich habe die Sonnenuntergänge über dem Mississippi gesehen.

Im Hotel Peabody in Memphis haben wir uns tierisch geprügelt. Das Peabody ist ein edles Etablissement. In solchen Hotels waren wir sonst nie abgestiegen.

»Ich allein suche nach der Wahrheit in diesem Fluß«, schrie Gabi, »und du suchst in jedem Kaff immer nur deine verlorene Tochter!«

Wir gingen ins Polizeimuseum, wo Fotos von Polizisten zu sehen waren, die bei höchster Pflichterfüllung getötet worden waren, sowie andere interessante Exponate, wie Polizeiuniformen aus unterschiedlichen Zeiten. Gabi bemerkte, daß in der Abteilung Mordkommission alle Polizisten (auf einem Gruppenfoto) große Nasen hatten, was in der Tat komisch war, aber trotzdem sah ich sie an wie einen Wurm. Dann gingen wir uns Bluesmusik anhören, zuerst in den B. B. King-Club (wo wir schlecht zu Abend aßen), da hörten wir King Junior, der eine Show abzog und die Saiten mit den Zähnen bearbeitete, aber durchaus nicht übel sang. Dann gingen wir in eine Kneipe fürs eher einfache Volk, und da spielten ein paar junge Typen Rockmusik, und gegen Ende trat eine Blondine auf mit kurzgeschnittenem Haar, schwarzem T-Shirt, weißer Hose und nettem Busen und begann flott zu tanzen, und da dachte ich wieder an meine amerikanische Tochter und daran, daß sie wahrscheinlich schon ihre Menstruation hatte.

Gabi war betrunken und rief hysterisch ihren Freund Mathias in Berlin an, lachte hysterisch und redete deutsch. Als sie fertig war, wollte ich auch telefonieren, und da sagte sie, das sei bloß eine Retourkutsche, stellte das Telefon ab und wollte sogar das Kabel aus der Wand reißen. Da sagte ich, sie solle das bleiben lassen, und sie fing an zu schreien, ich sei ein großes Stück Scheiße, so groß, wie sie es noch nie im Leben gesehen hätte. Und dann schrie sie, daß noch nie im Leben jemand *fuck off* zu ihr gesagt oder sie für einen Scheiß gehalten hätte, und sie echauffierte sich dermaßen, daß sie sich auf mich stürzte und mir ins Gesicht schlug. Ich schlug zurück, so daß sie hinfiel, und verpaßte ihr ein paar Ohrfeigen, allerdings nur mit der flachen Hand und nicht besonders schmerzhaft.

»Gabi!« schrie ich. »Du hast schwarze Fußsohlen! Die haben sie beim Umfärben vergessen! Du bist nicht echt.«

»Schwarze haben rosa Fußsohlen«, beruhigte mich Gabi unter Tränen.

Sie heulte, wie ich es überhaupt noch nie gehört habe, das heißt, unglaublich hysterisch, und ich befürchtete schon, die amerikanische Polizei aus dem Museum könnte auf uns aufmerksam werden. Sie rief dann tatsächlich bei der Polizei an und schrie in den Hörer, ich hätte einen Schwarzen umgebracht. Nur gut, daß ich zuvor das Kabel durchgeschnitten hatte. Aber ich wußte, daß sie wegrennen und mich denunzieren konnte. Ich schnappte sie mir und stellte sie unter die kalte Dusche, aber zuvor sagte sie noch, nur eines mache mir Angst, und zwar, daß sie über all das schreibt und ich meinen guten deutschen Ruf verliere, in Deutschland wollen mir alle immer Angst machen mit diesem guten deutschen Ruf, wandte ich widerwillig ein, und dann, wieder einmal verblüfft über ihre Eitelkeit, wusch ich sie mit Seife.

»Gegen wen hast du mich eingetauscht? Gegen diese mickrige Lora Pawlowna? Sie ist klein und schrecklich!«

»Du wirst sehen, wenn die Haare ab sind, wird sie ein hübsches Ding werden!«

Ihre Hysterie erreichte eine neue Phase, und sie schlug mir sogar ein bißchen in die Fresse. Ich lag bis in die Morgendämmerung angezogen da, in Erwartung einer weiteren Dummheit. Vor lauter Aufregung rauchte sie ihre erste Zigarette seit neun Jahren. Um die Spannung, die sich verdichtet hatte, aufzulösen, beschloß ich, der Sache mit einem Bums ein Ende zu setzen, was ich denn auch angewidert in die Tat umsetzte, zudem nicht ohne Widerstand des deutschen Partners. Später lobte sie diesen Bums über alle Maßen.

Am nächsten Morgen ließen wir meine Brille (sie hatte meine Lesebrille kaputtgemacht) beim Optiker reparieren, der, wie sich herausstellte, der Optiker und Augenarzt von Elvis Presley gewesen war, Doktor Metz, der mir erzählte, daß Elvis manchmal um zwölf Uhr nachts in seine Sprechstunde gekommen sei. Na, und wie war das, war er ein guter Patient? Ja, Doktor Metz, habe er gesagt, danke, Doktor Metz. Die Eitelkeit des Doktors war damit für den Rest seines Lebens befriedigt.

Gabi ist jeden Tag von fünf bis sechs Uhr abends gehobener Stimmung, lacht und scherzt viel. Und dann ist sie wieder die alte Neurasthenikerin und einfach ein Aas. Mal geniert sie sich bei allem, dann wieder rennt sie splitternackt durch die Gegend. Auch in Anwesenheit deiner Freundinnen, sage ich, pupst du, du sitzt, sage ich, mit Sabine zusammen, man diskutiert die letzten Kulturmeldungen, und ihr beide pupst, ist das bei euch in Berlin so üblich?

Aber sie sagte, das sei nicht so. Und hier pupst sie. Auf dem Friedhof gingen wir zu den Konföderierten. Ein heiliger Ort, möchte man meinen. Wer würde auf dem Friedhof pupsen? Vor den Gräbern der Helden, die den falschen Standpunkt in der Geschichte gewählt haben, aber immerhin, sie haben ihn gewählt. Vielleicht, frage ich, pupst du, weil du gegen ihren faschistischen Standpunkt in der Geschichte, wie du dich ausdrückst, protestieren willst?

Es stellt sich heraus, daß alle Vegetarier viel pupsen. Fürchterlich. Und Gabi pupst also auch. Statt Fleisch zu essen. Was ist schlimmer? Pupsen oder Fleisch essen? Das ist die Frage.

Zu Besuch bei Elvis

Er »Elvis Presley ist der Prophet der Zahlenreligion«, sagte ich zum Gehilfen des Kapitäns.

»Micky Maus ist auch einer von uns«, fügte er hinzu.

Der Gehilfe und ich fuhren los, dem Propheten die Ehre zu erweisen.

Wer weinende Amerikaner sehen will, muß man nach Memphis fahren. Hier, in der Villa *Graceland* auf dem Elvis-Presley-Boulevard fließen die Tränen in Strömen. Es weinen die Kinder, es weinen die alten Frauen in ihren Rollstühlen. Allen tut Elvis leid.

Der Anfang des Mississippi-Deltas. Die Grenze zwischen Norden und Süden. Genau hier mußte Elvis erscheinen. An frühen Fotos sieht man, daß er ein Außerirdischer war. Doch wie übel hat er Amerika mitgespielt, indem er zu Lebzeiten den verfetteten Wimpel des amerikanischen Konformismus markierte!

»Marilyn Monroe war auch ein Spiel«, gestand der Gehilfe. »Das Ende vom Lied war, daß sie ihre Leiche im Leichenschauhaus der Polizei gebumst haben.«

»Und Kennedy?«

»Ein Bastard«, sagte der Gehilfe in schneidendem Ton.

Der letzte Hohn war Elvis' Leidenschaft für das Sammeln von Soldatenuniformen (150 an der Zahl) und polizeilichen Sympathiebekundungen in Form von Abzeichen. In mehreren Staaten wurde er zum Hilfssheriff ehrenhalber ernannt. Der

Klassenkomplex des Lastwagenfahrers ist es, klein angefangen zu haben, als die Polizei noch allmächtig erschien, wo man doch so gern mit ihr gut Freund sein wollte. Personenkult, mythologische Zone. Kein Wort über Drogen, Trunksucht, die Windeln des Idols, das seinen Urin nicht mehr kontrollieren konnte.

»Guck an! Kein Wort darüber, daß er die Beatles beim FBI denunziert hat!« freute sich der Gehilfe des Kapitäns.

Zahllose goldene und Platin-Schallplatten, der Akzent auf finanziellem Triumph und Wohltätigkeit. Kein Wort über die Bedeutung der Rockmusik. Kein Wort über die sozialen Konflikte und die Rassenunruhen der sechziger Jahre. Kein Foto, auf dem er mit einem Schwarzen zu sehen wäre.

Konformismus *plus* Erfolg – das ist der heilige Traum Amerikas. Drei Fernseher in einer Schrankwand, man kann drei verschiedene Programme gleichzeitig gucken, außerdem eine bescheidene Sammlung von Schallplatten anderer Musiker, ein Schießstand im Hof, lebendige Rennpferde, Ausstellungsstücke mit verbundenen Augen. Im Hause des Verstorbenen eine enorme, der Völlerei geweihte Küche, aber kein einziges Buch. Das Grab des Sex-Symbols – voller Kinderspielzeug.

Wir legten frische Pampers nieder.

Riedle

Sie Ich bin eine Tochter der Sümpfe. Des feuchten Landes. Des weichen Bodens. Des wäßrigen Terrains. Des nachgebenden Grundes. – »Ich bin hier zu Hause«, sagte ich zum Russen, als wir uns dem Mississippi-Delta näherten, »Riedle, das heißt kleiner Sumpf, verstehst du, petit marais, little swamp. Ich heiße sozusagen Swampy. Nun ja. Von mir aus kannst du auch einfach Delta-Queen zu mir sagen.«

Auf unserem Schiff, das so hieß wie ich, »wie ich und nicht wie du, und schon gar nicht wie dieses Fräulein Germania, das Schiff von der, die ›Deutschland‹, ist in Amsterdam auf Grund gelaufen, falls du dich nicht mehr erinnerst!«, auf unserem Schiff glänzte die Pracht des vorigen Jahrhunderts, poliertes Messing, edle, dunkle Hölzer, kostbare Lampen aus farbigen Gläsern. Sanft umwehten uns kühle Lüfte in den Salons. Die Fenster waren dick von Feuchtigkeit beschlagen, wir mußten an Deck gehen, wenn wir die Landschaft sehen wollten. Wollten wir?

Wir glitten durch die Südstaaten. Links lag der Staat Mississippi, rechts noch immer Arkansas. Bald würden wir in Louisiana sein. Das feste Land war durchlöchert von Sümpfen. Jenseits der Flußufer lagen kleine Seen – lauter abgeschnittene Ärmchen des Mississippi, denn der große Fluß änderte ständig seine Gestalt. In diesen Jahren strebte er wieder fort aus seinem Bett. Nach Westen. Einen Ausbruchsversuch hatten vor Jahren die Helden vom US Army Corps of Engineers verhindert. Der Fluß wollte Abkürzungen nehmen, am liebsten auf direktem Weg in den Golf von Mexiko fließen. Nichts da. Die Armee versperrte ihm den Weg mit Sperren und mit Dämmen. Vielleicht hat er dieses Mal ja mehr Erfolg.

Längst verstanden wir die Amerikaner überhaupt nicht mehr. Sie sangen so komisch, wenn sie sprachen. Sie sagten: »Hallo«, und wir sagten: »Wie bitte?« Aber wozu sollten wir uns überhaupt mit Amerikanern unterhalten? Uns genügten die mächtigen steinernen Löwen in Vicksburg, die Pferdekutschen in Natchez und die Straßen in St. Francisville, denen man Namen wie »Prosperity« und »Fidelity« gegeben hat, die endlosen Baumwollfelder, die bis zum Horizont Wohlstand versprachen und Treue forderten, die prächtigen Herrenhäuser mit ihren Schnörkeln, ihren Säulen, ihren französischen Chaiselongues, die zerschlissenen Kunstledersofas auf den Veranden vor den Häusern der Schwarzen, die überheblichen Alleen aus alten Eichen und die zu einem zähen Gähnen aufgesperrten Mäuler der Alligatoren in den Sümpfen, die eleganten Anzüge der ehemaligen Sklaven, die verschlungenen Frisuren ihrer Frauen, die erhobenen Hauptes schliefen, um den schwarzen Glanz, die schwungvollen Windungen, die zarten Plissees, die dynamischen Scheitel auf ihren Köpfen nicht zu beschädigen. Und schließlich über alledem: das herablassende feudale Lächeln der einstigen Menschenbesitzer. So verstanden wir. Daß es ein richtiges Leben im Falschen gibt. Oder ein falsches Leben im Richtigen. Daß zumindest wir uns sehnten nach Gespenstern, nach Ungerechtigkeit, nach Irrationalität, nach opulenten Formen – und nach weichen Untergründen.

Oder vielleicht hatten wir doch nichts verstanden. Von uns. Und von den Südstaaten und ihrer heruntergekommenen, ihrer katholischen, ihrer dampfenden Sklavenhalterpracht, der der dünnblütige, zukunftsfrohe Pragmatismus der Yankees bis heute zutiefst fremd geblieben ist.

Der Russe dachte überhaupt nicht daran, mich Delta Queen zu nennen. Er wollte überhaupt nichts von mir wissen. Er interessierte sich nur noch für das Fräulein Germania. Den ganzen Tag lief er ihr hinterher, betatschte sie hier, kniff sie dort, traktierte sie mit kleinen Stöckchen, zettelte dämliche Diskussionen an, beschimpfte sie in allen Sprachen – und kam dennoch nicht auf die Idee, sie in Ruhe zu lassen. Und sich mir zuzuwenden. In Vicksburg, Mississippi, ging er sogar alleine mit ihr von Bord. Zur rituellen Schlachtfeldbesichtigung inklusive Stalingradreminiszenz. Wir hatten gelesen, daß die Stadt Vicksburg im amerikanischen Bürgerkrieg siebenundvierzig Tage belagert worden war und vor ihren Toren jetzt der National Military Park lag, das besterhaltene Schlachtfeld der Vereinigten Staaten mit Dutzenden von schicken weißen Marmormonumenten entlang einer sechzehn Meilen langen Fahrstraße. Hätte auch mich interessiert, so ein Drive-in-Schlachtfeld. Keine Ahnung, was der Russe mit dem Fräulein Germania dort gemacht hat.

Irgendwann schlug er mir dann doch eine gemeinsame Unternehmung vor: einen Ausflug in die Sümpfe. Ich war geschmeichelt. Und dachte: jetzt hat er mich doch wieder erkannt. Zwischendurch hatte ich befürchtet, daß er mich die ganze Zeit mit dieser Metapher verwechselt hatte und nur aus Versehen mit mir unterwegs war. Der Russe und ich – von wegen Big Combo! Und ich hatte das ganze Affentheater mit der verlorenen Tochter und mit der Flucht vor der Polizei mitgemacht!

»Little Riedle«, sagte er jetzt zärtlich. Es hatte sich also doch gelohnt.

Am nächsten Morgen wollten wir in die Sümpfe. Dorthin, wo die Alligatoren den harten amerikanischen Realismus mit ihren Zähnen zerfetzten und mit in den weichen, schlammigen Untergrund nahmen. In den Urschlamm, in dem auch die neuesten aller neuen Welten irgendwann wieder versinken.

Drunten in New Orleans brüllten schon wieder die Götter Afrikas, die Geister des Voodoo, die unsichtbaren Kräfte eines ganz anderen Lebens. Ich freute mich auf die Sümpfe. Ganz

New Orleans ist auf Schlamm gebaut. Schon jetzt liegt die Stadt unter dem Meeresspiegel. Der Boden im Mississippi-Delta sinkt, sackt ab. Land geht verloren. Seewasser schwappt herein. In wenigen Jahren wird das Meer viele Orte verschlungen haben. Aber die Kinder der Sklaven, die man mit den großen hölzernen Schiffen in die Neue Welt gebracht hatte, wissen, daß ihre Vorfahren eines Tages in einem neuen Körper wiedergeboren werden.

Alligatoren

Er Ich lud den Kapitän in die Bar ein. »Ich bin müde«, lehnte er ab. »Ich möchte schlafen. Machen Sie Ihren Kram alleine.« – »Früher liefen bei uns alle besonderen Vorkommnisse darauf hinaus«, sagte der schwarze, krausköpfige Barmann zu mir, während er dem Kapitän nachblickte, »daß die Mannschaft sich nächtens mit den Passagieren in den Rettungsbooten verbrüdert hat.«

»Einmal Benzin mit Campari«, bestellte ich.

»Hab ich mich vielleicht verhört?« fragte der ehrliche Kerl noch einmal nach.

Kaum hatte ich endgültig beschlossen, daß Amerika jeglicher Eleganz entbehrt, da wurden die T-Shirts und Shorts von Blusen, Hemden und langen Kleidern abgelöst. Die Sonnenbrillen der Pflanzer bekamen europäische Konturen. In den Regalen der Geschäfte süße Püppchen schwarzer Vater- und Mutterschaft, in den Hotels süße, besser gesagt, extrem süße Frühstücke.

Wir waren in eine andere Kultur eingetaucht. Der amerikanische Süden ist elegant. Neben dem aristokratischen Südstaatlerinnen wirkt die verwegene Gabi ihrerseits wie ein Mauerblümchen. Kaum waren wir in den Sklavenhalterstaaten angekommen, hörte Gabi zum Zeichen des Protestes auf, eine Unterhose zu tragen. Bewußtsein und Unterbewußtsein Amerikas spiegeln sich in Gedenktafeln. Auf der Vorderseite die Daten der Schlachten des Bürgerkriegs. Auf der Rückseite homosexuelle Liebeserklärungen und heiße Telefonnummern, mit einem Nagel eingeritzt.

Hitze. Feuchtigkeit. Berge von Eis in jedem Glas Orangensaft. Man fühlt sich geröstet. Es schreibt sich schlecht, es denkt sich schlecht. Erst gegen Mitternacht wird es etwas kühler. Ich träume, daß in Amerika meine Tochter aufwächst, ein Mädchen mit blondem kurzgeschnittenen Haar in schwarzem T-Shirt und weißer Hose bis zum Knie, und daß sie wahrscheinlich schon ihre Menstruation hat. Ihre Mutter arbeitet als Sängerin und Pianistin auf dem luxuriös reanimierten Touristendampfer mit vier Decks, der »Delta Queen«.

Der Kapitän und der Gehilfe des Kapitäns nehmen mich bei der Hand und führen mich in den Salon.

»Wir haben unser Versprechen erfüllt«, sagen sie und öffnen die Tür.

»Kapitän«, sage ich, »befehlen Sie ihm, die Zahlenreligion abzuschaffen.«

Der Kapitän schweigt.

»Kapitän«, sage ich, »wachen Sie auf! Sie sind doch kein Amerikaner.«

»Mein Vater war Ire. Meine Mutter Russin. Aus Gdansk.«

»Warum hast du die drei Amerikanerinnen umgebracht?« frage ich den Gehilfen des Kapitäns.

»Agentinnen des Chaos. Ich habe ein Alibi. Und wer hat den Schwarzen umgebracht?«

»Der Schwarze – das ist Kintopp.«

»Alles ist Kintopp«, sagt der Gehilfe.

Amerika hat Rußland ein Schiff geschenkt ..., singt die Sängerin im Cowboyhut einen Blues.

Beim Abendessen treffe ich Mutter und Tochter wieder. Sie sehen mich merkwürdig an. Und da ist auch der Ehemann von Lora Pawlowna, der Dissident Peter Ferren. Sein Traum war es, in Europa zu leben, aber der hat sich nicht erfüllt. Achtundfünfzig Jahre alt. Professor für europäische Literatur in Rochester, Staat New York, der Heimat des Kodak-Films, hier auf dem Schiff verdient er sich mit der Klarinette und dem Saxophon etwas dazu. Wir kommen ins Gespräch. Der Professor sagt, der Grund für das amerikanische Elend sei die mißglückte sexuelle Revolution. Sie habe die Gesellschaft dadurch zerstört, daß sie eine ultrakonservative puritanische Gegenreaktion hervorgerufen habe. Und da sind auch seine beiden debilen Söhne.

»Morgen machen wir einen Ausflug in die Sümpfe. Wollen wir nicht Alligatoren jagen?« sage ich.

»*It sounds like a plan*«, willigt der Dissident ein.

Am Steuer des Motorbootes sitzt Donald, Vietnamveteran.

»Lora«, sage ich leise zu der Sängerin.

»Was ist?«

»Ach, nur so. Nichts.«

Donald war hauptsächlich in Kambodscha, Minenfachmann, Freiwilliger mit siebzehn, danach Alpträume, drei Schlaganfälle, er hat alles vergessen: Kindheit, Krieg. Wenn er im Fernsehen Krieg sieht, schaltet er um, er lebt in einem Hausboot in den Sümpfen (um keine Immobiliensteuer zahlen zu müssen).

Überirdische Schönheit. Seerosen, Reiher, Bäume im Wasser.

»Die Amerikaner lieben die Natur nicht«, sagte plötzlich das Mädchen Lorotschka.

Alle wechselten schweigend Blicke.

Der erste von uns erspähte Alligator kriecht ans Ufer, um das Stück Blaubeerkuchen zu fressen, das ich ihm hinwerfe. Geschwänzt, anderthalb Meter lang, flink und gefährlich. Er kommt aus dem Wasser und furzt aus tiefster Seele. Gabi klatscht in die Hände. Ihr Glück kennt keine Grenzen. Ach, wenn sie wüßte, daß dies das Zeichen zum Angriff ist!

»Wie löst ihr da bei euch in Rußland das Problem mit den Schwarzen und den Latinos?« fragen mich die beiden debilen Brüder, die all ihr Wissen zusammengekratzt haben.

Ich komme nicht dazu, ihnen zu antworten. Urplötzlich erscheint aus der Tiefe des Sumpfes, enorme Wasserfontänen hochschleudernd, ein Wunder der Natur: ein Schwarm fliegender Alligatoren. Allgemeines Entsetzen. Wellen. Taifun. Das Boot kippt beinahe um. Die Alligatoren fliegen wie Jagdbomber. Sie nähern sich uns, lächelnd.

»Wir müssen sie bluffen!« schreit uns Donald zu. »Alligatoren haben Angst vor Lärm!«

Wir fassen uns an den Händen und beginnen wie wild das Erstbeste zu brüllen, was einem in Amerika in den Sinn kommt:

»*Happy birthday to you!*«

Die Alligatoren sperren ihre Mäuler noch weiter auf. Doch leider nicht vor Staunen! Im Tiefflug attackieren sie kaltblütig den Vietnamveteranen. Der erinnert sich im letzten Moment an Vietnam und geht einem von ihnen an die Gurgel. Zu spät! Es gibt keinen Veteranen mehr! Die Alligatoren greifen die debilen

Brüder an. Die heben eingedenk ihrer Erfahrung mit Prügeleien in der Schule, zudem sind sie in der Minderheit, die Hände hoch. Die Alligatoren vierteilen mit den Zähnen die debilen Brüder. Peter Ferren verteidigt sich mit der Klarinette; er hatte versprochen, uns bei Sonnenuntergang Gershwin vorzuspielen. Die Amphibienscheusale schlucken die Klarinette. Sie beißen den ergrauenden Dissidentenkopf von Peter Ferren ab. Der stirbt mit den Worten »Bertolt Brecht« auf den Lippen.

Lora Pawlowna! Liebe Lora! Springen Sie über Bord! Lora Pawlowna will vom Heck aus ins Wasser tauchen. Die Alligatoren fangen sie im Sprung, der an die zerfallenden sowjetischen Schwimmerinnen am Ufer der Moskwa erinnert. Die Alligatoren schnappen sich Lora Pawlowna, fliegen mit ihr hoch in die Luft und spielen mit ihr Ball wie Delphine. Sie fliegt zwischen ihnen hin und her, die Hände zusammengepreßt wie eine Heilige. Es tut weh, das mitansehen zu müssen! Die Alligatoren haben ihr Vergnügen mit der Beute gehabt, und raublustig verschlingen sie Lora Pawlowna. Sie essen sie samt ihrem Cowboyhut und dem orthodoxen Kreuz auf der Brust (einst ein Geschenk von mir).

Schließlich, nachdem die Alligatoren ihr die Kleider vom Leib gerissen haben, nehmen sie, höhnisch grunzend wie lauter Grischka Rasputins, die entblößte Deutsche mit der schwarzen Scham und der Ziffer 1968 zwischen den Schulterblättern auseinander. Sie darf als »Feindbild« nicht weiterleben und winselt mit tiefer Stimme auf deutsch:

»Der Tod ist vulgär ...«

Ein Blutbad.

»Papa, das Gewehr!«

Mein Töchterlein greift sich die großkalibrige Knarre aus dem Boot. Du mein Glück, du hast mich Papa genannt! Plötzliche Tränen hindern mich vorübergehend daran, den Feind zu sehen.

Nachdem die Alligatoren in der Luft, die kurz vor dem Sonnenuntergang hellorange schimmert, eine Runde gedreht haben, wollen sie das Veteranenhündchen namens Nixon fressen, aber das amerikanische Töchterlein und ich leisten vernichtenden Widerstand. Ich feuere ununterbrochen aus dem großkalibrigen Gewehr. Piff! Paff! Puff! Die Alligatoren stürzen stückchenweise einer nach dem anderen in den See. Nixon bellt verständig. Ich richte meine Sonnenbrille von Trussardi, die ich im letzten Jahr in Venedig gekauft habe, und zünde mir eine an, wozu ich ein Benzinfeuerzeug benutze. Wir sind *definitely* entzückt voneinander.

»Töchterlein!«

»Papa!«

»Na, alles in Ordnung?«

»*I am fine!*«

»Na, Gott sei Dank!«

Fünf Minuten später hat Lorotschka vergessen, daß Mama, Brüder und Dissident gefressen wurden, nimmt Nixon auf den Arm, und wir fahren im Jeep zum Abendessen in ein Restaurant. Ich werde sie nach Moskau mitnehmen.

Knockin' on Heaven's Door

Sie Die Bäume tragen lange Bärte aus Moos. In den Herrenhäusern stecken die Kanonenkugeln aus dem Bürgerkrieg. Ein sanfter grüner Schmodder aus Algen, Entengrütze und winzigen Wasserpflänzchen bedeckt das Land des Mississippi-Deltas. Jemand hat mir die Haut abgezogen. In den Sümpfen lauern entflohene Sträflinge in Schwarzweiß. Seit vierzig Jahren stehen sie bis zur Brust im Wasser hinter den Bäumen, in ihren wilden Augen haben sich Insekten eingenistet. Von New Orleans herauf nölt ein lächerlich getragener Dixie. Wahrscheinlich wieder weiße Bankangestellte, die für eine schwarze Beerdigung üben. Sie sitzen auf Stühlen und streichen ihre Krawatten glatt, bevor sie noch einmal von vorne anfangen.

Bin ich tot? Ich glaube fast, der bescheuerte Russe hat mich endlich umgebracht. Im Namen der Liebe: bleiben Sie stehen! Oder war es dieses obskure Fräulein Germania, mit dem er immer durch die Gegend zog? Eifersuchtsdrama? Sie oder ich! Wer hat das gesagt? Sie oder ich?

Dort steht diese Zicke aus der Kirche in Natchez. So eine alternde Sklavenhalterbraut mit teuren Wasserwellen und wichtigtuerischen Strumpfhosen bei der allergrößten Hitze. Es war Sonntag. Nach dem Gottesdienst hat sie uns angequatscht. Presbyterianerin. Sah eigentlich eher aus wie eine Katholikin.

Sie sagte, sie war in Moskau mit ihrem Mann. Ich hatte keine Unterhose an. Sie ging mit ihrer Strumpfhose die Stufen vor der weißen, weißen Kirche hinunter. Der Russe schwitzte und schlug sich auf ihre Seite. Ist jetzt auch schon egal.

Jemand serviert süßen Brotpudding. Er schwimmt im Sirup. Cremetorten. Schmalzgebackenes mit Honigguß. Kandierte Früchte. Zimt. Ich sitze an einer langen Tafel, über mir brummt ein mächtiger Ventilator. Die Dächer sind fortgeflogen im Wirbelwind. Noch immer sind die Menschen auf der Flucht. Der Präsident steht ihnen bei. Die Säulen ragen endlos in die Höhe. Der Zimtstaub sitzt in allen Ritzen. Aber alle Gerüche haben aufgehört. Wo ist der Duft des Erfolgs? Des Selbstvertrauens? Der Zuversicht?

Mein neues Leben. Was ist los? Keiner da? Wo ist der Russe? Das Fräulein Germania, meine treue Begleiterin? Die Zicke aus Natchez? Wo sind deine Wasserwellen? Die wiegenden, wogenden Wasserwellen. Von der schönen blauen Donau. In Strawberry Point in Iowa sah ich eine Erdbeere, größer als das Empire State Building. Vor ihr standen der Bürgermeister und ich, der Russe lag auf dem Bürgersteig und fotografierte uns von unten – mich, den Bürgermeister, die riesige Erdbeere, die winzige amerikanische Flagge, kurz bevor sie in die Unendlichkeit eintauchte, den beerenblauen Himmel, die Sonnenbrille des Bürgermeisters, mein Kleid aus Leinen, mein Haar aus Stroh, die Straßenlaterne, mein schattiges Gesicht, das Lächeln des Bürgermeisters, die Dunkelheit auf seinem weißen Hemd, flaumige, weiße Wolken. Da waren wir auf dem Weg zur Volga. Die schrieben sie dort mit V. Sie floß in den Mississippi. Und verschwand.

Herzeloide sitzt im Casinoschiff in St. Louis. Das Schiff liegt fest vor Anker, aber die beiden langen dünnen Kamine spucken undurchdringliche Schwaden von stechend-süßlichem Rauch in die Höhe. Manche der Spieler sehen aus wie monströse Pudel, denen man putzige Kleider – bunte Hemden, karierte Hosen – angezogen hat, obwohl ihnen schwarze oder gelbe Locken die Arme und manchmal sogar die Beine hinunter wachsen, nur ihre Gesichter sind rosa und schutzlos nackt. Der Bauch des Schiffes leuchtet und glitzert und funkelt und glänzt und blinkt und fiept und singt und quiekt und piepst und summt. Lichtwellen. Schallwellen. In niedrigsten und in höchsten Frequenzen.

Herzeloide hat ein Dirndl an. Sie sitzt an einem Spieltisch und schiebt mit einem Stöckchen wohlgeformte weißgoldene Zähne, diese schönen kalifornischen breiten Zähne auf grüne Zahlenfelder. Der Gehilfe steht hinter ihr und flüstert ihr die Zahlen ins Ohr. Der Croupier dreht das Rad. Herzeloide gewinnt. Der Gehilfe wispert. Dann das Rad. Dann der Gewinn. Gewinn. Gewinn. Weißgoldene Zähne prasseln auf Herzeloide nieder. Sie hängen in ihren Haaren, sie fallen in ihren Ausschnitt.

Auf dem Highway 61 kommt Bob Dylan angefahren. Er hat Gott dabei. God said, you can do what you want, but next time you see me coming you better run. That way: down Highway sixty-one ... Aber jetzt weiß ich nicht mehr, wie das Lied weitergeht.

Zombie

Er »Reisen lehren einen«, sage ich zu Lorotschka im Restaurant (wir essen leckere gekochte Krabben), »daß die Natur schön ist und die Menschen dumm sind. Sie verfügen über einen unerschöpflichen Vorrat an Dummheit. Man kann sie nur manipulieren oder bemitleiden oder auf sie pfeifen. Ändern darf man hier gar nichts. Sonst verlernen die Menschen, ihre sozialen Rollen zu spielen. Jeder ist auf seine Weise dumm. Das macht in erster Linie die Vielfalt aus.«

Sie glaubt mir nicht. Versteht die Bedeutung des Wortes *stupid* nicht. Aber als die Restaurantkapelle zu spielen beginnt, steht sie traumwandlerisch auf, geht zur Bühne und legt einen Rock 'n' Roll hin, wie ihn an der Wolga keiner beherrscht. In ihren Augen goldene Weihnachtspalmen. Auf dem Gesicht ewiges Weihnachten.

»Wie ist es dir dort ergangen, in diesem Puff für Minderjährige?«

»In welchem Puff?« fragte Lorotschka.

»Olga hat mir davon erzählt.«

»Olga übertreibt wie alle Russen. Die Russen haben eine krankhafte Phantasie.«

»Stimmt es denn nicht, daß dein schwarzer Pseudopapa zudringlich geworden ist?«

»Nein.«

216

»Aber er hat mir gesagt, daß er mit dir geschlafen hat.«

»Geschlafen, aber nicht gebumst. Er war ein guter Mensch«, schluchzte sie. »Jemand hat ihn umgebracht.«

Pflanzungen, Farmen, Gespenster. Die Gespenster schreien nachts schrecklich. Schrecklich schreit und weint das Gespenst Gabi. Leute laufen mit Gewehren herum. Viel Wild und Gespenster. Die Schwarzen sind etwas ganz anderes. Sie bewegen sich anders, reden, lachen, leben anders. Sie lachen von einem Ohr zum andern. Sie haben nichts von totem Fleisch an sich. Wenn sie gehen, dann wiegt sich ihr ganzer Körper. Sie haben riesige Augen. Nach all diesen Flußreisen bin ich mit den Russen nachsichtiger geworden. Auch sie haben trotz allem etwas Lebendiges an sich.

Ich fasse den Entschluß, Gabi auferstehen zu lassen. Zu diesem Zweck fahre ich nach New Orleans auf den alten Friedhof, wo die Verstorbenen für den Fall einer Überschwemmung in marmornen Grabmalen in der Luft hängen. Ich verneige mich vor dem Kultgrab der Voodoo-Königin Maria L. Drei Kreuze, drei Cents (von mir) und ein Lippenstift (das ist alles, was von Gabi übriggeblieben ist) als Opfergaben. In der zentralen Voodoo-Apotheke der Stadt kaufe ich eine spezielle Wiedererweckungscreme. Ich schmiere sie dick auf ein Foto von Gabi. Fünfzehn Prozent der Einwohner von New Orleans praktizieren Voodoo.

Nachts höre ich Jazz in den Nachtclubs, morgens trinke ich im Café du monde mit Lorotschka Café au lait. Sie liest eine Broschüre über die Zahlenreligion.

»*Kinder sind keine Hunde*«, liest sie laut vor. »*Man darf sie nicht dressieren, ohne zu berücksichtigen, daß sie ja Männer und Frauen sind, die nur noch nicht das Erwachsenenalter erreicht haben.* Das hast du toll geschrieben!« sagt sie.

Es ist mir peinlich.

»Dummes Zeug«, sage ich.

»Den Ausdruck haben wir in der Schule nicht gehabt«, kichert sie.

»Bist du etwa schlecht in der Schule?«

»Ich bin die Klassenbeste in Leistung, aber nicht in Betragen.«

Sie kriecht zu mir ins Bett.

»Vater, warum küßt du so altmodisch?«

Ich jage sie davon.

»Zwanzig Prozent der amerikanischen Väter schlafen mit ihren Töchtern«, sagt Lorotschka. »Ich will auch!«

»Verschwinde, du mein Unglück!«

»Fünfundzwanzig Prozent der amerikanischen Gynäkologen schlafen mit ihren Patientinnen«, sagt Lorotschka, während sie mich mit ihren kurzen Fingerchen erregt. »Dein Schwanz ist die reinste Beule von der Wichserei! Die schlimme Gabi!«

»Lorotschka, Mädchen, was machst du mit mir! Ich hab' doch damit Schluß gemacht! Nicht doch! Ah! Was tust du? Ich fliege.«

»Flieg nur, Papotschka!«

»So ist es gut«, lacht Lorotschka und wischt sich die kurzen Fingerchen am Kissen ab.

Wirklich ganz die Mutter.

Ich trete auf den Balkon hinaus. Schmiedeeiserne Balkone und verschiedenfarbige Häuser – das ist das französische Viertel in New Orleans, der pittoreskesten Stadt in den USA. Gabi empfängt mich auf der Straße vor dem Hotel mit Klartext: »Sag mir irgendwas Tröstendes.«

Gabi ist ein Zombie. Sie ist ein subversiver Zombie. Sie startet zu unserem Marathon. Schmerz und Lust. Sie drückt mir eine kleine Rute in die Hand. Sofort nimmt sie sie wieder weg. Sie malt einen Plan in den Sand. Er ist nicht ohne Finesse. Kraft und Ähnlichkeit der Phantasmen. Wir gehen am Ufer des Mississippi entlang. Hier, an der Mündung des Flusses, gibt es keine Hügel, nur Docks und Ozeandampfer und Öl.

»Nur immer herein!« schrie der Gehilfe des Kapitäns mit gellender Stimme.

Der Mississippi in Flammen. Die »Delta Queen« brennt. Wer hat sie angezündet? Wer hatte es nötig, die Zitadelle der Zahlenreligion zu vernichten?

Sonntag. In Regenmantel und Hut sitze ich ruhig im Sessel. Ich rauche eine Havanna. Vor dem Fenster Vogelgezwitscher und das Geläut der Glocken von New Orleans. Ich habe das Gefühl, ich habe Gott aus dem Käfig befreit.

Der Zombie Gabi pißt und kackt ins Bett. Sie strengt sich an. Ihre Muskeln arbeiten. Sie bittet mich, ihr ins Gesicht zu pinkeln. Ihr Inneres kehrt sich nach außen. Sie steigt höher und höher auf der Skala der Lust. Mehr als alles auf der Welt möchte

Gabi, daß man sie liebt und daß sie selbst liebt, sie möchte, so ihre Worte, eine große Liebe. Keine kleine, sondern eine große. Sie pfeift auf Amerika. Sie springt hinaus in den offenen Kosmos. Ich fühle mich als Kolumbus.

»Das ist gegen das Gesetz«, sagt meine amerikanische Tochter, als sie von Gabis Wiedererweckung hört.

Ich wage nicht zu widersprechen.

»Das Gesetz in Amerika«, sage ich zu Lorotschka als ich bis zum Knie im seichten Golf von Mexiko stehe, »verteidigt die Freiheit ebenso formal, wie die Freiheit faktisch vom Gesetz erschlagen wird. Amerika ist ein sehr *easygoing country* kurz vor dem Infarkt.«

»Warum liebst du mich nicht, wo ich dich doch liebe?« fragt Gabi gequält.

»Papa«, hält es Lorotschka plötzlich nicht mehr aus, »warum ist Gabi so dumm?«

»Dumm, hast du gesagt?«

»Eine sehr dumme Tante«, sagt meine Tochter.

Ich packe sie und werfe sie in die südliche Luft.

»Gerettet!« rief ich. »Mein Mäuschen hat Amerika gerettet!«

»Papotschka, ereifere dich nicht so«, sagte streng die junge Amerikanerin.

Niger.
Liebe in Schwarzafrika

Darf ich mich vorstellen?

Sie Ich habe auch vergessen, wer ich bin und wie ich heiße. Welche Lieder ich singe, falls überhaupt. Singe ich? Alt? Tenor? Kettensäge? Mein Vorname ist verschwunden. Mir fällt nicht mehr ein, welche Fernsehserien ich mag. Welche Sprache ich spreche. Welche Strumpfmarke ich bevorzuge. Координаты: Name, Adresse, Telefonnummer. Meine persönlichen Koordinaten. Die Breiten- und Längengrade meines Lebens. Unterwegs abhanden gekommen. Zu Staub zerfallen mit den braunen Globen. Die hat der Russe in eine Ecke gekickt. Ich schalte meinen Computer ein. Er prüft und prüft mit schmatzenden Geräuschen. Das Datum, die Laufwerke, die Festplatte, alle seine Bestandteile. Er hört in sich hinein. Tastet sich ab. Er findet nichts. Er weiß nicht, wie spät es ist und wie es in ihm aussieht. Sein *basic input-output system* ist zusammengebrochen. Er hat sich selbst vergessen. Nur einen dünnen Piepser bringt er noch zustande.

Eines Abends steige ich aus einem langen, spitzen Boot, das aus schwarzen Hölzern zusammengenäht ist. Durch die Narben dringt Wasser ins Innere, vor dem ich mich fürchte. Mikroben. Bakterien. Einzeller. Aus einer Flasche trinke ich Whiskey. Ein Schluck gegen die Mikroben, einer gegen Bakterien und gegen die Einzeller noch schnell einen doppelten. Dann stecke ich die Flasche wieder in ihre Plastiktüte. Auf der Vorderseite der Tüte steht: Покупатель всегда прав. Auf der Rückseite das gleiche auf englisch: *The buyer is always right*. Moskau in diesen Jahren. Ich steige aus dem Boot. Es ist schon fast dunkel. Oberhalb einer sandigen Böschung sehe ich die Umrisse eines staubigen Dorfes am Rande der Wüste. Braun vor Grau, Lehm vor Himmel. Wir tauchen ein ins Grau, ins Braun, in die schwarze Schar der Kinder, die uns sofort umringt. Der Russe hat kurze Hosen an, Socken mit Rautenmustern und Leinenschuhe.

»Bon soir«, rufe ich den Kindern zu.

»Bo swar«, wiederholen diese mit ihren kräftigen Stimmen.

»Ça va?«

»Sa wa?«

»Ça va bien?«

»Sa wa biä?« Kein Mensch spricht hier französisch. Doch im Dorf wachsen lauter kleine Papageien in Menschengestalt.

»Comment tu t'appelles?«

»Ko mo tü ta pell?«

»Покупатель.«

»Pa ku pa tell.«

»Всегда прав.«

»Sigda braf.«

»Покупатель всегда прав.«

»Pa ku pa tell sig da braf«

»Покупатель всегда прав, па ku pa tell sig da braf, покупатель всегда braf, pa ku pa tell sigda прав.« Wir halten uns an den Händen, singen und hüpfen durch den Sand, um die niedrigen runden Lehmhütten durch die schmalen sandigen Gassen, vorbei an der kleinen erdgrauen Moschee. Die Polonaise vom Käufer, der immer recht hat, zieht drei Runden durchs Dorf. Die Abenddämmerung gehört den finsteren Kräften – sie ärgern sich. Die Erwachsenen laufen zusammen und rufen: »Ça va?« Der Russe antwortet: »Ça va bien.« Die Kinder und ich singen »pa ku pa tell sigda braf, pa ku pa tell sigda braf.« Wir biegen uns vor Lachen. So schlängeln wir uns zum Fluß hinunter. Es ist vollständig dunkel. Der Kapitän wirft den Motor an. Wir steigen aufs Schiff. Und entgleiten auf dem Niger. Die Kinder verschwinden sofort in der Dunkelheit. Es ist die Stunde, in der jede Mutter das böse Auge des Abends beschwören muß.

Wie ich nach Afrika geraten bin? Fragt die Götter. Ich höre sie nicht. Wo sind sie? Ogun, der Gott der Schmiede, der Kerker, der Schlüssel? Oder wenigstens der Heilige Petrus, als der sich Ogun listig versteckte bei den Sklaven?

Auf einem Kalender wird der 1. Januar angezeigt. Schneebedeckte Berge, ein Bach unter Eis. Ich habe Austern gegessen und Hummer. In Brüssel. Das neue Jahr schlägt mir einen heißen Wind ins Gesicht. Es bläst feinen rötlichen Sand in meine Nase. Vor Müdigkeit schielend stolpere ich auf dem Flughafen von Bamako über das Rollfeld. Dann stehe ich vor einer Frau mit einer rosa Trainingsjacke und einem hellen Kopftuch. Sie ist Beamtin der Einwanderungsbehörde. Muß ich jetzt einwandern? Auswandern? Ich bin total benommen. Und außerdem doch wohl tot. Oder wieder auferstanden? In Louisiana wollte ich zu den Alligatoren. Gibt es hier Alligatoren? Sie sperren ihre Mäuler auf. Fliegen auf mich zu. Draußen auf dem Rollfeld. Die Frau trägt meinen Nachnamen und meinen zweiten Vornamen in ein großes Buch ein. Meinen Rufnamen läßt sie weg. Sie blättert in meinem Reisepaß, dreht ihn hin und her, entziffert mit zusammengezogenen Brauen die Eintragungen. Die sagen ihr nichts. Sie buchstabiert. Dann malt sie einzelne Buchstaben in ihr Buch. B, E, R, L, I, N. Berlin. Fälschlicherweise trägt sie den Ausstellungsort meines Passes in die Spalte für die Geburtsorte ein. Ich sehe es genau. Fünf Alligatoren springen gegen das vergitterte Fenster. Die Beamtin stempelt geräuschvoll alles Papier, das vor ihr liegt. Grußlos winkt sie mich durch die Sperre.

Ich bin in Mali in Westafrika. Einst war ich die Tochter der Herzeloide. Jetzt bin ich die Tochter des Landeseinwohneramtes Berlin.

Die Wüste

Er Die Erde ist rot, die Sonne silbern, der Fluß grün. Das ganze Leben eine Kalebasse.

Was ist das?

Schwarzafrika.

Kurz ist der Weg vom Rätsel zum Märchen. Afrika – das ist ein Läusetest. Im dunklen Schiffsladeraum schnarcht ein Wilder mit der Schreckensvision, ein Weißer habe ihn angekettet und aufs Schiff gepackt, und zwar zu dem einzigen Zweck, ihn auf dem Weg nach Amerika aufzuessen. Doch der ungegessene Wilde hat sich in Zwillinge aufgespalten, die in meinem Fall Souri und Mamadou hießen – Souris, der gutmütige Schwarze vom Stamme der Bambara, und Mamadou, der Araber und schreckliche Chauffeur. Souris' Afrika ist die weiche Mango der Nachsicht; Mamadou dagegen ist der wachsame Aufpasser und bei der Verteidigung seiner absoluten Werte versteinert.

Und Kalebassen sind Kalebassen. Auf ihnen wird gespielt, aus ihnen wird gegessen. Sie sind Rohstoff, Gefäße, Köpfe, Instrumente. Aber der Reihe nach.

Die Nacht verbrachte ich auf dem Grund einer Piroge, die Beschwernisse einer afrikanischen Reise verwünschend. Doch als die Sonne der Sahara rasch in den Himmel aufstieg, konnte ich nur noch mit Mühe einen Schauer des Jubels unterdrücken. Unter Verachtung aller Vermächtnisse weißer Hygiene, wusch ich mich im milchiggrünen Wasser des Niger, schneuzte mich in den Fluß, kratzte mir zufrieden die Dreitagestoppeln und riß die von der grellen Januarsonne geschwollenen Augen auf. Am zitronengelben Ufer rannten hüpfend Kamele entlang. Ich wußte genau, daß ich vollkommen durchgeknallt war.

Die Wüste ist eine starke Droge. Die Wüste reißt trennende Wände ein. Sie dreht die Sanduhr des Bewußtseins und des Unterbewußtseins mehrmals am Tag um. Die Wüste vereint die zwei unvereinbaren Hälften des Gehirns. Die Fata Morgana ist Kindergestammel. In der Sahara gibt es Orte, wo der versprengte Raum Wellen von Visionen liefert. Die Visionen erlangen eine konkrete, handgreifliche Macht. An ihnen kann man sich blutig kratzen wie an stachligem Gestrüpp, aber sie sind auch Träger einer sagenhaften Energie. Das Bündnis von Gold und Salz, vor Jahrhunderten in Timbuktu geschlossen, im Unterbauch der Sahara, der Sahelzone heißt, ist bis heute unbegreiflich. In welcher Dimension des Raumes wurde es geschlossen? Warum ist Timbuktu überhaupt die rätselhafteste Stadt der Welt?

Vielleicht, weil ich mich unter einem Teil seiner Einwohner frei bewege, inmitten der Scharen von Kindern mit großen Augen, wie in einer Wolke von Fleisch, mit anderen dagegen aneinandergerate und ihnen unterwürfig plump ausweiche? Das Verschwinden der Weißen geht weiter, ungeachtet aller polizeilichen Maßnahmen und der Soldaten, die in der Nähe des Gouverneurspalastes stationiert sind. Der Weiße geht um die Ecke, öffnet eine geschnitzte marokkanische Tür und – löst sich in Luft auf. Die Tuareg sind schlicht unbeschreiblich. Sie sind von überirdischer Schönheit in ihren blauen Gewändern. Am Gürtel Säbel, in den Händen Speere, die sich zusammenklappen lassen, sie werfen von Kamelen mit ihren Speeren nach dir, und es passiert nichts. Die Speere gehen geradewegs durch dich durch, und es passiert nichts. Sie schlagen dir den Kopf mit dem Säbel ab, und wieder nichts. Doch plötzlich steckt ein Speer in deinem Körper, und das war's, Schluß, aus. Der Säbel schlägt dir genau in dem Moment den Kopf ab, in dem du dich unsterblich gefühlt hast. Im Grunde eine Gemeinheit, und ich kann die versteckten Ursachen des Bürgerkrieges in Timbuktu und überhaupt im ganzen östlichen Wüstenteil des an einer Seite spitz zulaufenden Staates Mali gut verstehen.

Manche meinen, dies sei ein rein rassistisches Massaker. Die Schwarzafrikaner, die Bambara, Malinke und andere Stämme, seien über die Tuareg hergefallen, welche weiß seien. Das sollen Weiße sein? Ich habe sie mit eigenen Augen gesehen und ihre Haut berührt, nur ihre Handflächen sind weiß, sie selbst sind hochmütig, aber dunkelbraun. Alles Blödsinn! Die Regierungsbehörden hatten einfach die Nase voll von diesem Kasperletheater. Die Regierungsbehörden in Bamako schickten ihre wütenden Soldaten in zweireihigen wollenen Uniformmänteln dorthin. Und was kam dabei heraus? Die Tuareg rissen ihnen zunächst mal die Goldknöpfe ab. Jene fielen mit Kampfgetrommel und Kalaschnikows über sie her, und die Tuareg hatten bloß ihre Speere. Man hätte meinen sollen, jedenfalls nach der Erfahrung der letzten Kriege, daß der Sieger von vornherein feststand, nicht so in Timbuktu. Nachdem die Tuareg den Soldaten die Goldknöpfe abgerissen hatten, zogen sie ihnen auch noch die hohen Lederstiefel aus, nahmen die Klügsten als Sklaven gefangen, und die ganze Talarmee zog statt dessen Strandlatschen made in China an, wie man sie auf jedem Basar kaufen kann, und so laufen sie jetzt noch herum: in zweireihigen Uniformmänteln, mit Kalaschnikows, in Strandlatschen, wenn auch ohne Kampfgetrommel. Einige Tuareg lassen sich wie normale Menschen mit einem Hieb töten, andere wieder nicht. Die lassen sich überhaupt nicht töten. Man schießt und schießt auf sie, aber sie lassen sich nicht erschießen. Darüber spricht man nicht, die exotischen, kolonialistischen »Ammenmärchen« wurden durch ungeschriebenen Beschluß der Weltgemeinschaft abgeschafft. Nicht zufällig galt Westafrika in der Blütezeit des britischen Imperiums als »Grab des weißen Mannes«. Wegen der Malaria? Weit gefehlt! Eher, weil man in Timbuktu einmal einen Fünfzigkiloblock Salz mit einer Hand oder gar einem Finger hochheben kann, und ein andermal hat man nicht die Kraft, ihn vom Fleck zu bewegen. Auch darüber spricht man nicht. Die Franzosen allerdings wollten in den letzten Zügen ihrer Herrschaft einen transparenten Tuaregstaat gründen,

doch dann – mit wem Verhandlungen führen? – überlegten sie
es sich rasch anders. Alle tun so, als sei gar nichts. Wie soll man
sonst hier leben? Man sollte sich einfach dem Salz nicht nähern
und nicht versuchen, es anzuheben, und man sollte sich nicht
unnötig mit Fotografieren beschäftigen, das die Regierungsbehörden mal für ein ernstes Verbrechen halten, wofür man im
Gefängnis landen kann – und die afrikanischen Gefängnisse
sind berühmt für ihre Düsternis: dort kriegt überhaupt keiner
was zu essen, erzählte mir der russische Konsul in Bamako, da
kriegt man nicht einmal was zu trinken –, mal wird das Verbot
plötzlich aufgehoben, nach dem Motto: Knips doch, was du
willst, es glaubt dir eh keiner. Dennoch, die Staatsmacht ist auf
der Hut. Und ich dachte noch, was sind die eigentlich so un-
höflich in der Moskauer Botschaft von Mali. Dort bin ich hin,
naiv wie ich war, ich möchte gern den Niger mit einer Piroge
runterfahren, sage ich, die Schönheit der Natur genießen, Timbuktu sehen, und die Diplomaten sagen zu mir: Wieso Timbuktu? Wozu der Niger? Gibt es keine anderen Flüsse? Aber
ich kann doch wohl nicht, wundere ich mich, auf dem Nil oder
dem Kongo, die in Rhetorik und sonstigen Diskursen ertrin-
ken, Afrika verstehen! Wollen Sie mich mit Kinderlimonade
Limpompo abspeisen! Ich sehe: eine Falle. Sie verschweigen irgendwas. Vorher hatten sie Sozialismus – und das bei den Tuareg! –, die Botschaft stinkt nach Sozialismus, sie haben die
ganze Adelsvilla im Moskauer Samoskworetschje-Viertel mit
ihrem Sozialismus zugeschissen, aber ein Visum gaben sie mir
dann doch für zwanzig Dollar, ich gucke drauf – nur für eine
Woche! Wie stellen Sie sich das vor! Was soll ich in einer Woche
schaffen? Ihr Land ist so groß wie zwei Frankeichs! Aber sie
verdrehten die Augen: Macht doch nichts. Sie wollten nicht,
daß ich es bis nach Timbuktu schaffe.

So mußte ich in Bamako auf den Polizeistationen Klinken
putzen und um die Verlängerung meines Visums betteln, nur
gut, daß der Konsul half, man gewährte sie mir, wenn auch widerwillig und natürlich nur gegen einen kleinen Profit. Nicht
zufällig hieß ihr staatliches Reisebüro zu sozialistischen Zeiten
SMERT, was auf russisch »Tod« bedeutet. Doch dies war nicht
nur eine Falle der Staatsmacht. Das war eine allgemeine Kon-
spiration. Nach Europa zurückgekehrt, unterhielt ich mich auf
einer Veranstaltung in der Hamburger Szene mit einem Sahara-

forscher, und kaum fing ich von Timbuktu an – machte er verständnislose Augen. Scheißpositivist! Genau wegen solcher Leute, wegen dieser Deutschen, leben wir bis heute mit unseren drei Dimensionen! Auch der russische Konsul in Bamako riet mir ab, und der russische Botschafter ebenfalls. Die Straße dorthin sei nicht ungefährlich, es würde immer wieder geschossen, bleiben Sie doch hier im Tal, hier gibt es auch was zu sehen, Siedlungen von Urmenschen, all diese Grotten, und außerdem sind die Mangos bei uns die reifsten der Welt, und dort rieselt bloß der Sand. Ja, das tut er! Und der berühmte Wind, den sie da haben, der Harmattan, der fegt einen um. Ja, das tut er! Und Timbuktu aus der Vogelperspektive – das ist Ödnis in reinster, ursprünglicher Form, man versinkt bis zum Knie im Sand. Die Männer sind arabisch gekleidet, die Frauen afrikanisch, die Kultur ist zweigeteilt. Doch da geht ein Kamel in die Knie. Sie kommen herein. Er in Blau. Sie in Gold. Der Tod der europäischen Ironie tritt auf der Stelle ein. Die Musik ist malizentristisch. Man hört nur die eigene Musik. Die Mangos im fruchtbaren Tal erwiesen sich tatsächlich als sehr süß, aber Bamako ist ein heruntergekommener Basar, und ich wollte nichts wie dort weg. Die lokalen Behörden ließen mich beschatten. Schließlich bestellte man mich ins Ministerium für Kultur und Tourismus und fragte mich direkt, was ich wolle. Aber ich verstand nicht, was sie von mir wollten, wir verstanden einander nicht.

»Hélène!« rief ich der Negerköchin zu, die mit dem Petroleumkocher auf dem Grund der Piroge herumhantierte. »Bring mir mal das Frühstück, aber rasch!«

Als Piroge konnte man das übrigens kaum bezeichnen. Es war ein großes Gefäß mit Sonnendach, das man auf dem Niger Pinasse nennt.

»Erst in der Wüste versteht man, was Süßwasser ist – es schmeckt süß«, sagte Hélène. So zärtlich sagte sie das.

Hélène ist eine einzigartige Frau. In hiesigen Breiten wird allen Mädchen im Alter von zwei bis drei Jahren die Klitoris abgeschnitten. Das ist ganz in der Ordnung der Dinge, genauso wie die Beschneidung der kleinen Jungen. Während aber die Beschneidung für viele Männer von Vorteil ist, besonders in der Wüste, verliert die Frau all ihre Glut. Die Frauen von Mali sind tote Frauen. Die Gewänder sind bunt, die Tänze wild, die Schreie laut, sie selbst sind tot. Sie haben so stumpfe Gesichter. Gefühllose Lippen. Willenlose Kalebassenbrüste.

Die abgeschnittenen Klitoris sind in alle Richtungen geflogen, haben sich auf den Dattelpalmen und Akazien niedergelassen, sich in Vögel, Schmetterlinge, Eidechsen verwandelt, sind zur Heiterkeit Afrikas geworden. Was man in Afrika auch anrührt – alles Klitoris. Natürlich, in solch einer traditionellen Gesellschaft wie Mali – und Mali ist die konservativste Gesellschaft Afrikas – das Vergnügen der Frauen zu kontrollieren, ist eine ganz feine Sache. Man nehme vier Ehefrauen – keine einzige kommt zum Höhepunkt. Das sind Mutterschaftsbretter. Schlimmer noch, man näht ihnen da alles zu bis zur Heirat, und die Ehemänner trennen sie dann wieder auf.

»Wie, mit der Schere etwa?« fragte ich Hélène.

Was hat sie darüber gelacht!

»Hmhm«, sagte sie, »mit einer speziellen männlichen Schere!«

Allen Mädchen im Dorf hatte man die Klitoris abgeschnitten, und Hélène hatte man vergessen. So erhob sich in seiner ganzen Größe das Problem des zukünftigen Afrika. Die Modernisierung begann. Wie das gekommen war, verstand Hélène selbst nicht ganz, das heißt, zuerst verstand sie es nicht, und als sie verstanden hatte, verheimlichte sie es. Vielleicht ist ja richtig, daß den Frauen von Mali die Klitoris abgeschnitten wird, denn die sinnliche Natur der Afrikanerin kennt keine Grenzen. Hélène zum Beispiel erzählte mir unter strengster Geheimhaltung, daß ihre Klitoris sie rasend gemacht und daß sie siebzehn afrikanische Sprachen gelernt habe. Eine linguistische Medea! Außerdem hat sie immer drei Vibratoren dabei. Hélène trägt drei Glücksringe in der Klitoris, das hat sie in Niamey zum dreißigsten Geburtstag machen lassen. Sie war permanent erregt und ließ oft ihre Küche im Stich. Besser schlapp als Nutte, wie es in früheren Zeiten hieß.

»Zeig mal die Ringe.«

Ich saß am Bug der Piroge und verzog heftig das Gesicht, denn ich drückte eine Zitrone über einem langen Stück Papaya aus. Obwohl ich ahnte, daß Hélène die gestohlene Klitoris der ewigen Weiblichkeit war, hatte ich doch bisher keine lebendigen Beweise dafür.

Sie genierte sich.

»Später mal«, sagte sie spöttisch.

Ich wußte, ich hatte mir reichlich Kontaktmetaphysik einverleibt und wollte sie nun juristisch legalisieren. Ich hatte nicht vor, ein Magier zu werden, aber ich mußte wissen, was woher kommt. Wenn nämlich die Rallye Paris–Dakar, die ich zu beobachten in Timbuktu die merkwürdige Gelegenheit hatte, eine fiktive Rallye war, wie war das dann mit den Journalisten und Organisatoren der Rallye, wer schließlich waren all diese idiotischen Mechaniker, die ich im Restaurant sah, und warum jagten Motorräder durch den Sand, obwohl das praktisch unmöglich ist?

Die Sache war folgende. Als die Deutsche und ich in Timbuktu ankamen, gab ich ein vollkommen blödsinniges Bonmot von mir. Timbuktu ohne Fahrrad ist wie ein Fisch ohne Schirm. Ich erinnere mich, daß die Deutsche mein Bonmot komisch fand. Buchstäblich am nächsten Tag überrollte die Rallye Paris–Dakar Timbuktu und bewies, daß man durch den Sand fahren kann, als hätte jemand sich über mein Bonmot lustig machen wollen. Etwas annähernd Ähnliches passiert mir manchmal auch in Moskau. Kaum habe ich gedacht, daß ich lange nicht gegen etwas gerannt bin, da renne ich auch schon gegen einen Mast oder einen Milizionär. Ich denke: irgendwie habe ich lange nicht gekotzt, und Sie können sicher sein, ich fange umgehend zu kotzen an, und zwar nicht wegen irgendwelcher in Salz eingelegten Täublingen, sondern wegen absolut harmloser Champignons. Mit dem vorauseilenden Gedanken, der mehr weiß als ich und der der Zukunft entspringt, schlage ich sozusagen die Luke ein. Aber hier war der Effekt hundertmal durchschlagender. Wie die Idiotie von europäischen Mechanikern erklären, die, einer ausstaffiert wie der andere, ins Restaurant marschiert kamen? Die waren vorsätzlich erfunden. Ja, aber wenn sie Fließbandclowns waren, wie dann die Ukrainer erklären? Daß die Rallye Paris–Dakar über Timbuktu ging, konnte man der internationalen Presse entnehmen. Ich habe es selbst gelesen. Wenn das eine Halluzination war, wie war die in die Medien geraten? Und wie konnten sie ausgeraubt werden, denn der kleine Spanier von den Kanarischen Inseln hatte mir ja vorgejammert, daß sie in der Wüste von Tuareg mit Speeren ausgeraubt worden seien. Aber zu den Ukrainern. Als die Rallye über Timbuktu hereinbrach, wurde auf dem Flughafen ein

Fest veranstaltet, für das jede weiße Haut Eintrittskarte genug war. Da liefen sie alle herum, Veranstalter und Teilnehmer, und auch ich, um zu überprüfen, ob nicht auch das eine Vision war. Ich lungerte auf dem Flughafen herum und konnte weder die Realität noch die Irrealität des Geschehens glauben. Das war eher ein Rülpser des Bewußtseins. Da war zum Beispiel etwas aus meiner Erinnerung herausgepickt worden. Ein Engländer lief dort herum, der war eine Kopie eines Engländers, den ich vor vielen Jahren einmal in Moskau gesehen hatte. Ich hätte fast seinen Namen gerufen, und wenn ich ihn nicht gerufen habe, dann nur darum nicht, weil ich den Namen vergessen hatte. Alle Teilnehmer waren sehr klein, also weiße Pygmäen, und wie die Mechaniker sahen sie alle gleich aus, zwar unterschiedlich grell herausgeputzt, aber die Visagen glichen sich wie ein Ei dem andern. Das machte mich vorsichtig. Ich ging umher und schaute zu, wie sie das Kalbfleisch aßen, das ihnen normiert zugeteilt wurde, wie sie aus ihren eingebauten Strohhalmen tranken wie Kosmonauten und wie sie sich gegenseitig Interviews gaben. Plötzlich erblickte ich mitten auf dem Flugfeld eine AN-72-200, ein altes sowjetisches Flugzeug. Aber mit der ukrainischen Flagge. Meine Freude kannte keine Grenzen. Mal hören, ob sie noch leben oder nicht. Ich lief zum Flugzeug. Aus dem Flugzeug kletterte jemand heraus. Ein großer Dicker mit Pfannkuchengesicht – ein waschechter Ukrainer.

»*Fuck off*, Jungs!« schrie der Ukrainer dem Piloten zu.

Können Ukrainer etwa so was rufen? Nein, so was rufen sie nicht. Das ist der reinste sprachliche Hohn. Wenn schon »Jungs«, warum dann *fuck off*, und überhaupt, wenn sie wegfliegen wollen, dann heißt das nicht *fuck off*, sondern *take off*, scheint mir. Und die Ukrainer flogen weg, ohne mir ihre Natur erklärt zu haben.

Was ziehe ich an?

Sie Auf einem Kleiderbügel hängt meine weiße Haut. Sie hat so viele Falten. Die Knie sind ausgebeult. In einer Ecke steht meine rote Gummitasche. Sie ist porös und klebrig. Eklig. Ich möchte mir die Hände waschen, wenn ich sie angefaßt habe. Es gibt aber kein Wasser. Oder doch: Im Klo steht ein Plastikzuber mit Flußwasser aus dem Niger. Mikroben führen ein Wasserballett auf. Einzeller springen über die glatte Oberfläche wie kleine, flache Steinchen, die ein Kind vom Ufer aus herüberschliddern läßt. Ich habe die Haut aus der Tasche gezogen und auf einen Bügel gehängt. Es gibt keine Kleiderbügel in Afrika. Und auch keine Bügeleisen. Ich streiche meine Haut mit der Hand glatt.

»Gib mir deinen Kleiderbügel, il faut me donner un cadeau«, ruft ein Junge mit einem zerrissenen T-Shirt zur halboffenen Tür herein. Der Junge verwandelt sich in eine Eidechse, denn er hat gesehen, wie ich aussehe.

Auf dem Boden in einem winzigen Verlies in der Tiefe der Stadt hockt ein Schuster auf tausend zur Stumpfheit erblaßten Häuten von dicken Schlangen. Ich stelle meinen Fuß auf ein Blatt Papier. Der Schuster zeichnet die Umrisse. Mein Fußabdruck ist dreieinhalb Millionen Jahre alt. Er wurde in der Nähe von Olduvai Gorge in Tansania gefunden.

»Schlangenschuhe darf man in Deutschland nicht tragen«, meldet sich das Landeseinwohneramt.

Mit einem Stückchen Gummi poliert der Schuster die bleichen Schlangenhäute, bis sie wieder farbig glänzen. Er schneidet und formt und näht. Herrenschuhe zum Schnüren.

»Ich werde sie in Deutschland nicht tragen.« Das Landeseinwohneramt verschwindet. Die Schuhe schmiegen sich um meine Füße.

»Das sind die besten Schuhe, die ich je gesehen habe«, sagt der Russe.

Ich ziehe mich an. Ein Jeep holt mich ab. Ich fliege in einer Staubwolke ganz nah am Boden. Die Staubwolke zerreißt. Vor mir türmen sich riesige Steinplatten zu Bergen auf. Warzen auf der Elefantenerde. Fast fliege ich dagegen. Ich kralle mich mit Händen und Füßen an ihnen fest und krieche hinauf.

Der Russe hat ein grüne Kapuze auf dem Kopf. Er krabbelt hinter mir her.

»Die Architektur imitiert die Natur«, sagt er. Er sieht Brükken und Häuser und Staudämme und Triumphbögen aus der Elefantenerde wachsen. Wenn er wüßte, daß in Europa seit der Renaissance nur noch die Gesetze der Natur und nicht mehr ihre Formen die Technik vorantreiben. Leonardo hat dem Vogel seine Freiheit geschenkt. Er hat aufgehört, ihn zu imitieren. Und entdeckte den Flug ohne Flügelschlag, den Segelflug. In

Afrika geselle ich mich zu den Vögeln. Das ist meine Renaissance.

Oben auf dem Berg sickert Wasser aus der Decke einer Höhle. Hunderte kleiner Jungen und Mädchen hocken wie Affen auf einem Felsen und sperren die Münder auf. Wasser tropft ihnen in die Gesichter. Die Tropfen sind sanft und lau. Auf der großen Ebene stampfen die Mütter Hirse. Die Schalen fliegen im Wind. Meine Armani-Sonnenbrille liegt im trockenen gelben Buschgras. Ich sehe sie nicht. Ich brauche sie nicht mehr. In Afrika wachsen die Sonnenbrillen auf den Bäumen.

Der Jeep fliegt über eine Straße aus Asphalt. Rechts und links stehen moderne Häuser aus Stein und Zement. Vor den Häusern stehen Fernseher, vor den Fernsehern sitzen Menschen, die so dunkel sind wie die Häuser. Aber aus den Fernsehern strömt ein sanftes blaues Licht durch die Stadt. Wir klopfen an ein großes Eisentor. Der russische Botschafter steht mit einem Schlüssel vor uns.

»Da seid ihr ja endlich. Ich habe euch schon seit sechsundfünfzig Jahren erwartet.« Respektvoll reicht er dem Russen die Hand. Er trägt eine helle Hose, durch die eine rote Unterhose schimmert, und ein Hemd mit dem Schriftzug »Gabriele« auf der Brusttasche. Woher weiß er?

»Welch wunderschöne weiße Haut Sie anhaben«, ruft entzückt die Botschaftergattin. Sie küßt die Braut.

»Musik!« befiehlt der Botschafter. Eifrig dreht sich eine silberne CD-Scheibe.

»Zu Tisch!« fügt er hinzu. Wir setzen uns auf die Vorderkanten kilometerlanger Sofas. Weihnachtssterne blinken. Der Russe trinkt Wodka und ißt Zunge in Aspik. Wir sprechen über die Flüsse des Lebens.

»Glauben Sie an die Existenz des Niger, Pjotr Gawrilowitsch?« fragt der Russe den Botschafter.

»Von hier aus ist das schwer zu sagen«, antwortet der Botschafter diplomatisch. Der Russe beißt in eine Salzgurke.

»Nachdem meine Mutter gestorben war, habe ich zum orthodoxen Glauben gefunden«, sagt die Botschaftergattin.

»Пётр Гаврилович, дайте мне, пожалуйста, ещё один пироирог с капустой.« Meine Bitte an Pjotr Gawrilowitsch um eine Pirogge mit Kraut wirft den Russen fast von der Sofakante.

»Ich habe sie noch nie Russisch sprechen gehört«, ruft er mit

Überraschung, ja sogar ein wenig Entsetzen in der Stimme. »Sie klingt wie eine Katze!«

»Wie eine Katze? Dann habe ich ja sogar sieben Leben. Nicht nur fünf. Was mache ich mit den restlichen beiden?«

Alligatoren beißen nun endlich die Gitterstäbe der Fenster durch. Die Gläser zerspringen. Wasser dringt ein. In großen Wellen rauscht der Niger durch die Residenz. Die Alligatoren fliegen über die Wellenkämme wie Surfbretter.

Der Doppelgänger

Er Ich respektiere die Strenge der Verwaltung von Bamako, ihre geleasten Dreieinigkeitslosungen: »Ein Volk – ein Ziel – ein Glaube«. Oder die Losung der hauptstädtischen Kunstfachschule: »Kreativität – Disziplin – Konzentration«. Oder die Losung der landesweiten Anti-AIDS-Kampagne: »Treue – Enthaltsamkeit – Präservativ«. Hier muß man alles abwürgen, andernfalls gewinnt die Wildheit wieder die Oberhand. Sämtliche Klitoris abschneiden und den Totalitarismus einführen. Sonst sind wir alle Tuareg. Die Franzosen erschienen in Afrika mit den Ideen der Großen Geldrevolution von 1789 und begannen, für die Realität zu kämpfen, da sie begriffen, daß man, falls die letztere in Afrika keinen Boden gewänne, das mit dem Geld vergessen konnte. Das ist sie – die zivilisatorische Basis des Kolonialismus. Und wenn auf den hiesigen Friedhöfen die sterblichen Überreste von Sergeanten und Ärzten liegen, dann sind sie für ihre drei Dimensionen gestorben. Es ist einfacher die Malaria als die Tuareg für ihren Tod verantwortlich zu machen. Dann schickten die Franzosen ihre Schriftsteller nach Afrika, von Gide bis Saint-Exupéry, Conrad fuhr auch hin, um Worte zu finden für die Festigung der Realität, und sie alle führten skrupellos den sozialen Auftrag aus. Sie legten ein Schweigegelöbnis ab und schwiegen. Bei Gumiljow kann man allerdings das eine oder andere finden, wenn auch natürlich aus der Distanz, denn in Westafrika war er nicht.

Versuche, mich vor »mystischer Zweiteilung« ohne die vorherige notwendige Initiation zu warnen, wurden mit verschiedenen Mitteln unternommen. Beim ehemaligen Reisebüro SMERT verlangten sie dermaßen unverschämte Preise für die

Nutzung eines Jeeps einschließlich des gutmütigen Fahrers Jaja und meines zukünftigen Freundes Souris, daß mir nichts übrigblieb: Ich war drauf und dran, das Handtuch zu werfen. In diesem Moment tauchte auch noch der Generalsekretär des Kulturministeriums auf, der in nostalgischen Erinnerungen an den Sozialismus schwelgte. Ob sie sich etwa schämten für diese Schlamperei heutzutage, für diese ewigen Verspätungen, die ja nun wirklich nicht zum Kapitalismus paßten? Das haben sie doch gar nicht nötig, bei ihnen herrschen kosmologische Ordnung, strenge Hierarchie, sechs Geschlechter von Geheimgesellschaften.

»Woher wissen Sie das?« fragte der Generalsekretär verlegen. »Warum suchen Sie die Begegnung mit den Mitgliedern der Koré-Gesellschaft? Wer hat Ihnen das Geheimnis der Vibration als Urkraft bei der Erschaffung der Welt verraten?«

»Gla gla so«, antwortete ich ruhig.

»So sumale«, antwortete er automatisch. »Kalter Rost.«

Der Schwarze war plötzlich vollkommen abwesend. Das war die Parole. In seinen Augen las ich Schrecken und mein Todesurteil; er verkündete es auf der Stelle. Sie fürchten ein Komplott zwischen den Weißen und ihren Gottheiten, einen mystischen Neokolonialismus. Aber ich blieb standhaft. Mich interessierte die Verbindung zwischen dem geheimen Wissen und den sechs Gelenken des Menschen.

»Lassen Sie uns in Ruhe«, murmelte der Generalsekretär. »Wir sind so wie alle andern auch.«

»Natürlich«, stimmte ich zu, »Sie sind so wie alle andern auch. Der einzige Unterschied ist, Sie sind schwarze Affen mit ausgerissenen Nasenlöchern, und wir sind Weiße.«

Der Bürokratie war nicht beizukommen, und ich wandte mich an die Kollegen. Aber die erwiesen sich als Neuerer und Dissidenten und hatten zum »kalten Rost« keinerlei Beziehung.

»Mali ist ein Land der schlechten Muslime«, sagte der Schriftsteller Moussa K. mit Selbstverachtung. »Der Islam ist die Maske auf einem animistischen Gesicht.«

»Vielleicht sind die besten Muslime die schlechten?« schlug ich gleichmütig vor. »Zeigen Sie mir Ihr Gesicht!«

Wie er sich freute! Ich war sicher, er würde, was ich gesagt hatte, seiner einzigen Ehefrau erzählen, nach seinen Vorstellungen einer progressiven Person. Aber sein Gesicht zeigte er mir nicht, und außerdem, was für ein Gesicht kann ein Neuerer schon haben? Der Verlust eines solchen Gesichts ist ein einziges Vergnügen. Mir schwant, er ist mein malischer Doppelgänger. Moussa sieht sich als Produkt des Kolonialismus. Er spricht und schreibt Französisch sehr viel besser als seine Muttersprache, obwohl er das Land noch nie verlassen hat. Ich war mitten in Gogols Rußland: französische Sprache, Patriarchat. Aber die Macht der Alten ist gegen Modernisierung. Die Familien schmarotzen bei denen, die das Geld verdienen. Teile mit uns, sagen die Familien. Moussa erblühte als Aufklärer, Nowikow und Axjonow in einer Hypostase, als Autor von Kinderbüchern über süße kleine Kamele. Ich heulte auf vor Langeweile und blickte mich um: Alle Zeichensysteme der Jugendlichen von Bamako stammen aus dem Westen: Motorräder und schöne Frauen auf Werbeplakaten, das Streben nach Geld und Reichtum, in entfernter Perspektive – Klitoris. Global village. Degeneration. Ich sehe meine Irrtümer genau. Moussa schickte sich an, Dostojewski und Tolstoi seine Liebe zu erklären.

Ich hielt es nicht mehr aus und teilte Moussa meine Gefühle mit.

Das erste intensive Gefühl in Afrika ist das Gefühl europäischer Auserwähltheit. Danke, lieber Gott, für den Komfort! Dieses Gefühl verschwindet nicht, transformiert sich jedoch. Das zweite ist das Gefühl der Machtlosigkeit. Nichts wird sich ändern! Lebe für dich und vervollkommne dich selbst. Das dritte ist das Aufbrechen der Monogamie. Bamako produziert eine Krise. Die Einwohner sagen das eine und denken etwas anderes. Sogar der junge Chef des Reisebüros heiratet auf Befehl seines Vaters.

»Trotzdem lasse ich bei der Heirat meine Polygamie registrieren«, sagt er rachsüchtig (vielleicht auch seine Monogamie). »Meine zweite Frau suche ich mir selbst.«

Dann die Reaktionen auf Schwarze. Faule Lumpen seid ihr alle! Ein Mischmasch von Modernismus und Tradition, dabei ist schon die Dehermetisierung der Kultur tödlich für die Tradition. Zu spät! Die Welt hat die Modernisierung gewählt. Jede Verweigerung ist lächerlich. Die Verluste sind enorm. Wohin soll es gehen?

Die Invasion der Franzosen war eine Sache weltweiter Vorsehung, eine Wende des Lebens vom Naturkalender zur individuellen Existenz. Die Nachhutgefechte Dostojewskis und der späten Slawophilen waren zum Scheitern verurteilt. Das Erscheinen der idiotischen Mechaniker und des spanischen Rallye-Veranstalters von den Kanarischen Inseln, der zu dem schwarzen Taxifahrer in Timbuktu sagt: »Laß uns miteinander reden wie Weiße« – das ist die Rache für erlittene Verluste. Dieser Tausch rief bei mir Abneigung hervor, die ich zunächst als würdige Herausforderung verstand. Man wählt also den Tod, da aber der Tod sich in tausend Tode aufsplittert, erscheint er nicht mehr so ungeheuerlich. Priorität Montaignes. Nun, da sich ein *solcher* Typ der Selbsterkenntnis endgültig bestätigt hat und andere Arten des Lebens als marginal erscheinen, muß man wohl anerkennen, Moussa, daß das 20. Jahrhundert die Tür zur Ewigkeit vernagelt hat. Ob sie von der anderen Seite her eingeschlagen wird, falls sich die Hypermodernisierung in einen neuen Mythos verkehrt?

»Fahren Sie lieber nach Djenné«, flüsterte mir Moussa zu.

Die falsche Adresse.

Falten Sie die Karte auseinander. Fahren Sie mit dem Finger von Bamako Richtung Osten. Gras vermischt sich mit Sand. Sie treffen auf die Stadt Ségou. Bereits in Ségou, einem ehemaligen französischen Kolonialzentrum, welches nach dem Ende des Kolonialismus zerfiel, jedoch die zarte Schönheit der frankosudanesischen Architektur in rosa und grünen Farbtönen bewahrt hat, legte Souris die Vollmachten des Aufsehers ab.

»Warum haben Sie sich in den Kopf gesetzt, unsere Codes zu zerstören?« fragte Souris mit seiner schmeichelnden afrikanischen Stimme, während er über Architektur sprach.

Ich schwieg wie ein Partisan.

»Ich müßte eigentlich meinen Chef anrufen, aber ich tu's nicht.«

»Jeder amüsiert sich wie es ihm paßt«, sagte Gabi.

»Ich hoffe, Sie haben saubere Absichten«, zuckte Souris mit den Schultern.

Er war nicht verärgert. Bei der großen senegalesischen Kalebasse erwartete uns Jaja. Jaja litt keinerlei Qualen.

»Na, was ist? Fahren wir?« fragte er. Wie alle Chauffeure schlief er immer umgehend ein, sobald der Jeep irgendwo anhielt.

Djenné ist eine Stadt aus erstarrtem Straßenschmutz, die

große Phantasie eines vollgeschissenen Kindes, wo einem beim Anblick der Fäkalienminarette, Megaphone und hölzernen Stützbalken der einstürzenden Moschee klar wird, daß das Leben eine eingemauerte Braut ist, Freud eine Toilettenpapierwerbung und Gaudí ein Plagiator, der abtreten kann. Ansonsten ist Djenné die Leidenschaft für Tischfußball, Flitterkram, ein Rastplatz für Hedonisten. Ich fragte den örtlichen Imam, was das Paradies sei.

»Das Paradies – das sind Weintrauben, nach denen man sich nicht strecken muß und die einem von allein in den Mund fallen, und Frauen, so viele man will, und Alkohol, so viel man will, und was man hier ausgetrunken hat, bekommt man im Paradies abgezogen.«

Im großen und ganzen ist das die traurige Schlußfolgerung für meine Heimat.

Flußblindheit

Sie Die Blinden sind unterwegs. Sandfliegen haben ihre Larven in die Köpfe gelegt, lange, fadenförmige Gewebswürmer die Rückseite der Augen weggefressen. Flußblindheit. Ganze Landstriche sind entvölkert. Den Rest erledigen die Götter und die Wüste, die die Wahrnehmung so gräßlich durcheinander bringen, daß die Leute anfangen, völlig benebelt durch die Gegend zu taumeln. Die Blinden und die Verwirrten laufen gegen die Berge, die sich ihnen in den Weg stellen. Gegen Bankzentralen aus Beton. Einer rennt gegen meinen Stuhl vor einem libanesischen Straßenlokal. Ich schiebe ihn zurück in Richtung Fußgängergetümmel. Er bedankt sich.

»Merci, Madame.«

Andere stolpern über die aufgetürmten Mangos an den Straßenrändern. Rempeln Frauen an. Ausgerechnet. Sehen nicht die grellen Farben ihrer Kleider, die nur der feine Staub ein wenig dämpft, so wie das grobe Korn auf einer Fotografie die Töne weicher erscheinen läßt.

Mir ist schlecht. Der libanesische Wirt hat mir rohen Tomatensalat serviert. Der Rest liegt noch vor mir auf dem Teller. Unter dem Tisch lauert eine Horde großäugiger Kinder darauf, daß ich die Tomaten endgültig wegschiebe. Nachts werde ich kotzen. Selbst schuld. Europäer dürfen keinen rohen Tomatensalat essen. Das Rohe und das Gekochte – mit dieser Unterscheidung fängt doch die Zivilisation an. Habe ich jedenfalls mal gelernt. Bis heute sind weiße und schwarze Mägen nicht kompatibel. Höchstens vielleicht russische und afrikanische. Russen sind Allesfresser, Deutsche sind sensibel. Heute nacht werde ich meinen Magen nach außen stülpen und nachsehen, wie es in ihm aussieht. Dann streichle ich ihn ein wenig. Und dann stecke ich ihn wieder ein. Der Russe wird dazu schnarchen.

Zum Trotz gegen die Blinden sind die Frauen blendende Erscheinungen. Die Männer übrigens auch in ihren knackbunten Schlafanzügen und Nachthemden und ihren goldgesäumten himmelblauen Gewändern, deren weite Ärmelfalten sie wie Cäsar über die Schultern werfen. Die Frauen jedoch tragen ausladende Abendroben mit Spitzen und Rüschen und Stickereien. Ihre Puffärmel haben mehr Umfang als jede Lehmhütte. Ihr Kopfputz sind bizarre Windräder, die in sieben Himmelsrichtungen wirbeln. Wer nicht blind ist, wird es jetzt und fällt vor den Afrikanerinnen auf die Knie. In Afrika kann jeder für fünf Minuten eine Königin oder ein König werden. Mag man in Indien derweilen ein Heiliger oder ein Opfer sein (aber weil es keine Zeit gibt, bedeuten die fünf Minuten die Ewigkeit selbst), in Rußland ein Ingenieur, in Amerika ein Hamburger und in Deutschland natürlich ein Arschloch – in Afrika wandeln die barfüßigen Sonnenkönige zu Zehntausenden durch den Staub, den Kronschatz in Form eines Benzinkanisters, einer mechanischen Singer-Nähmaschine oder einer Blechschüsselkollektion tragen sie auf dem Kopf bei sich. Allerdings halte ich, ehrlich gesagt, sowieso jeden Afrikaner für eine Vision. Mit Nähmaschine auf dem Kopf oder ohne.

Ich fürchte, die Blinden fallen gleich in die offenen Abwassergräben der Stadt. Dort schwimmen sie dann neben Bananenschalen und zerrissenen Gummilatschen im verbrauchten Indigo der Tuchfärber, das in der Sonne graue Blasen wirft. Auf die Abwassergräben ist die Stadt übrigens wahnsinnig stolz. Wer hat so etwas schon? Andernorts muß es ohne gehen. Nicht, daß man dort keine Gräben ausheben könnte. Aber wo es kein Wasser gibt, gibt es auch keine Kloaken. Das ist doch logisch.

»Der Abwassergraben ist der Bruder des Taus«, sagt der Gehilfe des Kapitäns. Er lächelt. Sein Name ist Souris. Eine lächelnde Maus. Chauve-souris. Eine kahlköpfige Fledermaus. Sie sitzt plötzlich vor mir.

»Sehr poetisch«, finde ich.

»Wie Sie meinen. Rauch zieht Regen an, das Eisen heilt die Wunde, das abgeschnittene Haar bleibt Teil seines Besitzers – das sind die Gesetze der Ähnlichkeit, des Kontrastes, der Kontinuität. Die Grundprinzipien der Magie und des Animismus.«

»Metaphern. Metonymien. Linguistik«, lache ich. »Die Krone steht für den König, ein Mann kämpft wie ein Löwe, der Löwe mit der Krone verfolgt mich und will mein Haar abfressen. Das sind die Gesetze des Traumes. Des imaginären Flusses.«

In meinen Augen explodiert ein Silvesterfeuerwerk. Wann war das? Gestern? Ich kann mich nicht erinnern, wann ich je ein Silvesterfeuerwerk gesehen haben soll. Russische Weihnachtssterne blinken. Ja, stimmt. Die Residenz. Die Alligatoren, ich erinnere mich. Die Abwasserkanäle sind ohne Geruch. Keine Luftfeuchtigkeit, keine Zersetzung. Auch die Blinden riechen nicht. Übrigens schwimmen sie auch nicht. Sie gehen umher an der Hand von halbwüchsigen Kindern. Wenn die Kinder sich losreißen, finden die Blinden ihre Münder nicht mehr. Sie verhungern. Sie verschwinden von der Elefantenerde, die räudige Stellen bekommt.

Durch die Stadt fahren Kleinbusse, die unzählige bunte Menschen aus ihrem Inneren schleudern, sobald sie anhalten. Ist das das Silvesterfeuerwerk? Die Dinge verschwimmen. Die Konturen verwischen. Die älteren Männer schlingen Turbantücher um Kopf, Mund und Nase, die jüngeren tragen Wollmützen, die nur die Augen freilassen. Eisschnelläufer aus Garmisch-Partenkirchen. Streetfighter aus Berlin-Kreuzberg. Sie kämpfen gegen den Imperialismus und für die Internationale Solidarität. Wer »sie«? Die internationalen Wollmützen kommen von der solidarischen Altkleidersammlung. Vom Hals abwärts sind die Männer so gut wie nackt. Ich glaube, sie tragen Lendenschurze und Bananenröckchen. Wahrscheinlich hat die Flußblindheit jetzt auch mich erwischt. Am Ganges ist mir das Auge ausgelaufen. Ich war in einer Klinik, und Mutter Teresa hat es wieder aufgefangen. Ich sehe mich um, ob ich den Russen irgendwo finde. Damit ich nicht verhungere.

»Afrika ist gefährlich«, sagt Souris. »Man darf den Bildern nicht vertrauen. Mißtrauen Sie den Eindrücken, die Dinge sind nicht, was sie scheinen! Sie sprechen.«

Ganz Afrika ist ein Gemurmel. Spitze die Ohren, sagen die Leute, alles spricht, alles ist Wort, alles will uns eine Erkenntnis vermitteln. In den Pflanzen wohnen die Geister, in den Hühnerknochen die Wahrheit. Abends wirft der Priester sie in den Sand, nachts ordnen die Schakale sie zu unbekannter Bedeutung, morgens lauscht der Priester ihnen ihre Geheimnisse ab. Die Uneingeweihten stehen daneben: Taub. Blind.

»Sehen, Hören, Erkennen sind eine Sache des Glaubens«, sagt Souris.

»Woran?«

»An die Dinge selbst. An ihre Seele.«

Und an die eigene. Hat die Tochter des Landeseinwohneramtes eine Seele?

»Und du? Hast du eine Seele?« frage ich den Russen.

»Ich bin Russe«, sagt der Russe. Als hätte das hier noch irgend etwas zu bedeuten. Für den Moment einigen wir uns darauf, daß er kein Herz hat. Während ich die Kinder mit meinen Tomatensalatresten füttere.

Liebst du mich?

Sie Der Kapitän hat das Land für uns leerräumen lassen. Es soll uns so wenig wie möglich stören. Nur wir und unsere Schatten. Er hat uns einen breiten, sandigen, mal rötlichen, mal fast grauen Teppich aus Elefantenerde ausgerollt, in dessen Mitte der Niger als naßglänzendes, braungrünes Band eingewebt ist.

»Voilà, Madame, Monsieur«, sagt der Kapitän, und folgt mit einer eleganten Handbewegung dem Lauf des Teppichs Richtung Osten bis hinein nach Niger, »darf ich Sie bitten: hier geht's ins Innere Afrikas, dorthin, wo es so heiß ist, daß das Wasser im Körper zu Blut wird. Die Menschen tragen dort einen Wollpelz und die Schafe blanke Haut. Ich empfehle Ihnen, dem Fluß zu folgen. Er wird Sie zu interessanten Städten führen: nach Ségou, Djenné, Mopti, Timbuktu, Gao. Dort werden sie Mali verlassen und in die Republik Niger einreisen, wo ich für Sie die Stadt Niamey vorbereitet habe. Geradeaus nach Osten geht's dann übrigens zum Nil. Da habe ich schon viele hereingelegt, ha, ha, ha. Die dachten doch glatt, der Niger fließt in den Nil. Oder in den Kongo. Nun gut. Inzwischen hat sich herumgesprochen, daß ich den Niger nach Nigeria hinunterge-bogen habe.«

»Nigeria!« Wir zucken zusammen. Alle zucken zusammen, wenn sie das Wort »Nigeria« hören.

»Keine Angst, meine Herrschaften. Von mir aus können Sie abbiegen und den Flußlauf verlassen. Die nigerianischen Bandi-ten möchte ich Ihnen tatsächlich nicht unbedingt zumuten.« Nach lokaler Sitte spuckt der Kapitän auf den Boden, denn im Weltmaßstab gibt es ganz offensichtlich einen Zusammenhang zwischen abnehmender Ausstattungsdichte mit Faxgeräten und Zentralheizungen einerseits und erhöhtem Speichelfluß bei Männern andererseits. »Am besten, Sie halten sich kurz hinter Niamey rechts und meiden Nigeria ganz. In Benin habe ich Pal-men und fettes Gesträuch wachsen lassen. Ein wenig tropische Düsternis wird Ihnen gut tun nach all dem lichten Minimalis-mus des Sahel.« Der Kapitän grinst freundlich. »Darf ich Ihnen nun unseren Fuhrpark zeigen?«

Auf eine winzige Geste seines Zeigefingers taucht aus dem sandigen Nichts ein Jeep auf. In Afrika kommt alles aus dem Nichts. Oder aus dem Niemals. Genauso plötzlich wie die Dinge erscheinen, verschwinden sie wieder. Wie im Kino. Afrika ist eine graue Leinwand. Kommt nur darauf an, wer den Finger am Projektor hat. Am Steuer des Jeep sitzt ein grimmig blickender Fahrer mit heruntergezogenen Mundwinkeln und viel zu heller Haut für meinen Geschmack. Er parkt unter dem einzigen Baum weit und breit und schläft sofort ein. Hübsche Komposition: Jeep, Baum, Sandsteppe. Dann erscheint eine hölzerne Piroge mit einem geblähten Segel aus Mehlsäcken im goldenen Schnitt zum Baum. Hinter der Piroge schwimmen die Nüstern von Flußpferden auf der Wasseroberfläche. Ein Kamel schwankt durch die Leere. Ein Mann in Blau, eine Frau in Gold. Der pure Kitsch.

»Sieh nur«, höre ich mich unwillkürlich zum Russen sagen, »wie wunderschön.« Ich niese drei oder vier Mal, Sentimenta-lität wirkt auf mich wie Schnupftabak. Das kann mich natürlich in heikle Situationen bringen. Nehmen wir einmal an, jemand würde sagen: Ich liebe dich, und wollte mich dann küssen. Da würde ich ihm sofort ins Gesicht prusten. Lauter winzige Spucketröpfchen auf Nase, Wangen und Augen, die er wegen des geplanten Kusses hoffentlich schon geschlossen hätte. Aber wer sagt schon einen solchen merkwürdigen Satz: Ich liebe dich? Hat man so etwas schon einmal gehört? Es gibt ja auch keine blauen Männer und goldenen Frauen auf Kamelen. Jedenfalls nicht für mich. Ich glaube nicht an Schönheit. Und auch nicht an Liebe. Ich bin die Tochter des Landeseinwohneramtes und die kleine Schwester der Postmoderne. Schöne Menschen auf stolzen Tieren sind als Bilder verbraucht. Darauf muß ich leider bestehen. Allerdings ahnt davon hier niemand etwas. Hauptsache, ich weiß es. Dafür küßt hier keiner.

»Zeigen Sie uns ein Paar, das sich küßt«, sagt der Russe zum Kapitän.

»Wie kommen Sie denn auf diese Idee? Küssen Sie erst einmal ihre eigene Begleiterin, wenn Sie so etwas unbedingt nötig haben. Aber bitte nicht gerade hier! Wir schneiden nicht den Frauen die Klitoris heraus, nur damit Sie ihnen nachher Ihre Zunge in den Mund stecken.«

Die Stimme des Kapitäns hat die Tonlage gewechselt, der Russe spuckt auf den Boden. Das Kamel geht in die Knie und setzt sich in den Sand, der Mann klettert herunter und hebt die Frau aus dem hohen Sattel aus geschnitztem Akazienholz und bemalter Gazellenhaut.

»Steigen Sie auf«, fordert der Kapitän den Russen auf. Der Russe hat den blauen Turban der Tuareg auf dem Kopf. Er hält sich an den Schnitzereien fest und hievt ungeschickt sein rechtes Bein über den Sattel. Wortlos schiebt der blaue Mann das Hinterteil des Russen in die richtige Position. Das Kamel erhebt sich, erst vorne, und dann hinten, der Russe wackelt auf dem Sattel hin und her, der unsichere Körper schlägt Wellen nach hinten und nach vorne, als ziehe jemand eine Schnur an seinem Hals, das Kamel grunzt, der Russe jauchzt. Der blaue Mann führt das Kamel mit dem Russen drei Mal im Kreis herum. Von Schönheit kann keine Rede mehr sein. Ein anderer Film. Ich lache. Gerettet. Wenigstens für heute. Andererseits: Wer hat das gesagt, daß ich die Tochter des Landeseinwohneramtes bin? Ist das überhaupt für Afrika zuständig? Eigentlich ist mir das Paar in Blau und Gold doch lieber als der Russe auf dem Kamel. Da fällt mir ein: Hatte sich der Russe nicht einmal in mich verliebt? Mich geküßt?

»Wir nehmen den Jeep und die Piroge«, sage ich zum Kapitän, »das Kamel können Sie behalten. Kaufen Sie damit einem Blinden eine Frau. Aber sorgen Sie dafür, daß sie nicht beschnitten ist. Damit er wenigstens ihre Lust hören kann.« Der Russe starrt mich entsetzt an.

»Du bist doch Feministin gewesen, erinnerst du dich denn nicht mehr?«

»Nein. Du?«

Der Russe und ich steigen in den Jeep. Der Fahrer schreckt hoch und dreht sich mißmutig zu uns um.

»Nach Ségou«, befehle ich ihm mit entschlossener Stimme. »Wir wollen rosa Kolonialvillen sehen!« Er tötet mich mit seinem Blick.

Der Teppich

Sie Sahel ist ein arabisches Wort. Es bedeutet »Ufer«. Auf dem Teppich am Ufer der großen Wüste, des Ozeans ohne Wasser, läßt der Kapitän alle seine Lieblinge herumwuseln. Die Songhay mit ihren Helmfrisuren, die stämmigen Bobo, die Peul, die sich um die Ausbreitung des Islam verdient gemacht haben und nun mit mächtigen Zebus und goldenen Nasenringen Eindruck schinden, die Bozo, die »Herren des Wassers«, die zwischen Djenné und Mopti fischen wie zur Zeit des Propheten, sie stammen aus zwei Löchern und sind die Mittler zwischen den Wassergeistern und den Menschen. Mit nackten Oberkörpern und Tüchern um die Hüften gleiten sie auf ihren Stocherkähnen an uns vorbei. Was sollen wir machen? Wir winken ihnen zu. Und schönen Gruß auch an die Wassergeister! Und was machen die Kinder?! Alles gut? Alles gut! D'accord.

Die Dogon haben sich vor der Islamisierung in einer Felswand versteckt, dort verehren sie ihre unsterblichen Ahnen und Amma, den Schöpfer aller Dinge, der Lehmklumpen ins All schleuderte und damit Sterne und Erde erschuf. Eines Tages rennen wir den Dogon hinterher, die Wasserflasche im Anschlag, früh um sieben quetschen wir uns durch Felsspalten – und können froh sein, daß wir nicht fünf Wissenschaftlerteams und sieben Aufklärungstrupps umrennen, die im Namen der Fachhochschule Konstanz, Abteilung Baukonstruktion und Innenraumgestaltung, die Einheit von menschlichen Siedlungsformen und umgebender Landschaftskulisse dokumentieren oder die als französische Berufsstrukturalisten in den Schwalbennesterhäusern die Logik symbolischer Zusammenhänge sowie diverse Transformationssysteme kultureller Kodizes analysieren und schon am späten Vormittag völlig fertig sind vom Wilden Denken, vom Wahnsinn der Naturvölker und vom Anderen der Vernunft – und das alles bei nüchternem Magen und aufsteigender Sonne. Wir sind sogar schon um zehn erledigt, denn der Russe starrt jeden einzelnen Lehmklumpen an, als müsse er, wenn nicht gleich zu einem neuen Kosmos, dann doch wenigstens zu einem jener Goldbatzen mutieren, wie die schwarzen Herrscher sie auf mittelalterlichen Darstellungen in den Händen halten – wer versucht hat, aus sowjetischer Scheiße Kultur zu machen, hat einen gewissen Hang zur Alchimie, und ich setze mich in den Schatten und warte, bis der Russe fertig gestarrt hat und auch der Kapitän drückt ein Auge zu, während Souris, der Gehilfe, stöhnt wegen des Ramadans, der ihm den Griff zur Wasserflasche im Angesicht des Kapitäns verbietet.

Oben am äußersten Ufer der Wüste reiten indessen, dem Kapitän zum Wohlgefallen, die eingebildeten Tuareg auf Kamelen oder stolzieren umher mit Kofferradios um den Hals und mit langen Speeren, die man auseinandernehmen kann – für den Export. Vorerst zeigt der Kapitän sie uns von Ferne. Die Tuareg, so erläutert er, als wären wir nicht schon genug beeindruckt von all dem Geschiebe und Getriebe durch Zeit und Raum, waren einmal Berber und wurden von Mauren und Arabern aus Spanien verjagt, weshalb sie bis heute mit den Arabern spinnefeind sind, aber wer kann schon die Araber leiden, die doch niemals lachen. Was der Kapitän keinesfalls zugeben würde. Die schmallippigen Tuareg lachen allerdings auch nicht, schon weil sie sich für weiß halten, nur die Bela lachen, denn die sind pechschwarz und bis zum heutigen Tag ihre Sklaven. Die Bambara wiederum haben die »Auflehnung gegen den Herrn« schon in ihrem Namen. Den ganzen Tag gehen sie demütig und gesenkten Blickes umher, fasten im Ramadan, leisten sich höchstens vier Frauen, strecken ihre Hinterteile nach Westen und senken ihre Scheitel nach Osten, wenn sie beten. Aber unter ihren islamischen Masken wachsen ihnen lange Zähne, zwischen denen Das Wort zischt und Das Wort löst den Schöpfungsakt aus und dann kommt der Geist Yo, und der schafft Faro, den Schöpfer der Welt, den Vater der Luft- und Wassergottheiten und auch Vater von Pemba, dem Gott des Busches ...

»Nur zu«, sagt der Kapitän schließlich zu den Bambara, »das ist alles ein wenig kompliziert, aber warum nicht.« Während der Russe, beeindruckt von der Liberalität des Kapitäns und selbst stets auf der Suche nach einem neuen Schleichweg ins Paradies, bereits wieder anfängt, mitzuschreiben. Und ich? Warum zeigt mir der Kapitän all diese Gestrandeten? Ich glaube fast, er meint mich. Ich sehe mich auf dem Teppich auf und ab rennen wie eine Ameise und weiß schon nicht mehr, ob ich einen Nasenring trage, oder ob die Spanier hinter mir her sind. Der Russe jedoch steht da wie angewurzelt, streckt sein Bäuchlein vor und schüttelt dem Kapitän dankbar die Hand für die wunderbare Vorführung.

Der Kapitän läßt Motoren heulen. Rote Gesichter erscheinen. Er schickt dumpfe Franzosen und häßliche Engländer mit kurzen Hosen, Handys und Fernsehkameras umher. In einer riesigen Staubwolke veranstalten sie ihr traditionelles Wettrennen. Sie kommen auf Motorrädern, mit Jeeps und Lkws. Mungo Park, der junge Schotte, liegt deutlich vorn. Er hat die Londoner Afrikanische Gesellschaft und die Regierung des British Empire im Rücken. Es ist das Jahr 1805. Er kommt auf einem Boot den Niger herunter gefahren. Dann verschwindet er. Da erscheint schon der nächste Schotte. Major Gordon Laing. Er schwingt seine Arme und schlendert durch Timbuktu. Er ist der erste Europäer in der Stadt. Finstere Gestalten lauern ihm auf: Tot. René Caillé, Sohn eines saufenden Bäckers aus der französischen Provinz, holt auf. Er ist als Araber verkleidet und sieht ein wenig lächerlich aus. Doch da kommt er zurück aus Timbuktu. Er lebt. Es ist das Jahr 1828. Er hat es als erster geschafft. Die Briten sind sauer, die Franzosen siegesgewiß. Sie ruhen jedoch nicht, bis nicht jeder Eingeborene morgens nach frischgebackenem Baguette aus importiertem Mehl schreit. 1893 nehmen sie sich Timbuktu. Und wieder triumphiert ein Franzose. Ein Motorradfahrer, groß wie ein Pygmäe, fährt auf dem Flughafen von Timbuktu durch den Sand. Es ist der Sieger dieser Etappe der Rallye Paris-Dakar. Leider wurde ein schottischer Lkw unterwegs ausgeraubt. Die Besatzung: tot. Allmählich machen sich die Briten Gedanken.

Der Kapitän schickt Knaben mit nackten Füßen auf winzigen Eseln los. Auf ihren kurzen Stelzen eilen sie dahin. Sie ähneln eher Käfern als Reittieren.

»Sehen Sie nur diese Knaben«, sagt der Kapitän, »ich kann mich gar nicht an ihnen satt sehen. Ich habe sie aus meinem Lieblingsbuch herkommen lassen. Die Texte der Bibel erfreuen sich hier ja nicht so großer Beliebtheit. Macht aber nichts. Sehe ich mir wenigstens die Bilder an.«

Die Knaben rufen den Engländern zu: »Cadeau, cadeau!« Die Engländer stolpern über die Bettler, die auf Bastmatten am Boden sitzen. Die Bettler sind weise Männer, die die Fremden dringend um Kugelschreiber bitten. Alle Geschöpfe laufen und reden durcheinander. Manche brauchen hundert Jahre für eine kurze Strecke, andere sind schneller als der Wüstenwind. Sie sind barfuß oder haben Plastiklatschen an und sprechen in eintausendundzweiunddreißig verschiedenen Sprachen – dabei senken sie demütig den Blick, und die Jungen reden niemals vor den Alten.

»Warum gibt es auf diesem Teppich solch eine Konfusion?« frage ich den Kapitän. »Warum bleibt niemand an seinem Platz?«

Der Gehilfe des Kapitäns zieht eine Liste aus seinem modischen Rucksack.

»Das kann ich Ihnen sagen. Da hätten wir«, beginnt er vorzulesen, »Armut, Hungersnot, Dürre, Desertifikation, Tyrannei, Revolution, ethnische Konflikte, Krieg. Genügt das? Jeder hundertste Afrikaner ist ein Flüchtling. Mehr als die Hälfte aller Heimatlosen dieser Erde ist hier unterwegs.«

»Was ist mit Unstetigkeit, allgemeiner Haltlosigkeit, Verwüstung des Herzens, verzweifelter Sinnsuche, Geworfenheit des Menschen?« frage ich unter Tränen.

»Europäerpoesie«, antwortet der Gehilfe.

Djenné

Sie Ich bin eingemauert. Die Götter wollen es so. Ohne mich zerfällt die Stadt aus Sand. Sie haben versucht, eine feste Mauer zu bauen. Sie zerbröselte im Morgengrauen. Sie haben Spelzen von Hirse und von Reis in den Sand gemischt, Wasser, Stierblut, Jungfrauentränen. Nichts half. Dann haben sie mich eingemauert. Hier bin ich ein Bozo-Mädchen von dreizehn Jahren. Es ist dunkel. Ich verhungere. Ich verdurste. Blut läuft an meinen Schenkeln hinab. Leise höre ich den Singsang der Knaben, die den Herrn loben. Die Mauer hält. Tausend Jahre, neunundneunzig Belagerungen lang. Die Sandburg ist befestigt. Es werden Häuser gebacken, Türmchen und Zinnen modelliert, Durchgänge, Gräben, Kanäle gegraben, die Konturen glattgestrichen und mit dünnen Stöckchen überall feine Kerben zur Verzierung eingeritzt. Endlich steht die Stadt Djenné, ganz wie der Prophet befohlen hatte, unter und über dem Paradies.

Durch die Stadt irrt, ein Insekt am Strand, der Russe. Er fragt überall nach mir. Die Jungen, die Tischfußball spielen auf den sandigen Straßen. Sie lachen und schütteln die Köpfe. Die Frauen auf dem Marktplatz – sie wollen ihm stinkende Kräuter und Gewürze verkaufen, wenn er daraus einen Sud kochte, fände er mich garantiert wieder, aber nur donnerstags. Er fotografiert die große braune Moschee aus Lehm mit ihren rundgewaschenen Zinnen und Türmen, die mit rohen Holzstücken gespickt sind – ich bin nicht auf dem Bild. Vor Verzweiflung zieht er den Film aus seiner Kamera. Er klettert auf die flachen Dächer der ebenfalls mit Zinnen geschmückten Bürgerhäuser, stolpert über die luftigen Schlafstellen der Hausherren, blickt in Innenhöfe, in die Gassen, in die endlose graue Ebene jenseits der Stadtmauer und des Wassergrabens, er lauscht hinaus in den lautlosen Dunst. Nachts liegt er in seinen Kleidern schlaflos auf seiner Pritsche in der Karawanserei und friert. Morgens sucht er den Rat des Imam, denn die Stadt ist ein bedeutendes spirituelles Zentrum seit über tausend Jahren. Der Imam verspricht ihm Wodka im Paradies, mich aber kennt er nicht. Der Imam hat vier Frauen. Der Russe auch. Trotzdem verstehen die beiden sich nicht. Dann kauft sich der Russe in einem düsteren Verschlag ein Päckchen Zigaretten und eine warme Cola. Er trinkt die Hälfte, den Rest schüttet er auf die Straße. Ein dünner brauner Fluß gräbt sich in den festgetretenen Sand. Der Russe findet mich nicht. Wie in jedem Jahr streichen die Leute mit ihren Händen frischen Lehm über die ausgetrockneten rissigen Fassaden ihrer Häuser. Sie erinnern sich meiner nicht mehr. Mir ist schwindelig. Ich japse nach Luft. Mein Mund ist trocken. Meine Lippen sind aufgeplatzt. In meinem Ohr ein hohes Pfeifen. Hirsespelzen jucken auf meiner Haut.

»Also gut«, zitiert der Russe nun plötzlich Michel Foucault, den er noch nie leiden konnte, »der Mensch als Grundlage des klassischen Denkens verschwindet wie am Meeresufer ein Gesicht im Sand.« Dann vergißt er mich.

Eines Tages schickt der Kapitän eine große Welle aus der Sahara in den Sahel. Macht nichts. Auch gut.

Dogon

Er Vielleicht sind sie irgendwann einmal Fische gewesen, aber als wir bei ihnen ankamen, sahen sie eher aus wie halb Mensch, halb Schlange, mit roten Augen, gespaltenen Zungen, geschmeidigen Extremitäten ohne Gelenke. Ihre grünen, glatten, wie die Oberfläche des Wassers glänzenden Körper waren von kurzen grünen Haaren bedeckt. Sie saßen auf der Veranda einer Garküche und aßen fröhlich Schinkensandwiches.

»Siehst du sie?« fragte ich.

Ich war nicht sicher, ob Gabi imstande war, mir weiter zu folgen, aber sie war so elektrisiert von Afrika, sie stieg auf dem nicht sehr überzeugenden Flughafen von Bamako aus der Maschine, setzte sofort ihre Sonnenbrille auf, sagte »Uff! Schluß mit Europa!« und stürzte sich freudig in die Wildnis.

Ins Land der Dogon führt eine schmale, staubige, nicht asphaltierte Straße. Wo sie beginnt, befindet sich wie überall an solchen Orten in den Ländern der Dritten Welt ein Schlagbaum, an dem die Maut kassiert wird. Benzintonnen, die den Weg versperren. Ein zerlumpter Soldat hob den Schlagbaum. Wir fuhren in das Land der Pygmäen, die sich irgendwohin verzogen hatten, aber auch die Dogon sind, was die Größe betrifft, Pygmäen. Sie kamen vor vielen Jahrhunderten auf der Flucht vor dem Islam vom Unterlauf des Nils.

Im Land der Dogon braucht man nur den Kopf in den Nacken zu legen, und es ist offensichtlich: die Sonne ist ein Petroleumkocher. Weißglühend, ist sie von einer Spirale mit acht Windungen roten Kupfers umgeben. Die gleiche Spirale, nur aus weißem Kupfer, umgibt den Mond, sogar tagsüber. Die Sterne sind tönerne, in den Raum geworfene Kügelchen. Die Dogon verehren den »Hundestern« Sirius und seinen unsichtbaren Trabanten, an dessen Flugbahn sie den Generationswechsel ablesen – dann darf man das ganze Jahr auf Stelzen tanzen! Als wir die Garküche betraten, kam der Oberkellner im roten Jackett auf uns zugeflattert, Gabi konnte nicht an sich halten und rief:

»Monsieur, wie elegant Sie sind!«

Das war wohl ein Fehler. Der Kampf mit dem Wilden in Schwarzafrika endete in dessen maßloser Verehrung. Jeder Anlaß ist gut genug für ein Kompliment. Der Weiße sondert gegenüber dem Schwarzen Respekt ab wie Schweiß – in tropischen Dosen. Das ist verkehrter, aus dem Bewußtsein unter die Hirnrinde verdrängter Rassismus.

Kurzum, als der örtliche Führer respektive derjenige, den man uns als Führer geschickt hatte, in der Garküche auftauchte, war die Atmosphäre bereits extrem aufgeheizt. Sie waren beleidigt, daß die unsichtbare Welt sich irgendwelchen Weißen als zugänglich erwiesen hatte. Jedenfalls besaß ich keinerlei Mandat für Genialität. Als ich bei Tisch anfing, laut über den Mond zu reden, hörten sie mir mit unverhohlener Verachtung zu. Andererseits hielten mich die Italiener, von denen mir während meiner Reise durch Mali nicht wenige begegneten und die als eine Art Champions in Unzurechnungsfähigkeit durchgingen, für einen Scharlatan.

Um zehn Uhr abends stellten sie den Strom ab. Wir gingen schlafen, und die Hunde bellten uns hinterher.

Morgens erschien der Führer.

»Nehmen Sie Wasser mit«, sagte er. »Der Weg ist weit.«

Wir liefen durch die steinige Wüste. Souris trabte hinterdrein. Schließlich kamen wir zu einem Felsenabhang. Unten im Tal lag ein Dorf.

»Bei uns kann jeder Stein ein Fetisch sein«, sagte der Führer, »man muß ihm nur Energie einhauchen und ein Opfer bringen.«

251

Er nahm einen Stein in die Hand, überlegte und warf ihn auf die Erde. Ich spürte plötzlich, wie die billige Lebensverachtung aus mir entwich, wie sich der Existentialismus von Saint-Germain in Luft auflöste, dessen Geruch ich im Laufe meines Lebens angenommen hatte wie ein Pullover den Geruch von Tabak. Wir wurden umringt von den Frauen des Ortes. Sie lächelten freundlich. Die hiesigen Begrüßungsformeln sind knapp und dreistufig wie Beschwörungen.

»*Sawo?* Wie geht's?«

»Gut.«

»Wie geht's den Eltern?«

»Gut.«

»Wie geht's den Kindern?«

»Gut.«

»Na, dann ist es ja gut.«

Ich fotografierte heimlich die Frauen, und sie stürzten sich auf mich mit Geschrei.

»Das ist *nicht gut*«, sagte der Führer unfreundlich.

»Cadeau! Cadeau!« schrien die Frauen.

»Du hast ihnen die Seele weggenommen«, sagte der Führer.

»Und was soll ich jetzt machen?« fragte ich.

»Cadeau! Cadeau!« schrien die Frauen.

Ich kramte ein paar Münzen hervor. Die Frauen lachten verächtlich. Der Führer schwieg. Ich nahm meine Brieftasche. Zog tausend Francs hervor. Sie rissen mir den Geldschein aus der Hand und rannten davon.

»Was für ein Quatsch«, sagte ich. »Ist es die Möglichkeit? Eine Seele kostet tausend Francs?«

Der Führer schwieg.

»Wenn Sie den Islam besiegen konnten, warum konnten Sie nicht auch das Geld besiegen?«

Der Führer antwortete nicht und nickte zu den Felsen hinüber.

»Hier begraben wir unsere Toten. Man hievt sie an Seilen in die Grotten, und dann wälzt man Steine davor. In unserer Gegend ist der Tod etwas *Neues*.«

Gabi begann nervös zu kichern.

»Es ist noch gar nicht lange her«, sagte der Führer und sah sie ohne jede Mißbilligung an, »daß die Menschen, wenn sie alt geworden waren, sich in Schlangen verwandelten, und dann krochen sie genau hier herum, auf dem Bandiagara-Plateau. Nachts kamen die Schlangenvorfahren auf der Suche nach Eßbarem in die Behausungen gekrochen, und bis heute reißen die Menschen sich die Kleider vom Leib, sobald sie eine Schlange erblicken, und werfen sie ihr vor, damit sie sich bedeckt. Dann verwandelten sich die Schlangen in geschwänzte Geister.«

»Also, von solchen Geistern haben wir selbst genug«, sagte ich trocken zu unserem Führer. »Und was ist mit dem Tod?«

»Das war ein Geschäft«, sagte der Führer. »Wir haben den Tod gegen eine Kuh getauscht.«

»Muuuh!« äußerte Gabi dazu, womit sie indirekt auf den Gedanken Heideggers anspielte, daß das Sein zum Tode in der Sorge begründet ist. Als geworfenes In-der-Welt-Sein ist das Seiende immer schon seinem Tod anvertraut, der eine unbestreitbare »Erfahrungstatsache« ist.

»Gegen eine Kuh?« fragte ich ungläubig. »Die Kuh hat den Tod geboren!«

»Der Tod jedenfalls ist Habgier«, sagte der Führer.

Wir gingen ins Dorf. Es bestand aus zwei Zwillingsteilen, jeder Teil entsprach einem menschlichen Körper. Die Hütten ähnelten übermannshohen Steinpilzen. In manchen Pilzen lebten Menschen, in manchen Schafe, in anderen wieder war Korn gespeichert. Abseits standen die Hütten, in denen menstruierende Frauen untergebracht waren. Kleine Kinder, die im Laufen pißten und kackten, rannten vor uns mit herzzerreißendem Geschrei in alle Richtungen davon: Wir waren Weiße mit abgezogener Haut, sahen aus wie ausgeweidete Hammel, und die Kinder meinten, wir seien gekommen, um sie mitzunehmen. Wir betraten unaufgefordert eine Hütte, und niemand hielt uns auf. Auf dem Fußboden lag eine nackte Frau mit Spuren der Verlegenheit im Gesicht. Über ihr machten sich die grünbehaarten Kameraden zu schaffen, die wir gestern in der Garküche gesehen hatten. Die Brüder zogen sich Fasern aus den Fingern: sie machten der Mutter einen Rock. Die gezwirbelten feuchten Fasern enthielten das Wesen dieser grünbehaarten Menschen und trugen in sich das Wort. Die Mutter kam zu sich und begann schnell zu sprechen. Wir gingen hinaus. Mir war, als pulsierte die Erde unter den Füßen, als schlüge hier irgendjemandes Herz.

»Welche Opfer sind Ihren Göttern genehm?« fragte Gabi und zog wie gewohnt die Augenbrauen hoch.

»Ach, alle möglichen«, sagte der Führer träge. »Wir mögen Hühner, Schafe, Hunde.«

»Und Menschen?« fragte ich.

»Kommen auch vor«, antwortete der Führer.

»Auch Weiße?«

»Wenn sich die Gelegenheit bietet«, sagte der Führer mit einem unguten Grinsen. Souris wurde nervös.

»Kannibalismus?« fragte ich.

»Der Wilde mit Menschenfleisch zwischen den Zähnen – das ist ein kolonialistischer Mythos«, schrie Gabi.

»Hier ist eine himmlische Landetruppe gewesen«, sagte der Führer. »Als der achte Ahne vor dem siebten auf die Erde herunterkam, womit er die Reihenfolge durcheinanderbrachte, wurde der Letztere rasend vor Wut, erhob sich gegen alle und zerstreute, verstehen Sie, unsere Stämme. Wir mußten ihn töten. Wir aßen den Körper, und den Kopf gaben wir dem Schmied.«

»Wozu?« wunderte sich Gabi.

»Der Schmied hob eine Grube aus und beerdigte den Kopf«, antwortete der Führer.

Gabi begann wild zu schreien. Es war Nacht. Ich griff mir eine Laterne. Beleuchtete den Raum. In ihren Hals verbissen, versuchte der Führer mit Gabi zu koitieren, aber irgend etwas hinderte ihn. Irgendeine Macht hielt mich davon ab, der Deutschen zu Hilfe zu eilen. Der Führer riß ein Messer heraus und schnitt Gabi die Klitoris ab, die mich immer schon durch ihre Ausmaße beeindruckt hatte. In ihrer Gestalt ähnelte sie einem Termitenhaufen in der hiesigen Savanne.

Gegen Morgen führte das alles zu Anomalien. Gabi gebar draußen auf dem Klo ein unpaariges Wesen, einen Schakal, den sie aus irgendeinem Grunde Jurugu nannte, obwohl sie unter günstigen Umständen Zwillinge hätte gebären sollen. Wir wußten nicht, was tun. Gabi gab dem Schakal die Brust, sie wollte ihn nach Berlin mitnehmen, da er ja ihr Kind war. Die aufgeregte Mutter behauptete, daß der Schakal ebenso unabdingbar für einen normalen Lebensverlauf sei wie Zwillinge. Mich rührten ihre mütterlichen Gefühle. Das von Gabi an jenem heißen Morgen geborene Tier indes verkörperte Unordnung (was bei einer deutschen Mutter merkwürdig war), Unfruchtbarkeit, Dürre, Nacht und Tod.

Da er keinen Gegenpart hatte, beging der Schakal noch am selben Tag Inzest mit Gabi, welche sich vor Schreck, während sie noch versuchte, sich diesem unschönen Vorhaben zu widersetzen, in eine Ameise verwandelte und im eigenen Leib versteckte, jedoch nicht entfliehen konnte. Als Resultat des Inzests erlangte der Schakal die Gabe der Rede, bedachte uns mit obszönen Flüchen und offenbarte den Weisen die Absichten unseres Führers.

»Ich weiß«, empörte sich der Führer und ging zum Du über, »wozu du fünf Flüsse brauchst.«

Ich zuckte zusammen. Das war im Grunde mein Geheimnis der Geheimnisse, der Schlüssel du diesem ganzen Buch. Im Wissenssystem der Dogon sind die fünf Flüsse die Grundlage aller Grundlagen. Aber ich verstand nicht ganz ihre Bedeutung. Man versicherte mir, daß man unter dem Einfluß eines Getränks namens Konjo, das auf den ersten Blick aussieht wie Dogon-Kwas aus Hirse sowie aus Kolanüssen, mit denen man in hiesigen Breiten auf Brautschau geht, schwindelerregende Reisen machen kann. Aber wir sind nicht in Mexiko, Doping ist hier nicht angesagt. Das Universum erinnert in seiner Konstruktion an eine wuchtige, aus vierzehn Sphären bestehende Obstschale aus der Stalinzeit. Diese Sphären sitzen – eine über der andern – auf einem gußeisernen Fuß, doch statt Weintrauben, Birnen und Granatäpfeln leben Menschen darin. Die Sphären sind unterteilt in sieben obere und sieben untere, und die Erde ist die oberste von den unteren Welten. Über uns, in den oberen Welten, leben gehörnte Menschen, die Krankheit und Elend auf die Erde schicken, unter uns geschwänzte. Die tellerrunde und platte Erde ist von einem Ring aus Salzwasser umgeben, und um all das zusammen windet sich eine Schlange, die in ihren eigenen Schwanz beißt.

Wir haben uns in Wanderfliegen verwandelt, die sich von einer Gottheit auf die nächste setzen, ohne Sinn, aber mit sichtlichem Selbstbewußtsein. Wer sind wir? Wir sind herumschwirrende Fliegen. Wir sind aus der einen Sphäre in die andere geflogen, von den Gehörnten zu den Geschwänzten, bis wir uns auf der salzigen Oberfläche niederließen und die Zeit sich mit schrecklicher Macht zurückzuspulen begann, bis zum Anschlag und dem Wort AMMA.

Aus diesem Wort ist eigentlich die Welt hervorgegangen.

Der Führer blieb stehen, trank etwas Wasser und fuhr fort, in erster Linie an die Deutsche gewandt:

»Jedes menschliche Wesen ist mit zwei verschiedenge-schlechtlichen Seelen ausgestattet. Die weibliche Seele des Mannes wird mit der Beschneidung entfernt, die männliche Seele der Frau mit der Exzision.«

Als die Deutsche das hörte, begann sie zu heulen.

»Hör auf«, sagte der Führer in seiner Eigenschaft als ehe-maliger Liebhaber. »So schlimm ist das alles nicht. Das mensch-liche Paar, das ich geschaffen habe, hat acht Androgyne ge-boren. Sie konnten sich selbst befruchten.« Der Führer zeigte mit den Fingern, wie man das macht. »Aus ihnen sind dann die acht Geschlechter der Dogon hervorgegangen.«

»Und was ist mit Lebe?« fragte Souris, und ich fand, er sah dem jungen Gorki ähnlich und könnte mit der Zeit zum Klassi-ker der malischen Wortkunst werden.

»Lebe war ein Nachfahre des achten Urahnen und der Orga-nisator der menschlichen Sprache. Aber der alte Bewahrer des Wortes, der siebte Urahne, welcher von uns getötet wurde, lockte ihn unter die Erde – Lebe starb. Der siebte Urahne ver-schluckte Lebe unter der Erde, dann spie er ihn mit einem Schwall von Wasser wieder aus. An der Stelle, wo sich Lebes Körper befand, nahm das Wasser einen großen Raum ein, es entstanden die fünf Flüsse.«

»Nicht vier?« bohrte Souris nörglerisch nach. »Gewöhnlich spricht man von vier Flüssen, die zu den vier Enden der Welt fließen. Nehmen wir zum Beispiel die kalmückische Kosmolo-gie …«

»So weit braucht man gar nicht zu gehen«, unterbrach ich. »Am Anfang der Bibel entspringt im Garten Eden ein Fluß zur Bewässerung des Paradieses, und später teilt er sich in vier Flüsse!«

»Kinder, ich hab' Durst!« leckte sich Gabi die Lippen. Man gab ihr zu trinken.

»Also, das ist etwas vollkommen *anderes*«, sagte der Führer plötzlich erbost. »Die Bibel hat sich geirrt. Die Knochen von Lebe, die der Urahne ausgespuckt hatte, verwandelten sich in heilige Kultgegenstände, in bunte Steine – Duge. Sie bezeichneten den Umriß der Seele, den die Nommo bei der Geburt eines Menschen malen. Nachdem der achte Urahne den Nachfahren verschluckt hatte, vermischten sich ihre Kräfte, und Lebe ist das neue Wort, und die fünf Flüsse sind das Symbol des neuen Wortes.«

Mon Dieu! Der Fluß als Sprache, als Schlange im Land der Dogon, stellt den Pentateuch dar. Vier Flüsse – das ist unvollständiges Wissen, ein ausgelassenes Kapitel. Daher kommen also die menschliche Schwäche, daher also die Lücken und die Kluft zwischen Glaube und Wissen, ein Strom fehlt, dahin also ist der menschliche Gedanke abgeflossen, der griechische, der islamische, denn auf persischen Miniaturen sind vier Wasserströme dargestellt, der biblische schließlich, und *erst* im Land der Dogon … Ach, wie sehr der fünfte Fluß fehlt!

Der Führer hatte meine Gedanken bestätigt. Mir wurde ganz anders.

Jeder hat seinen eigenen fünften Fluß. Schlaf nicht, mach dich auf, verlier keine Zeit, suche, seufze, summe, niemand wird dir dabei helfen, du mußt ihn selbst finden – es wird dir nicht leid tun. Finde ihn und löse die Kette: Traum – Leben – Wort – Tod – Liebe. Es gibt keine kostbarere (und banalere) Kette.

Ich habe ihn gefunden. Ist es möglich, daß ich ihn gefunden habe? Es scheint jener Sangam zu sein, auf den mich Indien gebracht hat. Eine Öffnung für den Grundmythos. Wenn das Vorhaben richtig erraten war, so war es dies – das Goldene Vlies.

Aber wie es exportieren, das Miststück? Heimlich? Je richtiger das Vorhaben, desto gefährlicher seine Verwirklichung. Das wäre eine Verletzung von Regeln, die man als verbindliche Gesetze verstehen soll. Als der Führer meinen Schrecken bemerkte, lächelte er spöttisch.

Wir verließen das Land der Dogon wie im Stupor. Souris schwieg konzentriert und hatte sein Gesicht mit einem nicht mehr frischen Turban bedeckt. Wir waren eine schreckliche rote Staubwolke. Die Deutsche schmollte. Unser Weg führte nun nach Timbuktu, dem geistigen Zentrum des Staates Mali.

Auf dem Weg zum Schwanz

Er »Gib mir das Fernglas«, sagte die Deutsche. Vor dem Ablegen aus Mopti Richtung Timbuktu schlenderten wir über den Basar, sahen, wie Pirogen gemacht werden, sprachen mit den Schmieden, gingen in ein Café. Von der hohen Veranda aus konnte man Menschen sehen, die sich wuschen. Es waren Jungen und Männer. Die Deutsche war entzückt.

»Sieh nur«, sagte sie erregt, »wenn die Männer ans Ufer hinuntergehen, verstecken sie ihren Schwanz zwischen den Beinen. Wie komisch.«

»Gabi«, sagte ich, »ist es möglich, daß dich das noch aufregt?«

»Was sollte mich denn aufregen?«

Souris kam eilig ins Café.

»Der Kapitän ist verärgert«, sagte er. »Es ist Zeit abzulegen, und Sie, was tun Sie hier noch?«

Mein Herz begann schneller zu schlagen. Ich stellte mir die Begegnung mit dem Kapitän vor. Jaja fuhr uns zu der Piroge und empfahl sich. Er kehrte nach Bamako zurück. Wir näherten uns einer Piroge mit Motor, einer Pinasse. Uns stand eine dreitägige Fahrt bevor. Wir liefen über ein Brett und setzten uns. Zwei krausköpfige Bengel in den gleichen weißen Mänteln und schwarz-weiß karierten Hosen boten uns sehr traurig ihre Dienste an.

»Ach du großer Gott!« riefen sie erschrocken angesichts meiner Erscheinung mit der grünen Mütze auf dem Kopf und der Sonnenbrille im Gesicht. »Ghaddafi!!!«

In Afrika sind alle irgend jemandem ähnlich.

»Und ihr seht aus wie Puschkin!« befand ich.

»Wir sind die Gehilfen des Kapitäns«, stellten sich die etwas heiterer gewordenen Leichenflecken meiner Kultur vor. »Herzlich willkommen!«

»Und ich bin Hélène, die Köchin«, sagte schüchtern eine schwarze Frau, und ihre Zähne blitzten.

Der Kapitän saß in einiger Entfernung, näher beim Heck, am Ruder. Er war ein schwarzer Mann mit einer kuriosen Sonnenbrille für drei Kopeken, deren Bügel irgendwie unangenehm verziert waren, und einem billigen wasserundurchlässigen Trainingsanzug. Er winkte uns zu, stand aber nicht einmal auf. Ich war einigermaßen enttäuscht von seinem Aussehen. Übrigens hatte ich schon in Indien bemerkt: je weiter ich mich von der westlichen Zivilisation entfernte, desto blasser wurde die Persönlichkeit des Kapitäns. Sie löste sich in ihrer Umgebung nahezu auf – in Indien auf der asketischen Vertikalen und in Afrika auf der Natur-Horizontalen.

Der Kapitän ließ den Motor an, und wir schipperten los. Wir fuhren durch das grüne Wasser des Niger, es war Mitte Januar, mitten im Fastenmonat Ramadan. Der Niger ist ein gutmütiger Fluß. Er hat nichts Hysterisches. Er ist der Fluß der Flüsse. Er ist ein Fluß von Blut, aber im friedlichen Sinne, das heißt eine Arterie. Nach dem Land der Dogon wollte man es so haben. Der Fluß verleiht der Landschaft einen Sinn und macht sie endlos. Jedes Picknick an einem Fluß (eine Fotografie der entstehenden Mittelklasse in Frankreich, dreißiger Jahre des 20. Jahrhunderts, weibliche Unterwäsche an einem dicken weiblichen Körper) unterscheidet sich von einem Picknick ohne Fluß. Der Niger zwischen Mopti und Timbuktu weitet sich plötzlich zu einem Binnendelta, über dessen Entstehung sich die Geographen den Kopf zerbrechen. Der Fluß teilt sich in mehrere Arme, die sich in ein milchiggrünes Binnenmeer ohne Ufer ergießen, und dann fließt der Fluß als schlanker Strom ohne jede Launen wieder hinaus aus diesem Meer. Reich und vielfältig ist die Vogelwelt. Mich beeindruckten die langhalsigen Störche, die beim Abheben mehrmals den Hals zusammenklappten wie einen Zollstock. Andererseits bietet der Niger Beispiele für Minimalismus. Mal serviert er einem eine Schar von Affen, und dann zeigt er überhaupt keine mehr, mal stellt er ein Krokodil aus (aber ich will nicht lügen, Krokodile habe ich keine gesehen), mal legt er bescheiden ein Dutzend Flußpferde auf eine Sandbank. Sie haben riesige Augen, transparente violette Ohren und große Nasenlöcher.

»Die Nasenlöcher sind wie deine«, sagte die Deutsche. »Da geht ein Panzer durch.«

»Kaum eine Frau fliegt bis zur Mitte des Nigers«, winkte ich nicht unfreundlich ab.

Mali bedeutet übrigens Flußpferd. Das Fleisch von Flußpferden wird geräuchert. Dann ist es mehrere Monate haltbar. Die Afrikaner sind großartige Jäger. Die Technik der Flußpferdjagd ist bis heute so, wie sie 1352 Ibn-Batuta beschrieb, als er von

Timbuktu nach Gao reiste, aber ich will das nicht wiederholen, ich möchte nur sagen, daß auch die Deutsche und ich dem harpunierten Tier mit Lanzen den Rest gaben. Aber das nur nebenbei, die größte Kostbarkeit ist nämlich der Nilbarsch *(lates niloticus)*, auch »Kapitän« genannt.

Der Kapitän ist der wichtigste Fisch des Niger. Er ist sehr angenehm im Geschmack, erinnert an unseren Barsch, wiegt 10–20 kg, bisweilen bringt er es sogar auf 100 kg. Wir hielten entgegenkommende Pirogen an (wie geschickt die Fischer die langen Stangen handhaben!) und kauften einen ganz frischen Kapitän. Hélène erwies sich als hervorragende Köchin und bereitete den Kapitän in allen möglichen Varianten zu: mit verschiedenen Soßen, mit verschiedenen Kräutern, mit Petersilie, frischem Koriander, Sellerie, Lorbeer, mariniert, gesalzen, vergöttert, gegrillt. Wir alle aßen von morgens bis abends Kapitän und lobten Hélène sehr, und sie lächelte.

An den Ufern des Niger sind die unterschiedlichsten Termiten weit verbreitet. Die Landschaften der Sahelzone schimmern bunt von den Termitenbauten, die bis zu anderthalb Meter hoch sein können. Als der Schock etwas nachließ, öffnete Gabi vorsichtig die Lippen.

»Fühl mal! Sie ist zu mir zurückgekommen! Mein Hähnchen ist wieder da!« Gabi weinte vor Glück.

Zu meiner Freude ging sie in allen fünf Flüssen unter. Wir waren einander fremde Menschen, die immer wieder in argonautische Umstände erzwungener Nähe gerieten. Jeder war auf seine Weise heimatlos, unglücklich, verzweifelt. Ich liebe ihre präzisen lesbischen Hände, die morgens nach meinen Brustwarzen tasten. Sie ist Zersetzung weiblicher Masse, Absonderung des männlichen Ursprungs, Ausbreitung der Haardecke, Borsten auf den Pobacken, Verhärtung der Milchdrüsen, Verweigerung des Kindergebärens, gesteigertes Interesse an jungen hübschen Gräfinnen, sich entwickelnder Alkoholismus, Verlegung des Interesses in die anale Sphäre, eine schwere Beule von Sphinkter, Zersplitterung von Prinzipien, Verlust geschlechtlicher Identifikation, genetische Katastrophe, hormonaler Schwachsinn, Produkt des Jahrhunderts, seine Strafe.

Ich berührte es sorgfältig mit dem Zeigefinger. Keineswegs schwächlich und schält sich gar hervor wie ein kindlicher Penis. Man weiß nicht sofort, wo die große Klitoris anfängt und ein kleiner Schwanz beginnt. Vielleicht irre ich mich, aber Gabi befindet sich, will mir scheinen, auf dem Weg zum Schwanz.

Wir hatten panische Angst (oh, wir zitterten regelrecht), aber nicht vor der Tsetsefliege, gegen die die Medizin recht erfolgreich ankämpft, sondern vor einer unsichtbaren Wassermikrobe, die lediglich zwanzig Sekunden im stehenden Nigerwasser existieren kann und in dieser Zeit etwas sucht, wo sie eindringen kann, und wenn da ein Mensch badet oder einfach bloß herumsteht wie ein Idiot, dann trifft ihn die Mikrobe wie eine Kugel, und danach fallen bei Männern sämtliche Geschlechtsteile ab. Bei Frauen fällt auch alles ab. Gabi jedenfalls, wie nun allseits bekannt ist, hat etwas, das abfallen kann. Die Sonne hier geht genau um sechs Uhr abends unter, und Finsternis tritt ein. Die erste Nacht verbrachten wir in Zelten. Träume in der Wüste sind wie sich langsam entfaltende Opern mit langen Arien, Chor, einer Vielzahl von handelnden Personen, Orchester und einem Bühnenbild aus dem Fundus des Bolschoitheaters.

Man liegt da, das Ohr an die Wüste gepreßt und lauscht auf die unterirdischen Sagen der Erde und zuckt immer wieder zusammen. Solche wahnsinnigen Träume hatte ich nur einmal, in Tibet, während einer Krankheit. Wovon handeln diese Träume? Von der Flüchtigkeit der Zeit, dem Jüngsten Gericht, der Trennung von einer geliebten Frau, der Heimatlosigkeit des Menschen, von weiß Gott was. Mal dringen aus dem einen, mal aus dem anderen Einmannzelt die Entsetzensschreie schlaftrunkener Menschen. Mal schreit der Kapitän, mal die Puschkins, mal unser treuer Gorki, mal die Köchin Hélène. Gegen Morgen, ungefähr um vier, stürzte die Deutsche mit Gebrüll in mein Zelt, sie hatte geträumt, daß sie das gesamte wohlorganisierte Sozialversicherungssystem Deutschlands zerstört habe.

Sie hatte sich kaum beruhigt, als undefinierbares Geheul ertönte. Es näherte sich. Man muß dem hinzufügen, daß ich, als wir ans Ufer stiegen, mit der Laterne einen großen Haufen weißer Knochen beleuchtet und darüber sogar noch meine Witze gemacht hatte, aber jetzt wurde ich nachdenklich. Als sich jedoch räuberische Schnauzen in die halb durchsichtige, für räuberische Zähne ephemere Zeltwand drückten, erkannte Gabi in den Fremdlingen Schakale. Da das Land der Dogon Gabi mit zusätzlicher Information über diese gräßlichen Tiere versorgt hatte (einer Information, welche wir beide unkommentiert zu lassen für richtig hielten) und sie vielleicht noch nach Schakal roch, gab es keinen Zweifel mehr. Wie zogen die Beine ein und hielten den Atem an. Auch in den Nachbarzelten verstummten die Schnarchgeräusche und Alptraumschreie. Es trat menschliche Stille ein.

»Souris!« schrie ich auf französisch durch die ganze Sahelzone. »Was sollen wir jetzt machen?«

»Abwarten«, war die unglückliche Antwort.

Aber plötzlich knallte ein lauter Schuß. Das verlieh mir wieder etwas Mut. Es stellte sich heraus, daß der Kapitän eine Schußwaffe mitgenommen hatte. Es erhob sich Geheul der erschreckten Tiere. Darauf Getrappel. Wir stürzten mit Laternen aus dem Zelt. Der Kapitän jagte mit einem Knüppel den Schakalen hinterher. Die Feinde zogen sich zurück. Wir setzten uns ans Lagerfeuer.

»Ich habe eine Bitte«, sagte der Kapitän, der trotz der Finsternis immer noch seine Sonnebrille für drei Kopeken auf hatte.

»Nichts über das Land der Dogon auszuplaudern?« konnte ich mich nicht beherrschen. Der Kapitän kratzte sich die Nase.

»Dreißig Jahre mach ich das schon, aber so was gab es noch nie«, teilte er uns mit. »Schlafen wir in der Piroge. Das ist natürlich nicht so toll, aber dafür sicher wie im Mutterleib.«

Die krausköpfigen Gehilfen trugen Gabi auf ihren dünnen Armen zum Schiff, mutig wateten sie durch das stehende Mikrobenwasser.

»Stimmt es, daß der russische Präsident ein Affenherz hat?« fragte der Kapitän, als wir uns an der Anlegestelle nicht weit von Timbuktu für immer trennten.

»Wieso Affenherz?«

»Na ja, das sagen hier alle … Seien Sie nicht beleidigt«, sagte der Kapitän. »Affen sind uns näher als Hunde.«

Gute Nacht

Sie Hinter mir schließt sich die Wasseroberfläche zu einem faltenlosen Band. Ich habe in den Niger gepinkelt, am Heck der Piroge hinter Strohmatten habe ich meine weiße Haut geöffnet und die Wasserschnecken haben sich verwundert gewunden, nanu, was ist das? Dann habe ich mich wieder zusammengepackt. Drei Störche, unsere schlanken, schwarzweißen Brandenburger Störche, stehen im spärlichen Uferschilf. Ein leichter Wind poliert den Sahelsand. Keine Spuren. Der Fluß der Zeit heißt Gegenwart, alles beim Alten, alles beim Neuen. Nur die Dogon oben in den Felsen, die fragen sich, ob wir ihre Seelen in unsere Plastiktüten gepackt und in Mopti neben den braunscheckigen Saharasalzplatten, den leuchtend roten Synthetikwollmützen und den bauchigen Kalebassen auf dem Markt am Flußhafen verkauft haben und warum wir ihrem Dorfältesten dafür nur ein Geschenk von fünfhundert westafrikanischen Francs und nicht mindestens von tausend dagelassen haben, denn die französischen Berufsstrukturalisten haben den Dogon beigebracht, daß sie beim Fotografieren ihre Seele verlieren, seither verhandeln sie um den Preis, aber dann konnten sie sich nicht auch noch merken, worin die Weißen ihre Seelen eigentlich verpacken: Kameras, Plastiktüten, Wasserflaschen, Hosentaschen – wer soll sich da noch auskennen? Die Dogon haben ja recht. Natürlich haben wir ihre Seelen gegen Salz und Gold getauscht – das ist eine alte Tradition in Mopti, Gao und Timbuktu. Das Gold zermahle ich mit den Zähnen zu feinem Staub, das Salz versenke ich auf den Grund des Nigers. Mir ist, als hörte ich Herzeloide kreischen.

Wir schweben schweigend Richtung Stadt der Städte, zum leuchtenden Mittelpunkt Afrikas, zu Elfenbein und Straußenfedern und eisgekühlten Bieren. Ich schneide dem Russen die Zehennägel in Schlitzaugenform. Die Störche staksen durch das seichte Wasser. In Brandenburg ist jetzt vielleicht Winter, Timbuktu, die strahlende, versinkt im Sand. In Staub mit allen Feinden Brandenburgs.

Auf dem Weg haben sie wieder diese Lehmhütten aufgestellt. Die Sonne brennt. Ahnen winken mit knöchernen Händen vom Ufer her. Die Toten grüßen dich. Afrika ist voll mit Toten. Sie gehen am Ufer entlang und tragen Kalebassen und chinesische Emailleschüsseln auf den Köpfen. Man weiß gar nicht, wer was ist: tot oder lebendig? Und selbst wenn man herumgeht und fragt: Sie, können Sie mir sagen, wer sie sind, erzählen alle erst einmal von ihren toten Ahnen. Der einzelne ist nicht zu trennen von der Reihe seiner Vorfahren, die ganze lange Ahnenschlange lebt durch ihn weiter, er ist nur ihre Verlängerung.

Und auch die Liebe, sagte mir ein junger Dogon, setzt sich fort über die Generationen – wenn zwei Familien sich lieben, lieben sich auch deren Kinder. Die Liebe, das ist Familie und Geschichte. Ich habe keine Geschichte und keine Familie mehr, ich habe nur das Landeseinwohneramt.

Der Kapitän steuert hinein in die Nacht. Ich ruhe im Bauch der Piroge, ich schlafe in der Wüste, Schakale streichen um meinen Kopf und schwäbische Nachbarinnen in Herzeloides Schlepptau, zu Hilfe, will ich schreien, wer rettet mich vor den Schwäbinnen, mein Mund ist voll Sand, ich bin eingemauert in Djenné, wo mich der Russe nicht hört und nicht findet, die Schwäbinnen umzingeln mich und kommen immer näher, ohne Sozialversicherung und Bausparvertrag, höhnen sie, lassen sie mich nicht mehr weg, während die Schakale in dieser Wüstenkälte sich in meinem warmen Haar verfangen – aber in welcher Sprache soll ich um Hilfe rufen? –, bis der Russe von mir wegrollt und befiehlt: Träume etwas anderes! Was heißt hier träumen?

Lora, die Schiffsköchin, eine geheimnisvolle Person, die sich den ganzen Tag im Bauch der Piroge verborgen hält, knallt mir morgens einen blauen Plastikbecher mit Kaffee aus Nigerwasser vor die Nase und schnauzt mich an, alles, was wir seien und hätten, schuldeten wir nur einmal unserem Vater, aber zweimal unserer Mutter. Der Mann sei ein zerstreuter Sämann, die Mutter eine göttliche Werkstatt, wo der Schöpfer ganz direkt, ohne Mittler also, arbeite, neues Leben forme und der Reife zuführe. So sei das in Afrika, auch wenn ich fünfmal die Tochter des Landeseinwohneramtes wäre.

Am Morgen des dritten Tages erreiche ich Timbuktu – falls ich aus Marrakesch komme, ist es schon der Abend des zweiundfünfzigsten – aber Timbuktu ist ohnehin überhaupt nicht erreichbar, weder von Mopti mit der Piroge, noch von Marrakesch mit dem Kamel und auch nicht von Gao mit dem Telefon, denn Timbuktu existiert nun einmal nicht, höchstens die Idioten von der Rallye Paris–Dakar glauben noch daran sowie Doktor Lübke, der Bundespräsident, der, sehr verehrte Damen und Herren, lieber Niger, hier eine Tafel am Haus des deutschen Forschers Heinrich Barth enthüllte, weil dieser behauptete, er habe Timbuktu erreicht, gesehen und lebend verlassen.

Ich jedoch behaupte gar nichts und verlasse Timbuktu weder

lebend noch tot. Sicher ist nur, daß mich zu Staub zerfallene graue Lehmhäuser und Moscheen, verlassene Sandgärten, blaue Silhouetten und die vollkommene Abwesenheit erstens von Straußenfedern und zweitens von hundertachtzig Koranschulen bezaubert haben. Und sicher ist auch, daß in diesem Moment der Russe in Gao unseren ziemlich hellhäutigen Fahrer als Sklaven an eine Karawane schwer bewaffneter Tuareg auf Kamelen verkauft und jenseits der Grenze in der Republik Niger jemand auf den Präsidenten schießt.

Timbuktu

Er Schon der Besuch von Timbuktu ist dessen Raub, und jede Abreise aus Timbuktu erinnert an eine Flucht. Die Abwesenheit von Straßen hat prinzipielle Bedeutung und wird nicht diskutiert. Jeder Weiße, der Timbuktu besucht, ist den Tod wert. Ich sah mich selbst in Timbuktu als versiegelte Flasche und dankte Gott für seine Gnade und seinen Schutz.

»Wer seid ihr?« fragte ich die alten Männer in der Vorhalle der Moschee.

»Weise«, sagten sie. »von uns gibt es hier 333.«

Ich weiß jetzt, daß immer um drei Uhr nachts ein Schimmel mit einem der Vollkommenheit angenäherten Reiter durch Timbuktu galoppiert.

Wir flohen am frühen Morgen aus Timbuktu, nach einem frech feigen Übersetzmanöver über den Niger. Mamadou, der neue Chauffeur, erwies sich als nicht gerade gesprächig. Schlimmer noch, er war nicht besonders verträglich. Wir schlugen uns mit diesem neuen, araberähnlichen Fahrer durch die Wüste nach Süden durch, gemeinsam mit ihm verloren wir uns im Sand, wir wechselten die Landschaft wie die Farben von Spielkarten, mal fiel uns eine rote, mal ein gelbe Wüste zu, mal eine schwarze Asphaltwüste, hier hatte sie Flugsand, dort Steine, plötzlich Auswüchse wilder Berge und Dattelpalmen, wir vertrauten dem Fahrer, nicht ahnend, daß er unser Henker war.

Erschießung

Er Das Städtchen Gao ist ein einziges Mißverständnis. Es ist geratert wie Manhattan, und es gibt dort sogar ein Restaurant namens *La Belle Étoile*, was jedoch nichts daran ändert, daß es ein elendes Kaff ist. In Gao gibt es das gehörnteste Hornvieh. Es hat keine Angst vor Autos. Ich rieb mir die entzündeten Augen. Das nächtliche Afrika ist ein Kontinent des gnadenlosen Neonlichts. Von Petroleumlampen umstellt, las ich vor dem Einschlafen langsam Dostojewskis *Dämonen*.

Der araberartige Chauffeur übergab uns der Polizei auf einem in militärischer Hinsicht gefährlichen Abschnitt der Strecke Gao–Niamey an der Grenze zur Uranrepublik Niger, und das ohne jedes Mitleid. Als Argument gegen uns führte er unsere Pässe an, welche keine Ein- und Ausreisevisa enthielten, weder für Timbuktu noch für Gao.

»Was denken Sie sich eigentlich? Das ist gegen alle Vorschriften!«

Der Sergeant schüttelte den Kopf.

»Sie sind doch keine einfachen Fahrgäste! Sie sind Touristen!!!«

Der Sergant machte große Augen und erklärte uns zu Feinden des malischen Volkes.

»Ce n'est pas sérieux«, murmelte ich, ein Satz, der für jeden Schwarzen mit Selbstachtung beleidigend war.

»Und dann sind Ihre Pässe auch noch gefälscht!« schrie er mich plötzlich an und rollt mit den Augen.

Mit jeder Sekunde ereiferte er sich mehr. Er sagte, er habe absolut keine Möglichkeit, uns in Gewahrsam zu halten, denn er habe keine Wachen, daher sei es das Vernünftigste, uns zu töten und unsere Leichen nach Bamako zur Expertise zu schicken. Er schlug mir vor, seinem Projekt als äußerst humaner Aktion zuzustimmen. Bis zur Grenze waren es nurmehr fünf Kilometer, und ich begann es schade zu finden, für nichts und wieder nichts sterben zu müssen.

Aber der Chauffeur Mamadou wollte nicht, daß ich auf und davon fuhr mit einem geheimen Wissen, das gefährlich war für die metaphysische Sicherheit nicht nur der Sahelzone, sondern auch ganz Afrikas. Während Hélène und Souris mit uns sympathisierten, war Mamadou die Inkarnation des Hasses. Als er kurz zum Pinkeln zur Seite trat und der Sergeant zu einem Lastwagen lief, der gerade vorbeigefahren war, um Holz fürs Lagerfeuer zu stehlen, flüsterte mir Souris zu, daß man mit Mamadou in der Sprache der afrikanischen Brüderlichkeit reden müsse.

»Afrika hat bisher keine Zukunft«, bemerkte Souris, ein Mensch zweier Welten.

»Warum ist der Chauffeur böse? Warum ist Souris gut?« dachte ich traurig.

Vom Standpunkt des Islam aus betrachtet, pinkelte Mamadou häretisch, denn er pinkelte im Stehen und nicht in der Hocke. Nachdem er gepinkelt hatte, vollzog er umgehend eine Waschung seines Gliedes mit Wasser aus einer Plastikteekanne mit lustigem Streifendekor, wandte sich in unsere Richtung und knöpfte sich die Hose zu.

»Mamadou«, sagte ich, »biete dem Sergeanten Geld an.«

»Ich bin nicht dein Sklave«, antwortete der Araber, »der deine Kommandos ausführt.«

Ich sah, wie der Sergeant träge das Magazin für die Maschinenpistole holte, um uns zu erschießen.

»Mamadou«, sagte ich. »In dieser Geschichte gibt es nur zwei Sklaven: sie und mich. Hier ist meine brüderliche Hand. Hol uns hier raus.«

»Ich habe den Himmel und Gott befragt«, sagte Mamadou, »und sie haben mir geantwortet: nein!«

Der Sergeant kam mit der Maschinenpistole zurück. Er sah grimmig und träge aus. Viehzüchter sind gleichgültige Mörder.

»Na dann, gehen wir?« sagte er.

Wir gingen hinters Haus. Der Sergeant stellte uns an die Wand. Gabi begann verächtlich zu grinsen. Sie nahm meine Hand. Das schien sie zu beruhigen. Ich gab mir Mühe, irgendwie ihr verächtliches Grinsen zu imitieren, allerdings hatte ich keine Lust, Händchen zu halten. Weibliche Liebe fürchtet den Tod nicht, nicht so die männliche, außerdem gehörte mein Herz Lora Pawlowna.

Der Sergeant hob den Lauf der Maschinenpistole. Mamadou hatte sich genüßlich etwas abseits postiert und stellte das sensationslüsterne Volk dar.

Wie immer war die Erschießungsszene mit überflüssigen Genredetails ausgestattet: es blökten die Schafe, es gackerten die Hühner, in der Ferne spielten die Kinder, es war heiß.

»Halt!« kam Souris wie verrückt angerannt. Er war ganz zerzaust. »Erschieß lieber mich!«

Der Sergeant blickte sich befremdet um.

»Deine Großmutter ist die Schwester meiner Großmutter«, schrie Souris. »Erschieß mich!«

»Welche Großmutter meinst du?« wollte der Sergeant wissen.

Sie begannen ihren eigenen Kram zu bereden.

»Mon amour, hab' ich nicht schönes Haar?« fragte Gabi.

Nie im Leben hatte ich ekelhaftere Haare gesehen.

»*Sprachlos!*« antwortete ich klar und deutlich.

Mamadou schimpfte unflätig, schleuderte die Schlüssel des Jeeps auf die Erde und ging in Richtung seines Heimatdorfes. Ich hielt der Pause stand.

»Wieviel?« fragte ich den Sergeanten, um eine kaltblütige Haltung ringend.

»Warum küßt du mich nie?« fragte Gabi.

Wir handelten eine Summe aus, die etwa fünf US-Dollar entsprach.

Tödlicher Zwischenfall

Er Wann und wo das zweiflügelige Phlebotom Gabi gestochen hatte, wer weiß, gestochen hatte es sie jedenfalls, und Gabi erkrankte an einer tödlichen Form des Paludismus, an der tropischen Malaria.

»Du siehst aus wie ein Dreisternegrandhotel, in dem sich ungebetene Gäste einquartiert haben«, sagte ich traurig, als ich sah, daß sie im Sterben lag.

»Du hast mich nie gebührend geschätzt«, sagte sie, vor Schüttelfrost mit den Zähnen klappernd.

»Na schön, dann eben Viersternehotel«, gab ich zu.

Wie im rührendsten Kolonialroman wurde sie von einer afrikanischen Familie, Hélènes Verwandten, gepflegt. Sie gaben ihr löffelweise Haferschleim zu essen und rieben sie mit verschiedenen Salben ein.

Hélènes Bett bot vier Personen Platz. Barbarischer Geschmack. Hellblaues Tageslicht. Eine große Flasche Johnny Walker. Und irgendein Motorrad auf der Anrichte. Ein junger, langbeiniger französischer Doktor betrat den Raum:

»Na, dann machen Sie sich mal frei.«

Trotz der Malaria entblößte sich Gabi zügig wie immer.

»Er hat mir den Finger in die Fotze gesteckt«, flüsterte Gabi beseelt.

»Ist das wahr?« fragte ich ungläubig.

»Und dann in den Po. Was hat das mit Wahrheit zu tun?«

Hélène und ich zerflossen. In meinem Hotelzimmer packte Hélène die Reste des Frühstücks, ein Stück Baguette und ein aufgerissenes Töpfchen Aprikosenmarmelade, in eine Plastiktüte, zog heftig an einer Kippe und entfernte sich.

Sechsunddreißig – neununddreißig. Und eine halbe Stunde später wieder sechsunddreißig. Das hält kein Herz lange durch. Gabis Sterben bewirkte in meinen Augen auf wunderbare Weise ihre Wiederbelebung. Das russische Wort ist wunderbar; das russische Wunder ist verbal.

»Reisen ... Das Lesen darüber ... endlos ...« phantasierte die Ärmste.

»Doktor!« rannte ich ihm hinterher. »Wird sie sterben?«

»Die Libido stirbt nicht«, versicherte mir der Franzose. »Monsieur, Ihre Phantasie ist mit Ihnen durchgegangen.«

»Wie? Ist es möglich, daß Gabi – die Nase von Major Kowaljow ist?« Ich war entsetzt ob meiner Vermutung. »Major Kowaljow in Afrika – das bin ich.«

»Der russische Militärattaché?« erschrak Doktor Yves Bourguignon, der sich in der Literaturgeschichte russischer Nasen nicht auskannte. »Wollen Sie einen Whisky?« fragte Doktor Yves Bourguignon mit stark ausgeprägtem Zweifel. »Ach was, wissen Sie, in drei oder vier Generationen wird Afrika einen Sprung nach vorn machen. Es hat eine bessere Zukunft als Rußland.«

»Nein, sicher, die Franzosen haben die Modernisierung vorangetrieben, womit sie die natürlichen Gesetze der Bewegung verletzt haben, und außerdem können die Franzosen selbst überhaupt nichts, sie sind Bürokraten, die sich der Arbeit anderer bedienen. Aber auch dazu gehört Talent«, bemerkte ich.

»Aber die russischen Waren!« Hélènes Brüder grinsten. »Wir

haben mal einen Radioempfänger gekauft! Mit Glühbirnen drin! Gott, das war vielleicht eine Kiste! Ihr seid einfach unfähig, Dinge zu Ende zu bringen! Alles Schlamparbeit!« Hélènes Brüder lachten, während sie Couscous mit ihren sauberen Fingern aßen.

Das russische Adlerauge erfaßte diese barbarische Sitte.

Nachts trieb ich mich in den Kneipen von Niamey herum, der Stadt mit dem heißesten Nachtleben Afrikas. Wer einmal in diesen Puffs gewesen ist, wer dort ordentlich Gin ohne Tonic getrunken und zu Tamtam und Elektrogitarre getanzt hat, der kennt den Geruch von afrikanischem Schweiß, der erinnert sich an die Schönheit der Prostituierten von Niamey, an ihre sumpfwasserfarbenen Knöchel, ihre rituellen Narben an den Pobacken. Vor angespannter Leidenschaft dampfen und platzen die Präservative wie Rennwagenreifen.

Hélène tauschte den Boubou gegen einen kurzen Rock und tanzte tierisch, den Po vorgestreckt.

Gabi wurde zu gelbem Pergament.

Die Afrikaner sind erstaunlich dezent. Sie verbergen ihre Toiletten und ihre Friedhöfe. Nur einmal, nachdem ich ganz Mali bereist hatte, stieß ich auf einen islamischen Friedhof mit Grabsteinen, die scharfkantig sind wie zerschlagenes Glas (es ist nicht erlaubt, sie Nichtmuslimen zu zeigen). Christliche Friedhöfe wirken dagegen wie zur Schau gestellt.

Im Land des Uranparadieses gibt es auf dem christlichen Friedhof der Hauptstadt ein Grab. Darauf steht geschrieben: Iwan. Serbischer Tourist (an den Familiennamen erinnere ich micht nicht).

Friede deiner Asche.

Ausschweifung à la Niamey

Er Hélène schaltete ihre Vibratoren ein.

Guten Morgen!

Sie Jetzt kommt die Malaria. Da ist sie. In Niamey steht sie vor mir. Guten Morgen! Ich erkenne sie nicht gleich. Ich halte sie für eine ordinäre Magen-Darm-Infektion infolge schmutziger Hände, schmutziger Geschäfte, schmutziger Kinder, schmutziger Gedanken. Da ist sie ein wenig beleidigt. Und präsentiert sich wie zum Trotz von allen Seiten. Sie ist grün im Gesicht wie ich. Sie kotzt. Sie scheißt. Wie ich. Sie glüht. Dann wieder nicht. Sie ist eiskalt. Ein Wechselbalg. Wie ich.

Der Russe raucht und schweigt. Wie immer, wenn ich krank bin. Er hat eine verwitterte hölzerne Maske vor dem Gesicht mit einem kleinen Rüssel und langen aufrechtstehenden Hörnern. Seit Bamako trägt er sie in der Plastiktüte mit dem Whiskey bei sich.

Paludisme, nennen die Franzosen und die Afrikaner die Malaria. Малярия, sagen die Russen. Fast wie die Deutschen.

»Warum habe ich Russisch gelernt?« frage ich den Russen in einem Anfall plötzlicher Verwunderung über mich selbst und meine Lage.

»Keine Ahnung. Das war dein Phantasma.« Dann verschwindet er.

»Aufs Klo, aber schnell«, befiehlt meine Malaria. Ich tue, was sie will und kotze ins Waschbecken.

Blödmann, der Russe. Einen ganzen Winter lang bin ich mitten in der Nacht aufgestanden, jeden Morgen hinaus in die Kälte zu so einem Institut, wo ich zwanzig Jahre zuvor schon einmal angefangen hatte irgendeine Sprache, ich glaube Germanisch, zu lernen, saß da mit den Mädchen aus dem ersten Semester – »Du bist nur zwei Jahre jünger als unsere Mütter, aber irgendwie wirkst du jugendlicher als sie. Komisch.« – und jetzt kommt der mir mit einem Phantasma. Wahrscheinlich hat er sogar recht.

Einzeller der Gattung Plasmodium falciparum haben sich in mir eingenistet. Meine roten Blutkörperchen zerfallen vor Schreck. Ich sehe mich um nach dem Russen. Und verhungere. Aber ich kann ja sowieso nichts essen. Dafür kann ich sterben. Falls ich nicht schon tot bin.

Ich wache auf in einem dunklen Zimmer. In den Wänden aus

Lehm sitzen Stimmen. Von spielenden Kindern. Von Erwachsenen, die lachen und sich streiten. Um mich die ganze staubige Stadt. Die niedrigen Lehmhäuser mit ihren verwinkelten Innenhöfen, die eleganten Hochhäuser aus den Jahren des Uranbooms, in denen es schon lange kein fließendes Wasser mehr gibt. Schwarze Königinnen in prächtigen leuchtendgelben Abendkleidern voller Volants stehen um mich herum. Die große dicke Königinmutter füttert mich mit säuerlichem Hirsebrei, eine jüngere, dünnere steckt mir ein Fieberthermometer unter den Arm, eine gießt mir Wasser ein, eine hält meine Hand, eine erkundigt sich immer wieder, ob es schon besser geht.

»Wo ist der Russe?«, frage ich.

»Er hat dich hier abgegeben. Du bist jetzt unsere Schwester«, sagt die älteste der Frauen. Sie legt der Tochter des Landeseinwohneramtes ein kühles feuchtes Tuch auf die Stirn. Ich sehe die ledernen unrasierten Gesichter von Reiseschriftstellern in Khaki-Hosen, die wohlgefällig nicken. Sie wurden damals, '48 oder '56, im Kongo oder auf Madagaskar mit geschwollenen Zungen und aufgeblähten Bäuchen, geschüttelt vom Fieber und zerfressen von Parasiten im Dschungel gefunden und dann gesundgepflegt von Menschenfressern. Da haben sie, das können sie schwören, gott-ver-damm-tes Glück gehabt. Genau wie ich jetzt. Ich hebe erschöpft meine Augenlider. Und lasse sie wieder fallen.

Und Sie? Finden Sie das etwa normal, daß ich hier todkrank und mutterseelenalleine irgendwo in einem Wüstenstaat im Inneren Afrikas herumliege? Der Russe, verschwunden – aber wer ist schon der Russe? – ich, adoptiert von vollkommen fremden Frauen. Wissen Sie überhaupt, wo die Republik Niger liegt? Nein? Ich leider auch nicht. Wie wollen Sie mich da je finden? So tun Sie doch irgend etwas!

Oder lassen Sie es bleiben. Ich komme schon zurecht. Ich komme immer zurecht. Überall.

»Oui, oui, ça va déjà mieux, mes sœurs«, sage ich zu meinen schwarzen Schwestern.

Ich liebe Kakerlaken und Fladenbrot mit Fliegendreck. Ich esse mit den Händen und notfalls auch mit den Füßen. Ich komme in Manhattan an und miete ein Auto. Schon brause ich die Neunte Avenue hinunter Richtung Lincolntunnel und dann rechts ab nach New Jersey. Hinter mir hupt keiner. Ich behindere nicht den Verkehr. Ich bin immer schon in Manhattan Auto gefahren, auch wenn ich noch nie in Manhattan war. Nach einem halben Kilometer überhole ich alle. Dann schwillt mein Auge an, und ich setze mich in den Emergency Room einer Klinik. Kenne ich aus dem Fernsehen. Jetzt spiele ich selbst mit. Ich spiele überall gerne mit. In Afrika sehe ich in den Spiegel, und was stelle ich fest: Ich bin kohlrabenschwarz. Das bißchen Weiß, das kann man getrost übersehen.

»Hilfe, ich habe ein Chamäleon geboren«, ruft Herzeloide mit der papiernen Stimme des Landeseinwohneramtes.

»Das kommt davon, daß du dich bei Neumond mit dem Sohn eines SS-Offiziers vereinigt hast, das hätte ich dir gleich sagen können«, antwortet der Kapitän ungerührt.

In Niamey kaufe ich in einem libanesischen Supermarkt Bleichcreme für die Haut, denn ich will so schön hell sein wie die Frauen der Tuareg. Ich komme nach Moskau. Zum ersten Mal. Verstohlen blicke ich nach rechts und nach links. Wo geht's lang? Ich gebe zu, die Schriftzeichen irritieren mich ein wenig. Der U-Bahneingang ist dort, wo die vielen fliegenden Händler stehen – wußte ich's doch, ist doch ganz klar. Eilig stürze ich die Rolltreppe hinunter. Die nächste U-Bahn muß ich erwischen, auch wenn die hier gar nicht U-Bahn heißt, sondern Metro.

Wollt ihr die totale Orientierung?! Ja, ja, will ich. Oder nein, lieber nicht. Nehmt mir meine Orientierung, schickt mich nach Hause, sagt mir, wo's lang geht. Orientierung, Desorientierung – das läuft irgendwann aufs selbe hinaus. Ich kenne die ganze Welt, aber ich weiß nicht, wo ich bin. Glücklich ist, wer sich überall im Exil befindet, sagte mir einmal ein dicker alter Jude. Was heißt hier Exil? In Saratow wurde ich in einer silberglänzenden Raumkapsel in die Umlaufbahn geschossen. Ein braun-grüner Schweif legte sich um die Erde. Dort ist ja auch Juri Gagarin. Heia, du Holder, hörst du mich noch?! Ich bin überall und nirgends. So tun Sie doch etwas! Es ist doch hier gar nicht erlaubt zu fliegen. In Afrika gibt es keine Satelliten. Kultur ist für den Erdboden zuständig. Für die Bindung. Nicht für den Orbit. Hier haben die Leute keine Schränke und keine Sofas, die sie am Boden festhalten, und sie fliegen trotzdem nicht weg.

Hinter dem Vorhang in der Türöffnung höre ich den Russen mit meinen Schwestern flüstern.

»Ich nehme sie jetzt mit, wir müssen weiter.« Leise schluchzen die Schwestern. Der Russe steht vor mir, zieht mich an meinem linken Arm hoch und schiebt mich samt meiner Malaria zur Türe hinaus. Die Schwestern rennen mit Breitöpfen, Fieberthermometern und Wasserflaschen hinter mir her. Vor dem Haus quetscht mich der Russe in ein Buschtaxi, einen schrottreifen Mitsubishi-Kleinbus mit der Aufschrift »Dachdecker Buchta, Kornwestheim«, in dem schon mindestens fünfundzwanzig Leute in Begleitung ihrer Hühner sitzen.

»Darf ich mich vorstellen«, sagt er, »Viktor Vladimirowitsch. Wir werden Sie zur Wolga bringen.«

»Wann?«

»Morgen.«

»Wie?«

»Mit dem Schiff. Von dort unten.«

Keine Trance

Er »Keine Trance«, sagte Romuald auf der Veranda seines Hauses bei Porto Novo mit Blick auf den mächtigen Ozean. »Zumindest nicht in deinem Fall.« – Alle halten mich für einen schweren Fall, aus irgendeinem Grunde schüttelt es alle angesichts meines Falles.

Aus dem militarisierten Land Niger schlug ich mich in einem Buschtaxi, auf dessen Dach sich die Hühner und Hammel meiner unzähligen Mitreisenden tummelten, zum Ozean durch (mit der durchsichtigen Puppe Gabi auf den Armen), quer durch den sanften Staat Benin, der Wiege der aktivsten Religionen der Welt.

Ich riß Hélène die drei Ringe heraus.

Hélène legte mich rein. Auf dem Basar wollte ich ein silbernes Armband kaufen, ich gab ihr Geld, sie nannte einen Preis, aber das Armband kostete weniger. Sie wurde verlegen, faßte sich dann aber rasch wieder. Sie pflegte Gabi in selbstloser Weise, aber jeden Morgen log sie irgend etwas Neues zusammen. Wozu? Auch das blieb letztlich ungeklärt.

Die Deutsche litt an physischen Krankheiten und ich an

metaphysischen. Ich dachte, vielleicht ist es Zeit, mich von der Kontaktmetaphysik reinzuwaschen und wandte mich an Romuald, die lokale Berühmtheit, doch er bügelte mich ab.

Romuald ist die junge Fäulnis Westafrikas, eine avantgardistische Würmerbank. Er macht Masken aus Abfällen: Plastikkanistern und alten Radiogeräten. Seine *message* ist so einfach wie die Wahrheit, und Wahrheit gibt es da ebensoviel wie im medizinischen Phantasma von Gabi: das heutige afro-russische Volk ist abgefüllt mit Westmüll. Der Schwarze springt einem in diesen lästerlichen Masken wie eine Karikatur entgegen. Um Vergebung für unsere Sünden gegenüber der Heimat betend, malen Romuald und ich den Sonnenuntergang über dem Niger. Die Sonne plumpst mit der Schnelligkeit eines Balls hinter den Horizont. Danach verbreitet sie noch lange ein perlenglänzendes Licht, das sanft von einem Perlengrau zu einem Silbergrau übergeht, der erste Stern geht an, und der Himmel schimmert dunkelblau, blauschwarz ... Gemeinsam malen wir minimalistische Bilder auf einer Grundierung aus echter roter Erde und zeichnen darauf verschiedene Symbole. Wir tun das bedeutungsschwer und mit gerunzelten Augenbrauen. Das ist nicht das Drama der Künstler, denen man OMA! OMA!, das heißt rituelle Verwünschungen, hinterherschreit, sondern das Drama der Aufrichtigkeit des Urhebers. Das macht einen kaputt.

Die Fischer in den Pirogen ähneln immer mehr aus Pappe ausgeschnittenen Figuren. Die Russen vereinigen in den Schwarzen alle ihre schlechten Eigenschaften: Faulheit, Neid, Hinterlist. Kein russisches Mädchen, das nicht den Schwarzen als Klasse fürchten würde. Hand aufs Herz – Rußland ist das rassistischste Land der Welt.

Ein Moment des Kleinmuts. Als ich in einem Kaff zwischen leuchtend grünen Kalebassen den Voodoo-Fetisch von Shango, dem örtlichen Perun, erblickte, der von Hühnerblut triefte, war ich gezwungen zuzugeben, daß der Glaube die Emanation der Angst ist.

»Am 14. Juli«, sagte Romuald feierlich, »das ist mitten in der Regenzeit, da bestellt die französische Botschaft in Benin immer einen Voodoo-Zauberer. Er kommt aus einem Dorf angefahren, setzt sich etwas abseits auf einen Stuhl, und – der Himmel ist rein für das Feuerwerk zu Ehren der Erstürmung der

Bastille! Das wiederholt sich jedes Jahr, es ist ein fester Posten im Botschaftsetat und kostet 500 Dollar.«

»Und unser Moskauer Bürgermeister, dieser Blödsack, läßt die Regenwolken mit Salz bestreuen«, erzählte ich. »Schick ihm mal diesen Zauberer vorbei!«

»Wir sind eben oho-oho!« frohlockte Romuald, aber dann wurde er plötzlich still. »Unsere wichtigsten Voodoo-Priester sind korrumpiert. Auf dem Dorf bleiben sie noch standhaft, aber diese Hyänen hier haben sich an die Eskorte für die Motorradfahrer angehängt.«

Er spuckte auf den Boden. Der Ozean war eine Wand.

»Ich verlasse Benin nicht und fahre nirgends hin! Ich bin kein Museumsgänger! Ich war siebenunddreißig Mal in Deutschland! Ich habe in Moskau nichts verloren!«

»Moskau ist jetzt die interessanteste Stadt der Welt«, sagte ich bescheiden.

»Du ißt Menschen!« wandte sich Romuald grimmig in meine Richtung. »Sie knacken zwischen deinen Zähnen. Du schlürfst sie aus wie Austern!«

»Ich habe den Eindruck, für den Russen existierst du gar nicht«, sagte die französische Ehefrau des Künstlers zu der genesenden Gabi.

»Ich bin Künstler. Ich bin Afrikaner. Aber ich bin kein afrikanischer Künstler!«

»Schriftsteller haben auch keine Adjektive«, sagte ich zu dem Künstler.

»Er ist ein Zar, rühr ihn nicht an«, sagte Gabi zu mir.

Beim Abendessen sagte der Zar, er könne, wann immer es ihm einfiele, mit der Sabena-Businessklasse nach Europa fliegen, er habe ein Mehrfachvisum.

Ich sah Gabi an.

»Du bist kein Mensch«, sagte ich ihr ins Ohr. »Du bist ein feministischer Nagel.«

Nigeria

Sie Wir galoppieren auf den abschüssigen Rücken von Giraffen die Straße hinab. Hinaus aus dem schweigenden Grau, hinein ins zähnefletschende Grün von Benin. »Attention Girafes!« steht auf den Verkehrsschildern, damit man uns ungehindert durchläßt. Die Buschtaxis bremsen respektvoll. Vor uns fährt ein König in einem zerbeulten Toyota, »Roi de Pobé, King of Pobé« steht zweisprachig auf seinem Nummernschild, »Follow me« blinkt in seinem Rückfenster.

Über eine großzügige, schnurgerade Piste folgen wir ihm durch das ganze Land immer tiefer hinein in die Tropen. Wir sind siebentausendvierhundertzwölf Sekunden unterwegs. Überall an der Piste warten barbusige Frauen und Kinder mit hervorstehenden Bauchnäbeln groß wie Orangen. Sie bewachen Coca-Cola-Flaschen voll mit rosa Benzin aus Nigeria. Für den König.

In Benin versuchen die Blätter sich gegenseitig zu überwuchern, die Lagunen wollen sich überfluten, die Schlangen beißen sich in die Schwänze, die Leute platzen vor Kraft. Sie haben verschmierte Oberkörper, überall klebt Stärkungsmittel aus Mais, Palmöl und geheimen Kräutern. Im ganzen Land spritzt der Gin. Mit gierigen Zungen lecken ihn die Voodoo-Götter.

Eine altgewordene französische Faschistin mit hängenden Wangen und deutschen Doggen jagt ihre schwarzen Angestellten Palmen hinauf und hinunter. Im Straßengraben wühlt ein einheimischer Künstler nach den heruntergekommenen Schätzen des Westens – »Ich bin eine Maske«, sagen sie ihm. Die lachenden Kanister, grinsenden Plastikflaschen, weinenden Bügeleisen, höhnenden Schallplatten. Der Russe pinkelt dem Künstler ans Bein, ein streunender Hund.

»Call me king«, sagt der König. Die Untertanen sinken auf die Knie, mit seinem weißen Köngiswedel berührt ihr King sie huldvoll an der Schulter.

»Best regards to your charming daughter, the princess«, antworte ich. Der König spricht kein Französisch. Er hat sein eigenes Reich, das Reich Pobé. Es kauert zwischen den Ländern und ist fast so klein wie er selbst.

»Wie wär's jetzt doch mit ein wenig Nigeria«, schlägt der König vor. Ich falle sofort in Ohnmacht. Der Russe reicht ihm eine Cola-Flasche mit Benzin für seinen Toyota. Wir folgen dem König in sein Reich jenseits aller Grenzen. Den rotweißen Schlagbaum von Nigeria lassen wir hinter uns.

»Шлагбаум, erinnerst du dich?« sagt der Russe.

»Nein«, antworte ich wie immer.

Im Reich Pobé schlagen die Untertanen mit Stöcken auf eine Trommel. Sie ziehen rot-weiß gestreifte Häute an und setzen sich weiße Kappen auf den Kopf. Früher hießen sie Fairefis, die gescheckten Stiefkinder der Herzeloide. Jetzt sind sie die Adepten des Donnergottes. Ihre Seelen gehören ihm, er schüttelt ihre Leiber, er quetscht ihnen den Schweiß aus der Stirn, er verdreht ihnen die Augen. Sie sind in Trance, nicht lebend, nicht tot. Der König liegt in einem Liegestuhl und sieht zu. Wir sitzen neben ihm im Flugzeug. Die Stewardeß bringt uns Gin und ein frisch geschlachtetes Huhn. Sie brüllt und brüllt. Der König will den Russen in Trance schicken.

»Зачем? What for?« will der Russe wissen.

Ich halte mir die Augen zu. Der Russe raucht. Das Telefon klingelt. Man ruft an. Ich soll zurückkommen. Na schön, denke ich, komme ich eben zurück.

Ich fahre durch die tropische Nacht. Ich fliege in den eisigen Morgen. Alligatorenleichen pflastern meinen Weg. Krokodilsgebisse zerstechen die Reifen der verschwundenen Verfolger.

Leb wohl, Lora Pawlowna, guten Abend Herzeloide. Ich melde mich beim Landeseinwohneramt. Ich fülle alle Formulare aus.

Für mich soll's goldne Zähne regnen.

Morgens walzt der Russe, ein Panzer, ein Flußpferd, ein Dampfbügeleisen, meinen Bauch platt wie eine Landkarte.

Trance

Er Der König von Pobé ist der gerechteste aller Könige. Weise regiert er sein Reich an der Grenze zum Banditenland Nigeria. Seine Untertanen glauben an verschiedene Götter, die einen an Jesus Christus, die anderen sind Muslime, die übrigen Voodoo-Anhänger.

»Ich verstehe nicht, wer hier bei Ihnen Gott ist«, sagte ich zu dem König.

»Gott ist einzig«, sagte der König gastfreundlich.

Ich hatte dem König eine große Flasche schottischen Whisky und fünfzig Kugelschreiber für die Kinderchen mitgebracht. Der König war gerührt. Wir ließen uns zusammen fotografieren.

»Wie darf ich Sie anreden?« fragte ich den König.

»Nennen Sie mich einfach *king*«, sagte der König.

»King«, sagte ich, »Reisen durch unterschiedliche Kulturen zehren an den Nerven und bringen die Moralvorstellungen ins Wanken. Normen erweisen sich als sehr bedingt. An mir hängen wie an einem Stacheldraht Fetzen verschiedener Glaubensrichtungen. Was in Afrika gut ist, ist in Europa ein Unglück. Man muß sich reinigen.«

Ich saß vor dem König auf einem Bänkchen, und er saß auf dem Thron in seinem königlichen Palast, natürlich ähnelte er ein bißchen einem Kolchosvorsitzenden, aber wirklich nur ein ganz kleines bißchen. Jedenfalls fielen die Leute vor ihm auf die Knie, und der Botschaftschauffeur, ein Afrikaner, rutschte ebenfalls freudig auf den Knien herum.

»King, fürchten Sie den Tod?«

»Natürlich nicht«, antwortete der König. »Darum bin ich ja König.«

Sie machen Kerben in die Fersen, und darum werden sie nicht von Schlangen gebissen.

Der König machte sich rasch für den Weg fertig, und wir verließen den königlichen Palast und fuhren in zwei Wagen zu einem Dorf (anstelle einer Nummer trug sein Auto die Aufschrift: König von Pobé), aber wir waren gerade erst losgefahren, da hielt der König auch schon an, und wir kauften ihm drei Literflaschen Benzin.

In Obelé, so hieß das Dorf, schlängelt sich die Grenze Benin–Nigeria durch Hühnerställe, Tempel und Getreidespeicher. Die Einwohner dieses verwirrten Staatswesens lachen und reden auf Anordnung des King in einer Mischung aus Englisch und Französisch: »Sit down! Asseyez-vous!« Man reicht uns sumpfiges Wasser statt Brot und Salz. Eilig repariert man die kaputte nächtliche Sonne, hängt sie an einen Baum, und die Frauen kreischen wie wild zur Eröffnung der Zeremonie.

Der Chef des Dorfes. Er ist zugleich der Oberpriester – Abou. Abous Gesicht paßt in keinen der mir zugänglichen Diskurse. Es entstellt die Syntax bis zur Unkenntlichkeit, wie ein Computerfehler bei Inkompatibilität der Programme. Anstatt mit Buchstaben füllt sich der Bildschirm mit rätselhaften Zeichen, höhnischen Hieroglyphen, von deren Existenz in meinem vertrauten Computer ich nicht das geringste geahnt hatte.

Der Rhythmus dreier Tamtams und einer Art Reisrassel steigert sich zu kosmischem Tempo. Endlich schlugen sie auch die Kalebassen, und das ganze Dorf stürzte sich in den Tanz, die Taillen gebogen wie Wespen. Die einzige Sorge des Zauberers Abou war meine Rückkehr. Während die Einwohner des Dorfes auf- und absteigen wie auf einer Leiter, kann mein Ich sich in der Topographie verirren. Man muß also Atinga, den Fürsprecher, um Rat fragen, mit ihm eine Prognose für die nächste Zukunft erstellen, wozu noch zwei weitere Zauberer in dünnen transvestitenartigen Kleidern hinzugezogen werden. Man gießt mir ein durchsichtiges Getränk über den Kopf und vertieft sich in mein Schicksal. Zunächst kommt die untere Reihe von Erfolgen und Mißerfolgen. Meine familiäre Zukunft wird dezent übergangen, heftig gestikulierend verkünden sie mir aber dreimal meinen nahenden Triumph im Filmbereich. Danach unterziehen sie meine Seele einer feineren Analyse, und ich spüre, wie sie in ihren Händen zuckt. Nachdem der Zauberer mir viermal unter mehrmaliger Veränderung der Position von Handfläche und Fingern die Hand gedrückt hat, um die Energie in einen adäquaten Zustand zu versetzen, setzt er mich schließlich sanft in Gang.

Trance.

Beschreibung der Trance.

Ich gerate in Trance.

Die Deutsche gerät in Trance.

In rot-weißen Gewändern und Kappen.

Starke Schweißabsonderung.

Ein abgerissener Knopf.

Ein Opfer des französischen Imperialismus.

Der erschöpfte Zauberer trinkt Gin.

Ich werde sehr stark.

Das ist das Flugschema.

Der Kapitän organisierte eine Cocktailparty anläßlich unseres Besuchs.

»Na, und wo sind die Weintrauben?« blickte sich Gabi um.

Der Saal erinnerte an die sowjetische Botschaft vergangener Tage. An den Wänden hingen Stilleben zweitklassiger Künstler.

»Was für *entsetzliche* Bilder!« zischelte die Deutsche, so daß es alle hörten.

»Sogar hier«, sagte ich voller Liebe, »bist du bereit, den guten Ton zu opfern und für guten Geschmack zu kämpfen.«

Nach dem Cocktail gab der Kapitän ein Mittagessen.

»Kapitän!« rief ich zur Antwort. »Was reden Sie da! Sie sind doch die höchste Instanz, Sie sehen alles von oben! Warum echauffieren Sie sich so? Beruhigen Sie sich! Ich bin ja selbst gegen den Anspruch Rußlands, etwas Besonderes zu sein, aber wozu diese antirussischen Emotionen?«

»Schon gut, schon gut«, legte sich plötzlich Lora Pawlowna ins Zeug, »aber dafür können sie singen! Die Russen, Türken, Bulgaren, Rumänen und schließlich die Ukrainer – all diese Menschen östlich von Europa – was haben die für Sänger. Denken Sie nur an Schaljapin!«

»Warum, Lora Pawlowna, vergleichen Sie uns mit den Türken?« brach es aus mir heraus. »Das ist nur eine weitere Beleidigung.«

»Genau«, sagte der Kapitän, »und mit wem soll man Sie vergleichen, bitte schön?«

»Du bist doch selber eine mickrige Kellnerin von der Wolga!« schrie ich Lora Pawlowna an. »Warst du das nicht, die an der Anlegestelle beim Aussteigen aus meinem Auto das Fenster von außen hochkurbeln wollte?!«

Alle lachten, und Lora Pawlowna, aus irgendeinem Grunde zufrieden, lachte auch.

»Die Russen sind gefälschte Weiße!« schrie mich Lora Pawlowna an.

»Ihr Giftzwerge«, lachte der Kapitän. »Vertragt euch.«

Um uns herum versammelten sich freudig tote Menschen, viele bekannte und liebe Gesichter. Eine kleine Frau, die zu Lebzeiten nicht hatte alt werden können, eine Bekannte meiner Eltern, drängelte sich durch.

»Wie kommst du denn hierher?«

Sie drückte mir ihr Buch über Mali in die Hand, welches irgendwann im Verlag »Der Gedanke« erschienen war.

»Ich wußte, daß Sie kommen werden«, sagte ich. »Ich habe es gespürt und in der Wüste mit Ihnen gesprochen.«

Sie lächelte mit leichter Traurigkeit. Übrigens sahen sie alle festlich aus. Es schien, als würde gleich ein Fest beginnen, als würden sich gleich die Türen öffnen und wir alle irgendwohin gehen. Ich war unruhig und wußte irgendwie, daß ich etwas fragen mußte, solange es nicht zu spät war, daß dieser Stehempfang jeden Moment zu Ende sein konnte.

»Erinnern Sie sich an die Apokalypse?« fragte mich weltläufig der Gehilfe des Kapitäns, der tatsächlich etwas Puschkinhaftes an sich hatte. »Dort ist die Rede vom Versiegen der Flüsse, die den Jungbrunnen in sich tragen.«

»Ist etwa auch Puschkin Ihr Mann?« fragte ich leise.

»Sie sind *unser* Mann.« Der Kapitän trat näher und legte dem Gehilfen den Arm um die Taille.

Mit plötzlichem Mißtrauen sah ich die beiden an. Der Kapitän rotierte in einem Wirbel von Gastfreundschaft. Er tanzte mit Lora Pawlowna einen Walzer, danach griff er zu Wodka mit Champagner, und sie legten einen Rock 'n' Roll aufs Parkett. Der Gehilfe schleppte Gabi verteufelt galant auf die Tanzfläche ab. Gabi sah geschmeichelt aus. Sie dachte an ihre Jugend, als sie *topless* in den Kneipen von West-Berlin getanzt hatte, und zog eine Schau ab, daß die Gäste geradezu in Ekstase gerieten. Ich applaudierte ihr grimmig. Aber auch der Gehilfe ließ sich nicht lumpen. Er gab seinen rheinischen Matrosentanz zum besten. Dann verschmolzen sie in einem Tango, und der Gehilfe fuhr wie ein echter Verführer mit der Hand über ihren engen langen Rock, über die sensible, ein wenig dekadente Hüfte.

»Sie sind ja ein richtiger Poet!« sagte Gabi zu ihm, vor Seligkeit dahinschmelzend. »Ich werde Ihre Kassette mit der Prinzessin nie vergessen!«

»Sie sind meine Prinzessin!« gestand der Gehilfe, so daß der ganze Saal es hörte.

Gabi zerfloß in seinen Armen. Vereint ihrem Entzücken über die Installationen von Ilja Kabakow Ausdruck verleihend, verschwanden sie irgendwohin, und ich stellte mir vor, wie sie sich am Ende des Korridors unter Seufzern innig küßten, auf dem Männerklo des Jenseits.

»An tanzende Götter läßt es sich irgendwie leichter glauben«, bemerkte ich phlegmatisch, als ich in der Schlange vor der Getränkebar auf den Gehilfen stieß.

»Ich hatte gedacht, Sie seien mutiger«, spottete der Gehilfe des Kapitäns. »Warum haben Sie verschwiegen, daß Sie auf dem Mississippi im Bad Ihrer Begleiterin ins Gesicht gepinkelt haben?«

»Sie wollte es so«, sagte ich verlegen.

»Und als Sie ihr in den Mund gepißt haben und sie sich verschluckt hat, haben Sie angewidert den Vorhang zugezogen.«

»Das ist nicht druckreif«, errötete ich.

»Blutsauger!« ließ der Gehilfe nicht locker. »Sie ist ganz ausgelaugt vor Liebe, ihr ganzer Text ist ein Manifest der Liebe, und Sie ... Sie pissen ihr in den Mund!«

»Und alles hat damit angefangen, daß Sie sich auf der Wolga wie ein Grünschnabel in sie verliebt haben!« ertönte die Stimme des Kapitäns.

»Schon gut«, sagte ich. »Ich frage ja auch nicht, warum ihr beide keine blasse Ahnung von Navigation habt!«

Sie waren sprachlos ob solcher Frechheit.

»Was denn, habe ich nicht recht?« ließ ich nicht locker. »Matrosen! Dann sagt mir mal, was ist eine Fockrahe?«

»Wir haben keinen Schimmer«, konstatierte der erste Gehilfe zufrieden.

»Es geht mit ihm durch!« freute sich der Kapitän. »Da haben wir's – die Usurpierung göttlicher Funktionen durch den Menschen!«

»Nicht doch.« Ich geriet ins Stocken. »Entschuldigen Sie. Ich habe in New York den Schwarzen gar nicht umgebracht«, beichtete ich plötzlich.

»Na, na«, sagte der Gehilfe des Kapitäns.

»Kapitän«, hielt ich es nicht mehr aus, »warum ist die Paarigkeit das Hauptprinzip der Existenz?«

»Bleiben Sie hier, und Sie werden es verstehen«, sagte der Kapitän. »Seien Sie nicht so voreilig.«

Ich blickte unwillkürlich auf die Uhr.

»Es ist Zeit«, sagte ich.

»Fünf Flüsse«, sagte der Kapitän listig, »verplempern Sie sie nicht!«

»Vielleicht bleiben wir?« sagte die Deutsche verführerisch.

Wir rannten aus dem Haus. Im Garten war eine irrsinnige Hitze. Luftfeuchtigkeit hundert Prozent.

»Seht mal, was für eine *biche* ich habe«, sagte Lora Pawlowna. »Komm her, mein Mädchen.«

Sie streichelte das kleine Tier und lächelte mir zu:

»Über dich hat sich das helle Licht des Seins ergossen. Hast du das verstanden, du Idiot?«

»Im Ernst?« Ich wußte nicht mehr, was ich glauben sollte.
»Lora Pawlowna«, sagte ich wie ein Idiot, »auf Wiedersehen.
Ich warte auf Sie.«

»Der Tod ist vulgär!« rief der erste Gehilfe, der sich aus
einem Fensterchen zwängte, während die Frauen sich linkisch
voneinander verabschiedeten.

»Ich lasse sie nicht gehen!!!« Er zerriß sich das schweißnasse
Matrosenhemd auf der Brust.

Gabi winkte ihm freundlich zu.

Der Wagen bretterte über die breite Hauptstraße von Coto-
nou, die aussah wie die Champs-Élysées. Am Steuer saß der
aufgeregte Sekretär der russischen Botschaft.

»Wir kommen zu spät«, sagte er.

Wir rasten zum Flughafen, im Café erwarteten mich der
junge Schriftsteller Camille und noch irgend jemand, der in
Moskau studiert hatte. Sie stürzten sich auf mich, doch der Di-
plomat schrie verzweifelt:

»Das Einchecken ist schon zu Ende. Rennen Sie.«

Die große Sabena-Maschine hatte bereits die Triebwerke in
Gang gesetzt und wollte Kurs auf Ouagadougou nehmen.

»Sie sind zu spät«, sagte die Afrikanerin.

Die mißmutige Afrikanerin nahm mit unverhohlenem Wider-
willen die Tickets entgegen. Der Gepäckträger hievte das staubige Gepäck auf die Waage. An der Gangway schickte sich der
Zoll plötzlich an, im Handgepäck herumzuwühlen. Der Zöllner
konfiszierte aus meiner Aktentasche die Kalebasse mit Palmwodka, ein selbstgebranntes Geschenk des Königs, und erklärte, das dürfe man nicht aus Afrika ausführen. Ich schielte
sehnsüchtig nach den belgischen Stewardessen in ihren grünen
Röcken.

»Geben Sie mir meine Kalebasse zurück«, verlangte ich.

»Sie verstoßen gegen das Gesetz«, sagte der Zöllner.

Meine Begleiterin schob den Zöllner zur Seite, und das Gefäß war fest in ihrem Griff.

»Ist es wahr, daß Reisen das Leben verkürzen?« Sie kippte
sich auf russische Art den Palmwodka direkt in den Hals.

»Ja! Aber der fünfte Fluß …« Ich schüttelte kurz die Ballon-
flasche, tat es ihr gleich und sagte in Abänderung der deutschen
These: »… macht das Leben praktisch unendlich.«

»AMMA!« riefen Lora Pawlowna und ich, zum Ursprung

aller Ursprünge aufsteigend, während wir die Gangway hinauf-
gingen, einander eine wundervolle Fuselfahne ins Gesicht at-
mend.

Den nicht weniger wundervollen Rest gaben wir den afrikanischen Bürokraten.

Inhalt

ISBN 3-351-02848-2

1. Auflage 1998
© Aufbau-Verlag GmbH, Berlin 1998
Lektorat Tamara Trautner
Einbandgestaltung PEIX Berlin, Andreas Petzold
Druck und Binden Graphischer Großbetrieb Pößneck
Ein Mohndruckbetrieb
Printed in Germany